本书出版得到安徽大学桐城派研究中心资助

本书为国家社科基金项目"桐城派稀见文献整理与研究"（16BTQ046）的阶段成果

 鼓楼史学丛书·区域与社会研究系列

张秀玉 ○ 著

The study on the survival
of tongcheng school scholars

清代桐城派文人治生研究

中国社会科学出版社

图书在版编目（CIP）数据

清代桐城派文人治生研究/张秀玉著.—北京：中国社会科学出版社，2017.12

ISBN 978-7-5203-1753-5

Ⅰ.①清… Ⅱ.①张… Ⅲ.①桐城派—文学研究 Ⅳ.①I207.62

中国版本图书馆 CIP 数据核字（2017）第 314152 号

出 版 人	赵剑英
责任编辑	宋燕鹏
责任校对	季　静
责任印制	李寡寡

出　　版	中国社会科学出版社
社　　址	北京鼓楼西大街甲 158 号
邮　　编	100720
网　　址	http://www.csspw.cn
发 行 部	010-84083685
门 市 部	010-84029450
经　　销	新华书店及其他书店
印　　刷	北京明恒达印务有限公司
装　　订	廊坊市广阳区广增装订厂
版　　次	2017 年 12 月第 1 版
印　　次	2017 年 12 月第 1 次印刷
开　　本	710×1000　1/16
印　　张	18.25
插　　页	2
字　　数	281 千字
定　　价	75.00 元

凡购买中国社会科学出版社图书，如有质量问题请与本社营销中心联系调换
电话：010-84083683
版权所有　侵权必究

目　录

绪　言 …………………………………………………………………（1）
　一　关于选题 ………………………………………………………（1）
　二　研究现状 ………………………………………………………（3）
　三　本书内容意旨 …………………………………………………（6）

第一章　桐城派文人的治生观 ………………………………………（11）
　第一节　桐城派文人义利观的继承与演变 ………………………（11）
　第二节　桐城派文人治生观念中的务实性 ………………………（25）
　第三节　桐城派文人践行治生观念的总体考察 …………………（33）
　第四节　桐城派文人践行治生观念的个案考察——以方宗
　　　　　诚为例 ……………………………………………………（38）

第二章　桐城派文人的治生方式 ……………………………………（49）
　第一节　做官之途 …………………………………………………（49）
　第二节　游幕治生 …………………………………………………（59）
　第三节　从教道路 …………………………………………………（71）
　第四节　其他途径 …………………………………………………（76）

第三章　桐城派文人的治生收入 ……………………………………（78）
　第一节　桐城派官员的收入 ………………………………………（78）
　第二节　桐城派幕僚的收入 ………………………………………（86）
　第三节　桐城派山长、塾师的收入 ………………………………（88）
　第四节　攻读者的廪饩与膏火 ……………………………………（97）

第五节　收入对治生道路选择的影响 …………………………（104）

第四章　治生圈与桐城派的形成 ……………………………………（109）
   第一节　以官员为核心的圈子 …………………………………（110）
   第二节　以山长为核心的圈子 …………………………………（120）
   第三节　以地域、宗亲为联系的圈子 ……………………………（125）
   第四节　圈子的交融性与流派的强化——以姚氏兄弟为例 ……（128）

第五章　治生对桐城派文学、学术的影响 …………………………（140）
   第一节　治生影响的桐城派文学创作 …………………………（140）
   第二节　治生与桐城派学术研究 ………………………………（149）
   第三节　治生与桐城派形成的关系 ……………………………（157）
   第四节　治生与文学：以刘开和方宗诚为例的对比 ……………（172）

第六章　桐城派文人治生与流派的发展 ……………………………（178）
   第一节　治生与桐城派的人才培养 ……………………………（178）
   第二节　治生与桐城派的著作弘扬 ……………………………（189）

结　语 ……………………………………………………………………（208）

附录一　桐城派文人科举职业简表 ……………………………………（210）

附录二　清代文官品秩禄秩表 …………………………………………（276）
   一　品秩表 …………………………………………………………（276）
   二　禄秩表 …………………………………………………………（279）

主要参考文献 ……………………………………………………………（281）

绪　言

一　关于选题

桐城派是清代最大的文学流派，同时也是重要的学术流派。它兴起于清康熙年间，衰歇于民国，主要秉承程朱道统，尊崇秦汉及唐宋八家文统，绵延三百年，涉及一千多人，留下二千余部传世之作。百年来对桐城派的研究在文学理论、创作、学术思想、教育、文化思潮方面都有深入广泛的发展，有关桐城派研究的学术论文三千余篇，博、硕士论文二百余篇，专著及整理本二百多部，可以说是一个相当热门的研究领域。桐城派作为一个整体，对它的内部研究，集中在两个方面：桐城派的文学，包括文学思想、文学创作、作家群研究；桐城派的学术研究，包括经学、道统、老学、经世之学的研究。从外部对桐城派的研究，主要是关注桐城派与教育的关系，与社会思潮的关系，以及与当时一些重要政治和文化人物的关系。从采用的研究方法上来说，传统的文学研究仍是从陈述作家生平、分析作品思想内容、艺术手法入手，逐个或成群解读桐城派作家和作品。实际上对于桐城派的古文研究一直都较为深入，从民国时姜书阁的《桐城文派评述》到方孝岳的《中国文学批评》及吴孟复的《桐城文派述论》等，对桐城派的发展以及桐城派文论的发展变化叙述都相当周到深入，以后的研究多半是局部和程度上的补充研究。然而这种通过作家和作品逐一分析的纯文学研究是有瓶颈的，就是当你说完一家，再就这一家进行文学研究，若无新资料、新方法，就难以推陈出新，从而得到一个新的关于作家的文学研究的结论。

事实上，我们看到在桐城派的发展至终结以后，到了一个可以进行历史的"层累"去认识的时候，我们总结前人的述评，会得出更多关于桐城派的认识结果。这个阶段，桐城派的研究者发现桐城派并不仅仅是一个"文派"，而是综合的流派，有文学、有学术、有书画等，这在20世纪80年代就有了清晰的认识。如吴孟复于20世纪80年代末为《桐城文学渊源考》的整理本作序时提道："就桐城而言，不仅有一个桐城文派，而且还有一个桐城学派"，"桐城文派之外，还有个桐城诗派"。① 于是桐城派的学术、诗歌皆成为新的研究对象。② 随着研究的不断深入，发现这样的研究仍是不足的——即使研究领域被扩大了，从古文扩大到诗歌，从文学扩大到经学、史学，仍不足以说明桐城派在整个历史文化中的起落缘由和历史定位。就像苏轼所说的"不识庐山真面目，只缘身在此山中"。于是对流派的研究又有了一个非常重大的发展，即从外部进行联系和交叉，相当于将一个苹果放到三维的坐标中去说明各个维度的参数和特征，而不再是只在苹果的内部说味道、说色泽。当然这个三维，不光是作品，是文论，还是与当时的社会思潮、教育状况、社会体制的影响。从非文学的维度解读文学流派，这就是一种交叉学科的研究。这个意义上的成果最典型的有吴微的《桐城文章与教育》和曾光光的《桐城派与晚清文化》，而这仍然是不够的。

就交叉学科研究来说，无论是自然科学还是社会科学领域，已有很多理论和研究成果证明了它的重大意义。自然科学中，化学与生物学、化学与物理学、量子物理与信息学、生物与信息学等，都产生了新的交叉学科。社会科学中，发展成熟的人类学和社会学交叉，产生了新的人类社会学。就文学和历史学来说，尤其是就中国的文学和历史学来说，传统学术中它们本来就是不分开的，现代的学科体系产生后才有了如此细致的学科划分。中国古代的历史学家身兼文学家是常态，如欧阳修、司马光、黄宗羲、全祖望、章学诚、赵翼、钱大昕等人，本身就学兼文史。受传统学术影响的陈寅恪，代表作中《元白诗笺证稿》《柳如是别传》就是典型的以诗史互证为手段的文史兼通的

---

① 吴孟复：《序》，刘声木《桐城文学渊源撰述考》，黄山书社1989年版，第1页。
② 如更早有王镇远的《桐城派诗论初探》，以后有邱美琼的《清代"桐城派"对黄庭坚诗歌的接受——以方东树〈昭昧詹言〉为中心》、吴建民的《经学与桐城派散文理论》、曾光光的《桐城派与清代学术流变》等。

研究。当今学人中兼通文史以治学的也是大有人在。以徐雁平来说，代表作《清代世家与文学传承》《清代文学世家姻亲谱系》《清代东南书院与学术及文学》，皆是在文献的基础上，通过对历史问题的考述来认识文学和文化现象，取得了极好的研究成果。事实上无论从作家的生长、思想的形成到作品要反映的社会内容，都可以说：离开史学的文学本来就是不存在的。

本书选题原因有三：一是桐城派作为清代最大的文学流派，研究意义较大；二是其人物众多，时代较近，留存而可资利用的史料十分宏富；三是用一个新的维度看桐城派，可以得到较新的结论。希望将社会学和经济史的理论与方法引入桐城派研究，以清代科举、吏制、教育等制度为基础，结合大量的实例来论证桐城派的社会生活状况，拓展桐城派研究的理论与内容空间。

事实上，在开始研究之前，我确实完全不知道这群清代的知识分子都是以什么养家糊口，他们挣钱多少，用度如何，除了纸面上所标榜的"安贫乐道""无恒产而有恒心者，惟士为能"，他们实际的义利观如何，是否以道学之名行贪腐之实，是否在朝堂、讲案之外蝇营狗苟，以及他们如何成为桐城派的成员，如何使这个流派繁衍不休，最终发展成为中国文学史上的最大流派。这些问题如此有趣而未知，使得我很有兴趣每天去翻书查资料来证明或推翻种种猜测。我想这正是从事研究的意义所在。

二 研究现状

学术界对文人治生、经济因素与文学关系的研究起步晚，发展不平衡。将社会生活、经济因素与文学相联系的认识和研究不深入，大多数文学史认识到文学是社会生活的反映，许多个案研究注意到知人论世，从人物的生平和社会生活来评述其人文学创作的内因。更深入地将文人治生、经济与文学相联系的研究起步较晚。21世纪以来的研究主要集中于经济对于文学的作用，尤其是对文学的体裁、内容、风格方面的影响。如胡明认为经济与文学的关系有四[①]：一、体现在文学作品与作家头脑里

---

① 胡明：《中国传统文学与经济生活》，《学术月刊》2006年第5期。

的经济意识与经济理念;二、传统文学作品中描写的经济生活与社会形态;三、经济生活对中国传统文学生存发展的促进与制约;四、文学史人物微观具体的经济活动与其文学活动的关系。许建平认为,文学具有双重属性,既有精神的属性又有经济的属性,因此中国古代文学的研究不应局限于精神属性与层面的研究,而应扩大为物质—经济属性与层面的研究。这样,文学的研究才能还其本原,文学研究被遗失的部分才能复原。①《中国传统文学与经济生活》丛书的研究对象从先秦到现当代,涉及经济生活与文学关系的学理考量、宫廷经济生活与宫廷文学、士族经济生活与山水文学、地域经济与流派文学、城市经济生活与市民文学、家族经济生活与文学、宗教文学与宗教经济等诸多方面的内容。上海社科院研究员许明说:"该丛书打通了文学研究与经济研究、社会研究之间的学科壁垒,开拓了文学研究的新论域,填补了文学研究与经济研究、社会研究之间跨学科研究的学术空白,具有相当的开创性。"祁志祥在《文学与经济关系的学理考量》中认识道:"经济元素对文学的渗透,既可以导致文学成为经济的奴仆,也可以给文学创作更多的自由。"②许建平在《经济生活与文学活动之关系及其研究途径》③中也对这个交叉研究进行了理论探索。

关于文人治生的研究成果主要集中在三个方面:其一治生论,就是研究古人对儒者治生的合理性的论述,包括治生观念的起源和发展史。这是关于治生研究成果最集中的领域,主要论述了元代许衡关于治生的论断,即儒者为商贾可以治生,可以保节,这种与理学家身份似有不合的论述是各种论文进行分析的主要问题。其二是对明清两代儒生治生理论的研究,主要是提出了清儒认为治生是正当的,义利可以兼容,且治生对保证儒者独立人格有益,并论及对治生伤及义理的方面。如刘增合的《儒道与治生之间——儒教经济伦理观念中的对峙与融通》④等十余篇论文。其三是古人如何治生,属于经济学领域的方面,代表作亦有多篇。

---

① 许建平:《文学生成与传播的经济动因》,《学术月刊》2006年第5期。
② 祁志祥:《文学与经济关系的学理考量》,《云南大学学报》2007年第4期。
③ 许建平:《经济生活与文学活动之关系及其研究途径》,《社会科学》2008年第3期。
④ 刘增合:《儒道与治生之间——儒教经济伦理观念中的对峙与融通》,《史学集刊》1999年第4期。

古代文人治生活动的研究，主要集中于对明清江浙等文化和经济繁荣之地的文人治生情况的探讨。如徐永斌的《明清时期扬州与文人治生》[①]及《明清时期长江中下游地区文人与书画治生》[②]。

以往的研究对文人治生方式及经济状况与文学的关系关注不够。只有少量的专著和论文对文人选择塾师或幕僚的谋生方式以及经济状况对当时的文学和文化现象的影响进行了研究。但这些专著和论文的研究成果可喜，得到了一些崭新的结论。同时有一些研究深入关注到文人职业特征和收入状况，推动了对文人生存状态的认识，对理解文人的文学和学术行为有帮助。如朱丽霞的《明清之交文人游幕与文学生态：以徐渭、方文、朱彝尊为个案》[③]，以明清之交三位著名文人的游幕生活为背景研究文学表现，是比较具体细致地对治生方式与文学关系的研究。周榆华在《晚明文人以文治生研究》[④]中关注到文人治生与文学发展的关系，指出晚明以文治生文人的出现，改变了士大夫长期主宰文坛的固有格局，使文学的话语权出现向社会下层倾斜的趋势；以文治生文人群体的文学活动推动了晚明小品的发展，他们的创作有力地影响了传统的"载道"文学观，也给士大夫文学固有的"温柔敦厚"文风造成巨大的冲击。将治生与文学表现的关系揭示得较为深入。吕靖波《明嘉靖文人游幕风气的忽炽及与文学之关系》同样关注到出于经济因素流动的幕僚与文学的关系："这些游幕文人以布衣居多，其入幕的经济考虑要远大于政治动机，并具有更为自主和频繁的流动性。他们在幕中创作了大量的青词和以抗倭为主题的诗歌作品，前者促使骈文出现了短暂复兴的态势，后者则成为明代战争诗的重要组成部分。"[⑤]

研究中有少量论文关注到塾师的束修与教育水平的关系。闻洁《塾师经济待遇初探》[⑥]探讨了塾师整体经济待遇的种类，并撇开地域因素探

---

① 徐永斌：《明清时期扬州与文人治生》，《安徽史学》2011 年第 11 期。
② 徐永斌：《明清时期长江中下游地区文人与书画治生》，《苏州大学学报》（哲学社会科学版）2009 年第 5 期。
③ 朱丽霞：《明清之交文人游幕与文学生态：以徐渭、方文、朱彝尊为个案》，上海古籍出版社 2008 年版。
④ 周榆华：《晚明文人以文治生研究》，广东高等教育出版社 2011 年版。
⑤ 吕靖波：《明嘉靖文人游幕风气的忽炽及与文学之关系》，《齐鲁学刊》2011 年第 1 期。
⑥ 闻洁：《塾师经济待遇初探》，《教育与经济》2000 年第 3 期。

究了其个体经济待遇存在的具体差别及其原因,认为私塾的级别、类别不同,塾师自身素质的不同,会造成塾师的经济待遇也不同。陈宝良《说"教书匠"——明清塾师的生计及其形象转变》①对塾师的经济收入和职业形象也有深入剖析。

对桐城派文人的治生经济与文学关系的研究几乎是空白,目力所见,仅孟祥栋《晚期桐城派作家的职业形态与文学生产》② 一文切实地关注到这个领域。该论文得出的主要结论是:"晚期桐城派作家的职业形态与近代文学生产密切相关。两代作家经历了从幕僚、教育家到职业作家的现代转型,家庭经济状况与传统士人'文以载道'理想促成了这种选择。幕僚与传统教育职业对于桐城派文风的转变和现代文学心理建构的积淀起到了重要作用。新式教育和职业作家虽然给晚期桐城派提供了现代转型的平台,但也给桐城派带来了诸多负面影响。"而其他从职业角度、经济(非经世致用,而是意指物质生产活动的经济)因素论述桐城派的研究只少量地存在于桐城派文人的个案研究和桐城世家文学的研究中,且并非关注到治生、经济与文学的关系,只是将前者作为文学家的背景材料进行介绍。

文人生存方式及经济状况对文学的重要作用已得到学界公认,对二者关系的研究正在不断深化中。目前将社会经济状况与文学的具体表现相联系的研究主要集中于对文学家、文学家群体的影响,或对文学体裁和风格的形成和影响方面。对文人治生方式与文学的关系也从个案到群体,逐渐有一些成果出现。总体来说,经济与文学相关性的研究是一种学科交叉性质的研究,通过经济因素来解释文学现象,会推动对文学更全面深刻的认识。

三 本书内容意旨

前人研究主要集中在文学风格等观念层面,亦涉及科举等制度层面的论述。实则桐城派的形成与发展动力之一在于桐城派文人的治生方式,

---

① 陈宝良:《说"教书匠"——明清塾师的生计及其形象转变》,《文史知识》2012年第7期。
② 孟祥栋:《晚期桐城派作家的职业形态与文学生产》,《江西社会科学》2012年第6期。

即因谋生而形成的社会网络。换言之，经济因素不仅推动了桐城派的产生，也是桐城派发展的决定性因素。因此，从治生方式即经济因素来研究桐城文派的流变，不仅有助于理解桐城文派发展历史的内在规律，也有助于理解桐城派的文学创作、学术研究的理念与内涵。本书从桐城派文人的治生方式入手，全面论述了治生与桐城派形成的关系，尤其是细致揭示了治生方式塑造的官员圈、幕僚圈、书院圈、地域宗亲圈对桐城派形成的作用，治生活动对桐城派的文学创作、学术研究内涵的影响，治生收入与桐城派人才培养、图书刊刻等推动桐城派发展壮大重要现象的关联。

具体思路如下：

一是对桐城派文人治生的本体研究。本书分三章论述了桐城派文人治生的观念、方式、收入等，是对文人治生活动本身的深入探讨。第一章着重分析桐城派治生观对前人的继承和务实性特征，并以具体事例探讨他们重义轻利主张的真实性。第二、三章全面分析桐城派文人的治生方式及收入情况，按职业形态不同分别探讨，注意制度层面与实际情况的不同，将整体状况与个别事例结合分析，使论述内容尽量全面并客观可靠。

二是将桐城派文人治生与流派的发生发展结合起来，研究其内在规律。分为三部分逐渐深入：首先将治生活动形成的不同圈子与文学活动对应，说明流派本身就是由圈子构成。其次指出治生的需求对文学创作和学术的影响客观存在，但不是唯一原因，以刘开与方宗诚为例来说明。并以大量例证来说明风格和创作因素都不是流派形成的根本原因。最后以桐城派的治生收入对人才的培养和著作的刊刻情况来说明流派繁衍扩大的原因。

文中相关概念。治生：从字面的意思看，即为治理生计，并无可异议处。不过，治生的途径自古至今却在变化中。今人对于"治生"的理解有广义和狭义两种不同的内容。广义者，如王瑜、蔡志荣说"治生是指家庭财产的获得、合理使用及分配"。① 狭义多指"货殖"，就是经商获

---

① 王瑜、蔡志荣：《明清士绅家训中的治生思想成熟原因探析》，《河北师范大学学报》2009年第2期。

利的方式。这两种定义之外，又有大于狭义又小于广义的一种中等范围定义，即除了经商之外，包括务农、工匠的一类治生。本书所言治生指一切可以获得生活资料的生产劳动、经营，包括做官、教书、游幕等"本业治生"方式和力田、商贾等"异业治生"。①

文人和士人：这两个词本身含义略有差别，"文人"强调了人物注重文学创作的特点，往往与"学者"相对，"士人"基本上包括全部获取了功名的读书人。对本选题来说，这两者却是基本统一的。因为桐城派的人物多半因学习古文而列名于流派，而能留下名字在各种桐城派文学史上的人物，又基本都有功名。从词汇的常用角度出发，本书主要使用"文人治生"一词，然而在具体对人群和个人的探讨中，用"士人"更为准确，因为很多桐城派人物基本是纯学者，或纯官员，没有可称述的古文作品。另外本文所言"桐城派文人"，主要指有明确的师承关系的桐城派文人，也包括主张与桐城派一致，或有明确私淑桐城派言论的士人，以民国时刘声木《桐城文学渊源考》所列人物为主，另外也包括刘声木未列，而实际主张和创作皆与桐城派密切相关的一些人物，为明人物范围，特列《桐城派文人科举职业简表》附录于末。

本书内容概要如下：

第一章论述桐城派文人的治生观。论述古代儒家重义轻利的传统和桐城派文人对古代义利观的继承和演变；桐城派文人治生观在实际的家训和治生实践中的务实性特征。对桐城派文人治生观践行情况进行总体考察，论证历史上对他们"假道学"的指责并不客观，总体比其他文人品行并不更卑下；并以桐城派历史上"假道学"名声最甚的方宗诚为例，详细考证指责多半不实。

第二章论述桐城派文人的治生方式。桐城派文人的治生方式与清代其他文人并无太大的不同，以做官、游幕、从教以及守田、医贾等为主，此章有个别而至一般的意义，从桐城派文人群体的治生途径见有清一代

---

① 当前的研究者明确地把这种"士人通过自身的知识与智能同社会进行交换，并获得物质生活资料的生存途径"称为本业治生，把"耕读传家、医卜杂艺、工贾自食"等非以知识智力为获利途径的方式，皆称为异业治生。见刘晓东《明代士人本业治生论——兼论明代士人之经济人格》，《史学集刊》2001年第3期；及刘晓东《论明代士人的异业治生》，《史学月刊》2007年第8期。

的文人生存之道。各节分职业而论,做官有科举、捐纳、恩荫、荐举之途。桐城派文人游幕人数和概况,游幕的特点、入幕方式及为幕之道。从教有官学和书院、私塾等不同体系,由于桐城派文人在各级书院影响最大,因而以书院山长为重点讨论从教方式,论证可得出山长之聘主要由书院的筹资方式决定。守田、医贾、食廪饩皆为治生来源,一并简述。

第三章论述桐城派文人的治生收入。与治生方式相对应,按照不同的职业来讨论收入。官员的收入除俸禄、养廉银等制度内收入外,因节礼等隐性收入使大多数官员的实际收入远大于表面收入,另又有入不敷出、难以为继的官员存在,皆选典型实例来说明收入状况。桐城派的高级幕僚收入可观,州县幕僚的收入情况比较复杂,丰俭不一。教师的收入分山长、塾师,各有不同,差异巨大,各就不同书院、人物进行分析。分析桐城派文人在官学或书院等不同机构中所得廪饩、膏火状况及原因。分析收入影响治生选择的类型和原因。

本书后三章论述治生对桐城派的影响,分治生圈子对流派形成的影响,治生对流派的文学、学术的影响,以及治生收入对流派人才和著作的影响来论证。

第四章论述治生圈与桐城派的形成。桐城派可以划分成前后相继又互有交叉继承关系的不同圈子。用圈子来描述桐城派的状态,可大致分为以官员为核心的圈子,以山长为核心的圈子,以地域宗亲为核心的圈子。除梳理桐城派形成过程中各个圈子的状况外,并举桐城姚永朴、姚永概兄弟为例来论证圈子的复杂特征和交融情况。

第五章论述治生对桐城派文学、学术的影响。治生对文学的影响有多方面,最典型的是幕僚代笔之作和治生需求下的应酬文字,体现出不同的特征。单独成集极少,署名权不明晰,代笔水平参差不齐。应酬文字数量大,格式雷同,谀词较多。治生对学术的影响以经学为最,用力最多,成就较高,历史评价不一,争议较大。其中以《汉学商兑》引起的争议最为典型,考证方东树的谋食术与此著的关系。治生与流派的形成是本书最核心问题,论述了桐城派主要人物创作风格不一、文论也并不相同、甚至一些成员自身也并不认同的情况下被后代学者归入桐城派的原因。流派成员划分基本由圈子决定,同时产生了门派之见的弊端。以刘开和方宗诚的入幕自荐文为例,分析治生之需使得文章内容相近,但文风是由个性决定的。

第六章论述桐城派文人治生的财力与流派发展壮大的关系。一是通过财力支持宗族教育来培养人才，二是通过财力刊刻著述促进传播和扩大影响。桐城派的官员对宗族公产的捐献力度最大，各家族财力不一，对子弟的培养作用极大，都注重了对穷困子弟的扶助。在政策上倾向对科举人才的培养，直至民国以后发生转变。通过这些人才培养的手段使文脉有厚实的人才基础，也使家族势力长久不堕。正因为家族经济参与到人才培养中，才可看到桐城派中往往兄弟父子、族属宗亲相继而学习古文，成为流派成员。桐城派的著述极丰，刊刻形式多样，分自刻、他刻、家族与地方文献及总集刊刻等不同状况，各作论述，皆基于财力实现。

第一章

桐城派文人的治生观

第一节 桐城派文人义利观的继承与演变

一 儒家义利观的历史演变

义利之辩是古代哲学史上的重要命题。此处仅就义利概念中的道德伦理及其在明清的变化进行讨论,并与桐城派文人的义利观念做一比较。在治生观念上,桐城派文人主要是将义与利作为两个对立的概念,舍利取义,或取利不害于义,都是将义、利这一对范畴放在个人的生计和道德中讨论的事,因此与哲学史上将义利与道德本质、与统治伦理关联的概念不同。贾新奇注意到历代义利之辩中范畴类型的差异及其论点的交错,其中义利关系中讨论最多的问题正是"关涉的是个人道德选择问题。在道德生活中,是从道义出发还是从个人利益出发,尤其当道义与个人利益相矛盾时是选择道义还是选择私利,这是古代哲学家反复申述的问题"[①]。本书着重于文人治生,恰是从桐城派文人在义利选择上的特点说明治生途径及原因。

桐城派文人几乎宗儒学,儒学自孔孟以来对义利的探讨和争论都未曾中断。儒学的义利观主要有两种代表性的观点:

一是儒学所言义利,在个人道德选择上,自先秦至宋,主流皆舍利取义,或重义轻利,陈述之辞虽不同,基本意思一致。主要陈述如下:

孔子言:"君子喻于义,小人喻于利。"(《论语·里仁》)此句常被认为是君子重义而小人重利的意思。孔颖达说,"喻,犹晓也",就是明

---

① 贾新奇:《论传统伦理学中义利问题的类型》,《陕西师范大学学报》2009 年第 6 期。

白的意思。且此处君子与小人不是道德意义上的名称，而是指卿大夫与庶人。古代学者论述已详，尤以清代刘宝楠之说最为透彻："如郑氏说，则《论语》此章盖为卿大夫之专利者而发，君子、小人以位言。"又说："卿士大夫，君子也；庶人，小人也。贵贱以礼义分，故君子、小人以贵贱言，即以能礼义不能礼义言。"① 将义利、富贵与个人道德品行相联系并为后世广泛接受的是："富与贵，是人之所欲也；不以其道得之，不处也。贫与贱，是人之所恶也；不以其道得之，不去也。"（《论语·里仁》）以及："不义而富且贵，于我如浮云。"（《论语·述而》）孔子主张利益需合于道，孟子继承并光大了这种观点，说："生亦我所欲也，义亦我所欲也，二者不可得兼，舍生而取义者也。"（《孟子·告子上》）并详解说："万钟则不辩礼义而受之，万钟于我何加焉？"前者云义与生相比，义更重要，需舍生取义，后者与利相比，义也是至上的。孟子的陈述中，义利不可兼得时，义重于利。

西汉董仲舒言"正其道不谋其利，修其理不计其功，"（《春秋繁露·身之养重于义》）重"道"与"理"而轻"利"与"功"。具体地说，董仲舒主张义利同养，但义重于利："天之生人也，使之生义与利。利以养其体，义以养其心。"（《春秋繁露·身之养重于义》）义和利是精神和身体两方面不同的需要，但是义和利的价值是不同的，义重于利："夫人有义者，虽贫能自乐也；而大无义者，虽富莫能自存；吾以此实义之养生人大于利而厚于财也。"（《春秋繁露·身之养重于义》）宋以后的儒家学者将义利对立较多，重义轻利概念进一步被强化。宋儒重义轻利以程陆为代表。程颐与陆九渊将义利与公私对应，程颐说："义与利，只是个公与私也。"② 陆九渊也说："某尝以义利二字判儒释，又曰公私，其实即义利也。"③

明末清初理学家陆世仪认为货殖有害于学道："货殖本非学道者所为，然许鲁斋曰，学者读书当先治生，凡货殖之类，皆可。似乎又无妨学道者。乙酉予既弃儒业，念无以资生，亦略从事于此，始觉得殊废学

---

① 刘宝楠：《论语正义》，岳麓书社1996年标点本，第100页。
② 程颢、程颐：《二程集》，中华书局1981年标点本，第176页。
③ 陆九渊：《陆九渊集》，中华书局1980年标点本，第17页。

业。盖货殖虽小事,然心苟不存,则过时失算,欲以资生,反足以害生矣。畏其害生,而朝夕计较访问,不惟学业放失,将此心为之挠乱,以小害大,以贱害贵,不美孰甚焉。"① 同为明末清初儒学家张履祥"在治生行业上是有所选择的,他重视农事甚于其他行业,尤其反对从事倡优、衙役、出家修行等行业。当时江南地区是商品经济最为发达的地区之一,商贸活动频繁,手工业发达,但张履祥也不赞同文人从事经商、手工业,即使是医卜,也被张履祥列入不支持从事的治生行业"②。这种观念实为宋明理学主流。

二是儒家的义利观重利的一面。自西汉司马迁至元代许衡提出的重视逐利、利有益于义观点不绝如缕,明清间壮大。明末得到丰富,清末得到大发展。

司马迁在《货殖列传》③ 序中说农、工、商、虞四个行业是百姓衣食之源:"原大则饶,原小则鲜。上则富国,下则富家。贫富之道,莫之夺予,而巧者有余,拙者不足。"此文又说:"仓廪实而知礼节,衣食足而知荣辱。""礼生于有而废于无。故君子富,好行其德;小人富,以适其力。渊深而鱼生之,山深而兽往之,人富而仁义附焉。富者得势益彰,失势则客无所之,以而不乐。夷狄益甚。"乃至说"无岩处奇士之行,而长贫贱,好语仁义,亦足羞也"。司马迁的这些言论可分为三个层次:一则说聪明的人衣食有余,笨拙的人衣食贫乏。二则说衣食充足的人才知礼义荣辱,贫穷的人没有礼义。三则说没有崇高的德行却长期贫贱,又好说仁义,是件羞愧的事。南宋叶适所主张的义利观与程朱不同,他认为程朱之论疏阔,不讲功利的道义是无用的虚言:"仁人正谊不谋利,明道不计功,初看极好,细看全疏阔。古人以利与人,而不自居其功,故道义光明。后世儒者行仲舒之论,既无功利,则道义者乃无用之虚语耳。"④ 这些言论显然与程朱理学所强调的完全不同。宋明理学对义利之辩倾向鲜明,必是舍生取义,杀身成仁。

---

① 陆世仪:《陆桴亭思辨录辑要》卷10,《丛书集成初编》,商务印书馆1936年版,第105页。
② 徐永斌:《张履祥的治生之路及治生观》,《中国文化研究》2014年第2期。
③ 《史记》卷129《货殖列传》,中华书局1959年标点本,第3253—3283页。
④ 叶适:《习学记言序目》,中华书局1977年标点本,第324页。

元代许衡关于治生与学道的关系有惊人之言:"为学者,治生最为先务。苟生理不足,则于为学之道有妨。"①认为没有相应的物质生活条件,对于学道有害,所以生存是第一位的,又说即使是经商只要不伤义理也是可以的:"商贾虽为逐末,亦有可为者,果然之不失义利,或以姑济一时,亦无不可。"②此言论被许多明代理学家批评。

明初理学家吴与弼(1391—1469)曾苦苦思索人生困境,感到想要不这般贫穷就要去经商。可是又认为许衡所说的"儒者以治生为急"有问题:"故鲁斋治生之言,亦病。如拼一饿死,更有甚计较?然则圣学有死地乎?"③吴与弼的疑问是,圣学是让人去死的吗?明末学者刘宗周(1578—1645)对此评议说:"义不食粟则亦有死而已。古今处君臣之义皆然,其嗟也可去,其谢也可食,倘终不谢,便终当一死。圣人于辞受取予一断以义,无纤毫拟议方便法门,如其道则舜受尧之天下不以为泰,如其非道则一介不以取诸人。"④也就是说,取义舍生,当然要置死地。

明中期高拱(1513—1578)对许衡的论段有回应。《问辨录》记载高拱与弟子的对话。《论语·先进》有"赐不受命,而货殖焉,亿则屡中"。弟子问高拱,为什么子贡经商是不受命?不受命,杨伯峻参前人注疏成果,解为"不安本分"。⑤高拱回答:知颜回贫而乐,就知经商是不安本分。弟子又问,许衡的治生说怎么样。高拱回答,后世有人非议他,但许衡也并非不对。弟子非常疑惑:不想让子贡去经商,又不认为许衡的治生说错了,为什么呢?高拱答:

> 言岂一端而已,固各有所当也。夫为国者必不可外本而内末,然亦自有生财之道。为家者必不可厌贫而谋利,然亦自有养生之道。盖古者,人君制民之产田以井,授俯仰有资焉。人虽至贫,固皆可以生也。如颜子箪瓢陋巷,贫也,然尚有箪食之可食,陋巷之可居。

---

① 刘无量:《中国哲学史》,台湾中华书局1976年版,第411页。
② 同上。
③ 黄宗羲:《明儒学案》卷62《蕺山学案》,中华书局1985年标点本,第1595页。
④ 同上。
⑤ 杨伯峻译注:《论语译注》,中华书局2004年版,第116页。

曾子敝衣耕于野，贫也，然尚有可耕之田。子贡乃不安于故常而货殖以求富，故以为不受命耳。后世田无所受，人自为生，苟无以治生，将遂粒米立锥之无有，父母妻子且饿以死，亦岂生人之理乎？盖后世之时势则然人必有所不能免者，故曰治生之说亦未可非也。①

对于学者的治生之道，高拱认为："有非义无为也，非力无食也，可以为朝夕而已无贪心也，是为治生之道，非货殖求富之谓也。曰：子贡之货殖非若后人之丰财，但此心未忘耳，然此亦子贡少时事，何如曰亦曲为之说。"② 高拱的治生说可归纳为：一、古代虽贫穷，但尚有最少的生活资本，衣食房屋和田地皆有保障，所以求经商致富是不受命。二、今世无田又无治生之术，父母妻子都会饿死，所以需要言治生。三、学者治生不合于道义的不去做，不贪心，不为求富，就是治生之道。总之应该安贫乐道，亦需养生有道。

明代王守仁的治生观念更为通达，他不认为"士"是具有特殊的与治生无关的意识的群体，而是作为"四民"之一，将士与农、工、商同视为治生之道，只是职业不同："古者四民异业而同道，其尽心焉，一也。士以修治，农以具养，工以利器，商以通货，各就其资之所近，力之所及者而出焉，以求尽其心。其归要在于有益于利器通货者，而修治具养，犹其工与商也。故曰：四民异业而同道。"③ 黄直问王守仁："许鲁斋言学者以治生为首务，先生以为误人，何也？岂士之贫，可坐守不经营耶？"王守仁回答："但言学者治生上，仅有工夫则可。若以治生为首务，使学者汲汲营利，断不可也。且天下首务，孰有急于讲学耶？虽治生亦是讲学中事。但不可以之为首务，徒启营利之心。果能于此处调停得心体无累，虽终日做买卖，不害其为圣为贤。何妨于学？学何贰于治生？"④ 也就是说，王守仁认为学者不能以治生为首务，只要不妨碍治学求道，就是终日做买卖也没有关系。明末清初学者黄宗

---

① 高拱著，岳金西、岳天雷校注：《问辨录》，中州古籍出版社1998年版，第166页。
② 同上书，第166—167页。
③ 王守仁：《王阳明全集》卷25，上海古籍出版社1992年标点本，第940—941页。
④ 王守仁撰、萧无陂校释：《传习录校释》，岳麓书社2012年版，第196页。

羲反对轻视工商："世儒不察，以工商为末，妄议抑之；夫工固圣王之所欲来，商又使其愿出于途者，盖皆本也。"① 黄宗羲此言有为商贾正名的意思，并不如常论所强调的商贾带来的道德低下。至清中期龚自珍对"利"的看法已非常明确，即对士大夫要照顾好私利才能顾及君主和国家。《明良论》②说道：

> 《鲁论》曰："季氏富于周公。"知周公未尝不富矣。微周然，汉、唐、宋之制俸，皆数倍于近世，史表具在，可按而稽。天子富有四海，天子之下，莫崇于诸侯，内而大学士、六卿，外而总督、巡抚，皆古之莫大诸侯。虽有巨万之赍，岂过制焉？其非俭于制，而又黩货焉，诛之甚有词矣！今久资尚书、侍郎，或无千金之产，则下可知也。诚使内而部院大臣、百执事，外而督、抚、司、道、守、令，皆不必自顾其身与家，则虽有庸下小人，当饱食之暇，亦必以其余智筹及国之法度、民之疾苦。泰然而无忧，则心必不能以无所寄，亦势然也。而况以素读书、素识大体之士人乎？夫绳古贤者，动曰是真能忘其身家以图其君。由今观之，或亦其身家可忘而忘之尔。

完全肯定了个人利益的合理性，要求先私后公，而不是大公无私、重义弃利。

明清文人不仅从理论上突破了逐利的道德义理的束缚，而且在实践上迈出了更广阔的治生道路。他们不仅通过传统的务农、做官谋生，而且通过教书、游幕、刻书、售卖字画以及医卜、经商等形式谋生，清末时更是通过投资实业来治生。

如清代著名文学家袁枚，只做了七年县令，三十四岁辞官之后只有"清俸"，但他生活奢侈，宴游消费极大，且到晚年积有"田产万金余，

---

① 黄宗羲：《明夷待访录·财计三》，《黄宗羲全集》，浙江古籍出版社 2005 年版，第 1 册，第 41 页。
② 钱仲联主编：《龚自珍文选》，苏州大学出版社 2001 年版，第 3 页。

银二万"，是相当富裕。袁枚的"致富之路"有三①：一是将南京随园中田地、山池分佃给十三户承领种植，另有在滁州的田产收入。二是卖文，《随园老人遗嘱》称"卖文润笔，竟有一篇墓志送至千金者"，并自刻其著作出售。三是设帐教学以取束修。与袁枚同时且为挚交的另一大家蒋士铨于乾隆二十二年中进士后在翰林院为庶吉士，后授编修，七年后即乾隆二十九年②辞官南下，除在南京、南昌小住，至乾隆四十年主要在书院讲学，先后主持绍兴蕺山书院六年、杭州崇文书院两个月、扬州安定书院三年多。其中安定书院山长的收入是每年束修银四百两、火食银三百两。③ 蒋士铨辞官后先回南昌赎回旧居，重新修葺。讲学归来，在旧居修筑了占地二十余亩、有楼亭屋宇等三十余间房屋的藏园。除藏园外，蒋士铨还在南昌建有蒋氏祠堂，可见其治生收入较丰。与袁枚、蒋士铨并称"乾隆三大家"的赵翼也在中举前曾坐馆刘统勋家，中举后在座师汪由敦家为幕，并教授其子。赵翼辞官后，亦曾主讲于扬州安定书院。同时期的梁同书以书法闻名，四十岁从翰林院侍讲乞归，回到家乡杭州以卖字画为生，其生活亦相当富足。不独乾隆时期如此，至清末的士人除守田以外从事幕宾、讲学于书院社学，或卖字画，皆为常态。至咸同以后，更有从事商业、矿山和其他产业投资的经营。吴汝纶门生贺涛之子贺葆真在其日记中有大量这类经营活动的记载。

二 桐城派文人义利观对古代的继承和演变

桐城派文人在治生观念上秉持高蹈的义利观，即重义轻利，甚至重义弃利，因此司马迁、许衡的治生观念被他们强烈抨击。而董仲舒、程颐和刘宗周的论断成为桐城派文人最普遍秉持的论点。桐城派文人对此多有述及，并各有发明。总体而言，清前期的戴名世、刘大櫆、姚鼐等人伤于明末清初以来世风逐利之败坏，高举仁义之旗，急切地反对货殖，然而面对治生的需要，在论述时又有诸多困惑和尴尬。因而在他们的持

---

① 王英志：《袁枚是这样"富裕"起来的》，《文史月刊》2011 年第 3 期。
② 1764 年时，蒋士铨仅四十岁。
③ 柳诒徵：《江苏书院志初稿》，《中国历代书院志》影印本，江苏教育出版社 1995 年版，第 54 页。

家观念上亦有务实的选择。到了清中后期，桐城派文人的观念已逐渐融通义利，高蹈的内容有了变化。

清前期桐城派文人基本上持高蹈超脱的义利观，以戴名世、刘大櫆和姚鼐为代表。

戴名世（1653—1713），桐城人，康熙四十八年（1709）进士后被授翰林院编修，因《南山集》案被斩于市，著作被禁。方苞曾问学于戴，也被牵连入狱。姚鼐述桐城派文统时未纳其入派，实际戴名世与桐城派关系密切，且他的主张也深刻影响桐城派诸人。① 戴名世有《书货殖传后》对司马迁《史记·货殖列传》的治生思想有深入剖析，可看作桐城派文人高蹈派的总发言。全文虽长，论述极精，全引如下：

> 余读司马迁《货殖传》，盖不禁三复而太息也，曰：嗟乎，俗之渐民久矣，岂不诚然乎哉！夫长贫贱好语仁义者，世以为羞，而富相什则卑下之，百则畏惮之，千则役，万则仆，此天下之所以相率而为利也。即邹鲁之间，不免去文学而趋利，利固与文学反者耶。故曰："巧者有余，拙者不足。"夫拙岂有拙于文学，然而不足者必在是也，其为巧者所笑傲，曷怪焉。
>
> 吾观子长所载巧于利者，大抵皆农工商贾之流，操奇赢，据都会，铁冶、鱼盐、马牛羊豕、谷粟、薪蒿、丹砂、帛絮、皮革、旃席之类，与夫枣栗、桑麻、荻漆、竹木、卮茜、姜韭、酤酿，下至掘冢、博戏、贩脂、卖浆、洒削、马酱，至卑贱矣，往往致素封，大者倾郡，中者倾县，下者倾乡里，岂非巧之效耶。然而较之于今则拙甚矣。古之巧者，在今日为拙，古之拙者，在今日不已巧乎。然则世之为文学者，竟何如耶？以为文学者而趋利，其收效而获多必倍于农工商贾，而其计策或又出于掘冢、博戏、贩脂、卖浆、洒削、马酱者之下，然则富者必在是也。吾乃知世之富者皆为文学者也，世之文学者出于掘冢、博戏、贩脂、卖浆、洒削、马酱之下者也。

---

① 周中明：《应恢复戴名世桐城派鼻祖的地位》，《安徽大学学报》1994年第3期。此文对此问题深入辩证，虽然戴名世是否应为桐城派后人有不同意见，但他与桐城派深刻的关系是不言而喻的。

昔子贡好废举,鬻财于曹卫之间,夫子讥其不受命,然则富不富命也,而不系于巧与拙耶?以为命也,则宜厚贤者,而原宪、曾子不厌糟糠,匿于穷巷,其命独如此者,何耶?又何以掘冢、博戏、贩脂、卖浆、洒削、马酱者之命偏厚,而出其下者之命亦皆厚也,岂命原无定,而视其人之巧拙以为厚薄耶?将命之厚薄又不在富与不富耶?然子贡结驷连骑,束帛加璧,以聘享诸侯,国君无不与之分庭抗礼,为子贡之贤邪,抑为子贡之富耶?又使孔子名布扬于天下者,子贡先后之也,则富又乌可少乎哉。故曰:"富者得势益彰,失势则客无所之。"又曰:"人富而仁义附焉。"富者为贤,不富者为愚,富者为贵,不富者为贱,则当世所谓缙绅先生与贤人君子,其大略可知矣。而憔悴枯槁之士,原宪、曾子之徒,如之何其得容于世也,其不容于世,拙耳,拙耳!然居今之日而非缙绅先生之列,无贤人君子之称,其所得不既赢乎,而岂掘冢、博戏、贩脂、卖浆、洒削、马酱者之所及,而况世所号为文学又出其下者也,富不富曷足道哉,曷足道哉!①

戴名世所申观点有四:一、天下相率逐利成为普遍现象。二、古代低贱的行业巧者致富,当世从事文学者致富。文学者的计谋不如低贱行业,但富贵在此不在彼。三、富不富不在于命,也不在于巧拙。四、富者为贤为贵,贫者为愚为贱,此现象良可慨叹。此文对世风重于逐利并因贫富而分别贵贱极为愤恨,对司马迁所推崇的货殖也坚决反对。

戴名世《钱神问对》② 一文以寓言体申述金钱之恶,对钱财使社会风气恶浊败坏的控诉更为激烈。文中钱神以为天下人都为之倾慕追逐,甚至愿为之死,称"官吏非吾不乐,商贾非吾不通,交游非吾不厚,文章非吾不贵,亲戚非吾不和"。文中"戴子"回答钱神说,天下初始,本没有钱,天下太平。至金钱产生,"或执鞭乞哀,流汗相属,不然设心计,走坑险,蒙死侥幸,损人益己,互相攘夺。或至犯科作奸,椎牛发冢,聚为博弈,出为盗贼。至于官之得失,政以贿成,敲骨吸髓,转相吞噬,

---

① 王树民编校:《戴名世集》,中华书局1986年版,第395页。
② 石钟扬、蔡昌荣选注:《戴名世散文选集》,百花文艺出版社2003年版,第49—51页。

而天下之死于汝者不可胜数也。挺土刻木以为人,而强自冠带,羊很狼贪之徒而恣侵暴,夸穷孤,而汝之助虐者不可胜数也"。天下小人之坑蒙拐骗、官吏之敲骨吸髓无不与钱神助虐有关。"修德益穷,有文益困",这是戴名世憎恨金钱利益的根源,却很难找出致富而不害道的平衡。钱神"仰而嘻笑,俯而却走,伸目四顾,举手而别,众共拥之以去",这样的结尾,显然说明了戴子之论并不为世人所接受。戴名世的茫然显然无解。

与戴名世相比,同邑后学刘大櫆关于义利的态度更为激烈。刘大櫆古文学于方苞,又为姚鼐之师,为桐城派三祖之一。刘大櫆《续难言》对许衡的治生说中重利之论抨击更为急切。许衡治生说中最著名且为儒者激辩之言为"儒者以治生为急"。刘大櫆以为此句为"其言之尤悖者"。[①]所驳出于数方面。一是许衡临死时因为不能辞官而为虚名所累,嘱其子勿立墓碑,所以"矫拂以求名,非君子立诚之道"。二是当时天下人自王公而商人,都忙碌辛苦而治生,"衡犹惟恐其未谙,急呼而告之,不亦赘乎?"言许衡犹如在说废话。三是天下不才子弟不勤于治生,当去警诫,而非独以警儒者。四是许衡此论,既与孔子"谋道不谋食""忧道不忧贫"相违,也与孟子"无恒产而有恒心者,惟士为能。若民则无恒产因无恒心"之说相悖。许衡之言行,刘大櫆不耻至极:"衡既以学道博天下之虚名,而又以治生收天下之厚利,衡于名利之间,可谓兼收而两得矣。"刘大櫆与戴名世处于同样的世情,事实上,高蹈极难实践,甚至难被认同。以至于此文在洋洋洒洒义正词严且论据充分地驳斥许衡之后,末段又说许衡是儒者中的识时变者,其言是后世迂儒的药石。全段为:"虽然,吾观世俗之情,能治生则生,不能治生则死;能治生则富贵,不能治生则贫贱;能治生则尊荣,不能治生则卑辱。而世之迂儒,生长山泽之中,少所闻见,或犹守其不忘沟壑之心,宜其饿死于蒿莱而世终莫之知也。然则,衡固儒之识时变者也,其言亦后世迂儒之药石哉!"就是说,不能治生就会贫贱、卑辱,甚至于死,刘大櫆这样自守于山泽之中的迂儒,宜饿死在荒草中而不为世人所知道,所以许衡为刘大櫆之类儒

---

① 《刘大櫆集》卷1《续难言》,吴孟复标点,上海古籍出版社1990年版,第32—33页。此段刘大櫆言论皆出此文,后不一一出注。

者的药石。此论如此不通，只能说明许衡有违理学的道义，道义使儒者不能逐利。刘大櫆自认为不能违背道义，所以许衡之论是迂儒之药石，只是刘大櫆不能服用。高蹈的理学道义使得桐城派文人的处境相当尴尬。

科举失败且生活艰难的刘大櫆对于义利及贫富有深入的论述。写给弟子吴定的信谈及对于富贵和贫穷的态度是随遇而安的："不必富贵，不必不富贵。贵则施泽及一世，贱则抱德在一身；富则有以自厚其生，贫则有以自处其约。时其天明则与物皆昌，时其阴闭则与物皆塞。爵廪之来也吾不拒，其去也吾不留；其来也吾不以一毫而增，其去也吾不以一毫而减，故可富可贫、可贵可贱，而吾之修身励行，要不以一朝而变易也。"①又说："今夫农圃之人，污手涂足以谋食；商贩之辈，买贱鬻贵以阜财；巫匠之徒，祈生送死以逐利；仕宦之侣，偷荣窃禄以肥身。若夫畎亩山林之士，埋藏于窟穴之中，与世共处而心不与处，与俗相违而身不与违。此亦各有其分，顾惟上天所命。"皆表达了其顺应天命的态度。刘大櫆在表达远离富贵的情志更是频繁和急切。如此文以下三段话：

"仆之不可为公卿大夫，犹犬之不可负重、牛之不可急驱、马之不可执鼠、貔之不可守阁，犹喑者不可使言、伛者不可使仰、短者不可使援、生而有疾在其体，安得与强梁者并走而争先邪？人世之好尚，匪我之心思所能测度也。"

"仕宦者，舍逸即劳，去安生而入于危死之地，自以为荣，吾不知其荣也；自以为尊，吾不知其尊也。"

"夫郊祀之牲在涤三月，然后陈肩臑于鼎俎，非不荣也；然而为牲谋，不如其在牢栅之中。辟狐豹之皮以为天子之裘，坐明堂而莅宗庙，非不尊也；然而为狐者悲其不得首邱，为豹者痛其不终隐雾。人心之灵异于物，至于穷达显晦之交，智不如狐豹，何也？"

三段分别说自己生性做不了公卿大夫；自己不认为仕宦有尊荣；尊荣未必有好下场。很多才华横溢而难遇的知识分子在谋生与求道之间难求平衡。第三段所说道理，与庄子《秋水》所说，愿做一只曳尾于涂中的乌龟相同，然而刘大櫆显然不能与庄子的行为对比。庄子不肯为相，而刘大櫆首先是没有机会。对照刘大櫆的高蹈言论与他的行为，颇能体

---

① 《刘大櫆集》卷3《答吴殿麟书》，第116—117页。

会这种尴尬。刘大櫆二十多岁时入京游学。雍正七年、十年两登乡试副榜，乾隆元年（1736）举博学鸿词、乾隆十五年荐经学，皆未遇，年逾六十得黟县教谕。乾隆元年，方苞举荐刘大櫆为博学宏词科，大学士桐城人张廷玉将其黜落。① 此前刘大櫆写给"高督醝"（盐政高公）的信，称"充博学宏词之选，荐之天子，而未知櫆之任受否也"②。刘大櫆在此信中自述其志，称客游京师八九年了，就为了求升斗之禄，并非山林逸士。此次回乡省亲，归未数月又要负囊远游求食，没有不任受之说。

同样地，姚鼐之反货殖的言论也是这一阶段桐城派义利观的典型代表。姚鼐与戴名世一样有一篇《书货殖传后》③，其论比戴名世更高蹈。因为他首先不承认司马迁是在标举货殖之利，他认为司马迁是在"议其贱以绳其贵，察其俗以见其政，观其靡以知其敝，此盖子长之志也"。意即司马迁在劝讽皇帝，以为当时汉武帝不能"以宁静淡薄先海内"，而以制度防礼俗之末流，所以使得百姓仿效淫侈，不顾廉耻逐利，贤士穷窘，有钱人僭越于君长。汉初儒家伦理和礼仪一套学说并未成为主流，姚鼐之说，显然以明清的思想绳西汉，认为："以无欲为心，以礼教为术，人胡弗宁？国奚不富？"也是腐儒气息，与时代风气相距极远。梁启超《清代学术概论》说到桐城派先辈人品："平心论之，'桐城'开派诸人，本狷洁自好，当'汉学'全盛时而奋然与抗，亦可谓有勇。不能以其末流之堕落归罪于作始。"④ 就桐城先辈的言论来说，狷洁自好是确定无疑的。

至清中后期，桐城派的义利观发生了演变。与清前期几位桐城派的开创者相比，道光以后桐城派文人的观念是有变化的。同样是讨论裴行俭的四杰之说，刘大櫆与陈用光的重点已经不同。裴行俭对"初唐四杰"诗人命运的评价，也是桐城派文人讨论的焦点。对此问题的争论可见出前后的差异。

裴行俭为唐高宗时名将，文武兼备，官至礼部尚书兼检校右卫大将

---

① 生平以《清史稿·刘大櫆传》为据。
② 《刘大櫆集》卷3《与盐政高公书》，吴孟复标点，上海古籍出版社1990年版，第109—110页。
③ 姚鼐著、刘季高标点：《惜抱轩诗文集》卷5《书货殖传后》，上海古籍出版社1992年版，第72—73页。
④ 梁启超：《清代学术概论》，上海古籍出版社1998年版，第109页。

军。裴行俭曾讥同时文名甚盛的四杰王勃、杨炯、卢照邻、骆宾王,认为:"士之致远,先器识而后文艺。勃等虽有文才,然浮躁浅露,岂享爵禄之器邪!"① 四杰之中,王勃溺水而亡,卢照邻投水自杀,骆宾王失踪于乱军中,杨炯43岁卒于县令任上,都属于无福禄之人,是以裴行俭有此讥。刘大櫆对此深不以为然,认为享爵禄与器识无关,穷通是天定的,且认为:"王勃诸人未尝曰:'吾欲享行俭之爵禄也',而行俭乃代为之私忧过计邪?"② 依刘大櫆意思,四杰并没有想去享爵禄,显然此话亦是为辩难而辩难,并无说服力。又言:"文艺之于立德、立功则末矣,岂其不如享酒食之荣华者乎!"③ 四杰之文艺犹立言,立言处立德、立功之下,但仍是比享爵禄崇高。此意不错,只是与裴行俭所论人生际遇问题不是一个范畴。

对裴行俭评四杰之语,姚鼐弟子陈用光也有论及。陈用光说,唐之初叶王勃杨炯四人以诗名,裴行俭所言:"士先器识而后文艺,勃等浮躁浅露,岂享爵禄之器耶!"④ 是很有见地的。原文又引范仲淹为晏殊择婿,以张为善为人疏旷而终选富弼之事:

> 范文正为晏元献择婿曰:"富皋、张为善皆有文行,他日至卿辅。"元献以修整者为优,卒婿富。后郑公终以相业显,安道虽贵而朱子不满之。故世以文正谓张疏俊为知人也。裴献公之学虽不及文正,然其知兵审吏,亦非苟冒于富贵利达者,其决王勃诸人,后皆验其言诚当。⑤

陈用光对名利富贵的看法显然异于其师姚鼐,也异于刘大櫆。对因"浮躁浅露"而不得爵禄的情况是认同的,所以又发论称:"使王勃诸子易其浮躁浅露而以适乎道,庸讵不可以享爵禄?天与之以名,使传其文

---

① 《刘大櫆集》卷1《难言三》,吴孟复标点,上海古籍出版社1990年版,第31页。
② 同上。
③ 同上书,第32页。
④ 陈用光:《太乙舟文集》卷2《名位篇上》,徐成志标点,《陈用光集》,安徽教育出版社2014年版,第12页。
⑤ 同上。

词于后世,而彼不能自适乎道以待天之所厚,是王勃诸子之过也。杨盈川得天稍胜于三人,而不能益致其敦笃,故仅以一令终。然究其所得,固愈足以明三子之失矣。"①

陈用光的观念应该是道光以后士人普遍认同的,但非人人如此,管同就是坚定继承桐城派先贤高蹈观念的弟子之一。管同(1780—1831)为姚鼐高足,列为姚门四大高弟之一。道光五年(1825)在江南乡试中举,后入安徽巡抚邓廷桢幕。其论义利亦极高蹈,将义利与道德相联系,认为"大凡君子小人之分,不出乎义利。未有小人而好义,未有君子而好利者也"②。此处君子、小人显然皆指道德上的定义,非士大夫与庶民之称。管同认为即使冻饿而死也不能好利,推崇孔子云"志士不忘在沟壑"。③

应该说桐城派的理学家在与当时之世风败坏、奔走干谒、纵情财货泛滥的情形努力抗衡,然而其言微,其力亦弱。好为此言,实因世风并不能支持这种理想。能够言行合一者,并不容易,而大多数人,包括桐城派中学者很难做到,以致后世有许多关于清代"假道学"的讥讽。

实际上到了晚清,对"利"的肯定已经得到相当广泛的赞同,桐城派文人亦不能置身事外。其中严复之说与高拱、颜元相承,核心相同。严复所言义利关系主要有:"皆以功利为与道义相反,若薰莸之必不可同器。而今人则谓生学之理,舍自营无以为存。"④又说:"民智既开之后,则知非明道则无以计功,非正谊则无以谋利。功利何足病,问所以致之之道何如耳。故西人谓此为开明自营。开明自营,于道义必不背也。复所以为理财计学,为近世最有功生民之学者,以其明两利为利,独利必不利故耳。⑤"其中一则认为必须营利自存,二则认为开明自营必不背道义。义利的讨论在此之后逐渐消歇。

---

① 陈用光:《太乙舟文集》卷2《名位篇下》,第13页。
② 《因寄轩文二集》卷5《与某君书》,施立业点校《管同集 吴敏树集》,安徽教育出版社2014年版,第134页。
③ 此句实出《孟子·滕文公下》,且今有学者认为原句当为"志士不妄在沟壑"。(樊波成《重读孟子:志士不忘在沟壑——典籍训诂与历史制度》)
④ [英]赫胥黎:《天演论·群治》,严复译,商务印书馆1981年版,第92页。
⑤ 同上。

第二节 桐城派文人治生观念中的务实性

一 桐城派文人家训中的治生观念

前述桐城派重要成员形诸文章中的高蹈，在面对现实的生存问题时显然不能适用，从他们训子、管理宗族的言行和规则中，可以看到桐城派文人行为上的务实性。总的特点，清前期主张传统的读书兴家、自力耕植、置田屋之产，后期则支持务百业。这些观念在桐城派文人的言志抒情和议论治平思想的文集中很少见，在家训中最能集中体现。

张英、张廷玉父子为桐城人，刘声木《桐城文学渊源考》并未将他们列入桐城派。就古文主张，张氏父子与桐城派并无关系，但张氏与桐城姚鼐一族世代联姻，如姚孙棐子姚文燕娶张秉文女，又娶张秉贞女，姚孙森女姚含章适张英，姚孙槼女适张秉贞子张茂稷，姚文熊子姚士封娶张英女，姚士簧亦娶张英女，姚文鳌子姚士庄娶张秉文孙女、张佑女，姚文荧子姚士瑾娶张秉彝孙女、张嘉女，姚文然四个儿子中姚士暨娶张秉宪孙女、张克位女，姚士基娶张克位女，姚士陛娶张克位女，姚士陆娶张茂稷女，女儿嫁张廷玉，姚文燕女嫁张廷璐，姚文荧女嫁张英子廷瑑，姚文熊女嫁张杰子张廷荧，如此世代联姻直到清末①，此不一一列举。张氏与桐城方氏、吴氏等其他大族的联姻略少于与姚氏的联姻，但亦世代有姻亲关系。总体说来桐城派文人与张氏关系密切，相互影响，治生之务更是息息相关。聘为馆师或荐幕之事亦常有。尤其是张英的《恒产琐言》《聪训斋语》及张廷玉的《澄怀园语》训诫儿孙耕读持家之事，对整个清代文人的治生思想都有影响。

张英的治生观念重在保有田产，其称："予之立训更无多言，止有四语：读书者不贱，守田者不饥，积德者不倾，择交者不败。"② 守田之论在《恒产琐言》中又有详细论述。此书是研究清代文人治生问题不可忽略的重要著作。郭长华总结《恒产琐言》道："张英的'恒产'思想十分丰富，一方面，他从家产的耐久性、安全性、收益的稳定性等方面论

---

① 参见徐雁平《清代文学世家姻亲谱系》，凤凰出版社 2010 年版，第 177—200 页。
② 张英：《聪训斋语》，《张英全书》第 1 册，安徽大学出版社 2013 年版，第 515 页。

证了'田产'恒久性的意义;另一方面,他从'守田不饥''往庄细看''除鬻产之根''尽地之利'等方面,教育子弟、家人牢牢掌握'守恒产'的基本方法。"①

张廷玉的治生观念主要继承张英,又略有发展。张廷玉首推俭。俭用之法,包括有二三千两银子的产业,才能住到城里去,只有千两以下,断不可住在城里。且以俭于物质推及俭于言语、交游:"天子知俭,则天下足,一人知俭,则一家足。且俭非止节啬财用己也。俭于言语,则元气藏而怨尤寡;则于交游,则匪类远,俭于酬酢,则岁月宽而本业修,俭于书札,则后患寡,俭于嬉游,则学业进;人生俭啬之名,可受而不必避。"② 其次为保家之道应当置田产、房屋,田产与房屋相比,房屋又不如田产。最后是求名莫如读书。这些思想不仅桐城派文人大多都认同,整个清代至光绪维新以前士人也大略如是。

方苞对于治生之道论述亦极详尽。张英之论重在说治生的原则,方苞之论直接说明治生的方法,更具实用性。雍正二年(1724)方苞给子侄的家书《甲辰示道希兄弟》,详言分产增殖分配之事。方苞所置墓田,由三支(方苞及兄方舟、弟方林)子孙世祀,祔食于祖。方苞又有《教忠祠祭田条目》,详述由方舟、方苞共置的教忠祠产业的经营分配及增值之法,其中有关治生之道论述颇详。方苞兄方舟年三十七卒,弟林未娶早卒。方舟生前曾与方苞约定,兄弟三人死后共葬,不与妻子同葬,使各自的孩子都视如同胞兄弟:"异日汝子与吾子,相视如同生。"③ 并约定兄弟不分财异居。

方苞在《甲辰示道希兄弟》中所言祭田的收获分配规则有:"吾家祭田,营宅兆,供岁祀;有余,量给不能丧葬者;有余,以振鳏、寡、孤、独、废、疾不能自存者;有余,以助贫不能受学者;有余,春巢而秋籴之,累其赀以广祭田。其怠于作业而贫窭者,不得告贷。"④《教忠祠祭

---

① 郭长华:《"守田不饥"——张英"恒产"思想简论》,《经济师》2004 年第 8 期。
② 张英、张廷玉:《聪训斋语 澄怀园语——父子宰相家训》,江小角、陈玉莲点注,安徽大学出版社 2013 年版,第 63 页。
③ 《方苞集》卷 17《己亥四月示道希兄弟》,刘季高点校,上海古籍出版社 2008 年版,第 478 页。
④ 《方苞集》卷 17《甲辰示道希兄弟》,第 483 页。

条目》则为此原则的具体方案。方苞用全部积蓄购置了桐城、庐江、高淳之田,后卖桐、庐之田建成教忠祠。方氏莲池祠堂由方苞之兄方舟赎来,后卖之购得江宁沙洲圩田和木厂。此产与方苞所置高淳田共为教忠祠祭田。祭田作为家族公产,除用于祭仪,还为族内子孙婚丧嫁娶、鳏寡孤独、读书置业者提供资助,教忠祠的资产管理和增值办法颇有代表性,在清中前期,是持田产而治生者通常采用的方式。

方苞的治生之道首先体现出保证祭祀费用的基本功能并求普惠的分配:一是田租主要用于每年的祭腊、墓祭。以教忠祠言,一年需费六十两银。二是祭田盈余的分配:"四时祭荐而外,以周子孙窭艰、嫁娶丧葬不能自举者。"① 嘱予子侄道希、道永、道章、道兴的子女婚嫁,"予五十金。再娶者减三之一,娶再醮者不给。妻及子妇成人之丧亦如之。诸孙行则予三十金。力能自举者不给"②。此分配方案兼及二十年后、三十年后祭田加倍后对同祖叔父枫麓之子孙,以及曾祖副使公子孙、高祖太仆公子孙的资助。主要用于此类宗亲的嫁娶病丧等。

其次是保守产业,稳定增值。方苞个人用度取于祭田:"余药物及随身用度,不得不取之祭田。"③ 身后每年可余二三十两。方苞嘱子孙不得取用,积至百金后,付典铺取息。再积至六七百金,用以买上等冲田。十年后,祭田可加倍。每十年统计田契,报官存案。使"三十年后,更得良子孙守之百年,则祭田增加可数倍于吴郡范氏。润泽可徧断事公之后七支。吾子孙尚忧衣食哉,岂惟受命于先人,事必宜终,即为子孙计,吁谟远猷,亦无善于此者矣"④。

三是俭用的规则,主要是少用奴婢:"金陵之俗,中家以上,妇不主中馈、事舅姑,而饮食必齿,燕游惟便。缝纫补缀,皆取办于工;仍坐役仆妇及婢女数人,少者亦一二人。妇安焉,子顺焉,盖以母之道奉其妻而有过矣。……吾家寒素,敝衣粗食,颇能外内共之,而妇人必求婢女,犹染金陵积习,吾甚惧焉。道希兄弟其与二三妇其勉之!恐余不幸

---

① 《方苞集》集外文卷 8《教忠祠祭田条目》,第 768 页。
② 同上书,第 768—769 页。
③ 同上书,第 767 页。
④ 同上书,第 770 页。

而言之中也。"①

四是分家之后可贮公产，极力在家族中实现均富："妇人之性，鲜知大义。兄弟同财，则怠于家事，委积盖藏，坐视耗蠹。甚者，争为侈靡。吾子孙之以大功同财者，苟不能同爨，则均其岁入，而各私为奉养。丰年存十之二，俭岁十一，公贮之以备丧葬婚嫁；犹愈于离居析产，不肖者甘荡弃而兄弟不得问也。"② 方苞的理想是清涧白氏四世同爨、繁昌徐氏兄弟五人同产的均富。白氏家中妇女的娘家送嫁服物都放归公用："虽母家送嫁服物，亦贮公所。"③ 繁昌徐季子兄弟五人，兄弟又有子二十余人。徐季子二十二岁丧妻及子，遂鳏居治家事："兄弟之子耕者、贾者、授徒客游者，丝粟不入私室。男女少长近百人无违言。"④

五是鼓励各业治生。对子孙中读书无成，能经商力田者，"各给三十金为资本。怠荒其业而没其本者，勿再给"⑤。

方苞对子孙所定祭田等族产的守产、增值及分配方法与张英父子的主张大致相同，而桐城光氏宗族的主张亦与方苞类似。光聪谐为姚鼐弟子，嘉庆十四年（1809）进士，官至直隶布政使。致仕后回桐城老家，纂修《光氏族谱》，其中《家政篇·训子弟》条有："古人云，十年树木，百年树人。国欲其兴也，必须培养贤才，族欲其大也，必须培养子弟。" 又说"所谓训子弟者，非徒讲究训诂，资取功名已也，必贵隆师择友，使之兴廉察孝，谨言慎行，崇本务实，正心术，远邪淫，全在血气未定，知识渐开之时。训导惩戒，长其德性，遏其邪萌，庶可成为大器，不至陷溺以玷家声"⑥。主张培养子弟成大器，养德性，而治生主张较为通达。对子弟从业，以士、农、工、商皆可，但是不得闲旷："族中子弟至七八岁时，即当量其资质之敏钝，士农工商各授一业，不令闲旷，毋

---

① 《方苞集》卷17《甲辰示道希兄弟》，第485页。
② 《方苞集》卷17《甲辰示道希兄弟》，刘季高点校，上海古籍出版社2008年版，第487页。
③ 同上。
④ 同上。
⑤ 同上书，集外文卷8《教忠祠祭田条目》，第769页。
⑥ 光聪谐等修：《同治桐城光氏族谱·家政篇》，同治十三年桐城光氏木活字本，第11页。本段引光氏族约皆出此《家政篇》，后不一一出注。

得姑息。"与张廷玉相比，俭之外，光聪谐更强调勤："务勤俭盖业勤则生遂，生遂则心纯，心纯则邪僻之心无自而起，此所谓民劳则思，思则善心生，逸则淫，淫则忘善，忘善则恶心生。由此推之，达而在上，有用于国家，穷而在下，无忝于父祖。胥自勤其业，始至俭为美德，礼与其奢也，宁俭。奢则不逊，俭则固。"又说："吾族须照简约相尚，勿斗华靡，但不可失于吝啬耳。"

清代至民国，各族在对治生的选择上其高低贵贱的价值判断基本没有不同。与桐城光氏一族相比，同邑姚氏的规则更简单，除戒嫖赌、戒学戏外，只主张俭朴。麻溪姚氏一族有姚范、姚鼐、姚莹等桐城派名家，姚莹之子姚濬昌光绪时所修家谱载《麻溪姚氏家规》，治生规则言："不务生理，好嫖务赌，登场学戏者，本房尊长以告房长，查核果有其事，传族众于公所重责之。"① 桐城高甸吴氏也有同样规定，且对治生的职业要求宽松："子孙毋论贫富，俱宜各务生理。读则读，耕则耕，或工或商，皆可治生，不得游手好闲。如有酒宿娼、赌博浪荡及习唱帮戏、打拳斗狠、装圈贩马、武断乡曲、教唆主文、证讼逞刁、骗害良民者，皆明干国宪，有玷家规。族长房尊祭祀日数其罪责之，责之不改，送官法治之。"② 此时读书、耕田、工匠、商业等的地位基本平等了，且国法在家规中被强调。徐国利言徽州地区明清时期的宗族"规定族人要以四民为正业，禁止从事贱业；视读书和为士为四民之首业；在看待经商与力农问题上，有些族规家训明确主张经商事贾，也有宗族保持传统的农本商末思想，禁止族人经商；重视对族人进行择业和尽业等方面的职业教育"③。与桐城这些文学世家的规定并无太大差异。商业气息远不如徽州的桐城地区，对商业并无格外偏见，至少并未见抑商的明确规定。这与戴名世、刘大櫆、姚鼐的个人主张不同。个人的理想化义利观和治生选择与宗族族规并不一致，宗族的规定更为贴近现实。

---

① 姚濬昌纂修：《桐城麻溪姚氏宗谱》，光绪姚濬昌安福县署刻本，卷首第3页。
② 吴健吾等纂：《桐城高甸吴氏荣华宗谱·家规》，民国二十五年（1936）安庆著存堂铅印本，第8页。
③ 徐国利：《从明清徽州家谱看明清徽州宗族的职业观》，《河北学刊》2001年第6期。

二 桐城派文人个人治生观念的务实性

虽然桐城派几位大家明确地论述了其重义轻利的主张,但面对现实的人生,切切实实的修身、齐家需要使他们仍然要面对治生的选择。不仅大多家族的齐家之论倾向务实,部分桐城派文人的治生之论也表现出现实的而非高蹈的倾向,这些主张与他们后来选择的治生道路及学术和文学的倾向不无关系。

耕田而有薄粥,是一种生存需求,更是一种志趣表达。因为实际上他们的田地房产远不止保证喝粥的水平。方苞在其文集中多次提及自己的生活理想,即有足够的田地,守田耕读,"使其身宽然无求于人,便可屏百事,抱书穷山,以竟其所志"①。而方苞在桐城祖田二百亩,②"岁入与佃者共之,故不足给衣食"③。若能自己耕种,种蔬麻,养鸡养猪,可以自养,但是又"疲疴迭婴,筋骨脆委,不能任力作"④,所以独行远游,教书自养。而靠收租的话,无水旱灾害可供养家人用度的一半。雍正二年(1724),方苞时五十七岁,说及当时自己家人的用度:"计中人之家,主人一身调度,必殚上农夫五家之力。妻子一人所费,役三家。仆婢半之。吾家亲属及仆婢,近四十人,常役上农夫百家。"⑤ 主人一人需农夫五家的劳动供养,妻子一人的用度需要农夫三家,加个仆婢,一家人需要役农夫百家,无论如何算不上是贫困。

戴名世独钟情于种树,他的言论力斥商贾逐利之害,也将百匠工艺置于文学之下,然而于治生大计仍不可回避,他提出过种树治生之法:"然则树木以治其生,岂独读书宜然哉。是故居沃土市廛,则宜种花果,居川泽则宜种桑柳,居郊野则宜种竹,居岩壑山谷间,则宜种松杉。山之利虽稍迟,而百倍于他木。"⑥ 对于种树谋生,戴名世念念不忘。四十

---

① 方苞:《方望溪先生全集》集外文卷5《与韩慕庐学士书》,商务印书馆1935年版,第122页。
② 另又有方苞写给韩菼的书信说先世遗田百余亩。
③ 刘季高点校:《方苞集》集外文卷5《与刘言洁书》,上海古籍出版社2008年版,第669页。
④ 同上。
⑤ 同上书,卷17《甲辰示道希兄弟》,第484页。
⑥ 王树民编校:《种杉说序》,《戴名世集》,中华书局1986年版,第83页。

多岁时,还详细规划了种树治生的方法。他侨居金陵时见当地人多以种树为生,又见城西北有空旷闲地,戴名世意欲买十余亩地,种树三百六十棵,中间搭八九间草屋,"及其实之成也,计一株可得钱百余,若其蕃滋繁多,则可得钱二三百"①。所得钱用绳子串起来装在匦(guǐ)中,每天从中取一串。一棵树所得钱一串,一天取一串,一年正好用完三百六十串。又以意外之需再多种二三十棵。只是这样的计划仍需要有本钱,"城西种树之计,非二三百金不克办",戴名世的愿望终未能实现。

吴敏树②(1805—1873),湖南巴陵(今岳阳)人,道光十二年(1832)举人,曾官浏阳县训导。吴敏树本人自谦"弟家以避寇最多,经历苦状,止是先人遗产田亩仅存,决不能舍而远去。不知几时乃得筑屋数间,安居终老也"③。然而又曾言"自吾先君子捐贷谷万石后,继之者惟徐君(克轩)"④,能捐谷万石,自然不会是穷人。守薄田几亩,屋舍几间,显然只是一种志趣的表达。

方宗诚(1818—1888)相对陆世仪、方苞的观念有所进化。方宗诚为清后期桐城派学者,他的治生观念体现出多样性的特点,高蹈、现实、恬退自守兼备。清初陆世仪所著《思辨录辑要》影响甚大,治学之思分十四门,其中《修齐》门对治生之法有卓见:

> 许鲁斋之言,与夫子不受命而货殖之言,若出二道。然细思之,盖亦时为之也。孔子之时,虽非盛世,然先王之遗法犹在,使有百亩之田,则亦足以糊口卒岁矣。于此时而货殖诚不受命也。乃鲁斋之时,士无恒产,八口无所养,则虽欲不治生而不可得。死生又急于礼义矣。至于今有田则忧赋税,货殖则忧通塞,教授则道义不尊而不以糊口。难哉难哉!⑤

认为周代田地有余,所以不经营货殖也可生存,而元代许衡时士无

---

① 王树民编校:《种杉说序》,《戴名世集》,中华书局1986年版,第392页。
② 古文宗归有光,被刘声木列入《桐城文学渊源撰述考》。
③ 《吴敏树集》,张在兴点校,岳麓书社2012年版,第393页。
④ 同上书,第442页。
⑤ 陆世仪:《陆桴亭思辨录辑要》卷10,商务印书馆1936年版,第105页。

恒产，想要依田治生也不可得，清初则更加糟糕，货殖都艰难。光绪年间，方宗诚校读此书，作《记疑》二卷，对陆世仪此论以朱笔批曰："治生就其无害礼义者而治之也，'死生急于礼义'一句非是。"后一句"非是"记疑中改为"似不可为训"。显为高蹈之论。

陆世仪言治生亦强调俭字，称"吾辈治生无别法，只一俭字是根本。古人所谓咬定菜根，百事可做也。若不识字俭字，而反以经营为治生，何啻天壤"①。并且认为做到俭用就可以不用经营为治生。方宗诚在"只一俭字是根本"句旁连圈，并"若不识俭字，而反以经营为治生，何啻天壤"连圈，批道："予谓尤以勤于耽业为主，有恒产勤治恒产，无恒产勤学一恒业。"② 方宗诚的治生观比起陆世仪大有进步，强调了勤为主，且不仅治产，也可勤学一恒业，此观念比起张英、方苞时期买田守田耕读而没有"勤学一恒业"的观念要开阔得多。

方宗诚所生活年代在道光以后，西方列强还未攻击到大清的疆域时，士人的个人理想显然与大清帝国的稳定封闭相关。道光二十一年（1841）前后，方宗诚二十四岁，与同里苏惇元、文钟甫、江贻之、戴钧衡同时在方东树门下学习，相交甚契，遂有各言其志之论：

> 是时，少壮气盛，各思树立。钟甫欲得一州一邑而理之，俾民无冻馁，狱无冤囚。存庄亦自负其才，思表见于世。厚子先生筑带经山庄觕成，思终岁安居著书，垂示来学。余与贻之则皆欲结茅屋山中，足迹不入城市，薄田数亩供饮馆粥，无追呼交谪声，殚精一志，以求圣贤之心，及古今大经大法，而又以其余力，取左、马、庄、屈、贾、刘、韩、欧、曾之文，陶、阮、李、杜之诗讽诵之，以扩其识而养其气。③

温饱与清闲，显然是满足儒家修齐理想、找到义利平衡的一个点，

---

① 陆世仪撰、方宗诚批点：《思辨录辑要》卷10，清光绪抄本，安徽省图书馆藏。
② 同上。
③ 方宁胜、杨怀志点校：《柏堂集》前编卷3《书江贻之空山夜坐图后》，《桐城派名家文集9 方宗诚集》，安徽教育出版社2014年版，第28页。

这种理想一直延续到清末，桐城派文人的人生理想非常强大地继续保持着，而绝不发展。

苏惇元、文钟甫、江贻之、戴钧衡与方宗诚皆桐城派学者，所言志向略有不同。得一州一县而治已是较功利的，在桐城派学者所申之志中也不多见。光绪十一年（1885）十二月十八日姚永概日记中述及姐夫马其昶之志："但愿葬好坟，得一佳子，己身中举，作县令一任归，闭门读书耳。"①而姚永概自己则称："予言我之愿与彼同，惟中举、作令则听之天，但能使我馆粥有资、读书无虑而已。"②似乎治生的目的仅是生存。

第三节　桐城派文人践行治生观念的总体考察

桐城派文人在理论上总体持重义轻利的治生观，即使后期有了很务实的变化，形诸于文字时还是倡导要清贫自律、洁身自好，甚至高蹈出尘。但事实上清代对道学家的批评极多，当时及以后的很多人对于名义上修身好道而事实上孜孜求利的道学家极尽揭露，其中桐城派文人很多都被当作"假道学"的典型成为重点批评的对象。因此有必要探讨一下桐城派文人践行治生观的实际表现。

一　"假道学"之论的历史状况

儒家孔孟之说到宋代由二程、朱熹发展衍说，自成一支，称程朱理学或道学，明清两朝成为官方显学。"理"有时又称为"道"，所以也称道学。理学认为"理"是万物起源，认为万物的发展规律能够被认识，即能"格物致知"，这种发展规律也是"理"。理学又认为应收敛私欲，使修养达到本性，即"仁"的境界，就可以合于"天道"（或"理"）。这种存天理、灭人欲的要求，在社会体系中的现实表现就是要遵守"三纲五常"这类伦理道德。违背礼仪的为满足个人私欲的行为就是"人欲"。理学对个人的道德修养提出了极高的要求标准，明清两朝许多读书

---

① 姚永概：《慎宜轩日记》，沈寂等标点，黄山书社2010年版，第240页。
② 同上。

人为迎合官方意识，达到获取个人名利的目的，假扮道学先生，高谈仁义，实际行为卑污，成为当时和以后理学备受诟病的重要原因。

　　清初的满族统治者对理学推崇极高，"假道学"亦极盛，因此出现了大量对"假道学"的批判。王世光将清代对"假道学"的批判分为三种："一是从社会的角度，对社会上借道学欺世盗名的伪君子进行批判；二是从学术的角度，站在儒家道统意识的立场上，对道学的合法性提出质疑；三是从政治的角度，对作为正统意识形态的程朱理学提出批评。"① 本书所言与治生相关的"假道学"，实为第一种。清初学者陈确所说"假道学"有："外窃仁义之声，内鲜忠信之实者，谓之外假。"② 也就是后世所谓"假道学"、伪君子的主要定义。桐城派主流皆宗程朱，因言行受到质疑从而被视为"假道学"者不少，如桐城三祖之一方苞。民国时期举新文学革命旗帜的人物对方苞批评尤力，直接以"假道学"称之。陈独秀在说方苞等人希荣诔墓："归、方、刘、姚之文，或希荣诔墓，或无病而呻，满纸之乎者也矣焉哉。"③ 梁启超也说过方苞等人为"假道学先生"，"他（方苞）口口声声说安贫乐道，晚年却专以殖财为事，和乡人争乌龙潭鱼利打官司"④。实际上方苞前半生流离游学，在各地授馆谋生，相当贫困。中年以后中了进士还未做官就受《南山集》案牵连下狱，差点丢掉性命。"希荣"或"诔墓"之作在其作品中极少，多为人情之作。刘守安对方苞的经历及思想的多重性有详细剖析，认为并无充分证据认定方苞是"假道学"："方苞大致信奉理学，推重程朱，时有酸腐之气，但其'道学'（理学）并非虚假，似不应判为'假道学'。且他颇重经世致用之学，关心国计民生，在其著述和其实践中都有突出表现（笔者另有专文论述），这又是值得肯定的。方苞个人的思想品德方面并无特别突出的恶劣之处，笼统地斥之为'假道学''谬种'等，似缺乏充足的事实根据。"⑤

---

① 王世光：《清儒视野中的"假道学"》，《求索》2002 年第 5 期。
② 陈确：《陈确集》，中华书局 1979 年标点本，第 111 页。
③ 陈独秀：《文学革命论》，《新青年》1935 年第 2 卷第 6 号。
④ 梁启超：《中国近三百年学术史》，吉林人民出版社 2013 年版，第 109 页。
⑤ 刘守安：《一个矛盾而痛苦的灵魂——方苞生平与思想探微》，《首都师范大学学报》（社会科学版）2005 年第 5 期。

二 桐城派文人的道学践行

目前很难一一考察大多数桐城派官员的实际收支。帮危济困之行见诸文献者多，但反面事例却少有记载流传，很难完整客观判断。以姚莹为例，其官途有起伏，实际为官时间也不长，获利基本正当，言仁义，并且行仁义。姚莹向以清廉著称，多有受友朋捐助赈济之事，又好捐助族党亲友贫弱者。陈钟祥撰传称姚莹与"同里刘孟涂、方植之、闽中张亨甫三君，交尤笃，恒为恤其孤，刊其遗著。居官极廉，积俸所余，皆赡给族党朋友，人多德之"①。关于姚莹所供养者，吴汝纶也曾言及："往者故人刘少涂尝为余言姚公在位时交游，族党待而举火者数十家，钱米之馈日月以至。及被逮，自度后且不继也，则馈之各倍他日。是时，行橐萧然，赖相知有力者馈赆之，乃能办装行。"② 又载福建建宁张际亮卒，姚莹赠三百金。张际亮为姚莹从台湾被逮入京时一路护送者，其人放荡不羁，使用银钱不节制，其友多不肯厚待他。际亮殁于京师，姚莹"举金三百实其箧，诸故人则惊叹敛醵恤其孤宰者"③。陈澹然载姚莹之廉义又有一事："元和时，前令亏官粞万石，缓偿且不测，莹受，代负偿焉。其笃挚任侠多类此。""故其在官，岁致金累肆，恤宗亲，不足偿以负，而取财特严。尝罢官客扬州，醝估奉金三千两为寿，却之。"④ 从前文所考姚莹收入及这些传文所载其行迹来看，他基本是取之有道、用之有道的官员。

桐城派早期高官方观承"兄弟相爱甚，遗命与兄待诏同穴"⑤。又有义行："无子，抚浙时纳一姬，入室，见携其大父诗册，则与公素知，因还其家，助赀嫁之。"⑥ 龙启瑞祖父教授乡里三十年："淡泊寡营，不以禄薄介意，日与吾母王太宜人以勤俭忠厚之道，身体口讲，以教其子孙。故家虽贫，而恬然有自得之色。"⑦ 方宗诚笔下张愧农困而守道者，桐城

---

① 姚永朴编：《桐城姚氏碑传录》卷6第7页，清光绪刻本。
② 同上书，卷6第20—21页。
③ 同上书，卷6第21—22页。
④ 同上。
⑤ 马其昶著、毛伯舟点注：《桐城耆旧传》，黄山书社1990年版，第281页。
⑥ 同上书，第281—282页。
⑦ 吕斌编著：《龙启瑞诗文集校笺·经德堂文集》卷1《韦寿岩先生五十寿序代家君作》，岳麓书社2008年版，第389页。

方日新、胡国钺、孙学颜三人亦安贫而守道至极，言："学道而遇饥寒，正可藉以验吾学之所得力必于此，而不乱吾心，屈吾志，隳吾功，然后有以为上达之基。"① 方宗诚文集中记载殉难于太平军之战的友朋极多。刘声木也注意到桐城派宗程朱的学者在国家危难时大节上的表现："桐城文家兼言程朱之学，大体皆言行足法，不独文章尔雅，堪为师表。此编之中，如朱琦、伊乐尧、马树华、马三俊、冯培元、唐治、张勋、吴嘉宾、吴昌寿、邵懿辰、孔继鑅、陈寿熊、吴廷香、戴熙等皆大节凛然，足与日月争光，汉学家无一人焉，谓非宋学之明效大验乎？"② 所称举桐城派诸人，皆为太平天国运动时殉义者。如其中伊乐尧，与邵懿辰为挚友，以通经名于时，颇受当时浙江巡抚和提学使优礼。咸丰元年（1851）举人于乡，多次试礼部不中。咸丰十年自京师归里，曾国藩欲聘为幕，以母老辞。咸丰十一年冬十一月，太平军攻陷杭州，"数受贼刃不屈，奉继母出，乞食山中，安贫守约，不改其素志。同治元年正月十九日，竟以寒饿致疾卒"③。年仅五十三岁。不能不说，伊乐尧受所学鼓舞，能够在极困中守节安贫。

三 从桐城派文人与其他士人的个案对比看"假道学"

对比一下道学家与主要攻诘者的学术道德，可见一点端倪。清末时李慈铭对道学家亦多攻评不屑，其自身学术道德概括如下：一是经学著作，有《十三经古今文义汇正》《说文举要》《音字古今要略》《越缦经说》；二是史学著作，有《后汉书集解》《历史论赞补正》等十四部，诗文有《湖塘林馆骈体文钞》《白华绛跗阁诗初集》等五部，笔记有《越缦读书录》《越缦笔记》，载目于平步青所撰《李慈铭传》。但张舜徽判言其学术无专长，且"知其平日所汲汲者，不过奉乾嘉诸儒群经新疏数部，览笔记数卷。自炫博雅，睥睨当世，固一时文士之雄也"④。且称其

---

① 《柏堂集》次编卷7《三隐君子传》，方宁胜、杨怀志点校，《方宗诚集》，安徽教育出版社2014年版，第169—170页。
② 刘声木：《桐城文学渊源撰述考·凡例》，徐天祥点校，黄山书社1989年版，第8页。
③ 《柏堂集》续编卷11《伊孝廉传》，方宁胜、杨怀志点校，《桐城派名家文集》，安徽教育出版社2014年标点本。
④ 张舜徽：《清人文集别录》，华中师范大学出版社2004年版，第506页。

品行不端:"李氏少时偃蹇乡里,徒骋词华,及至京师益徇声色;以羸弱之躯,逐歌舞之地,亲迩卷轴,为日无多,虽有涉猎之功,竟无专精之业。"① 对李慈铭在京师的生活,有学者曾详细考察。光绪十三年(1887),六十岁的李慈铭家庭日常消费二百五十两银子,添置衣服达五百两。其中"四月间制珠毛皮小貂袖银红江绸袍一领。平生衣服,无此都丽也。以袖甚佳,有承平密致之风,团花绣球,俨然宫体"②。此袍花费二十两银。用于馈赠、犒赏、饮宴、娱乐等社交花费二百多两。而当时"下一次馆子吃得不错也不过是花二三两银子"。娱乐活动主要是听戏,同时聚宴,送赠戏子钱物。与李慈铭有此交往的"相公"有好几个。这一年李慈铭本有一妻二妾,因一妾离开,两个月之后花一百八十两再买了一个二十岁的王姓女子为妾。对比宗程朱理学并身体力行的曾国藩,则见不同的生活面貌。曾国藩自道光二十年(1840)初至咸丰二年(1852)七月共十二年时间在京师为官,职务从翰林院检讨(从七品)经七次升迁至侍郎。张宏杰对比了光绪九年(1873)户部郎中李慈铭(五品)与道光二十一年侍郎(正二品)曾国藩的消费情况:

  这一年李慈铭虽然已经是五品,但因俸禄不能全额发放,正式薪俸收入尚没有曾国藩高,但其消费却远高于曾国藩。细考李慈铭的住房、用车两项支出与曾国藩基本相当,但日常生活支出是曾国藩的 1.19 倍。如果将衣服列入生活支出,则更高达 2.26 倍。同时,李慈铭用于声色的支出在其支出结构中占比较大。他沉溺于"酒食征逐","游逛郊外名寺,笺如歌郎行乐",其冶游宴饮听戏支出是曾国藩宴饮支出的 6.06 倍。相反,虽然以文学著名,但李慈铭的文化消费却远较曾国藩为少,仅为曾国藩的 34.68%。由此可见,李慈铭的生活远比曾国藩奢侈。李慈铭代表了大部分随波逐流的中低层京官的生活状态,而曾国藩则是小部分刻苦砥砺者的典型代表。③

---

① 张舜徽:《清人文集别录》,华中师范大学出版社 2004 年版,第 506 页。
② 李慈铭光绪十三年(1887)京城消费皆出自洪振快《亚财政——制度性腐败与中国历史弈局》,中信出版社 2014 年版,第 43—45 页。
③ 张宏杰:《以曾国藩为视角观察清代京官的经济生活》,《中国经济史研究》2011 年第 4 期。

张宏杰通过考察曾国藩的消费并对比李、曾二人的消费比例，得出晚清时期"虽然天下熙熙，但京官群体中如曾国藩这样潜心道学，以清廉自誓的人并不少见"。所说晚清并不少见，正是以曾国藩为首的理学家群体，如左宗棠、胡林翼、彭玉麟、吴廷栋、倭仁等人。其中曾、左、胡、彭被称为"中兴四大名臣"，实不能称为"假道学"。张昭军详考了倭仁言行自律之况，评道："从修养过程看，倭仁相当谨严。理学家的道德修养功夫不是一朝一夕能够完成的，而是穷其一生持之以恒的追求。倭仁坚持不懈地做省身日课，便是他蹈行理学修养的一个例证。"① 从这些对比来看，理学家的道德规范确是士人的榜样，代表了当时士人的较高水准。

以道学之名欺世获利的肯定不在少数，但弘扬道学本义使得有一部分士人能坚守节操，也是道学之功。"假道学"之人备受攻击，只是因为其"假"，并不是因为道学本身。只是道学对个人道德要求持论过高，践行极难，这也是"假道学"泛滥的原因之一。事实上理学家对纲常名教的推崇在社会底层的效果更为显著。有学者注意到这一点："程朱理学的精神已经深深渗透于这个阶层的主观精神之中，他们中的绝大多数不仅自己信奉纲常名教，而且还以此理解教化乡民，把程朱理学的信条和精神传感到更多的人群中，包括相当多的一部分下层民众。"② 清初以后，很多人把程朱理学当敲门砖，借以邀取名利，道而沦为器，这就是道学自身所不能救治的了。

第四节 桐城派文人践行治生观念的个案考察——以方宗诚为例

一 《清代野记》中方宗诚的"假道学"

桐城派中最有名的以"假道学""伪君子"著称的当属桐城人方宗诚。余杰著文说："道学家为官，乃是表面上的清官，骨子里的贪官。"③ 并举《清代野记》中所记方宗诚的故事来证明道学无真："桐城方某，附

---

① 张昭军：《晚清民初的理学与经学》，商务印书馆 2007 年版，第 107 页。
② 史革新：《晚清学术文化新论》，北京师范大学出版社 2010 年版，第 28 页。
③ 余杰：《伪君子云集》，《书屋》2001 年第 12 期。

庸于曾国藩的幕府之中。他是古文大家植之先生东树的族弟,利用这层关系,他窃取先生未刊刻的文稿为己所有,游扬于公卿之间,由是坐享大名。他大约是学习《儒林外史》中假牛布衣的妙法,不费半点功夫一举成名。"又说"方某因为有道学家的背景,所以贪污的方法也与众不同"。文中基本全抄《清代野记》①的记载,未另作考证。另有许蓉生、林成西编译《白话清朝野史大观》,也将《清代野记》所载方宗诚事迹敷衍成白话文作为实事叙述,如其中开首一段说:

> 安徽桐城人方宗诚,据说是大学者方东树先生的族弟。方东树先生得"桐城派"古文的真传,人品也很高洁,与同乡的"桐城派"创始人方苞并非同族。方宗诚偷窃了方东树一些没有公开刊刻的文稿,在达官贵人中到处张扬,博得了大名。最初,他在巡抚吴竹如家里当了个清客,曾翻墙偷看吴的内眷。吴竹如还算厚道,只是打发了他,没有对人提起他的丑行。此后,方宗诚靠他那支秃笔当过好几个封疆大吏的幕僚。相传在湖北巡抚幕府中,巡抚严树森弹劾悍将胜保的那道著名的奏折,就出自方宗诚的笔下。曾国藩到安庆后,也很赏识方宗诚,延聘他为幕僚。方宗诚自称曾的门生,因此同李鸿章算是同门。李鸿章任直隶总督时,方宗诚被任命为直隶冀州属下的枣强知县。②

道学家名声与此笔记关系极大,且方宗诚恰是桐城派重要作家,因此有必要对方宗诚是否贪诈进行详细考察,以明确其治生言论与践行的差别,以及是否为"假道学"。

方宗诚始受学于桐城许鲁,后师事从兄方东树,马其昶、姚永朴、姚永概等皆从其学,是桐城派后期的重要学者。同治七年(1868)方宗诚离开曾国藩幕府赴沪,次年赴直隶,在保定候补知县一年,补任枣强县令十年。光绪六年(1880)方宗诚致仕归里,光绪十四年病故,终年

---

① 此书作者署名为"梁溪坐观老人",前人有考为张祖翼,有考为熊亦奇者,皆有漏洞,与本文内容无关,因此不作考订。
② 许蓉生、林成西编译:《白话清朝野史大观》,四川人民出版社1998年版,第252页。

七十一岁。关于方宗诚为官的秽名主要见于《清代野记》。由于《清代野记》影响巨大，这段讲道学家"方某"贪诈的条目成为被广泛引用的资料。上文余杰引此材料甚至不考证"方某"的真实姓名就举以为真。

《清代野记》卷8有《道学贪诈》①一节，记十一条，除第一条外，余十条均为方宗诚事，此文记事颇生动，节其部分记录如下：

> 于是有桐城方某者，亦俨然附庸于曾门圣贤中矣。方某闻为植之先生东树之族弟。先生得古文真传，品亦高洁，与城中桂林望非一族。方某窃先生未刻之稿，游扬于公卿间，坐是享大名。初客吴竹如方伯所，有逾墙窥室女事，方伯善遣之，不暴其罪也。嗣是橐笔为诸侯客者十余年。相传客豫抚时，严树森劾胜保一疏即出其手。及文正至皖，为所赏，延之幕府，执弟子礼焉，故与李文忠称同门也。及文忠督畿辅，方某以知县分直隶，补冀州属之枣强知县。
>
> ……
>
> 族弟雅南自故乡来省兄，意有所白而未言。方一见，作大喜状曰："弟来甚善，我薄俸所得惟书数十笥耳，将赍归以遗子孙，无可托者，弟来甚善，其为我护此以归可乎？"越日，集空篋数十于堂上，命仆隶具索绹以待。方躬自内室取书出，皆函以木，或以布，往来躞蹀数十百次。堂上下侍者皆见之，有怜其劳欲代之者，方呵之曰："止。昔陶侃朝暮运百甓以习劳也，我书视甓轻矣，亦藉此习劳耳，何用尔为。"装既竟，乃以绳严束之，即置之廊庑间，非特仆隶等不知中之所藏，即其弟亦茫然也。至夜分，方妻密语雅南曰："尔途中须加意，是中有白金万也。"雅南大诧曰："吾所见书耳，非金也。"妻曰："不然，金即入书中，函穴书入二大锭百两也。"雅南大骇，恐途中有变，不欲行。妻曰："尔仍伪不知可也，苟有失，罪不在尔。我之所以诏尔者，俾途中少加意耳。"事乃泄。
>
> ……
>
> 久之以循良第一荐，例须入觐。去官之日，乡民数万聚城下，具粪秽以待，将辱之，为新令吴传绂所闻，急以敞舆舁方由他道遁，

---

① 张祖翼：《清代野记》，中华书局2007年整理本，第224—228页。

始免。方惧入都为言官持其短长,乞病归。置良田数百顷,起第宅于安庆城中,又设巨肆于通衢以权子母。三十年前之寒素,一变而为富豪矣。迨方死,子孙犹坐享至今日也。

……方与文忠昵,既无馈遗之繁,又善掊克之术,更以道学蒙其面,所入当倍之,莅枣五年,不下四十万金矣。方仍布衣蔬食敝车羸马以为常。军兴以来,县令皆有升阶或四品或五品,无以素金为冠顶者。方则始终七品服也。

京师谚云:"黄金无假,道学无真。"此之谓欤。

首先,《清代野记》称"方某"为方宗诚无疑,有如下依据:桐城籍,方东树族弟,且为东树弟子;严树森弹劾胜保奏疏出于方宗诚之手,此奏疏收在《柏堂集》;为曾国藩幕僚;与李鸿章称同门;为枣强知县。其原文约三千字,为行文简洁,概述其主要丑行如下:

一是方宗诚偷窃方东树未刻之稿,游扬于公卿之间,暴得大名。

二是到吴廷栋①幕府,翻墙偷看屋中女人。吴廷栋将其辞退,但没有张扬他的丑事。

三是判富户善待入室之贼,供贼饮食,教化贼人以大义。富户不堪其累,不得已贿方宗诚以重金,且再无敢告窃贼者。

四是判无子女之孀妇再嫁,并将其财产充公。

五是判卖酒掺水的酒家所蓄之酒入官,酒家求饶,罚其若干银两为书院膏火。

六是向乡之耆老发放所著语录,称为裨益教化,翌日派人收刊资,"又获金无算"。

七是亲自装捆书箧,令族弟方雅南带回桐城,其中夹带"白金万也"。方妻告之雅南,令其途中稍加留意,致"事乃泄"。

八是与李鸿章关系亲密,当众显露贪墨。李鸿章问方宗诚:"尔官枣强年有矣,攫得金钱几何?"方宗诚答有千金:"不敢欺,节衣缩食,已积俸金千,将寄归,尚未有托也。"李鸿章称可以代为送回家乡,方宗诚"摸索靴中,以银券进"。

---

① 吴廷栋(1793—1873),字彦甫,号竹如,安徽霍山人。

九是离任之时,当地乡民数万准备了粪便聚于城下,方宗诚得新县令吴传绂消息,坐破轿从其他道路逃走。

十是回桐城之后买良田数百顷,在安庆城中起宅第,又设巨肆于通衢,成为一方富豪。

十一是在枣强做县令五年,攫金不下四十万,仍"布衣蔬食敝车羸马以为常",所以总结道:"黄金无假,道学无真。"

二 方宗诚污行的事实考证

据可见史料,以上事实要么无法证为有,要么可确证为无。以下逐条辨之:

一、方宗诚是否窃方东树遗稿"游扬于公卿间,坐是享大名"?方东树卒于咸丰元年(1851),而方宗诚游幕始于咸丰九年正月其从桐城起身赴山东布政使吴廷栋幕,二月十五日至济宁。令其扬名公卿间的著作,当是《俟命录》。① 然方东树一生大半时间为幕友,多为授经,并无治理的雄才大略,所上策论较少被采用。② 而方宗诚除《俟命录》之外,先后入吴廷栋幕、严树森幕,并为彭玉麟代笔。吴、严等人皆为二三品以上高级官员,所代上奏疏皆为当时之事,即咸丰九年至同治末年间政事。尤以代河南巡抚严树森弹劾胜保奏疏为一时名作,此《代严渭春中丞奏参劾大臣养疴遗患疏》也收到方宗诚《柏堂集》中,《清代野记》亦称"相传客豫抚时,严树森劾胜保一疏即出其手"且"及文正至皖,为所赏,延之幕府"。这篇奏疏的主要内容是弹劾胜保在咸丰时期的战事问题,不可能是卒于咸丰初的方东树提前做好的。方宗诚代彭玉麟所上多篇奏疏,动辄洋洋数千言,辨理精警,思深虑周,其文字老辣凌厉显而易见,绝无可能胸无点墨即能混迹于这几大高级幕府,迭出名篇且深得历任幕主信任赞赏。事实上,稍加考察即可知方宗诚的"处世"能耐在方东树之上,并且由于方宗诚的操作才使方东树在卒后享有大名。此事朱维铮有详证,称《清史稿》的方东树传,实为写方宗诚带挈方东树成

---

① 本文第二章"入幕"一节中论及此著影响。
② 本文第五章"治生对学术的作用"一节有详论。

二、偷窥吴廷栋女眷,并被吴廷栋赶走,"方伯善遣之,不暴其罪也",可确认为无。原因很简单,方宗诚与吴廷栋的交情一直持续到吴廷栋去世。方宗诚离开吴廷栋幕后,与吴的交往仍然极多。咸丰十一年(1861)因吴廷栋职务转徙,方宗诚离幕欲回安徽就曾国藩幕,后因战争滞留河南,入严树森幕。同治元年(1862)方宗诚写信给吴廷栋谈行世情,嘱其小心行事,且推荐诸生于锦堂入吴幕。同治二年,因"吴竹如侍郎请为铭,义不可辞"② 为桂超万作墓志铭。同治五年,方宗诚随曾国藩剿捻,在济宁戎幕,特地往山东诸城省视吴廷栋。③ 同治六年,因刊刻方东树所著《汉学商兑》之事,与吴廷栋在金陵共同校对。④ 同治九年方宗诚就任枣强知县后,还向曾国藩写信,劝谏曾国藩留吴廷栋在金陵的两江总督府中,且盛赞吴廷栋道:"宗诚生平得见当代贤人君子甚多,惟於竹如先生正学清德及中堂之厚德宏量,真中心悦而诚服者,而相从亦最久。"⑤ 同治十二年,吴廷栋去世,方宗诚于光绪元年纂《吴竹如先生年谱》⑥ 以纪念,此著流传至今。同时亦代作吴廷栋神道碑《光禄大夫刑部右侍郎吴公神道碑铭》。《年谱》与《神道碑》对吴廷栋的表彰敬慕之词极多,此不列举。光绪四年(1878),方宗诚编《师友遗书》,取咸丰十年自己所编吴廷栋著《拙修集》,"节录其最切於己者以备观玩"⑦。光绪八年,曾到六安"谒吴竹如先生墓于佛郎山"⑧。以上事实均可证明方宗诚与吴廷栋并未交恶,不可能有赶走方宗诚之事。古人为师友编刻遗集,作年谱、碑铭,必是交情极深厚者为之。且二人别后尚有诸多的荐书及约聚,也证明不可能有当初赶走之事发生。

上文第三、四、五、六条皆无证据为有,也无证据为无。且情结离

---

① 朱维铮:《中国经学史十讲》,复旦大学出版社 2002 年版,第 161 页。
② 方宗诚:《柏堂集》续编卷 16《署福建按察使前汀漳龙道桂公墓志铭》,《桐城派名家文集》,方宁胜、杨怀志点校,安徽教育出版社 2014 年标点本。
③ 同上书,后编卷 6《节录单伯平学博经说跋》。
④ 同上书,外编卷 9《复吴仲宣制军》。
⑤ 同上书,外编卷 11《上曾中堂》。
⑥ 同上书,后编卷 5《吴竹如先生年谱跋》。
⑦ 同上书,后编卷 5《节录吴竹如侍郎拙修集跋》。
⑧ 陈澹然:《方柏堂先生事实考略》卷 1,清光绪十五年皖城刻本,第 22 页。

奇生动，太类于小说，实令人难以为信。其中称占孀妇之财入公、罚掺水酒家为书院膏火银等，而实际上方宗诚在枣强政绩卓著，确有兴建考棚、书院、义学等事。

至于在书箧中藏银，令族弟代运之事，亦过于离奇。万两白银，若是金属，过于沉重，下文中也有说到银券，何以不用银券轻便安全？且当时方宗诚之子方守彝侍候在侧，常往来桐城与枣强，何不用自己儿子运送，而是要用族人，导致"事乃泄"。于理不通。李鸿章代递千两银票之事亦看不出贪墨所在。做县官若干年，而直隶知县仅养廉银一年有六百至一千二百两①，只拿出一千两银票来，若非有所隐瞒，恐怕只能算是廉洁了。杨怀志《方宗诚却礼》一文称曾听吴孟复说到方宗诚致仕归里之后：

> 儿子守彝替他整理书籍，发现在父亲的文稿里，夹着许多金银薄片，大惊失色。方宗诚顿时满脸愧色。儿子一再诘问，他竟半天支吾不出一句话。他见儿子望着那些金银薄片在伤心落泪，只好说出事情的原委：那全是属吏和好友在他卸任离别时送的礼品，他本不想收，但盛情难却。再说为官俸禄除了养家糊口，全用于接济当地的一些穷学生，身无分文积蓄，而自己所写的《俟命录》《志学录》等几十卷，都无钱刻版刊印。②

后来方宗诚听守彝之劝将这些金银送回枣强助资兴学。这事也颇可疑，送礼竟然是金银薄片，这种造型对于礼物来说，真是比较奇特。吴孟复生于1919年，而方宗诚卒于1888年，显然没见过，就连方守彝也是卒于1924年，那时吴孟复才五岁，杨怀志称"此事是著名古文学家吴孟复先生所述"③，恐怕不能是亲闻当事人之述，而是他人转述或文献所载，今日笔者实在找不到他证。就此文叙述其他内容来说，也基本

---

① 张仲礼：《中国绅士研究》，上海人民出版社2008年版，第218页，表3《各省文官每年的养廉津贴》。
② 杨怀志：《桐城风情》，安徽美术出版社2011年版，第78页。
③ 同上。

不实。方宗诚本人的著作确实未在枣强刊刻，但基本上全部刊成于致仕之后、去世之前，不存在无钱刊刻之事。若真退了这些金银就没刊刻之资，那么应该是见不到《俟命录》《柏堂集》的刻本了。事实上，皇皇九十四卷的《柏堂集》现在存世颇多。以古代为长者讳的传统，收金银薄片这事传播出来的可能性不大才对。杨文中还提道："卸任回家，属吏和百姓夹道相送，只见他除了四大挑子书外，什么也没有，真可谓两袖清风。"① 这与《清代野记》中记载亦全然不同。《野记》称方宗诚离任时，"乡民数万聚城下，具粪秽以待，将辱之，为新令吴传绂所闻，急以敝舆异方由他道遁，始免"。二文相去甚远，基本完全相反，只能都当成戏说。

《清代野记》所诟方宗诚外表朴素，实得贪酷。称枣强为直隶第一美任，"他人令此，岁可余四万金。方与文忠昵，既无馈遗之繁，又善掊克之术，更以道学蒙其面，所入当倍之，莅枣五年，不下四十万金矣"。计算方法是方宗诚一年贪八万，共做了五年县令，所得不下四十万两银子。实际方宗诚自同治九年（1870）上任，光绪六年（1880）夏乞假归，共做了十年县令，所得正当收入当有一万多两。其时县令的一年正俸九十两，直隶知县养廉银一年六百至一千二百两，就其高者计算，十年收入共一万二千九百两。但实际要支出家丁仆婢及雇养幕僚等，不可能全部成为净得。

三　其他对方宗诚的评定

民国时金天翮的《皖志列传稿》成书晚于《清代野记》，亦明确署出所参引文献为谭献撰《墓志》《桐城耆旧传》《清代野记》《柏堂集》《清史稿》，即包括了《清代野记》。《皖志列传稿》中方宗诚相关事实也与《清代野记》大不同："以卓异引见，去枣强，冠服寒俭，御敝舆出城，终始七品官，不入觐。"② 三种记载相比之下，金本较为客观可信。也就是说金天翮看到了《清代野记》的记载，却并未采信。平心度之，也就是一位史学家的识见和平和态度使他作出这种判断。再言杨文说到方宗

---

① 杨怀志：《桐城风情》，安徽美术出版社2011年版，第78页。
② 金天翮：《皖志列传稿》，《中国方志丛书》，台湾成文出版社1973年影印本，第475页。

诚"两袖清风"离任,也不大可能,致仕后刊刻的百卷巨著所需花费不菲,不是清贫之士所能。再加上方宗诚有买宅于安庆及购买田地捐献宗族之事,更不是穷人能做到的。

光绪六年(1880)方守彝代父作《与丁方伯书》①,"丁方伯",应为光绪六年直隶布政使合肥人丁寿昌。当时方宗诚在枣强为令已十年,欲离职换任或致仕。此信牵涉到方宗诚为官期间捐献数额:"宗诚为捐办赈务,赔捐四千余金,创建书院、考棚、养济院捐四千余串,捐建两义仓捐谷仓计二千余石,总共捐办民间大事万金内外。加以两次请蠲,上下忙差免差徭入不敷出。九年之中摊捐款两万七千有余,已解与扣廉者计有二万,此外尚欠七千余两,实无力报解。正杂各款则丝毫不欠,惟此摊捐欠款全望大人代求中堂与藩宪,严谕后任速接交待,无致羁留在此,实为德便。"② 这样说来所有的养廉银全花完了都不够,可见县官的收入是有很大弹性的。而捐廉之事必有,但是方宗诚的积蓄也属较丰。

方宗诚对受排挤憎恨之因有详细说明,并有愤慨之言:

> 某在此兴废举堕,去害乐利,一切皆已告成。然事熟人顽,居久不去,忌恨者亦不免有。即如讼事,一味察理处治,不徇绅士之情,当堂收诘驳,讼士不能售其技俩,讼士岂能无恨?劝捐书院、劝捐积谷、劝捐散赈,良善者同以为然,寒士贫民自然感激,而出钱者岂能知大义之人,其中亦不能无恨?均差使贫民不为富民受累,贫民地少者欢腾,而地多者岂能无恨?荒年贱卖地亩虚比价当卖,贫民吃亏,必令其遵示准购,必令其实价,不准虚价,卖地者愿而买地之豪家岂能不恨?城中讼事清简,一呈即审,一审即结,讼者固愿而差房饭店皆不能无恨?始则以为官无三日紧,久则必变,而宗诚愈久愈勤,则此种恨宗诚不去矣。故官不可不久,任亦可太久。任官当积弊之后,励精图治,勤政爱民,名声必大起,久则如骄子

---

① 未收入《柏堂集》,为稿本传至后世,由守彝曾孙方智铠点校,收入《网旧闻斋书简》,由广陵书社刊印面世。

② 方守彝著、方智铠整理:《网旧闻斋书简》,广陵书社2008年版,上册,第11—12页。

不知恩不畏法矣。①

由此文可见《清代野记》对他攻讦的原因，恨他的人确实相当多，且恰是富者、讼者，正是可以玩弄笔墨之事的人群。方宗诚此信说明了意向，"本欲引见，以卓异多年忽然引见望升，似觉无味。如奉上宪升补一缺，札令引见自然是好，否则亦必再奉上宪札催，然后可以请咨。请咨一去即不回任，候升即有补缺亦或可为之，否则宁可今冬明春乞假而去，渐断官途之纠缠，一了百当。引见费用本无可筹，又须回任则无味矣"。此文中引见之数百两银恐怕只是不愿拿，非付不出。

以方宗诚归乡后的花费来看，在官时肯定聚财不薄，但具体多少很难查实。前人讥讽方宗诚的条目还有裴景福转王树枏之言说："晋老言桐城方存之先生，理学名儒也。令枣强时，有报盗者，辄答责之，曰：'尔等自不小心防盗，老爷岂是尔看家奴耶？'"②而姚永朴、姚永概等弟子在著述传状中对他的描述又多为美德。如姚永概称：

> 当光绪初，直隶旱，枣强首发灾状。总督李文忠公每得先生论列，颁行属邑以为法。同僚多妒且忌，而先生不顾也。其后永概客保定，先生前殁久矣。宗人锡九君适署枣强令，因从询先生治迹。其言曰："吾至其邑，问祠宇、庙廨、书院，谁所兴造乎？曰先生也。城郭、道路，谁所修葺乎？曰先生也。乡贤谁所表章，其遗书谁所校刻，孝子节烈谁所举闻乎？曰先生也。取先生之文，考其实行，盖有遗而非夸也。然则如先生者，真可谓笃行程朱者，与以视夫空疏而乏明效者远矣。"锡九君之言如此。

姚永概为方宗诚被诋毁痛恨不已："嗟呼！当先生为令时，中兴名公犹在列，上之政教未紊，而下之人心未漓也。故得发其所蓄，自见于天下。使今日有如先生者，必为世所丑排恶诋，不止取忌同官而已。然今

---

① 方守彝著、方智铠整理：《网旧闻斋书简》，广陵书社 2008 年版，方守彝代作《致丁方伯》，上册，第 9—10 页。

② 裴景福：《河海昆仑录》，杨晓霭点校，甘肃人民出版社 2002 年版，第 171 页。

日之中国视昔何如？不待智者可决也。学术之系于安危顾不重哉？此永概读先生书而不禁喟然者也。"① 姚永朴所撰《方存之先生传》关于枣强政绩，说"先生为政，以礼化民。凡在任九年，举孝子、悌弟、节妇、贞女，兴义塾，创敬义书院，祀汉儒董仲舒，刊其邑先正遗书，修志乘，建义仓，积谷万石。会岁饥，上书大吏，请蠲本邑钱粮，旁逮邻邑，不避忌嫌。又尝请奏免天下钱粮积欠。曾公去直隶，李公鸿章继为督，皆夙重之，有请无所格，而先生謇謇自将，陈事辄数千言，或用草书函达。两公亦不以僚属待也"。所说之事，包括其中奏疏，无论政事实绩如何，这些事情存在皆有文献可征。

综上言之，方宗诚并无《清代野记》所述主要劣迹，"假道学"之名加之于他实属冤枉。方宗诚为干吏，与高层官员关系亲好，行惠政且政声卓著，得罪同僚下属较多，因此被嫉妒诋毁。方宗诚可能既不是很贪墨，也不是很清廉。他的收入十分殷实，十年县令之后在乡养老八年，刻书、修谱、买宅、买田皆能为之。要之，桐城派的道学家承担了清代"假道学"的主要骂名有历史原因，并不客观公正。倡言修齐而砥砺品行的桐城派道学家大有人在，他们的实际行为并不比社会总体风气更糟。

---

① 《慎宜轩文集》卷3《柏堂遗书附录序》，江小角点校，《姚永朴集　姚永概集》，安徽教育出版社2014年版，第249页。

第二章

桐城派文人的治生方式

从桐城派文人的社会身份来说，在士、农、工、商四民之中，士、农占了绝大部分。士，董仲舒谓："士者，事也。任事之称也。故《传》曰，通古今，辩然不，谓之士。"（《白虎通》）班固称"学以居位曰士"①，为便于讨论，本书取宽泛之义，即读书人。只接受蒙学之人不在其中，为科举而学习经义，无论是否获得功名，本书皆定义为士。士人而务农是他们的根本，科举成与不成，皆可能做官、入幕、从教，最终归田是普遍选择。作为这样一个知识分子群体，他们的治生方式是集中的，做官、入幕、从教、守田，这四种方式几乎涵盖了全部桐城派文人的治生方式。

第一节 做官之途

入仕之途可分科举、捐纳、恩荫、荐举四类。实际上，这四种方式并不是平行的，可以既是荫生获得衔或职，又可同时通过科举参加铨选。既可以有科举的功名，又可以通过捐纳获得候补或尽快安排实职的资格。有举人以上功名去游幕之后，亦可因荐举而获实职。这四种方式中科举入仕是根本之途，由科举而直接入仕也是做官最普遍的途径。

一 科举

清代的科举除常科考试外，还有非常选的制科。常科参加三年一次

---

① 《汉书》卷24上《食货志》，中华书局1962年标点本，第1118页。

的乡试取得举人资格,就可以通过拣远、截取、大挑等途径获得较低的官职。参加会试、殿试后取得进士资格,可直接根据成绩参加铨选,获得中央和地方的官职。制科在清代举行过两次博学鸿词科,若干次皇帝初登大级时开设的孝廉方正荐擢,及光绪二十七年(1903)的经济特科①,总的次数不多,考中仍可入仕。常科与制科入仕,都被看作正途。

桐城派文人由科举入仕也是最为普遍的。以《桐城文学渊源考》所列一千多位桐城派人物为准,除去其中明代部分作为桐城源文学"源"的人物,并部分明显为误收的人物,基本上属于桐城派的士人一千余人。② 这些人中,以科举入仕的约四百三十人。此处所言科举入仕,包括以举人、进士、五贡生、博学鸿词科、孝廉方正等身份入仕。入仕指有仕途经历的人,包括入仕后又转为幕僚、山长或其他职业的文人,也包括得功名后未及时参加铨选、做官之前从事了其他职业的人,不包括候选身份实际没有官员职业经历的士人。比较有意思的是,桐城派文人中有相当数量获取功名以后未入仕途,这些人物从事的职业也并不相同,原因也各有不同,将在以后的章节论及。

从《桐城派文人科举职业简表》(见附录一)可得到如下结论:一是桐城派文人仕宦的等级分布特点鲜明,地方官达到总督、巡抚、布政使、按察使一级(正三品),京官达到尚书、侍郎、大理寺卿、通政使司通政使、詹事府詹事、太常寺卿、都察院左右副都御史(正三品)的士人极少。正三品以上有方苞、尹会一、雷鋐、沈廷芳、陈大受、王昶、刘蓉、方观承、吴廷栋、涂文钧、福申、姚莹、陈用光、李宗传、姚元之、温葆琛、伍长华、邓廷桢、康绍镛、光聪谐、秦瀛、祁寯藻、薛福成、涂宗瀛、倪良曜、曾国藩、曾纪泽、何如璋、周凯、戴熙、王大经、龙启瑞、冯志沂、周寿昌、孙衣言、王彦威、张之洞、薛福辰、李联琇、王树柟、郭嵩焘、李元度、唐炯、赵国华、朱之榛,共四十五人。③ 而绝大部分士人为正七品以下文职官员,如:编修、检讨、知县、各府儒学教授、中书舍人、国子监助教、各州儒学学正、各县儒学教谕、训导、主

---

① 参见《清史稿》卷84《选举志四·制科荐擢》,中华书局1977年标点本。
② 见附表一《桐城派文人科举职业简表》。
③ 包括署理,即代理职务者。

簿等职。不仅级别较低，且多为教育类官职，武官较少，行政官员亦不多。二是从游宦的地域来看，除京城之外，东部为多，两湖、两广亦不少，与桐城派较为繁荣的地区大致相同。

官员而为人师，通常为其幕僚、亲友、后人以师事之。他们对桐城派的影响不仅是著作本身，交游范围和影响力对流派的影响更大。这些影响力与官员的品级、收入水平有关。高等级的官员往往有更多的幕友和同年、门生，也有更大的财力进行宴游唱和的创作以及刊刻著作。另外官职的性质也与流派的影响力有关，通常来说，翰林院及学政影响学术倾向较多，生徒亦极多；督抚大员通过幕僚弟子影响学术和文风，且在道咸以后影响到经世之学的蓬勃发展。具体的影响情况又因人而异，后文将探讨。

二　捐纳

1. 清代捐纳的一般规定

清代的捐纳制度①主要分为两种，一种为拯荒、河工、军需而设，称暂行事例，期满或事完即停，所捐为实官。另一种称现行事例，是常捐，主要捐贡监、衔封、加级、记录等与铨政无关的部分。② 暂行条例的捐纳目标多种多样，最重要的是捐实官、捐复、捐免。捐纳之官不能分到吏部、礼部，且品级③也有限制，京官在郎中、员外郎、治中（五品）以下至翰林院孔目、兵马司吏目（未入流），外官文职可捐道员、知府、盐运司运同（四品）以下至京外府照磨、宣课司大使、道库大使、巡检、府仓大使、驿丞等（未入流）；武官捐千总、把总至参将。即使捐道台、府台之职，如果不是曾任实缺正印官，捐纳仅授简缺。有清一代的暂行事例极多，自康熙十五年（1678）《江西福建湖广事例》始，至光绪二十七年《顺直善后实官捐》止，共六十一次。④ 捐复指官员降革离任留任、原资、原衔、原翎俱，可以捐复。已革的进士举人，也可呈请捐复。捐免指铨选或其他事例

---

① 主要见《清史稿》卷112《选举七》记载。
② 道光二十七年的《酌增常例》，名为常捐，其中也有实官捐。
③ 参见附表二《清代文职官员品秩表》。
④ 参见许大龄《清代捐纳制度》，燕京大学哈佛燕京学社1950年版，第26—29页《康熙捐例表》及第73—76页《雍乾以后捐例表》统计。

中免除保举、考试、试俸、验看、引见等程序。

历次捐纳事例中，不同身份捐所需职衔的金额①也不尽相同。如乾隆三十九年（1774）《川运例》中贡监生捐一个郎中需银9600两，员外郎8000两，太常寺典簿需2160两，国子监典簿1890两，翰林院孔目1180两，价最廉者刑部司狱、兵马司吏目（未入流）也要360两。到了光绪二十七年（1901）的《顺直例》，捐为郎中仅需2073两6钱，捐为兵马司吏目78两3钱。捐实官的行情大跌，价格几乎为乾隆时的四分之一至五分之一。对照《中国货币史》，1901年每公石米价合白银为145.28厘米②，则捐得这个未入流的吏目之银可购2695公斤大米，捐郎中需71365公斤大米。又以桐城派文人常见的官职来看，捐为中评博（中书科中书、大理寺评事、太常寺博士)③的历次价格也不同，最高时嘉庆三年（1798）《川楚例》需3170两，战时咸丰四年（1854）《筹饷例》1242两，清末最后一次暂行事例为光绪二十七年《顺直例》，仅需621两。④

历次贡监生捐道员、知府的费用较同品级京官为高。乾隆三十九年（1774）《川运例》捐为道员需16400两，知府需13300两。到光绪二十六年（1900）《江宁例》，道员需4723.2两，知府需3830.4两。以桐城派文人从事官职中较多的知县为例，乾隆三十九年《川运例》需银4620两，嘉庆三年（1798）《川楚例》需银5090两，嘉庆六年《工赈例》需银4620两，嘉庆八年《衡工例》需银4070两，嘉庆二十四年《武陟例》至道光三十年（1850）《筹赈例》皆为3700两，至咸丰元年（1851）《筹饷例》需银3330两，咸丰二年《筹饷例》需银2664两，咸丰四年《筹饷例》1998两，光绪十年《海防例》需银2664两，光绪十三年《郑工例》需银1998两，光绪十五年《新海防例》则为1332两，光绪二十年《江防例》至二十七年《顺直例》皆降至999两。

2. 桐城派文人的捐纳

清代捐官占总用官职的比例虽较科举正途为少，但绝对数字亦属

---

① 银数皆据许大龄《清代捐纳研究》附表所列。
② 彭信威：《中国货币史》，上海人民出版社2007年版，第630页，《清代米价表（五）》。
③ 中书为从七品，另二者为正七品。
④ 摘自许大龄《清代捐纳研究》附《历届捐例贡监生捐纳官职银数表（一）京官》。

较大。日本学者伍跃列表统计了清代知州知县的出身,自雍正二年(1724)至宣统二年(1910),以科目出身所占比例从80%(1175人)至48%(669人)不等,捐纳者所占比例从16%(235人)至42%(590人)不等。以乾隆三十五年(1770)科目者80%为最高,同时捐纳者16%为最低。以同治元年(1862)科目者48%为最低,以光绪二年(1876)42%捐纳者为最高。① 且这个表中捐纳与否按最终出身为准,即如果曾捐监,以监生而最终获得进士题名,则算为正途,那么这个表中的捐纳者数字应当小于实际曾经捐纳者。桐城派文人捐纳有以下特点:

一是参与捐纳者数量极大。捐纳在士人中相当普遍,往往父子、兄弟、亲属皆连续捐衔捐官。如桐城徐氏家族。徐丰玉之父徐镛,为嘉庆十四年(1809)进士,官至太仆寺卿(从三品)。徐丰玉科举不利,遂捐纳铨授贵州平远知州(从五品)。徐丰玉于咸丰三年(1853)擢湖北督粮道,署汉黄德道。九月在湖北田家镇驻防,在与太平军的作战中战败,自刭殉难,因赠太常寺卿,谥勇烈、建专祠,并授予骑都尉世职。其子徐宗亮袭骑都尉职②,候选主事,然并未入仕,以才学游幕大府。徐宗亮为两子援例纳金得县尉。其一子徐惠畴壮年后捐为典史,分发江苏,以河运有功,加六品衔。因为徐宗亮有盛名,徐惠畴自身又有才华,一直被重用。黄体芳、王先谦在江苏督学、任江宁知府时,皆以之充巡捕。③ 然徐惠畴壮年溺水身亡。徐惠畴好友马其昶也曾捐纳中书衔:"始以诸生入赀助河工,奖叙中书科中书,数应乡试不获举,乃以其学教授。"④ 但未入仕,终身为教职,先后辗转于庐江潜川书院、合肥李仲仙家塾、桐城中学堂、安徽高等学堂、安徽法政学校任教,民国五年(1916)被清史馆聘为总纂,直至病重归里后卒。

江西新城陈用光家富于财,其两兄皆以捐纳得官。陈用光为姚鼐高

---

① [日]伍跃:《捐纳制度研究的回顾与思考》,《明清论丛》第十二辑,第68页。
② 据《皇朝通典·职官十》禄秩:骑都尉年俸银一百一十两,米五十五石。
③ 参见姚永概《慎宜轩文集》卷9《徐代农墓志铭》,《桐城派名家文集11 姚永朴集姚永概集》,安徽教育出版社2014年版,第333—334页。
④ 陈三立:《抱润轩遗集》附录《桐城马先生墓志铭》,《桐城派名家文集8 马其昶集戴钧衡集》,安徽教育出版社2014年版,第336页。

足，嘉庆五年（1800）顺天乡试举人，六年中进士，改翰林院庶吉士，七年授职编修，一生官运亨通，做官至礼部侍郎。其长兄陈煦充四库书三分馆校阅，议叙举人，加捐光禄寺署正；仲兄陈继光，三通馆誊录，议叙加捐知州，以嘉庆四年《川楚例》加捐知州，选补甘肃宁州知州。① 陈用光的父亲陈守诒也以《豫工例》捐为员外郎，并于乾隆二十九年（1764）出补兵部武选司，但只做了一年官，因其兄卒于家，就引疾归里，丝毫不计较捐纳之费。他与临川县令庄楠交好，庄以事去官，陈守诒代为捐复。陈用光伯兄之子陈兰祥从其读书，于道光九年（1829）中进士，入翰林院为庶吉士。陈兰祥三个儿子，一为县学生，另二位捐为国子监生，其中一子陈淇捐为兵马司副指挥，为求养家之道："三子皆才而苦家贫，淇今援例捐兵马司副指挥，以为代耕禄养之谋。"② 陈用光从兄节庵府君有三子，陈希祖、陈希增皆为进士入仕，幼子陈希孟为拔贡生，"援例捐同知候选，甫可得缺而先卒"。③ 陈用光同窗潘兰生家境亦厚，其祖以治生起家，力任乡里慈善事。潘兰生娶陈用光伯兄长女，又与陈用光、陈希祖、希增叔侄共学于陈用光舅舅鲁九皋门下。潘兰生于乾隆五十七年中乡举，会试不中，以《川楚例》捐内阁中书，寻充方略馆校阅，嘉庆十一年三月病，六日而卒。④ 陈用光身边亲属就有九人有捐纳之事。

二是捐虚衔、捐实职等情况皆有，其中捐纳较多的为教职，但仅为复设训导用。一般规定，进士可授府学教授，举人可授为州学学正、县学教谕。教授、学正、教谕皆为各级官学正职官员，各学又另设训导数名为其助手。恩贡、拔贡、岁贡生及乡试副榜可通过捐纳授学正、教谕及训导。

既有功名又捐衔者如方宝彝，桐城桂林方氏后裔，初为方锡庆（曾为临江府知府）子，后过继为叔父方传理⑤为嗣子，娶马其昶姐。方宝彝

---

① 陈用光兄长、父亲捐纳事皆见陈用光《太乙舟文集》卷3《先考行状》，《桐城派名家文集3 陈用光集》，安徽教育出版社2014年版，第17—21页。
② 同上书，卷8《兄子兰祥墓志铭》，第159页。
③ 同上书，卷8《从兄嫂黄太夫人墓志铭》，第161页。
④ 同上书，卷8《内阁中书潘君墓志铭》，第177页。
⑤ 曾任安康县令，修光绪本《桐城桂林方氏族谱》。

"承二父恉，日夜攻苦，凡应制文字、诗赋之属，为之无不工，又益通知朝章国故，才望倾一时矣"①。后补为府学生，食廪饩。光绪五年（1879）中顺天乡试副榜贡生。方锡庆曾为宝彝"纳赀为郎中，分刑部，加三品衔"，到了要叙补的时候，又考中举人。当时方宝彝得病，舌体僵硬，言语不清，且足痿，行走困难。但在不久后参加的御史廷试中行步如常，成礼而退。廷试之后有一位同时参加谒选的孙君曾在安徽做官，来向方宝彝问安徽情形。孙君听到方宝彝的言语之后说，"皖土音何等难晓也"，结果方宝彝又发口舌僵硬不能言语之病，遂以病谢归。居家三十六年后，年六十六岁时去世。方宝彝之捐纳就属于既捐衔且又以科举入仕，只是未就职。这种捐纳而做官时间不长就不再入仕的也很常见。陈用光高足黄奭亦曾捐为候选郎中，道光十二年（1832）因顺天府尹吴杰举荐，钦赐为举人，援例授刑部浙江司郎中，道光十八年丁父忧回家乡扬州，再未出仕。

三是出身正途的士人，也常有捐纳之事。邵武杨兆璜以古文词受知于邵武府学教授吴贤湘，嘉庆十三年（1808）中举人，十四年中进士。杨兆璜有一次捐官由知县升知府，后又弃官，捐银复官。嘉庆十六年先以知县发浙江，补金华令。嘉庆二十一年，"授豫东事，例捐升知府，选广西柳州府。抵任七月，丁母忧。又以事弃官。道光壬午（二年1822），复以《筹备例》捐复官。壬辰（十二年1832），选直隶广平府知府。历五年，送部引见，休致"②。道光二十五年（1845）卒于京师。比较著名的还有梅曾亮，中年后纳赀为郎中。

需要指出的是，能够像陈用光一族如此富裕且多次捐纳的家庭并不多。姚莹曾有家信说到为亲属捐官之事："他③前来信求为心完捐一六品京官，查新例，要四五千金尚不能捐足。我一身公私债未还，如何能办。且仍照我前议，捐一六品外官布政司经历，只用五百金可办，其银已寄省。因慎之要捐县丞，暂且借用，明年还他。如慎之不能还，我自另为

---

① 孙维城点校：《抱润轩文集》卷19《三品衔刑部督捕司郎中方君墓志铭》，《桐城派名家文集8 马其昶集戴钧衡集》，安徽教育出版社2014年版，第263页。
② 汪长林点校：《龙壁山房文集》卷7《诰授朝议大夫前直隶广平府知府杨公墓表》，《桐城派名家文集7 龙启瑞集王拯集》，安徽教育出版社2014年版，第496页。
③ 不知为何人。

打算也。俟一二年还债后再为打算。"① 显然四五千两白银对长期做四五品外官的姚莹来说也不是小数字。

三　恩荫

荫生是其中较少的一类。清初修明北监为太学,即国子监。官生除恩荫外,七品以上官子弟勤敏好学者,民生除贡生外,廪、增、附生员文义优长者,并许提学考选送监。肄业生徒,有贡、有监。贡生有六种:岁贡、恩贡、拔贡、优贡、副贡、例贡。监生四种:恩监、荫监、优监、例监。荫监二种:恩荫、难荫。康熙九年(1670)定内、外满族官员和汉族三品以上官员,三年任满,勤事以死者,荫一子入国子监。后推广至凡三司首领,州、县佐贰官死难者,都可以荫子。②

清代贡生、监生皆有不同的授以官职的规定。恩荫是指一定级别的文武官员可送一子入国子监读书,难荫是指为国死难的官员可荫一子入国子监读书。贡生监生达到一定的肄业(即在监读书)期限后,可参加乡试,或直接发至部衙门历事,历事一年合格可参加廷试,合格后授知县以下职务。

桐城派文人因荫得官总体极少,少数以官阶得恩荫,大多因与太平军战得难荫。前文言及徐宗亮得袭骑都尉,但未入仕。曾国藩次子曾纪泽同治九年(1870)由二品荫生补户部员外郎,光绪三年(1877)父忧服除,以承袭爵位入京。陈用光《太乙舟文集》载其友汤雨生以其祖若父殉节台湾荫得袭云骑尉。"尝官江南矣,以事罢去,非其罪也。大吏为奏复其官,谒选来京师,工诗善画,与余一再晤,语恂恂有儒雅风"③。后得官广东隶抚标将。陈用光同年顾皋官至户部侍郎,道光十年(1830)致仕,十二年卒于家。其孤子顾诒绥以增生得三品荫,为中书科中书。④姚椿友董斯寿亦因其父浙闽总督董教增之功而于道光元年得恩荫五品。"君浙闽总督文恪公之长子。先世系详在公碑。君字斗南,又曰松门生。

---

① 《姚莹家族往来书信》,清抄本,安徽省图书馆藏,索书号2:62217。
② 据《清史稿》卷81《选举志》梳理。
③ 《太乙舟文集》卷6《汤雨生罢钓图诗序》,徐成志点校,《陈用光集》,安徽教育出版社2014年版,第95页。
④ 同上书,卷8《光禄大夫经筵讲官户部左侍郎致仕敩斋顾公墓志铭》,第173—174页。

少敦笃多病，然敏于学，性好为诗。少侍文恪公官蜀，无富贵子弟气习。尝独坐一室，供花讽咏，自娱肃然，若不知有户外事，其所尚然也。公由安徽巡抚调陕西，以疾不获从。既而迁粤东，力疾省觐，复随入闽。公以病归，遂偕旋里。其后君弟侍公入都，而君以疾休于家。公既引退，君用今上登极，恩荫五品。弟官辰州知府，谓公疾，意亦请养。君曰：'国家恩厚，吾兄弟可俱从私便耶？亲疾吾任之，弟不当留。'于是君弟赴辰州，而君侍疾于家，凡可以已公疾者，无弗谋也。公既卒，上又推恩有加，君益感激，将以献岁北行谢上恩，蹇然有当官之意，不幸疾发"①。无锡廉浩少年时与弟廉凤沼在太湖土山读书，太平军乱起，入淮军刘铭传帐下，屡建战功，"甫叙功，得选用县丞，而遽战死，年二十有八。恤赠銮仪卫经历衔，祀忠节祠，荫一子入监"②。因无子，以弟廉凤沼之子廉泉为嗣。廉泉为光绪二十年（1894）举人，娶吴汝纶侄女吴芝瑛为妻。

四 荐举

清代文官的选取除科举之外，还可以通过荐举的方式。早在入关之前，清太宗天聪九年（1635）颁令谕满、汉、蒙各官荐举人才，不限已仕、未仕，牒送吏礼二部，具名以闻。③ 定鼎天下以后，荐举之制逐渐完善，条款益多。沈祥云归纳保举的种类④有诏令保举、考绩类保举、劳绩类保举三大类，其中诏令保举、考绩类保举，除开国之初从山林隐逸中荐举之外，主要都是从已在职官员或宗室中保荐人才。本书所讨论桐城派文人的入仕方式，实指从官场之外入仕之途，且基本是乾隆以后汉族士人由荐入仕之途，则仅余劳绩类保举一项，且桐城派文人主要为幕友劳绩。能被荐举入仕的幕僚也大多原有功名，多为举人，亦不乏进士，甚至原先已入仕途。

---

① 《晚学斋文集》卷9《恩赐五品荫生董君墓志铭并序》，查昌国点校，《桐城派名家文集2姚椿集》，安徽教育出版社2014年版，第117页。
② 《抱润轩文集》卷11《廉君家传》，孙维城点校，《桐城派名家文集8马其昶集戴钧衡集》，安徽教育出版社2014年版，第152—153页。
③ 据《清史稿》卷109《选举志四》整理。
④ 沈祥云：《清代文官保举制度研究》，硕士学位论文，上海师范大学，2004年。

桐城派文人中方观承的因荐入仕情况比较特殊。方观承于雍正九年（1731）由族人荐入平郡王福彭藩邸为幕僚。雍正十年福彭"以定边大将军率师讨准噶尔，奏为记室。世宗召入对，赐中书衔"①。方观承因荐赐衔后，至乾隆元年（1736）随同福彭凯旋后，回朝被授内阁中书之职，二年到军机处任章京，至乾隆八年已累迁至直隶按察史，乾隆十四年官至直隶总督。方观承由监生而升至正二品是桐城派官员中的特例。能够被荐入仕的幕友并不多，从这个途径入仕的桐城派文人基本都出于曾国藩幕、李鸿章幕，且多以军功被荐。如薛福成先后在两江总督曾国藩幕、直隶总督李鸿章幕达十年，办理洋务外交，多所襄赞策划。出幕后，荐为宁绍台道，后升至湖南按察使，出使英法义比大臣。其长兄薛福辰入湖广总督李鸿章幕为文案，荐为候补知府，到山东补用。曾门四大弟子除张裕钊外，吴汝纶、黎庶昌、薛福成皆从曾国藩幕以功被荐入仕。姚莹之子姚濬昌以荐举获官，由幕转仕。姚濬昌二十岁时（1852）姚莹及大母方淑人去世，时值太平军占领安庆之时，姚濬昌奉生母辗转山中避难。后因姐夫张汇在福建为官，赴福建避难。其间援例以府经历（八品）候补江西，委以解送军械之任。至曾国藩营，曾国藩见而感叹："若名家子，乌能以小官奔走风尘间乎？"② 遂调姚濬昌入幕府，随湘军攻祁门、东流、安庆，后克复徽州，曾国藩即以"叙其军劳而与之官"③。姚濬昌得江西湖口县为令。自此转江西安福、湖北竹山、南漳等地，皆为知县。方宗诚记荐举之事："四月二十二日，奉到札谕，荷知遇之隆！于金陵功成，叙录劳绩，与贱名于其中。奉旨以知县留江苏补用，闻命之下，惭悚莫名。"④ 后方宗诚又转而发直隶补用。⑤ 桐城派文人在曾、李二幕以军绩叙其官者，其实皆非战绩，而是军幕文职之功。方宗诚在曾幕的实际职责是在忠义局收集资料撰写湘军的忠义传记。"宗诚本意以德学奉我

---

① 《清史稿》卷324，中华书局1977年标点本，第10825页。
② 江小角点校：《慎宜轩文集》卷7《先府君述》，《桐城派名家文集11 姚永朴集姚永概集》，安徽教育出版社2014年版，第312页。
③ 范当世：《范伯子诗文选集》，《外舅竹山君传》，浙江古籍出版社2006年版，第354页。
④ 方宁胜、杨怀志点校：《柏堂集》续编卷8《谢曾节相保荐书》，《桐城派名家文集》，安徽教育出版社2014年标点本，第312页。
⑤ 《上曾节相书》有"奉谕旨以知县发往直隶补用"事。

公为依归，既非参赞幕府，又未奔走戎行，无筹饷之劳，乏陈事之策，虽滥厕采访忠义局中，与军事相埒丽然。宗诚在局，不过检阅文卷，作传记小文字，以备异日志乘之采择已耳。乃同以军功得官，似觉义有难安於心，实未能自慊。"① 但他屡有上书言兵，见识不凡。

出入其他幕府而荐入仕途的桐城派文人还有数人。如管乐，先后入广东巡抚黄赞汤幕、浙江巡抚曾国荃幕、安徽布政使吴坤修幕，出幕后曾国荃保以教官用。赵国华先后入南河总督幕，漕运总督文彬幕，漕督薛允升幕，山东巡抚周恒祺幕、任道镕幕、陈士杰幕、张曜幕、抚福幕、李秉衡幕，出幕后，署沂州知府。以其他劳绩荐入仕途更少，有赵之谦以誊录劳叙官分发江西知县。

桐城派文人入幕后入仕者功名各异。以上所言者，吴汝纶为进士，张裕钊、薛福辰为举人，黎庶昌、薛福成、方宗诚、姚濬昌等为诸生。然而各自皆有相当才华，在文学、学术、军事、吏治、外交等方面对近代中国都有卓越贡献。荐举对于官员选拔有科举所不能及之处，于曾、李二幕所出的人才可见一斑。

另外，桐城派文人的宦途多半不能从一而终，他们多半出入于为官、入幕、教书、归田之间，甚至有多次反复。在不同的治生方式中转换原因不一，除因故被罢官外，主动去官多半因为志趣、经济的原因，也有因分配官职之地太远，不便奉养双亲，或丁忧后另寻职业不再起复。他们在出入仕途间转换频繁，并非简单地都致力求官，也并非都能发财。做官以实现治平理想的并不多见，为奉养家庭、光大门楣者更为常见。即做官主要为谋生，是谋生中常见且较好的途径。

第二节　游幕治生

一　桐城派幕僚概况

幕僚，又称幕宾、幕友，为官员聘来佐其治理之务的人员。清代的幕僚完全由官员自付薪水，且大多待之如宾如友，甚至以师徒相称，与

---

① 《柏堂集》续编卷8《谢曾节相保荐书》，方宁胜、杨怀志点校，《方宗诚集》，安徽教育出版社2014年标点本，第313页。

"僚"字之义不同,因此多称为幕宾或幕友,显然这是更准确的称谓。本书取幕僚之称,纯属用此名称者较多,且从工作事务的管理关系上来讲,确为僚属之职。需要说明的是,清代的幕僚并非仅仅帮助幕主处理公务,也包括为幕主课子、课孙,授读讲经。因此由幕主自付费用的教学之务,并不纳入士人从教中论述。

尚小明总结清代士人入幕的原因,称"家境的贫寒,以及由于功名低下无法入仕,或虽有入仕资格而因官缺有限,不得入仕,是造成大批士人另谋出路、选择幕府职业的最主要原因。此外一些意外情况的发生,特别是直系亲属(主要是父亲)的早逝而带来的生活的穷困,也是迫使士人不得不出游幕府的不可忽视的因素"①。另外晚清时由幕府僚荐举入仕的渠道打开,也成为士人选择游幕的重要原因。桐城派文人入幕的原因也大致如是,入幕谋生者也有不少。以《清代士人游幕表》为主,参考《桐城文学渊源考》《桐城耆旧传》《清史稿》统计桐城派文人游幕者②主要有以下诸人:

1. 戴名世:先后入吏部侍郎李振裕幕、太常李应廌幕、福建考官孙勷幕、国子监学正赵吉士幕、浙江学政姜楒幕。
2. 方苞:江南学政高裔幕、江南学政张榕端幕。
3. 方泽:河南学政李宗文幕、湖北学政温如玉幕、山西学政幕。
4. 方观承:平郡王福彭记室。
5. 刘大櫆:工部侍郎吴士玉幕、江苏学政尹会一幕、湖北学政陈浩幕、浙江学政窦光鼐幕。
6. 鲁九皋:浙江学政雷鋐幕。
7. 罗有高:恩平知县李文藻幕。
8. 马宗琏:毕沅幕、粤东督学周兴岱幕。
9. 吴定:两淮盐运使朱子颖幕、安徽布政使康基田幕、安徽巡抚马慧裕幕、浙江巡抚阮元幕。
10. 左眉:湖广总督毕沅幕。
11. 胡虔:江西学政翁方纲幕、湖广总督毕沅幕、江南河库道谢启昆

---

① 尚小明:《清代士人游幕表》,中华书局2005年版,第16页,《清代士人游幕量化分析》。
② 不包括不知幕主的士人。

幕、谢启昆浙江按察使幕、杭嘉湖道秦瀛幕、谢启昆浙江布政使幕、谢启昆广西巡抚幕。

12. 张惠言：富春县令恽敬幕。

13. 徐熊飞：乍浦都统西凌阿幕。

14. 郭麐：两淮盐运使曾燠幕。

15. 吴德旋：庐州江防同知薛玉堂幕、浙江学政陈用光幕。

16. 李兆洛：安徽怀远知县蒋让幕、广东巡抚康绍镛幕。

17. 方东树：江宁太守吕某幕、安徽巡抚胡克家幕、两广总督阮元幕、武进县令姚莹幕、两广总督邓廷桢幕、粤海关监督豫堃幕。

18. 高澍然：光泽县令永安幕、闽浙总督孙尔准幕。

19. 齐彦槐：两江总督魏元煜幕、江苏巡抚陶澍幕、（江南河道）总督张井幕。

20. 邓显鹤：两淮盐运使曾燠幕、广西巡抚李宗瀚幕。

21. 姚椿：湖广总督林则徐幕。

22. 管同：宝山知县田钧幕、山东督粮道孙星衍幕、安徽巡抚邓廷桢幕。

23. 刘开：两广总督蒋攸铦幕、亳州邑令任寿世幕。

24. 徐松：伊犁将军松筠幕。

25. 董士锡：九江方太守幕、江西巡抚阮元幕、怀远令孙让幕、淮盐观察苏明阿幕、南河总督黎世序幕。

26. 冯登府：江苏斌观察幕、闽浙总督孙尔准幕。

27. 姚莹：两广总督百龄幕、广东学政陈鹤樵幕、长化令王蓬壶幕、两江总督陆建瀛幕、淮南盐制同知童濂幕。

28. 梅曾亮：安徽巡抚邓廷桢幕、六合县令熊怀民幕、两江总督陶澍幕、南河总督杨以增幕。

29. 毛岳生：两淮盐政曾燠幕、两淮盐运使姚莹幕。

30. 黄金台：江苏学政李联琇幕。

31. 钱泰吉：镇江知府幕、两江总督曾国藩幕。

32. 张际亮：闽浙总督孙尔准幕。

33. 王柏心：甘肃巩昌知府唐树义幕、湖广总督林则徐幕、荆宜施道陶樑幕、湖广总督张亮基幕、湖北巡抚胡林翼幕、曾国藩祁门军幕、陕甘总督左宗棠幕。

34. 鲁一同：河道总督潘锡恩幕、清江令吴棠幕。

35. 吴敏树：湖南巡抚毛鸿宾幕、两江总督曾国藩幕。

36. 徐子苓：池州、庐州知州陈源兖幕，颍州知府英翰幕、曾国藩幕、安徽布政使吴坤修幕。

37. 冯桂芬：江苏巡抚林则徐幕，江阴县署幕，两江总督陶澍与裕谦幕，两江总督李星沅幕，两江总督陆建瀛幕，江苏巡抚许乃钊幕，江苏巡抚徐有壬、李鸿章幕。

38. 陈克家：将军福兴阿幕、江南提督张国樑幕。

39. 邵懿辰：曾国藩祁门军幕、江苏巡抚王有龄幕。

40. 莫友芝：遵义知府平翰及黄乐幕、湖北巡抚胡林翼幕、两江总督曾国藩幕、江苏巡抚丁日昌幕。

41. 王大经：安徽巡抚福济幕、江苏巡抚李鸿章幕。

42. 秦缃业：山东学政何桂清幕、安徽学政李嘉端幕、浙江巡抚后任两江总督何桂清幕、江苏巡抚李鸿章幕。

43. 孙衣言：安徽巡抚翁同书幕、两江总督曾国藩幕、浙江巡抚马新贻幕。

44. 方宗诚：山东布政使吴廷栋幕、河南巡抚严树森幕、两江总督曾国藩幕、直隶总督李鸿章幕。

45. 郭嵩焘：浙江学政罗文俊幕、陈源兖吉安府及广信府幕、安徽巡抚江忠源幕、两江总督曾国藩幕、钦差大臣僧格林沁幕、湖南巡抚毛鸿宾幕、江苏巡抚李鸿章幕。

46. 张裕钊：湖广总督张亮基幕、湖北巡抚胡林翼幕、两江总督曾国藩幕、高淳县令杨福鼎幕、晚客西安将军荣禄幕。

47. 方昌翰：豫抚李鹤年幕、豫抚钱鼎铭幕、安徽巡抚裕禄幕、安徽巡抚阿啸山幕。

48. 赵之谦：杭州知府缪梓幕、客瑞安、章安等县、客南昌通志局。

49. 庄械：两江总督曾国藩幕、两淮盐运使方濬颐聘入扬州书局。

50. 管乐：广东巡抚黄赞汤幕、浙江巡抚曾国荃幕、安徽布政使吴坤修幕。

51. 薛福辰：湖广总督李鸿章幕。

52. 谭献：福建学政徐树铭幕、福建学政厉恩幕、浙江巡抚马新贻幕、安徽布政使绍鐡幕、两湖总督张之洞幕。

53. 姚濬昌：两江总督曾国藩幕。

54. 徐宗亮：湖北巡抚胡林翼幕、李续宜幕、两江总督曾国藩幕、安徽巡抚英翰幕、湖广总督李鸿章幕、安徽布政使吴坤修幕、江苏巡抚张树声幕、黑龙江将军恭镗幕、天津知府沈家本幕。

55. 萧穆：和州知府游智楷幕、安徽巡抚英翰幕。

56. 黎庶昌：两江总督曾国藩幕、江苏巡抚丁日昌幕。

57. 汪宗沂：两江总督曾国藩幕、直隶总督李鸿章幕。

58. 张之洞：山东巡抚文煜幕、左副都御史毛昶熙幕、河南巡抚张之万幕。

59. 薛福成：两江总督曾国藩幕、直隶总督李鸿章幕。

60. 赵国华：南河总督幕，漕运总督文彬幕、漕督薛允升幕、山东巡抚周恒祺幕、任道镕幕、陈士杰幕、张曜幕、福润幕、李秉衡幕。

61. 吴汝纶：曾国藩幕、江苏巡抚张振轩幕、直隶总督李鸿章幕。

62. 王先谦：长江水师向导营营官王吉幕、督办陕南军务李桓幕、提督梁洪胜幕。

63. 缪荃孙：成都将军崇实署，四川总督吴棠幕，川东道姚觐元幕，四川学政、两广总督、湖广总督张之洞幕，山东巡抚张曜幕，两江总督端方幕、张人骏幕。

64. 邓嘉缉：易州知州赵烈文幕、桂嵩庆江宁藩幕及淮盐道幕、周馥幕、两江总督端方幕。邓嘉缜，邓廷桢孙，邓尔咸季子，举人，入湖北巡抚于荫霖幕、总督张之洞幕。

65. 叶昌炽：广东学政汪鸣銮幕、广东巡抚吴大澂幕、两广总督张之洞幕。

66. 朱铭盘：两淮盐运使方濬颐幕；吴长庆浦口军幕、登州军幕，随吴长庆援护朝鲜。

67. 陈玉澍：盐城知县刘崇照幕、广东按察使程仪洛幕、两广总督岑春煊幕。

68. 林纾：兴化太守张僖幕、仁和知县陈希贤幕。

69. 王树枏：直隶总督李鸿章幕、两江总督张之洞幕、陕甘总督陶模幕。

70. 范当世：冀州知州吴汝纶幕、直隶总督李鸿章幕、广东巡抚许振祎幕。

71. 陈瀚：漕运总督杨昌濬幕、两江总督曾国荃幕、闽浙总督杨昌濬幕。

72. 马其昶：合肥县令孙佩兰幕、金匮县令王念祖幕、直隶按察使周馥幕、安徽布政使于荫霖幕。

73. 李刚己：湖北学政蒋式芬幕。

74. 朱琦：四川按察使曹口口延入幕、福建布政使姚启圣幕（姚启圣擢总督后仍佐幕府）、广东巡抚金儶幕。

75. 袁钧：浙江巡抚阮元幕、浙江布政使谢启昆幕。

76. 许所望：庐凤兵备道珠隆阿幕、安徽巡抚胡克家幕。

可看出桐城派的核心人物几乎都有游幕经历，游幕是他们治生的重要方式。

二 桐城派幕僚的类型与特点

上表所列只是桐城派幕僚的主要人物，而非全部。其特点如下：

一是入道台以上的高级幕府者较多。大多在省学政、按察使、布政使、巡抚甚至总督之幕，知府、知州、县府以下较少。

二是几乎全为文幕，掌文牍章奏，非钱谷、刑名，大多亦非军师。他们负责的文牍，既包括公务方面的行文，如奏疏、告示、启、公函，也有私人间的文案，如为人写序跋、行状、墓志等。除此之外，许多幕主延聘学者，做著书立说或整理典籍的工作，如修方志、编辑地方文献等。

三是几乎皆有功名，且功名较高。以上 76 位曾经游幕的士人中，进士 26 人，五贡及举人 32 人，诸生及其他 18 人。几乎皆有功名。对比尚小明统计的清代全部士人游幕期间的功名状况[①]与桐城派幕僚各级别功名

---

① 参见尚小明《清代士人游幕表》，中华书局 2005 年版，第 14 页，《清代士人游幕量化分析》。

情况如下:

桐城派幕僚与清代幕僚的功名对比表

	进士	五贡、举人、监生	诸生	无功名及不详
清代幕僚	16%	37.5%	23.7%	20.4%
桐城派幕僚	34%	42%	24%	

此统计虽不完整,但大致可看出桐城派幕僚的功名与清代幕僚整体相比,功名级别较高,有进士、举人功名可以参加吏部铨选的人占了绝大部分。这也是他们游幕的机构级别较高的原因。

四是出幕后再入仕途、从教或其他去向者约各占三分之一。入幕显然是高级知识分子治生的重要选择。士人游幕从教,也多因科举或仕途不顺。范当世出身南通旧族,才学极高,名动一时,但十次乡举不中。家贫,客游以养亲,以膳金助弟范钟、范铠求学。范钟后中进士,为令河南,范铠以优贡生令山东。马其昶称范当世"连试不得意有司,守高不仕,门下士或窃其绪余致通显"①。

三 桐城派文人的入幕方式

入幕的具体方式仅荐举和幕主招致二途。荐举又有自荐和他荐,自荐较少,他荐为多,通常又有中人婉转托辞而致聘,属自荐与他荐同时采用。才干或文名著于时,又一直游幕于各处的士人往往被主动邀请入幕。又或者与幕主有旧,或为同年,或为同乡,因谊而邀入幕。

不断自荐辗转多个幕府,且留下较多自荐文的桐城派文人以刘开最著名。刘开自荐之文多而且好,仅就《孟涂文集》所收自荐文,就有《上蒋砺堂大司马书》《上曾宾谷方伯书》等十篇,分别向两广总督蒋攸铦、贵州巡抚曾燠、翰林学士鲍桂星、礼部侍郎阮元、山东巡抚陈预、张敦仁知府、礼部尚书汪廷珍等自荐。嘉庆十二年(1812)曾得两广总督蒋攸铦幕。道光元年(1821)应亳州邑令任寿世聘,赴亳州纂修《亳

---

① 马其昶:《范伯子诗文选集》,《范伯子文集序》,浙江古籍出版社2006年版,第386页。

州志》。刘开于道光四年（1824）卒于亳州，志书之修未竟。道光六年姚鼐弟子管同游于京师，姚莹持刘开诗文集十余卷给管同观看，并邀其作序。管同读之，称"辩博驰骋，光气发露，不可掩遏"①，以生平竟然不能一见为憾。又说及有人说："明东（刘开字）学于姚先生（姚鼐），不务守师训，而奔走公卿形势，朝上一书以求名，暮进一诗以钻利，此战国游士苏、张之流耳，岂知道者与？"②可见管同对刘开的文才极赞赏，对其干谒极不屑。姚莹回答说："不然。明东自负其才，欲为世用，踬于诸生，身屯而道塞，借势王公大人，思以振厉，彼所谓不羞小节而耻功名不显于天下者也，岂游士伦哉！"③管同对刘开的评价与少年时就与刘开同学的姚莹对其的认识有所不同，一则为同情，二则为姚莹更积极事功，主张经世致用，乐见挚友得展抱负。而管同更趋修身自守，会试不利后不再通过拣选、大挑等途径谋官，一直从教。二人因事态度不同而致治生之道不同。从刘开自荐之途来看，其得幕亦不易。自荐十次仅有一两次成。刘开游幕之得亦少，其家一直贫困，身后遗集由姚柬之等人捐资刻成。

桐城派幕僚主要通过姻亲、师缘、地缘等关系进入幕府。荐者不仅有亲朋好友、师长同学，也有前幕主等人。如刘大櫆于乾隆十三年（1748）为方苞荐入江苏学政尹会一幕。吴敏树荐其弟士迈入曾国藩幕。吴士迈与幕主有隙，吴敏树又从中调和："舍弟以粗浅之材，谬蒙采用，诲益之诚，委顾之厚，渠实感激，极欲竭愚自效，不意赴本省领取军装饷项，竟被何人播弄，致与当事有违。"④胡虔家贫，客游为养，终身为幕。嘉庆元年（1796）荐举为孝廉方正，并未参加考试。朱筠、阮元皆贻书推荐，先后入江西学政翁方纲幕、湖广总督毕沅幕、杭嘉湖道秦瀛幕，尤其是跟随谢启昆从江南河库道幕至浙江按察使幕、浙江布政使幕、广西巡抚幕等。

荐幕往往需要中间人。姚濬昌曾于光绪十八年（1892）（时已六十

---

① 《因寄轩文二集》卷4《刘明东诗文集序》，施立业点校，《桐城派名家文集 5 管同集吴敏树集》，安徽教育出版社2014年版，第125页。
② 同上。
③ 同上。
④ 《吴敏树集・柈湖文集》卷6《辛酉上曾公》，张在兴点校，岳麓书社2012年版，第407页。

岁）写信给二女婿范当世，请求代荐南京淮军报销局职务。此职务月给薪三十金，挂名支薪，"只须求得中堂①一札，便可成功"②。姚濬昌写给范当世的信客气委婉，实可见当时人情不易："吾甥心地厚实，才又足以济之，于寒舍事万所切怀，铭之吾心，殆非一日。甥于李佛生、吴至甫之弟决不可以挽救之事皆能力为之地，何况于寒舍父子间耶？又况所谋又顺理成章者耶？吾知吾甥不待吾丁宁而已为之踌躇四顾，必可游刃有余地矣。鄙人赋性孤介，非其人，不与深谈，切托所以云之者，诚以吾甥能深知我，而力图有素心也。至嘱至托。"③ 姚濬昌致永朴"此事恐须谋得一书与陈六舟中丞，或文、或书院、或抚道中馆谷稍丰之席，具荐李相固佳，否则探询除之素所器重及交深之人皆可，不必李也。渠与吾家有年谊，重以祖父名德，他交稍可券耳。又闻王可庄亦极知好士，可图之。但昨天张心葵至镇江，已为汝三弟作一书，此须另荐主矣。吾今致肯唐信中亦言之，汝可再作一信与汝三弟，可向至父谋，当有策也"④。

自荐与他荐也往往并用。如方宗诚，首入幕时即以著作自荐，又托人转荐，成名之后就有著名官府主动邀聘。方宗诚三十五岁前一直在里中设塾教学，收入寒微。咸丰三年（1853），已三十六岁的方宗诚因太平军攻陷桐城避居鲁谼山中，每日读书著书，成《俟命录》十卷。《俟命录》是方宗诚经世之学的重要著作，"俟命"本义就是等待使命，待时而作。此著当时影响很大，也是他后来成为名幕的"敲门砖"。咸丰八年方宗诚写信给山东布政使吴廷栋自荐时，家贫至难以为继。他在自荐信中陈述自己的学问和理想，并将《俟命录》寄赠，托自己的好友转交吴手。此次转谒，方宗诚送出自著《俟命录》《柏堂文集》二部、其师所著《许玉峰先生集》及其友戴钧衡所著《戴存庄孝廉文》。吴廷栋接到方宗诚的书及信件以后，立即回复："发缄急读，乃知兵燹之场，竟有匿迹韬光为己之学如足下者，为之欣慰过望。复穷日夜展读《俟命录》一过，则精深平实，无一语不衷于道，而忧世之深心，时流露于笔墨之外。参

---

① 即李鸿章。
② 《姚莹家族往来书信》，清抄本，安徽省图书馆藏，索书号2：62217。
③ 同上。
④ 同上。

之所著杂文,又略得学问渊源之所自,怀抱蕴蓄之所存,不禁起而叹曰:'吾道之衰极矣!并吾世而得见一笃实闇修,能肩斯道者,讵非斯世之幸哉!'"① 对方宗诚赞赏之至,并立即约其前来:"当今世而得足下,其即硕果之仅存,而为天心之所系乎!仆虽衰暮,尚将继此而奉大教以共砥砺于修途也。"② 方宗诚即于次年元月八日启行,二月十四日抵山东,"竹如先生即日延课其孙"③。实际上并非仅仅课孙,而是代其处理公文。如有《代竹如先生答曾涤生侍郎》等文,皆收入《柏堂集》中。

方宗诚在吴廷栋幕中时,亦曾向两江总督曾国藩献策自荐。在吴廷栋幕第一年秋即有上书曾国藩进八策以平乱,八策为:崇奖节义、宽散胁从、严令固守、筹费团练、奏收僧田、招集流亡、简省狱讼、劝化积习。"凡此八者,皆于攻取大计无当也。然而振廉耻,定人心,固民气,为后来守御之用未必无补。……而宗诚所忧者,官箴士习人心也。本原之地不清,逆贼虽平,祸终未已。私心窃望执事急平残寇,早立朝端,则所以正本清原,其任更有大者,天下幸甚!万民幸甚!"④ 同此书信向曾国藩寄赠《俟命录》。曾国藩得方宗诚文及《俟命录》后,亦有盛赞,邀请方宗诚入幕,随信还附上四十两银子作为路费。曾文言:"欲恳台驾翩然归来,共筹大计。既期卒纾桑梓之祸,仍为切磋德业之友。"⑤ 不过方宗诚没能立即进入曾幕,而是于次年因胡林翼邀入湖北主讲书院,所以南归,不料遇捻军战乱阻塞道路,被河南巡抚严树森留入幕中掌章疏。直至同治二年(1863)方宗诚才进入曾幕,入幕后的献策有《上曾节相书》提出务持重、荐贤帅、求人才、鼓练气、示解散、慰民望六策。方宗诚离开幕府为同治六年正月十七"奏调人员疏内列入贱名,奉谕旨以知县发往直隶补用"⑥,于同治七年被荐入仕。

由幕主主动延请招致的情况也很多。邓廷桢与管同为钟山书院同门,

---

① 方宁胜、杨怀志点校:方宗诚《柏堂集》外编卷2《上吴竹如先生·附答书》,《桐城派名家文集9 方宗诚集》,安徽教育出版社2014年版,第821页。
② 同上。
③ 同上书,外编卷3《与苏强甫》,第833页。
④ 同上书,续编卷8《上曾节帅书》,第306—307页。
⑤ 同上书,外编卷4《复呈曾涤生制军附来书》,第850页。
⑥ 同上书,续编卷8《上曾节相书》,第317页。

同出姚鼐门下，道光六年（1826）邓廷桢做安徽巡抚时，延请管同课其子，在幕六年，为邓廷桢掌文案。卒后由邓廷桢刻其遗集，这点与梅曾亮同。

清末时桐城派文人的游幕内容出现了多样化。桐城人左德恭，为明末侍御左光先后裔。此人为诸生，在福州知府王宝珊幕，后随王至广西按察使幕。他本人司文牍，负责按察使署中公文事务。这样的职务很有机会影响幕主的决断，因此常被行贿，是清后期幕府常态。曾有富豪杀人，向他行贿求免，被他拒绝。后来王宝珊发现此弊端，大力整治，结果调查幕府之中仅左德恭未染指受贿。后王宝珊调任山东布政使，就将财务大权委之左德恭。左德恭为兄长纳捐为典史（未入流），又让他的弟弟学习钱谷。姚永朴撰文称"山东以此学佐治者，旧皆浙江人。自君弟学成，授徒友，由是吾邑继起者众"①。这是典型的因地缘而兴起一业的例子。左德恭后做官至户部山西司主事，由幕而仕。

四 为幕之道

幕僚既然成为一个职业，就有了相关的规则。桐城派的幕僚亦遵于其道。作为幕僚，除了敬于事，忠于主，有干练的治理之能和娴熟的笔力，与其他职业的不同要求是与幕主的关系，这方面的相处之道是清代名幕们在记述为幕之道时所着重强调的，主要有：

一是与幕主的距离要适当。总的说来，要保持一定的尊严，提出忠告需委婉，又不能狎昵，要避嫌疑。清代乾嘉年间的汪辉祖是幕学集大成者，对此问题的论述最为精妙。言幕僚对事应尽责，要尽可能提出意见，但忠言亦需委婉："如以事非切己，坐视其失，而不置一词，或以己所专司，不容旁人更参一解，皆非敬公之义也。特舍己从人，其权在我。而以局外之人，效千虑之得，则或宜委婉，或宜径直，须视当局者之性情而善用之。否则贤智先人，转易激成乖剌耳。"②

光绪间姚濬昌写信给姚永朴，嘱其坐馆之道。"自得汝到天津后信，至今未得续函。昨接左伯宣喈函中言汝四月廿八日登舟往旅顺。一日之

---

① 方宁胜、杨怀志点校：《蜕私轩续集》卷2《户部主事左君墓志铭》，《桐城派名家文集11 姚永朴集姚永概集》，安徽教育出版社2014年版，第156页。

② 汪辉祖：《佐治药言》，《丛书集成初编》，商务印书馆民国二十六年（1937）版，第14页。

程,想必安稳。开馆以来,主人尚知尊师否?马大表姑意思如何?学生尚听教佩师否?主人果狂耶?在平素勿导其机。汝酒量窄而好饮,恐其讥也。容貌间满具和气,蔼然如春而绝勿一字恢嘲。待学生当待以不测,不宜轻示以胸中所有,得窥我浅深。大约多晦少露,多含以和,少厉而轻。至如饮食起居,听主其俭常,示之以德量,庶几无往不宜矣。"① 尤其其中需要一定的"摆谱"的说法,深得幕途兴味。宾主之间,保持这种"敬"而有距的方式是幕学中极被强调的。汪辉祖言及自己在平湖县令刘仙圃幕中,相处融洽,刘仙圃提出以兄弟之义相处"欲联齿叙之欢"②,汪辉祖拒绝,表示待离幕时可以。因"吾辈之于主人,宾主形迹断不可略。盖幕客之得,尽其言以行其志,全在主人。敬以致信,一言一动须主人有不敢简慢之意。忘形则易狎,狎则玩心生,而言有不听者矣"③。与姚濬昌示儿信用意完全相同。

二是强调了幕僚的独立人格。幕僚除谨慎小心建言,亦可以激烈发声,且并非只能听从幕主意见。在上书建言不被采用时,往往要辞幕另寻聘处。清代士人游幕时的独立人格较受尊重,尤其在高级幕府中。徐宗亮之父徐丰玉殉难之后,徐宗亮刚二十岁,"徒跣走兵间,谒诸帅,上书言事,志欲灭贼报仇。其议论风发霆震,讥刺贵人无顾忌,气棱棱压其上,一时皆畏君口,犹是得狂名"④。他先后出入湖北巡抚胡林翼幕、李续宜幕、两江总督曾国藩幕、安徽巡抚英翰幕、湖广总督李鸿章幕、安徽布政使吴坤修幕、江苏巡抚张树声幕、黑龙江将军恭镗幕、天津知府沈家本幕,声名赫赫,成就亦卓著。在恭镗幕时行走黑龙江三年,著《黑龙江述略》,为研究黑龙江历史、地理的重要著作。

刘捷,安徽怀宁人,寄籍江宁,康熙五十年(1711)举人,与方苞兄弟交好,其人"貌精悍,好气任侠,诸公贵人厚币传客之,一语不合,径去"。⑤曾在年羹尧幕。年羹尧巡抚四川,"议加赋,固争而止。俄假他

---

① 《姚莹家族往来书信》,清抄本,安徽省图书馆藏,索书号2∶62217。
② 汪辉祖:《续佐治药言》,《丛书集成初编》,商务印书馆民国二十六年(1937)版,第6页。
③ 同上。
④ 江小角点校:《慎宜轩文集》卷9《徐芾岑先生墓志铭》,《桐城派名家文集11 姚永朴集 姚永概集》,安徽教育出版社2014年版,第331页。
⑤ 马其昶撰、彭君华点校:《桐城耆旧传》,黄山书社2013年版,第253页。

事去,曰'其心神外我矣'。"① 年羹尧督川陕,强刘捷偕往,刘捷十天就辞归了。汪辉祖认为宾主之间各为其利,幕宾如何做事要看幕主的态度,"薰莸强合,必不可久。与其急不暇择,所主非人,席不暖而遽去之,不若于未就之前先为慎重。则彼我同心,必无掣肘之患。愈久而愈固,异已者亦不得而间之"②。

三是自保之道。万维𫛳关于幕学的论述强调了在幕的谨慎无过,保全名位:"取友必端,自直推心置腹。我辈自处,不可不慎。一身孤寄,疑忌丛生,李下瓜田,最易指摘。故主宾水乳亦必匿影避嫌,毋使风动帐开,使人知郄生踪迹。此君子自爱爱人之道。大约主人信任一分,则勇往一分,可以任劳,可以任怨。若稍疑贰,则退缩收敛,不必图功,立身于无过而已。"③ 总之就是宾主投合并不容易,周旋于世务中,既要敬其事,又要小心谨慎,不以细故动辄有口舌之争,但"果有危机,必择地而蹈,未可一味因循耳"④。

汪辉祖所撰《佐治药言》《学治臆说》为幕学重要著作。邓廷桢为其子汪继培会试时房官,为其座师。汪继培校刊二书请邓廷桢作序,管同时为幕僚,作《重刊佐治药言学治臆说序(代)》称"是两书者,重大纤细毕具。约而言之,佐治与治民,其要同归于自治而已。非廉洁无以植其基,非勤慎无以尽其任,是其道必先由自治始"。清代幕府繁荣,幕学有很大发展,对幕僚的为幕之道乃至道德修养皆有多种要求⑤,其中得失甘苦桐城派文人显然体会颇深。

第三节 从教道路

一 清代教职的种类

从教是清代士人不能做官时的重要职业选择。清代的教育体系中,

---

① 马其昶撰、彭君华点校:《桐城耆旧传》,黄山书社2013年版,第253页。
② 汪辉祖:《佐治药言》,《丛书集成初编》,商务印书馆民国二十六年(1937)版,第16—17页。
③ 万维𫛳:《幕学举要》,《官箴书集成》,黄山书社1997年影印本,第四册第734页。
④ 同上。
⑤ 如卞利有《清代幕友的职业道德修养——读〈公门不费钱功德录幕友不费钱功德录〉》,《秘书》1995年第3期,论及幕友职业道德。

京师有国子监，各府、州、县有儒学，乡里有社学、义学，民间有义塾、私塾。另外各省、府、州、县又可创办书院，官办与民办皆大量存在。国子监设祭酒、司业、监丞、博士、助教、学正、学录、典簿等官，祭酒为从四品，典簿为从八品，从祭酒至典簿皆需吏部选录。各府、州、县的儒学为官办，府学教授、州学学正、县学教谕之外皆设有训导，这些都有官阶品级，对功名也有明确严格的要求。这部分官学的教育人员仍计作官员，不在本节讨论。各省、府、州、县所办书院、社学多为官方创办，且多由官府出资助其膳资及聘用等经费，但聘请的掌教人员非官员。桐城派文人从教主要是进入书院，获聘方式约同于入幕，有荐举，有主动邀致。清代书院多称山长，也有称掌教、院长之名者。山长主讲授、课考，有的书院也设监院、斋长、副掌教等，辅助教学教务。谋得山长之职并不容易，清中后期因之产生的腐败成为常态，很多书院就聘用山长的程序做出了严格复杂的规定。

二 教师的选聘及辞退

桐城派文人从事山长一职者极多，山长的选聘与辞退有比较复杂的状况。

一是书院费用来源的不同对选聘山长的办法有直接影响。一般来说，官办书院由当地行政长官聘请，集资的书院多由乡绅组成的集体共同商议决定聘请。但又皆有不同的情况。

官办书院山长由地方长官选才任命。以南京钟山书院为例，"光绪会典礼部：凡书院义学令地方稽察焉。直省省城设立书院，江苏曰钟山，皆奉旨赐帑。书院师长由督抚学臣不分本省邻省、已仕未仕，择经明行修足为多士模范者以礼聘请。丁忧在籍人员理应杜门守制，不得延请"①。

民办的书院基本不许官员插手山长选聘事务。安徽桐城北乡的桐乡书院为民办书院，由里人集资建成。道光二十年（1840）由文聚奎、戴钧衡、程恩绶倡议谋建，"是秋七月开局募捐，殷富有力之家各皆踊跃，遂议买孔城镇汪姓市屋一所，所为书院。二十一年春饬工改修，冬初告成，仁台亲临开课，栽培鼓舞，士气振奋。历今三年，前后共募捐输大

---

① 柳诒徵：《江苏书院志初稿》，《中国历代书院志》，江苏教育出版社据《江苏省立国学图书馆第四年刊》1995 年影印本，第 1 册第 41 页。

钱九千串零九千八百二十文"。① 这所完全由民间资本组成的书院选聘山长时，将官员荐举排斥在外，由"董事及诸生议，请经明行修、老成硕德之士，不由官长推荐。非轻官长而故拒之也，夫亦以官长主之，终且有不能为官长所主者矣"②。祁门东山书院为县级书院，咸丰元年（1851）由知县唐治倡议募银，三个月共得全县五乡捐银（钱折成银）一万九百三十九两七钱四分，创建书院及学田屋舍等，其山长的聘用也由当地乡绅做主："山长照依旧章由五乡绅士公议敦请，每年以十月为期，订送关书。延请山长递年应送修脯、节寿、长使、膳夫、往来夫马等项，悉由五乡文约于四月、十月两次分缴，不在书院开支。"③ 徽州另两家由当地人共同集资举办的书院也是明文规定官员不能插手山长选聘。其中歙县紫阳书院规定："山长以邑人公议延请，官吏俱不为经理。"④ 黟县碧阳书院规定："以邑人公议延请。经费由典商领本生息。官吏俱不为经理。"⑤ 规则基本完全一样。

之所以不许官员参与选聘，也不用官员的荐举，是因当时选聘山长已有较大黑洞。桐城戴钧衡论及选聘山长的黑幕，曾说：

> 山长之名始于宋，及元时，与学正、教谕并列，为官选于礼部及行省宣慰司。近世则不然：省会书院，大府主之；散府书院，太守主之。以科第相高，以声气相结。其所聘为山长者，不必尽贤有德之士类。与主之者为通家故旧，或转因通家故旧之请托。降而州县书院，则牧令不能自主，其山长悉由大吏推荐，往往终岁弗得见，以束修奉之上官而已。⑥

---

① 佚名编：《桐乡书院志》，《中国历代书院志》，江苏教育出版社1995年影印本，第9册第721页。
② 江小角点校：《味经山馆文钞》卷1《桐乡书院四议》，《桐城派名家文集8 马其昶集戴钧衡集》，安徽教育出版社2014年版，第378页。
③ 唐治编：《东山书院志略·新立条规》，《中国历代书院志》，江苏教育出版社据咸丰二年刻本影印，第8册第506页。
④ 吴景贤：《安徽书院志》，《中国历代书院志》，江苏教育出版社1995年影印本，第1册第118页。
⑤ 同上书，第123页。
⑥ 江小角点校：《味经山馆文钞》卷1《桐乡书院四议》，《桐城派名家文集8 马其昶集戴钧衡集》，安徽教育出版社2014年版，第377页。

因官员的圈子造成所聘皆为熟好，山长的才能德行不能确保，所以才会有这些民办书院自创办之初就明文规定，选聘山长主要由当地乡绅集体决定。一般来说，祖业系于本土的乡绅对当地的教育、文风和人才等事务比起外地来的官员更有责任感，这些书院的规定也就不难理解了。

二是即使官办书院也有官方不能插手山长聘用的特殊情况。官办书院的山长由当地主要行政官员聘用，民办书院由当地士绅集体管理选聘山长之事，这是一般常见情况。河北保定唐县的唐岩书院较为例外，从书院创建来看为官办，然聘请山长一事，知县却难以主张。唐岩书院为道光十五年（1835）时知县张梦蓉创建，道光二十年知县饶翠重修，同治七年（1868）知县陈咏整顿地亩，添修屋舍，"同治七年有地十四顷九十二亩八分，又发商生息成本若干，以租息作为经费"①。唐岩书院对书院掌教先生的延请有复杂规定，乡绅参与主其事："原议书院掌教先生，由本处绅士延访文行兼优之科甲，呈由县官聘请，不得将干食束修不亲到馆之人滥充讲席。又本县绅士呈请议定，掌教先生，县官新故及各处函荐者，俱不许延请，如县官徇情延请，其束金即由县官赔出。"② 这种规定几乎接近西方近代的民主共和制。唐岩书院两位斋长曾于道光十八年十二月间因延请掌教一事起争执，后由前任掌教自行聘定，方息争端。可见聘请山长之事并不平静。唐岩书院的聘请规定对知县的限制尤多，规定有"其县官教职之同年，并佐贰营员之亲族同乡，俱不许延请。至聘定掌教先生，与后官县同年亲族同乡，果系文行兼优者，毋庸另请"。

河北枣强敬义书院为同治十二年（1873）方宗诚在枣强任知县时创办，官民皆有出资，但管理之事基本交由地方士绅，官府备案而已。"同治十年，余来宰枣强，构讲舍五间于署之西偏，立学规以课士。又二年，得前邑令张君所购宅基一区在董子祠前，爰筹资创建书院。"③ 且募得当地绅士商民的捐输，加盖屋舍，并以余资购得膏火地九百三十二亩，每年麦收和谷收之季，分两季纳租，"不由胥吏，不入官府，而择绅士司其

---

① 王兰荫：《河北省书院志初稿》，《中国历代书院志》，江苏教育出版社1995年影印本，第1册第183页。

② 同上。

③ 方宁胜、杨怀志点校：《柏堂集》后编卷16《创建敬义书院记》，《桐城派名家文集9 方宗诚集》，安徽教育出版社2014年版，第616页。

出入之数，以综理其成"①。对方宗诚所建书院及同在一处的两所义学的教师聘请也有明文规定："每年传经义学，请本地举人掌教。束修火食共二百四十千，必须品学兼优，不干公事者，常住义学。每年养正义学请本城生员教读，束修共四十千，必须立品勤于教读之人，常住义学。山长由绅董延访外省外府州县进士举人主讲，必以品学兼能长住书院讲学衡文者然后延请，不由官府受上司之荐，致成应酬虚文。"②

三是各书院延聘山长一般皆有明确规定，辞退却不是很明确。桐乡书院曾延请泾县人马猷城为山长，同时也是桐城培文书院掌教。马猷城在桐城教学六年，教学效果不错，人乐其教，且学使罗惇衍按试安庆时，曾推举马猷城教士之法为六邑校官法。但是二年后考核功绩，当地长官以马猷城年老衰迈将其辞退。戴钧衡颇为其事不服，"先生之年则诚老矣，先生之精力，则方与诸生讲学论文，娓娓不倦。而是时，主计之大吏则尝一岁三过桐城，先生且以属官三接见，而竟以衰迈褫其职！校官不足以当大吏一盼，事固常，无足怪者"③。而马先生无资回乡，后由桐城乡绅集资送归。

四是家塾也多靠推荐。方苞入仕之前也一直在从教。康熙中曾向好友刘齐求介教职。方苞在桐山南面有先世遗田二百亩，雇佃人耕作，岁入不足以供养，所以独行远游，在外谋食。刘齐为方苞好友，官直隶州州判，与方苞家乡较近，方苞向他求荐谋馆席，说"闻子之乡有先民遗风，子弟敦朴，傥为招学子数人，稍有所资，以释家累。且息于近地，渐可为归山之谋。君子成人之美，况吾兄爱我甚厚，当不以为后图"④。坐馆有名声，就有被主动争请的可能。程日新在里中胡氏家塾教书，"以岁奉八金，公诺之矣。他家闻而争请，三胡氏之奉"⑤。

---

① 方宁胜、杨怀志点校：《柏堂集》后编卷16《创建敬义书院记》，《桐城派名家文集9 方宗诚集》，安徽教育出版社2014年版，第616页。
② 方宗诚：《枣强敬义书院志·敬义书院简明章程》，《中国历代书院志》，江苏教育出版社1995年影印本，第11册第3页。
③ 江小角点校：《味经山馆文钞》卷3《送马猷城先生序》，《桐城派名家文集8 马其昶集 戴钧衡集》，安徽教育出版社2014年版，第403页。
④ 方苞：《方苞集》集外文卷5《与刘言洁书》，上海古籍出版社2008年版，第669页。
⑤ 张在兴点校：《吴敏树集·柈湖文集》卷9《程日新先生家传》，岳麓书社2012年版，第444页。

第四节　其他途径

除入仕、游幕、从教之外，桐城派文人可资治生的途径并不多，守田是比较常见的方式，且因田地的多寡使财富有极大的差别。吴敏树是极少有的富裕文人，中举以后，仅以大挑做浏阳县教谕三年，此后辞官，曾在通志局修志，短时间在曾国藩幕，一生主要壮游著述。傅衣凌曾考吴敏树家"系明初从江西迁居巴陵的客民，他的先世，据其自述'大抵农也''家故贫'，直到他的祖父，始以'居布致生息''用赀才雄乡里'"①。吴敏树清高自持，名声极大，交游都是上层人物，能支持他不务治生却又清高至不屑做官的原因是他家境极富，田地极多。然而没有足够田产从而需要游幕、教书为养的士人更多。他们的田地多半租出，极少有自行耕种的。清代的田地产量不高，金陵十亩好田，丰年可获三四千斤稻，租户与主人各分一半，遇灾害减收时就不足赡养。一家主仆四十人，就需要役使农夫百家："计中人之家，主人一身调度，必殚上农夫五家之力。妻子一人所费，役三家。仆婢半之。吾家亲属及仆婢，近四十人，常役上农夫百家。"②

除此之外，在官学和书院读书，食廪饩，获得微少的膏火银和优等奖金也是在学文人的谋生方式。获得廪生资格不易，诸生与童生在书院获得正额的膏火银通常仅足以糊口，然而仍是不易得。管同曾论述此事："一县之士得廪膳、学租者二十人，得书院膏火者七八十人，合之仅及百人，而号称为士者，则多至千人。彼百人或生矣，而八九百人者何以自给？"③而知识分子除了开馆设塾，并没有更多出路。塾师的收入极低，勉强够养家糊口。其收入状况下章讨论。

极少的文人从事医卜、商贾。姚椿叙及䜱山何氏世代为名医，又多有文学。何世英本为县学廪膳生，后因家贫弃举业而从医，客于泖滨，

---

① 傅衣凌：《鸦片战争前后湖南洞庭湖流域商品生产的分析》，《社会科学战线》1983年第4期。
② 《方苞集》卷17《甲辰示道希兄弟》，上海古籍出版社2008年版，第483页。
③ 施立业点校：《因寄轩文二集》卷1《说士·下》，《桐城派名家文集5 管同集 吴敏树集》，安徽教育出版社2014年版，第100页。

生意很好，每天接诊数十人，后因病卒，其子何其超在他的侄子何其伟的教督下，先"以文学食饩于庠。其好诗一如君。尝一试金陵，鉴于君之始行而遭忧，又患母病瞽，遂不复往。复以医游吴越间。其名几与其伟埒"①。方宗诚之好友文聚奎（又名汉光）则从商于街，食廪、从教、入仕皆有经历。少时因贫废学，父命其学习经商。白天坐在街市上，晚上读书，被吴阶树主动招为弟子，不收学费，并且接济他。后来文聚奎在私塾中教书为养。沈维鐈督学安徽时选为学官弟子，得食廪饩。三次应乡试不第，咸丰元年（1851）举孝廉方正。后为官军筹饷，因军功"奉旨以光禄寺署正补用"。②

综上，桐城派文人的治生方式与清代其他文人并无太大的不同，以做官、游幕、从教以及守田、医贾等为主，从桐城派文人群体的治生途径见有清一代的文人生存之道。入仕之途可分科举、捐纳、恩荫、荐举之途。游幕有自荐和他荐等方式。桐城派文人有功名较高、高级幕僚较多的特点，为幕之道精微，收入情况复杂。文人从教有官学和书院、私塾等不同体系。守田、医贾、食廪饩皆为常见治生之道。

---

① 查昌国点校：《晚学斋文集》卷8《文学何君墓志铭》，《桐城派名家文集8 姚椿集》，安徽教育出版社2014年版，第112页。

② 方宁胜、杨怀志点校：《柏堂集》续编卷16《文钟甫权厝志》，《桐城派名家文集9 方宗诚集》，安徽教育出版社2014年版，第411页。

第 三 章

桐城派文人的治生收入

桐城派文人主要以做官、游幕、从教以及其他方式获取营生之资。采取何种治生方式与收入多少有关系，而收入的多少也与他们生存状态直接相关，与他们的治学和文学创作直接相关。治生效果的好坏、收入的多少也与流派的繁荣和发展有关，因此本章以桐城派文人不同的治生方式来分别探讨他们的收入状况。

第一节 桐城派官员的收入

一 清代文官的公开收入

清代文官中京官与地方官的俸禄不同。京官（满汉官员相同）正俸包括两部分，俸银、禄米，按品秩如下[①]：

正从一品【银一百八十两米九十石】

正从二品【银一百五十五两米七十五石五斗】

正从三品【银一百三十两米六十五石】

正从四品【银一百五两米五十二石五斗】

正从五品【银八十两米四十石】

正从六品【银六十两米三十石】

正从七品【银四十五两米二十二石五斗】

正从八品【银四十两米二十石】

---

① 《清朝通典》卷四十，《万有文库》第二集，上海商务印书馆民国二十四年（1935）影印本。

正九品【银三十三两一钱一分四厘米一十六石五斗五升七合】
从九品【银三十一两五钱米十五石七斗五升】
未入流俸银禄米与从九品同。

《清朝通典》另载有多次恩俸、双俸记录①：

> 又，乾隆元年四月奏准，七品笔帖式岁支俸银三十八两，八品二十八两，九品二十一两，禄米照俸支给。
> 又，凡在京官员于正俸外，加倍赏给，曰恩俸，其数与正俸同。
> 又，六年二月奉谕旨，吏户兵刑工五部堂官除差往外省署印外，俸银俸米着加倍给与，其署理之大臣亦照此赏给。若遇罚俸案件，将分外所给之俸不必入议。
> 又，乾隆元年六月奉谕旨，礼部掌官照五部堂官例给与双俸。
> 又，八月奉谕旨，从前在京文官俸入未足供其日用，屡廑皇考圣怀。是以雍正三年特旨增添汉官俸米，而各部堂官又加恩给与双俸，其余大小各员俸银俱仰体皇考加恩臣工之意，仿照双俸之例加一倍赏给，俾得用度从容，专心官守。所给恩俸自乾隆二年春季为始。

主要有：京官自乾隆元年（1736）四月实行双倍正俸，为恩俸；六月又下旨礼部掌官与其他五部堂官给双俸；八月下旨各部堂官与大小各员皆双俸，自乾隆二年春季始。乾隆六年，吏户兵刑工五部的尚书、侍郎（即堂官）及代理职务，在京办公的再加双俸。也就是说，从乾隆二年起，上表中文官中的京官正俸已是双倍。这个数字与地方官相比，仍是较低的。

除正俸外，还有较大的一笔合法收入是养廉银。养廉银远超过正俸。据《钦定大清会典事例》，各地总督养廉银一万三至二万两不等；巡抚一万至一万五千两；布政使六千至九千两；按察使四千至八千多两；道台二千至八千两不等；知府一千至一万两不等；知州二百至五千两不等；知县四百至三千两不等。② 各地养廉银差别很大，与所在地区是否冲、

---

① 选录与文官有关加俸。
② 《钦定大清会典事例》（光绪修）卷261，清光绪二十五年（1899）刻本。

繁、难、疲有关。从养廉银的数量来说，是远高于正俸的。一个七品京官正俸加恩俸为九十两银，而安徽的一个七品知县养廉银为六百至一千两，江苏的知县为一千至一千八百两，贵州则达到三千两。

桐城派文人担任的官职中，京官较少，外官较多。桐城派官员常见担任的文官外官有：正二品总督，从二品巡抚、布政使，正三品按察使，从三品盐运使司运使，正四品道员，从四品知府、盐运使司运同，正五品同知，从五品知州，正六品通判，从六品州同，正七品知县，正八品县丞、州学正、教谕，从八品训导、正九品县主簿，从九品巡检，未入流的有典史、府检校、驿丞等。其中又以五品以下居多，知县、教谕、训导占多数。以巡抚、布政使的年俸来说，正俸加恩俸可得三百两及一百五十石大米，按察使可得二百六十两及一百三十石大米；知县、学正、教谕为九十两银加四十五石大米；县学训导仅八十两银加四十石大米。若是在安徽为官，则巡抚一年有一万两养廉银，布政使八千两，按察使六千两，知府二千两，知县六百至一百两。

二 官员的实际收入

和上面所列薪俸与养廉银并不完全一致。

大多数官员的收入较丰厚，以桐城派中几位品秩不同的官员为例，可以看出他们的实际收入远高于公开的俸禄和养廉银。下面以光聪谐（三品）、姚莹（五品）、姚濬昌（七品）为例推算他们的实际收入。

光聪谐（1781—1858），字律原，亦字立元，号栗园，晚号遂园，安徽桐城人。嘉庆十二年（1807）举人，嘉庆十四年进士，选庶吉士，嘉庆十六年散馆，分签为刑部主事。嘉庆十八年主讲淮南书院。道光元年（1821）补山西司缺，坐办秋审处，充本年顺天乡试同考官，此后历任直隶司员外郎、江苏司郎中。道光五年擢湖北荆宜施道。道光十一年二月升福建按察使，八月，调任直隶按察使。道光十三年正月廿七，迁甘肃布政使；六月九日，改直隶布政使。道光十六年正月二十七，引疾归里。咸丰八年（1858）九月初二日戌时逝于浙江省西湖寓邸。不计自道光元年至十年为官所入，仅计自道光十一年至十三年，光聪谐为按察使，十三年至十六年为布政使，按察使为正三品，正俸一年为二百六十两，直隶养廉银合为一年八千两。布政使为二品，一年正俸三百两，直隶布政使养廉银为九千两。① 合计自道光十一年至十六年为官期间共收入 44420 两。咸丰三年太平军攻陷桐城，抢劫了光家，"在光律原家太平军'获银四五万两'"②。考虑到光聪谐为官期间的消费和家中的田产房屋，避到杭州所带的财产，获现银四五万两显然是不小的数字了。另外史书记载光聪谐"简静自守，不事干谒"，则属非贪官员，且"博学，精天算，聚书三万余卷。著《稼墨轩诗文集》十二卷，《笔记》十卷，《易图说》一卷。又尝搜集乡先辈撰著百数十种，为《龙眠丛书》，刊未竣而乱作"③。买书三万余卷在咸丰时不是小数字，刊《龙眠丛书》更不是小支出，可知其财力。

姚莹，字石甫，安徽桐城人，生于乾隆五十年（1785），卒于咸丰二年（1852），年六十八。姚莹在文学上与梅曾亮、管同、方东树并称桐城派"姚门四杰"；在地方治理上有才干，曾得两江总督陶澍和江苏巡抚林则徐器重举荐，卒前为湖南按察使；姚莹又是抗英名将，在保台战争中多次击败英军。其一生有多方面成就，且有清廉好义之盛誉。以姚莹一生为官的情况来看，大多时间为县令，正七品，台湾道为正四品，两淮盐运使为从三品，在四川以同知知州起用，为从五品，所补蓬州知州亦为从五品，卒前所授广西、湖南按察使为正三品。姚莹所置田地在其家账册④中有反映。其中有一件文书为清光绪五年其子姚濬昌的分家书，记有"仅存幸斋公自置大汪庄、上下刘庄、方庄、火炉冈庄"，田租额未记。加妻方氏所置留作私用、濬昌妻光氏所置部分留作私用，共分三孙永检、永朴、永枢各庄额租分别为 416 石、360 石、310 石。清中后期江南各府县上等田地大多为每亩地每岁额租一石⑤，那么同在江南省的长江

---

① 张仲礼：《中国绅士研究》，上海人民出版社 2008 年版，第 218 页《各省文官每年的养廉津贴》。

② 徐川一：《太平军桐城"屠城"真相》，《安徽史学》1991 年第 2 期。此处原文引龚渻《耕余纪闻·癸集》，本文为转引。

③ 马其昶撰、彭君华点校：《桐城耆旧传》，黄山书社 2013 年版，第 332 页。

④ 《姚莹家族往来书信》中家账册，清抄本，安徽省图书馆藏，索书号 2：62217。

⑤ 见郑志章《明清时期江南的地租率和地息率》，《中国社会经济史研究》1986 年第 3 期，表 5《明清江南常年实物地租率》，松江、湖州、嘉兴府清中后期上田均为每亩 1 石，苏州府清中期为每亩 1.2 石。表 6《明清松江府西部地区土地利息率》，乾隆、嘉庆、道光间松江府西部每亩实租为 1 石。

北岸的桐城地租假如大致相同，则用于分给姚莹三个孙子的土地有1086亩，而且显然主要是姚莹在世时置办。这个数字即使不精确也相差不远，其财力可算是比较雄厚的。

就姚莹在任蓬州知州时而言，其年薪正俸为一百六十两，养廉银为七百五至一千二百两。实际上桐城姚家在道光二十七年（1847）的花费大约是862两，一部分是贴会还账493两，另杂项用369两。① 即所余不多，然而姚家置产并不少。可与之对比的是家账册中有光绪初姚濬昌写信给女婿范当世的信件，言及自家花费"大抵吾家人口日增，居家非年入五六百金不足敷用"②。相比之下，姚莹在世时花费要大得多。从姚莹的财产来看，所谓的清廉，并非贫穷。姚莹卸官期间即使作为馆师、幕僚，其收入也远比一般同行高。作为高收入阶层的官员，他常出现的短缺多因负担过多而致。姚莹之有廉洁清誉，除师友为亲者虚美之惯例外，也是他并未贪酷的原因。即使如此，清代官员的常俸与各种额外收项也足以支持他仗义相助友朋，并大量置办家产。

姚濬昌（1833—1900）为姚莹之子，在曾国藩幕四年，由曾国藩荐为知县。先后任江西湖口、安福任知县，湖北竹山、南漳知县。同治五年（1866）至十三年在江西安福任知县，后引疾归。关于姚濬昌的收支状况有如下记载：

> 世父尝负邑肆钱三百万，主来索，子孙无以偿，府君粥田代完之。既为从兄子丙林援例得巡检，仕宦不遂，岁仍仰给于府君。嫁再从侄女二，三从侄孙女一，迎从兄济光柩于闽，抚孤甥张传申至成立，为之娶妇，有三子矣。给钱十五万，令之闽反其父与姊骨，而归葬之。自以幼为方淑人钟爱，于诸中表皆曲意敦笃，又赠山葬舅及妗。在官时分族戚钱逾百万，及罢官虽稍减，然亦不能过损也。自解安福组，囊中不及千金，期年而罄，因粥先世遗田且尽。③

---

① 源丰店贴会还账共钱"百八十七千六百文，合银四百九十三两八钱（照上年钱价）"。
② 此信为《姚莹家族往来书信》抄本中一件。
③ 江小角点校：《慎宜轩文集》卷7《先府君述》，《桐城派名家文集11 姚永朴集姚永概集》，安徽教育出版社2014年版，第313—314页。

同治光绪年间，三百万钱，约值银一千五百两，姚濬昌需卖良田约一百五十亩。① 之后家中的耗费主要是嫁娶，嫁三女，娶一，葬二，再加上其间分族亲钱逾百万，合白银约五百两，确为不小的花费。姚濬昌辞官后在挂车山买房隐居达七年，当时的生活状况是经常宴饮，且隔一日就派人去城中为母亲求购珍馐奇药，又周济三族不减："时与故旧饮酒赋诗，日诵经史及名臣魁儒之书，恒至夜半。山居侍养，间日一遣力之城，市珍羞，求奇药，苟于亲有益者必备也。自入官后，周三族之寒饥，虽罢不减，坐是大困。"② 花光了做官时的积蓄才再参加谒选，丁忧起复，改官湖北竹山。姚濬昌做县令约二十年，始终处于窘迫中与其支出过大有关。

姚濬昌六十岁时③写给二女婿范当世的信提到卸任回家尚带了三千六百两银子："吾此番一出，官囊并不如前番，又又。到家箧中尚存有三千六百金，今交卸后仅所有弥补亏空，公事幸清结，而橐中装所赢不足弍千金。盘费去三百余，到籍开吊又去本洋叁佰余元。拟提六百金买山葬坟，或尚不足，大约所剩数百金耳。而贫家素赖以举火者复不免小小仰望。"④ 因其花费较大，所以致贫亦速。至光绪四年（1878）、五年间，住在桐城挂车山西山精舍的姚濬昌请不起馆师⑤，姚永朴遂为弟永概讲授课业。至光绪七年，"家益贫，负债逾千金莫偿"⑥。二十一岁的姚永朴遂赴江西湖口授塾以贴补家用。

三 官员的堕贫

很多家庭稍有变故即迅速陷入贫困。以桐城徐镛、徐丰玉、徐宗亮祖孙三代的财富状况为例，徐丰玉之父徐镛为嘉庆十四年（1809）恩科

---

① 据同治七年桐城方柜森买田捐族价格计算："先后呈请捐租六千六百余担，共合价银六万余两。"方传理修《桐城桂林方氏族谱》，清光绪六年刻本。
② 方宁胜、杨怀志点校：《蜕私轩集》卷1《先考叩瓴琐语后序》，《桐城派名家文集11 姚永朴集姚永概集》，安徽教育出版社2014年版，第25页。
③ 时光绪十八年（1892）。
④ 《姚莹家族往来书信》，清抄本，安徽省图书馆藏，索书号2：62217。
⑤ 当时为二子姚永朴、姚永概授学教师为秦汝楫。
⑥ 江小角点校：《慎宜轩文集》卷4《送仲兄之湖口序》，《桐城派名家文集11 姚永朴集姚永概集》，安徽教育出版社2014年版，第269页。

进士。先为庶吉士，道光二年（1822）起历任汀州知府、台湾府知府、四川成绵龙茂道、贵州按察使、顺天府尹、大理寺卿、山西布政使，历官约三十年，由从四品至正三品不等。徐镛收入当不低，其子徐丰玉通过捐纳得贵州平远知州一职。至徐丰玉之子徐宗亮，家中财产状况几近瘫痪："太仆公（即徐镛）有田数百亩。君葬先世未葬者十一丧，又选工与材，建勇烈祠堂，甚壮丽。嫁一姑两妹，遂尽粥之，而躬率妻子赁屋而居。"① 数百亩田，葬十一位祖先，建一座祠堂，再嫁三位女子，遂卖田而尽。此处可知丧喜之事耗费之大，此事非本书探讨问题，遂不作详论。徐宗亮后游幕为生，亦名重一时。

另如管同，因祖父与父亲相继去世，家境陷入困境："姊与予幼时，先大父尚为官，家虽贫，饱食暖衣，有奴婢任呼使。妹生一年，先大父卒。年三岁，先君遂见背。幼未尝一日安乐。比长，其困苦殆不忍言状。嘉庆二年，姊出嫁。明年，予授学姻党，不获常归。其在家，惟母与妹。"②

做官并非总能给家庭和宗族带来新的财富，从桐城派文人的传记中，能见到许多辞官游幕或从教的人，也有个别直接陷入了破产的境地。如姚鼐长子姚景衡（1772—?）为乾隆五十七年（1792）举人，嘉庆十七年（1812）左右先后任仪征、泰兴、江都县令。这些江南属县都是富庶之地，到此地做官并不易得③，但姚景衡连得好官职却欠债累累。姚鼐写给弟子陈用光的信说："景衡署江都两月余，已谢事。而反有数千金之身累，盖此邑兑漕例须赔累。而彼署事，又值兵差也。近日州县，岂易为之官哉。"④ 此事姚鼐弟子管同也有记载，并述及姚景衡失官后困苦之况：

---

① 江小角点校：《慎宜轩文集》卷9《徐荼岺先生墓志铭》，第331页。
② 施立业点校：《因寄轩文初集》卷9《亡妹圹碣》，《桐城派名家文集5 管同集吴敏树集》，安徽教育出版社2014年版，第84页。
③ 范当世的外舅传就写到官员向姚濬昌索贿才能将他派到江南某县，而姚濬昌不肯行贿，遂至湖北竹山。见范当世《外舅竹山君传》。
④ 姚鼐撰、卢坡点校：《与石甫侄孙》，《惜抱轩尺牍》，安徽大学出版社2014年版，第138页。

姚君庚甫，吾师惜抱先生之冢嗣也。年二十举于乡，四十得县令。江南属县仪征、江都、泰兴，皆世所云好缺也，君连得之，竟不余一钱。既而因事失官，寓江宁，穷益甚。始犹租屋以居，久负屋值，主人厌而逐焉，乃移家入书院。所居粪墙土舍，上穴旁穿，不蔽风雨。客至，则君衣垢衣，揖坐后，辄抗声高语，其出如渊泉不竭，多惊绝可喜之论。然久坐或不能具茗饮，客苦之，多不至。庭下草深尺许，岑寂极矣。①

姚鼐提及的官债在清代属常见。道光二十六年（1846）姚莹在出使西藏时呈给上级的信中就提到为前任官员还公债以及因公事又负官银的事："在官十八年耳，辛卯至江南连任武进、元和二邑，代完前县令亏空，疏浚孟此三河大工，供应豫陕官兵往来本境，又值承办灾漕，以草负官银数万。淮南监掣三年，再护运符，兼以称贷，始偿逾半。台道六载，所偿无几。"② 也就是在他历任的官职上，都是在不断地负债还债过程中。贺涛之子贺葆真记其高祖曾以自家田地还官债："自吾高祖时有田约十五六顷，官江苏曾售去顷馀，以偿官债。"③ 而姚莹显然不是这样，他幼时家贫，并无地可卖，自他出仕才大量置地，显然需要以自家产业来还官债并不是通常之事。

当然更为常见的是获取功名以后很快积累起财富。如马其昶记胡璧城之事："宜人念居困无已时，则遣子就学，学成能试矣，资斧乏，取丝佐之，训之曰：'汝家贫，不足供读，其能读者，皆吾心力营之。今力竭矣，汝父忠实，与人处乃恒见欺绐，汝当亟谋自立矣！'声泪俱下，子璧城泣受教，旋充博士弟子，光绪丁酉，江南乡试举人，后卒业京师大学，奖中书科中书，遂为儒家。璧城宦学既遂，举宿逋千金尽偿

---

① 施立业点校：《因寄轩文二集》卷5《姚庚甫集序》，《桐城派名家文集5 管同集吴敏树集》，安徽教育出版社2014年版，第129—130页。
② 施立业点校：《东溟文后集》卷8《与王方伯言藏差公费书》，《桐城派名家文集6 姚莹集》，安徽教育出版社2014年版，第274页。
③ 徐雁平整理：《贺葆真日记》，凤凰出版社2014年版，第102页。

之，宜人乃喜。"①

第二节 桐城派幕僚的收入

一 高级幕僚的收入

清代幕僚的收入见诸文献记载的并不多，通过片断的局部的记录可推出大概的收入状况。相对来说，与当时普通塾师和佣工的薪水相比，高级官员的幕友的收入是极高的。

邓廷桢之孙邓嘉缜于光绪时入湖北巡抚于荫霖幕，"于公巡抚湖北，复招君入幕武昌，縠绾天下，民物浩穰。会拳祸作，于公忧劳病甚，事无巨细，一谘君取决，月饩才八十缗，意泊如也"②。一缗为一千文，据《中国货币史》所列米价表："1891—1900 年，每公石合制钱 3449 文。"③则邓嘉缜一月收入 2319 公斤大米。这个收入称"才八十缗"，显然还不算这个级别幕僚的较高收入。

道光七年至九年（1827—1829）姚莹曾游幕福建署按察使衔分巡台湾兵备道方传穟幕，其收入较为丰厚。道光七年五月二十八日，姚莹从桐城起身，带妻子、继子、长兄赴福州，入时任汀漳龙道台方传穟幕府。如方传穟支付他每月修金 50 元，大约为 35 两银，一年即有 420 两银的收入，与前文所说通州的老师宿儒一年一百两束修相比，要高得多。事实上，除了做幕僚所获束修，还可得到各县的节礼。节礼是一笔不小的收入，道署每次 16 元，龙溪、龙岩、漳府、海澄等县每节 20 至 40 元不等。节礼基本在春节、端午、中秋等送出。此外，姚莹在福建常得到大量的援助。汪味根、滕蓝邨、文谦之、蔡大椿、侯念勤、方竹吾、陈澧西、仲怀、王荣等人皆常资助。从姚莹橐囊的丰实程度来说，也可说是不菲。道光七年五月廿八日起至十二月底，仅七个月共收入银 2018 元，道光九

---

① 孙维城点校：《抱润轩文集》卷 18《朱太宜人墓志铭》，《桐城派名家文集 8 马其昶集戴钧衡集》，安徽教育出版社 2014 年版，第 251 页。

② 孙维城点校：《抱润轩文集》卷 19《清封光禄大夫奉天巡警道邓君墓志铭》，《桐城派名家文集 8 马其昶集戴钧衡集》，安徽教育出版社 2014 年版，第 255 页。

③ 彭信威：《中国货币史》，上海人民出版社 2007 年版，第 624 页《清代米价表（三）》。

年正月起至五月十二日，四个半月共收入洋银1403元。姚莹的支出多半寄回省寓家用，或桐城之用。从这些账单看，姚莹所入不少，花费亦多，因此存余无多。

二 州县以下幕僚的收入丰俭不一

州县衙署的幕僚可分五类："曰刑名，曰钱谷，曰书记，曰挂号，曰征比。"① 这五类的收入也不一样。康熙中期姜焯升徐州知府后不久李煦在写给他的信中谈及幕僚的选用和酬劳情况："茅、梁两相公，皆老成练达之才，大弟当虚心请教，信心相托……至于束修，茅、梁二位每年俱给以二百四十两。梁相公带伊婿跟随抄写，不必多予束修，每年量给酬劳。"② 这个二百四十两是康熙中期的行情。到了乾隆时期有了很大分化："余初幕时，岁修之数，治刑名不过二百六十金，钱谷不过二百二十金，已为极丰。松江董君非三百金不就，号称'董三百'。壬午（即乾隆二十七年）以后渐次增加。至甲辰、乙巳（乾隆四十九、五十年），有至八百金者。"③ 州县幕中，又以刑名、钱谷幕僚的收入较丰厚。书记、挂号、征比一年只有一百两银左右，少的只有四五十两。且刑名、钱谷易谋得职位，其余幕僚失馆之事常有又兼职位不易得，所以乾嘉年间名幕汪辉祖论及习幕者说"故亲友之从余习幕者，余必先察其才识，如不足以造就刑钱，则四五月之内即令归习他务。盖课徒可以进业，贸易可以生财。作幕二字，不知误尽几许才人。量而后入择术者，不可不自审也。未成者可改则改，已业者得休便休"④。但是读书人谋得与读书相关的职业并不容易，事实上，"岁修百金，到家亦不过六七十金。八口之家，仅足敷衍"⑤。能够以一人一年之薪养全家八口温饱，并不算太差，只是不能失馆。所以汪辉祖对在幕之人有多种劝说，如勿忘本计，不要有寒乞相，不要计较伙食肥甘，不要对优伶博

---

① 汪辉祖：《佐治药言》，《丛书集成初编》，商务印书馆民国二十六年（1937）版，第13页。
② 李煦撰，张书才、樊志斌笺注：《虚白斋尺牍笺注》卷1《寄徐州大弟》，中华书局2013年版，第53页。
③ 汪辉祖撰、梁文生校注：《病榻梦痕录》，江西人民出版社2012年版，第41页。
④ 汪辉祖：《佐治药言》，《丛书集成初编》，商务印书馆民国二十六年（1937）版，第14页。
⑤ 同上。

笑，要力行节俭，"鬻文为活，非快意事，固不可有寒乞相，使主人菲薄。而本来面目欲须时时自念，食饶粱肉，念家有应赡之妻孥，自不忍从粱肉外更计肥甘。卖及优伶，念家有待济之戚，自不暇向优伶中妄博欢笑。且客中节一钱之费，则家中赢一钱之资"①。这些诫条，实为幕僚生存境况寒蹇而来。

道光时期四川知县刘衡对比知县与游幕时的收入情况，第一想到的就是收入已经不错，俭是第一关键。"试思我辈居馆糊口时，每年得不过数金数十金，亦须度活赡家。一行作吏，养廉所得至少亦六百金，多则千金八百金，何不追想居馆时寒俭。仿照行之顾，必自投于债乡，甘罹于法网也乎？况不俭必不能廉，不廉恐至奇祸，岂但监追籍没己哉！我辈为外吏，俭为第一关键，此关持守不严，则一切无足观矣。"②光绪十三年（1887），张謇任开封知府孙云锦幕，归家交父母一百两银，父母对他说："通海乡里老师宿儒，授徒巨室，终岁所得，不过如此。"③大致行情如此，幕僚收入大致高于塾师，但是比起官员，还是低得多了。

第三节　桐城派山长、塾师的收入

一　收入水平及分析

桐城派文人在书院从教者极多，主要分布在安徽、江苏、浙江、广东、福建、湖南及河北诸省书院。本书以《中国历代书院志》④所收清代书院志为据，列表说明江浙皖闽等桐城派文人主持的主要书院的修金情况：

---

① 汪辉祖：《续佐治药言·勿忘本计》，《丛书集成初编》，商务印书馆民国二十六年（1937）版，第7页。

② 刘衡：《蜀僚问答》，元周主编《政训实录》，中国戏剧出版社2001年版，第10册第3367—3368页。刘衡曾任四川垫江、梁山、巴县知县，所得养廉银为六百至千两间。

③ 张謇：《张謇日记》，《张謇全集》，江苏古籍出版社1994年整理本，第836页。

④ 赵所生、薛正兴主编：《中国历代书院志》，江苏教育出版社1995年版。表中简称《历》。

清代苏皖粤浙闽等桐城派文人主要从教书院山长收入表

书院	山长收入	书院产业	出处
江宁钟山书院①	山长束修八百两，伙食一百六十两，节敬二十四两	雍正二年总督建，月给廪饩。雍正十年朝廷赐金一千两，置田为膏火	柳诒徵《江苏书院志初稿》《历》册1第42页
金陵遵经书院	山长束修五百两，伙食二百四十两，节敬二十四两		同上
金陵凤池书院	山长束修三百两，伙食一百二十两，节敬二十四两		同上
扬州安定书院	光绪：山长束修四百两，伙食三百两	监院二员每月薪水银十二两	同上，第54页
扬州梅花书院	山长束修四百两，伙食三百两	监院二员每月薪水银十二两	同上
扬州广陵书院	山长束修二百六十八两，伙食八十两		同上
武进龙城书院	主讲一人，每年束修钱二百四十千	光绪时有田千余亩，市房一所，屋基六间	同上，第61页
阳湖延陵书院	主讲一人，每年束修钱二百四十千	道光时，有田一千六百余亩，存典钱五千千	同上
安徽怀宁敬敷书院	每岁束修薪水一切供应约六百金	雍正十一年建，乾隆初改名敬敷。一岁书院经费通二千余金	吴景贤《安徽书院志》《历》册1第114页
通州潞河书院	康熙五十九年定：每年修金四百两，膳金二百四十两。乾隆四十六年改：院长修金膳费共三百二十两，三节节礼银共十八两。光绪五年：院长修金每年改送一百四十两	役一名，工食银十二两。茶夫一名，工食银十两。水火夫二名，工食银共十二两	王兰荫《河北省书院志初稿》《历》册1第160页

---

① 《历代书院志》载"惜阴书院、钟尊两山长兼阅课艺，山长束修年终致送银二百两"。

续表

书院	山长收入	书院产业	出处
唐县唐岩书院	掌教每岁束金制钱一百八十千文，薪水一百二十千文，迎送车价盘费十二千文。共三百一十二千文	同治七年有地十四顷九十二亩八分，又发商生息成本若干	同上，第184页
广州粤秀书院	院长每年修脯银五百两，每月蔬薪银十二两，米价银四两二钱，每课折席银八钱，节礼银十两，合计全年收入七百三十三两。设副掌教，俸银百六十	监院每月蔬薪银三两，米价银一两四钱，每课折席银三钱。院役书办一名，头门二句，厨子一名，水夫一名，长班一名，共六名，每月工食银五钱，米价银四钱二分	清梁廷枏《粤秀书院志》《现行规条》（道光二十七年刻本）《历》册3第26页
广州学海堂	不设山长，设学长八人，修金每人每年三十八两，共支银二百八十八两	学海堂司堂一名，工食银三两，看门一名，工食银二两	清林柏桐编、陈澧续补《学海堂志》《经费支用》（光绪刻本）《历》册3第289页
衡阳石鼓书院	山长岁俸修金库平纹银二百两，聘金四两，每节节敬四两，随封钱二千文，每月伙食钱八千文，起馆酒席钱六千文，川资视程途远近酌送	议定驻局二人，每人每年薪水钱三十千文。后添管帐二人，每年薪水一十六千文。更夫一名，月给米三斗，钱八百文	清李扬华述《国朝石鼓志》卷四《规费》（光绪六年刻本）《历》册4第148页
长沙岳麓书院	咸丰时，馆师每年束修薪水共银四百四十四两，按季支送聘金、起馆贽仪、酒席、三节节仪、寿仪，共银四十两，按时致送。舟资脚费舆金杂项十二两	监院每年膳资银三十六两，按季支发。斋长二名，每名每月给银一两	清丁善庆纂辑《长沙岳麓书院续志》（咸丰刻本）《历》册4第433—434页
醴陵渌江书院	束修初为二百串，崔邑侯到任后增为三百四十串。以二百四十串为束修，六十串为薪水，二十串为节礼，二十串为丁役辛工，按三节呈送		清刘青藜纂辑《渌江书院志》（光绪三年刻本）《历》册5第625页

续表

书院	山长收入	书院产业	出处
杭州诂经精舍	掌教束修年俸六百两	监院月薪二十两	民国张崟著《诂经精舍志初稿》（民国二十五年《文澜学报》载）《历》册8第333页
祁门东山书院	延请山长递年应送修脯、节寿、长使、膳夫、往来夫马等项，悉由五乡文约于四月、十月两次分缴，不在书院开支。《递年额用款项》中有山长的费用：新请山长关聘计银十两。山长节席：端午、中秋每节银一两六钱，长使每节钱一千五百文。共银三两二钱，钱三千文。山长开、解馆席筵并供膳六日，共约钱二十千文	监院正副老师每年各送油朱银九两六钱，又送长使银九钱六分。司事二人，修脯每年支钱八十八千文，不得过支	清唐治编《东山书院志略》（咸丰二年刻本）《历》册8第506页
旌德洋川毓文书院	嘉庆三年《酌议规条》：每年延师修脯举人二百两，进士三百两，翰林四百两，按季致送。议得每年延师支给膳赀钱一百六十两，按月致送。议得每年延师聘金程仪二十两。道光十二年《规条》：山长束修每年七折钱四百千，薪水七折钱一百六十千等共支销项下共七折钱六百四十八千	董事一人每年支给饭食钱一十六两。经理书院房屋器具一切给工，费钱八两	清洪亮吉纂《毓文书院志》（嘉庆九年刻本）《历》册8第731页

续表

书院	山长收入	书院产业	出处
福州鳌峰书院	院长递年修脯银四百两，嘉庆十五年增修脯为每年六百两。院长递年伙食银一百二十两，遇闰增银十两。院长年节敬银每次十两，端阳、中秋、年边三次，共银三十两。院长年节代席银每次二两，共银六两。院长初到送下马席银三两。院长初到应供三日银三两。加增院长生日并其父母生辰每次送寿礼银十两，共银三十两。院长辞馆回籍程仪银二十四两。开馆散馆每次发银一十五两，交闽侯两县备办酒席致送院长，并一切铺设鼓吹手等项，共银三十两	监院教官一员，每月给辛劳银四两，年共银四十八两。遇闰增银四两。加增监院教官年节，每次酌给银十两，年共银三十两	清来锡蕃等编《鳌峰书院纪略》《章程》（道光十八年刻本）《历》册10第504页
贵溪象山书院	院长束修膳金由县中照章支送，此外如诸生感激其师，每年三节有所将敬以修弟子之仪，亦听其便		清佚名编《贵溪象山书院章程》《历》册11第213页

二 山长收入的特点

一是官办书院的山长收入基本由上官决定，民办书院由主持其事者共同制定标准。道光末，姚莹弟子陈克家曾就姚椿修金一事致书姚莹，请求姚莹向两江总督陆建瀛说情，恢复姚椿仍主松江府景贤书院及修金水平一事。此信亦可见姚椿教职及束修多少状况：

> 松江姚春木先生向主本地景贤书院，岁修二百金，系李官保任巡抚时所定，其后官保去而署抚院政政请两人分主，先生遂仅得半席。顷见陆制军所定各书院单，则又改先生于崇明，修仅八十金矣。先生杜门守道，老而愈贫，即至咸如张诗舲抚军、吴仲匀方伯，从不稍有所求，而所赖以为生计者，惟此区区之修。湖北王子寿比部

与先生交最深，前来书言曾为告于制军，请仍延先生一人专主景贤，如必不能复旧，则更以他处补之。制军之定崇明及正王比部所谓以他处补之者，而不虞抚院之反裁景贤之半席也。崇明在海外，阅卷支修均属不便，况修又减之，恐非制军之初意，其不欲景贤之裁甚明，殆忘言之于抚院耳。夫子大人与先生世交，非同恒泛，克家见此情事，不能不言。伏望将此曲折致之制军，仍以先生主讲景贤。虽得半席，犹有实际。盖崇明之关书未送，事尚可行也。李宫保与先生初无半面，并无他人之属，徒以道义相同，当时即延先生于讲席。谅制军无不同此心乎？前禀已封，适有此事，因复肃泐，伏祈垂察。受业克家谨又禀。十二月廿日上。①

二是各书院的束修水平与书院资产及经费充裕程度相关。通常省级书院②束修要高于府道书院，府道又高于州县书院。县级书院多由官民共同出资，其束修水平明显低于省级书院，但仍是不小的开支。

从上表（束修表）看，省级书院中，江苏的钟山书院山长一年总收入超过一千两，安徽敬敷书院山长一年总收入约六百两，广东粤秀书院全年七百三十三两，福建鳌峰书院院长总收入八百多两，湖南岳麓书院院长年收入四百九十六两，浙江诂经精舍掌教束修年俸六百两。存在比较明显的地区差异。相比之下，不同等级的书院束修的差异更大。府学书院中，扬州安定、梅花书院比较特殊，并非由当地知府衙署主管并提供经费，而是由盐运使主管。扬州盐业富甲天下，盐运支持的这两大书院经费之丰裕也堪比他处省级书院。吴锡麒言："东南书院之盛，扬州得其三焉。其附郭者曰安定、曰梅花，其在仪征者，曰乐仪，而皆隶于盐官。藉其财赋之余以为养育人才之地，故饩禀之给视他郡为优。"③ 安定书院与梅花书院的山长待遇相同，皆为每年束修四百两，伙食银三百两，共七百两。两院束修极厚，自雍正年末重建以来，所延请掌教多名家。

---

① 《姚莹家族往来书信》，清抄本，安徽省图书馆藏，索书号2：62217。
② 本文将省级官府在省会所在地主办的书院称作省级书院。一般由一省巡抚或学政来主持官课，一省可能不止一个省级书院。府道书院、州县书院皆以主办官府的级别来定。
③ 吴锡麒：《曾都转校士记》，柳诒徵《江苏书院志初稿》，《中国历代书院志》，江苏教育出版社1995年影印本，第1册第50页。

安定书院自王步青始，梅花书院自姚鼐始，至乾隆年末期，安定书院的山长二十三人，其中储大文、陈祖范、邵泰、沈起元、刘星炜、王延年、杭世骏、沈慰祖、蒋士铨、吉梦熊、赵翼等，都是当时的学问大家；梅花书院掌教五人：姚鼐、茅元铭、蒋宗海、张铭、吴珏。出安定、梅花二院者人才极盛，任大椿、裴之仙、王念孙、汪中、刘台拱、段玉裁、洪亮吉、孙星衍、程赞普数十人，都是清代学术史上的重要人物，"咸同以降稍不逮前，然江南北知名之士，不试于扬州书院者盖尠。濯磨淬厉，其风有足称焉"①。

相比之下，州县书院束修通常只有省级书院的半数不到。乾隆时河北保定府通州潞河书院院长修金、膳费、节银总共三百三十八两，属于较高档次。江苏武进县龙城书院山长束修二百四十千文（光绪间），约合白银一百六十两②，阳湖县延陵书院亦为二百四十千钱。同治时河北唐县唐岩书院掌教总收入三百一十二千文。湖南衡阳县石鼓书院年俸总共二百一十二两加九十二千文火食钱。安徽旌德县洋川毓文书院对山长束修的规定因山长的功名不同而不同，按质论价："举人二百两，进士三百两，翰林四百两，按季致送。"③另外伙食费一百六十两，程仪二十两，是县级书院中相当丰厚的待遇。道光十二年后调整为"共七折钱六百四十八千"，合银三百六十两。清代的县级书院山长束修大多在一百到二百两银之间。县级书院经费短缺至无力延请山长的情况也时有发生。黟县碧阳书院有正额生监四十人，童生二十人，咸丰兵乱之后，书院经费无处筹措。因为太平军到来之前书院将财产存典商生息取为膏火，兵乱后典商破产，书院经费空缺，以至"月课无力请山长，初由知县谢永泰阅卷捐奖"④，由县令自捐银发官课之费。后县令呈经上司同意将黟县渔亭船厘归入书院动支，方解时困。

三是无论省级书院还是州县书院，山长的收入都不是社会中的较低

---

① 柳诒徵：《江苏书院志初稿》，《中国历代书院志》，江苏教育出版社1995年影印本，第1册第53页。
② 以下皆以彭信威《中国货币史》所列银铜比价为口径换算。
③ 洪亮吉纂：《毓文书院志·酌议规条》，《中国历代书院志》第8册第731页。
④ 吴景贤：《安徽书院志》，《中国历代书院志》，江苏教育出版社1995年影印本，第8册第123页。

等级。一个书院的整体运行经费中，山长束修支出占了其中很重要的一部分。对照清代的文官俸禄亦可知①，正从一品年俸只有银一百八十两、米九十石，正从五品银八十两、米四十石，正从七品银四十五两、米二十二石五斗，对比正俸，山长们的束修可算是高收入。当然除俸禄之外，外官文官还有远高于此的养廉银，从总督到知县，由一万两至数百两不等。

束修之厚与当时地租相比，也可见其丰厚。河北唐县唐岩书院"书院自置地七顷十七亩三分五厘，捐地现成一顷四十九亩三分，每年共收租大钱二百六十三千四百三十六文，捐地报冲三顷八十亩零三分五厘，每年应收租银二十两零三钱四分，应收大钱三十七千九百二十文，已有钤印底册"②。那么八顷六十六亩地一年地租还不够付掌教一年三百一十二千文的支出，另外此地租大约合计每亩每年三百文（二百六十三千文/八顷六十六亩），则一名正课生员的膏火，一年就需四十亩地的支持。这还不算每月官课的奖赏。广东粤秀书院的情况也大致相同："乾隆八年十月，藩使以详拨入院之新会县广龙、枕龙二沙熟税二顷九十一亩四分六厘，每年纳租银二百二十八两七钱。"③ 合计每亩租银约七钱八分。供养一位年薪七百三十三两的山长，则需九百四十亩地，供养一位月膏火银一两八钱的正额生员，则需二十七亩多地。

三　塾师收入

与书院相比，社学及家塾的收入要低微得多。清代的私塾、义塾、社学、义学在民间大量存在。社学是清初朝廷规定设于乡镇的官办初级教育机构。康熙时又下旨在城镇设立义学，这种义学与社学主要为官办，皆有廪饩，实际上义学社学皆有大量的民资助办情况，其塾师不在文官体系中，收入也无定制。据陈剩勇统计，雍正时浙江全省75个县中有68个县建有社学377所；光绪时江西省64县中有61县建有社学276所；福建省清代实存

---

① 见本书附录二《禄秩表》。
② 吴景贤：《安徽书院志》，《中国历代书院志》，江苏教育出版社1995年影印本，第1册第185页。
③ 梁廷枏：《粤秀书院志》，《中国历代书院志》，江苏教育出版社1995年影印本，第3册第38页。

社学549所。① 除官办学堂之外，家庭或家族为教授本门本族子弟所设馆塾也有不少。这类学堂主要教授童蒙之学，需要的教师数量大大多于书院。从事于此的士人极多，但关于他们的收入及境况的记录并不为多。另见乾隆五年（1740）贵州社学"社师每年各给修脯银二十四两"②，同治时方宗诚在河北枣强设两所义学，其中"传经义学请本地举人掌教，束修火食共二百四十千。养正义学请本城生员教读，束修共四十千"③。皆属不多。徐梓在《明清时期塾师的收入》④中大致梳理了明清塾师的收入状况，可从中辑出清代各地塾师修金的情况，本书为行文简洁，列表如下：

清代各地塾师修金概况表

时间	地点	修金	出处
道光十三年	山西太谷	塾师修金每年40两，端午、中秋每节节礼2两	知县孙衔定《义学学规》
		修金四十两为大学，三十两并二十五两为中学，二十两十数两为小学（大中小学指人数）	栗毓美订《义学条规》
		本乡村中生监及童生之有品者，公为聘延，每年束修薪水以二三十金为约	唐鉴（1778—1861）《兴立义学示》
同治七年	琼州	每年修金三十六两，赞敬一两，节敬三两，由本府发琼台书院，监院按月按节支送	戴肇辰订《琼州府义学章程》
	山东陵县	常川住塾，每年酌定束修京钱六七十千为准，按季分送	戴杰订立《劝办义学章程》
光绪年末	山东惠县	每年如得利五十千者，以四十千延请塾师，余作杂费	柳堂订义学章程
		塾师一人，课徒以十人为率，每月酌给束修膳金五千文，月费一千文，按月支领	丁日昌所订《社学章程》

---

① 陈剩勇：《清代社学与中国古代官办初等教育体制》，《历史研究》1995年第6期。
② 贵州省地方志编纂委员会编：《贵州省志·民族志》下，贵州民族出版社2002年版，第630页。
③ 方宗诚编：《枣强敬义书院志·敬义书院简明章程》，《中国历代书院志》，江苏教育出版社1995年影印本，第11册第3页。
④ 徐梓：《明清时期塾师的收入》，《中国社会经济史研究》2006年第2期。

从中可见这类官办义学童蒙教师的修金一年通常只有二十至四十两银。村塾中的塾师非官办,收入也更低,通常只有几两至十几两银。乾嘉年间汪辉祖说"寒食课徒者,数月之修,少止数金,多亦不过十数金。家之人目击其艰,是以节啬相佐"①。这应当属于私塾教师。道咸年间方宗诚也曾在家塾,"盖先生少时家贫也,非课徒不足以营生,非博谋旁谘,不足以自成其学,初岁束修所入仅十余千耳,约其身以至妻子,宾客酬酢之资,无所不从其啬"②。得较好之馆也大不易。道光三十年(1850)刊刻的题署为石平士编次的《童蒙急务》提及塾师束修的标准:"近见蒙馆中,富者学钱止一二千,贫者学钱止七八百,甚至有二三百文者,殊属不成事体。屈指一堂学生,已有二十余人,统计一年学赀,不过十三四千。比之人家雇工虽见有余,较之有等匠师,则大不足。"③湖南岳阳程日新在里中胡氏家塾教书,仅仅每年八两银子薪酬涨至十六两,竟也能"学徒益进,卒以教读致有薄产"。④ 方宗诚之师许玉峰则贫至卖田归养。"一日玉峰来泣曰:'吾父老,起居不可一日违,将辞主人归,则无以为养。有田数亩,欲以券质子之主人,得钱数万,姑为归养计,愿子之成之也。'予感其意,为力言于主人,不允,玉峰流涕而去。"⑤ 从中可见大多村塾家塾教师的薪酬一年不过八两银,而省级书院山长多有六百至八百两,相差近百倍。

第四节　攻读者的廪饩与膏火

一　食廪饩的弊端

进入官学或书院读书,是获取功名的一个途径,也是生存道路之一。官学中廪生是一种荣誉,也意味着经济地位不同,同样,书院对于不同等级学生也有不同的膏火银和课考的奖励。这种资助费用不同书院额度

---

① 汪辉祖:《佐治药言》,《丛书集成初编》,商务印书馆民国二十六年(1937)版,第15页。

② 孙维城点校:《抱润轩遗集》卷1《方柏堂先生七十寿序》,《桐城派名家文集8马其昶集戴钧衡集》,安徽教育出版社2014年版,第305页。

③ 转引自徐梓《明清塾师的收入》,《中国社会经济史研究》2006年第2期,第30—37页。

④ 张在兴点校:《程日新先生家传》,《吴敏树集》,岳麓书社2012年版,第444页。

⑤ 江小角点校:《味经山馆文钞》卷2《书许玉峰集后》,《桐城派名家文集8马其昶集戴钧衡集》,安徽教育出版社2014年版,第390页。

各不相同，总体相当低微。袁枚说："民之秀者已升之学矣，民之尤秀者又升之书院。升之学者岁有饩，升之书院者月有饩。此育才者盛意也。然士贫者多，富者少。于是求名赊而谋食殷，上之人深其然也，则又挟区区之廪假以震动黜陟之，而自谓能教士。嘻，过矣！夫儒者首先义利之辨，今疚之以至微之利，而惕之以至苛之法，其谋入焉者，半苟贱不廉也。苟贱不廉之人，养之教之，何所用之？"①

袁枚对进入官学或书院以谋食而非求道的现象深恶之。张之洞对此弊也有议论："中国书院积习，误以为救济寒士之地，往往专为膏火奖赏而来。本意既差，动辄计较锱铢，忿争攻讦，颓废无志，紊乱学规，剽窃冒名，大雅扫地矣。"② 在府州县学的廪生所得廪饩金额极少。一般州县有廪生二十人，大多为每年八九两廪饩银或更少。如道光本《冠县志》载廪生二十名，"廪粮银一百七十三两六钱"③，山东邹县亦同。乾隆时期铜陵廪生二十名，"每名廪膳银四两一钱三分三厘三毫"④；"廪生四十名，每名岁该三分之一饩粮银二两四钱，共银九十六两"⑤。查琼州府学廪生40名，岁支饩银共96两；各州县学生员、职役待遇与府学相等，按人数定额拨给。⑥ 所得极少，温饱都难以做到。

二 书院膏火银概况

桐城派文人进入书院读书者极多，书院给学生的补助通常远高于当地儒学。各地书院膏火等级一般每年考核后发放，每月又有官课及师课，考核后按成绩分不同等级发放。课考的发放规则各书院皆不同，下表以《中国历代书院志》所载列各书院正附课学生廪饩膏火情况，课考的奖例因其文繁只选列数家典型者，膏火、奖励之外，资助科举的金额亦列其典型者，内容如下：

---

① 袁枚：《书院议》，柳诒徵《江苏书院志初稿》，《中国历代书院志》，江苏教育出版社1995年影印本，第1册第40页。
② 张之洞：《劝学篇》外篇第三，上海书店出版社2002年版，第42页。
③ 道光《冠县志》，天马图书有限公司2002年版，第60页。
④ 乾隆《铜陵县志》，黄山书社2007年版，第95页。
⑤ 方国瑜主编：《云南史料丛刊》卷12，云南大学出版社2001年版，第423页。
⑥ 符和积等：《海南古代教育发展史》，海南出版社2009年版。

清代各地书院学生膏火银概况表

书院	膏火	对比	出处
江宁钟山书院	月给廪饩。课额超等五十名，每名二两六钱，特等七十名，每名一两三钱		《江苏书院志初稿》《历》册一42页
金陵尊经书院	课额超等三十名，每名二两二钱，特等七十名，每名一两一钱		同上，第42页
扬州安定书院	乾隆五十九年规条①：正附课各七十二人，随课无定额。月二课，正课月给膏火三两，附课一两，住院肄业者于常额外日增膏火三分	生徒中录其尤者仿上舍之例增膏火。嘉庆五年为复公车费。士有举于乡者，具旗匾荣之。每岁科两试及秋闱各资路费	同上，第50页
苏州紫阳书院	乾隆二十四年书院条规：在院诸生六十名，每月膏火二两四钱，米三斗，附课四十名，每月给银一两，止附一课者给银五钱	每月两课，官课一次，掌教课一次。课卷以一二三等为次序，一等者首名给赏一两五钱，余名一两，二等者六钱	同上，第58页
武进龙城书院	光绪时：生童肄业每年膏火钱六百四十八百，花红钱一百五十三千二百六十		同上，第61页
延陵阳湖书院	道光：生童肄业每年膏火钱一千十六千，花红钱二百二十千		同上，第61页
龙门书院	同治：在院肄业者每人月给薪水银四两。按月考课，别给膏火		同上，第73—74页
镇江宝晋书院	肄业生童各二十名，每名月给膏火银一两。在院居住者为正课，在外者为附课。附课生童亦各以二十名为率，无膏火	每月课文二次，以初二、十六日为期，道府轮次考试。生员考居超等者给奖三钱，特等者给奖资二钱，童生优取一名，亦给奖资二钱。课期生童均给一粥饭。八人一席，每席价银五钱	同上，第77页

① 之前年份生额少于此数，未选录

续表

书院	膏火	对比	出处
兴化文正书院	道光：正课生童各取十名，每月膏火银各一两；附课生童各十名，每月膏火银各八钱；随课无定额，不给膏火		同上，第86页
海门厅师山书院	官课生内课额二十名，外课额三十名，童内课额三十名，外课额六十名，生童每内课一名给膏火钱六百，外课一名三百	生童第一名俱给奖赏钱一千。二三名八百，四五名六百，六至十四百。师课生童额各十名，给奖赏，无膏火	同上，第88页
东台县小海盐场社学①	诸生有日夕在学肄业者，量给灯火之资		同上，第99页
怀宁敬敷书院	乾隆十七年②：内课二十四名，人给膏火银每月一两八钱。外课二十四名，人给膏火银每月六钱。附课无膏火，亦无定额	自巡抚至郡守，皆输为月课。每月十八日为山长课。超等奖赏五钱，特等三钱，或于超等数名特加奖赏，多寡无一定	《安徽书院志》《历》册1第113页
黟县碧阳书院	正额生监四十人，童生二十人。膏火正额月银二两，正额之外，相时以议		同上，第123页
通州潞河书院	乾隆四十六年：诸生额缺十名，每名月给膏火银一两五钱，共银一百八十两。附课十名，以次充补	门役一名，工食银十二两。茶夫一名，工食银十两。水火夫二名，工食银共十二两	《河北省书院志初稿》《历》册1第160页
唐县唐岩书院	正课生监二十名，每名每月制钱一千文，童生十名，每名每月制钱五百文，附课并正月间甄别，均无膏火		同上，第184页

① 林正青为大使，主其事。
② 以后诸年生额有增，膏火银未变。

续表

书院	膏火	对比	出处
广州粤秀书院	每年额取正课生监八十名，童生二十名，每名每月给膏火银一两六钱五分，兹议增银一钱五分，共银一两八钱	官课分督抚宪课及司道宪课，各给奖赏。如督抚宪课超等首名给银五钱，司道宪课生监超等首名，给银二钱五分	《粤秀书院志》《历》册3第22页
广州学海堂	同治五年设专课生十名，并议定将来增设八名，共十八名，每季分别上取十名，每名膏火银六两（为一季度之膏火），次取八名，每名膏火银五两		《学海堂志》《历》册3第291页
衡阳石鼓书院	正课生员月发膏火钱一千文，住斋者月发米一斗，附课月发膏火钱八百文，无米。正课童生月发膏火钱八百文，住斋者月发米一斗，附课月发膏火钱六百文，无米。额外附课无膏火		《国朝石鼓志》《历》册4第146页
长沙岳麓书院	正课生监六十八名，每名每月给膏火银一两，附课生监七十名，每名每月给膏火银五钱，均按月支发，每年以起馆日开支，散馆日截止。乡试之年，额广正课二十名，附课十名，膏火一例按月支发		《长沙岳麓书院续志》《历》册4第433页
杭州诂经精舍	学生则高才十六人，每人月给廪膳银六两，朔课考试，内课每名膏火一两二钱，外课每名六钱，附课无定额，不给膏火	内课前十名，自应得膏火外，第一名加给笔资二两，并奖洋四圆，以次至第十名，则人各加笔资一两二钱，另奖银二圆	《诂经精舍志初稿》《历》册8第333页
祁门东山书院	县学生员膏火十二名，（每年）每名钱十六千文。童生膏火十名，每名年给钱八千文，照岁科府试	生监奖赏，超等第一名给银五钱，第二名至第五名每名给银三钱，第六名至特等一名每名给银二钱	《东山书院志略》《历》册8第506页

续表

书院	膏火	对比	出处
旌德洋川毓文书院	内课生监二十名，每课每名膏火七折钱二两。内课童生二十名，每课每名膏火七折钱二两。外课生监二十名，每课每名膏火七折钱一两。外课童生二十名，每课每名膏火七折钱一两。附课生监二十名，每课每名膏火七折钱五钱。附课童生二十名，每课每名膏火七折钱五钱		《毓文书院志》《历》册8第731页
福州鳌峰书院	一等生监原定七十名，今加增十名，共八十名，每名月给膏火银一两六钱。以十一个月为率。二等生监原定七十名，每名每月给膏火银一两二钱，以十一个月为率		《鳌峰书院志略》《历》册10第504页

注：清中后期亦常有文献将书院膏火银称廪饩者。亦有将按月发放的膏火银与每月官课、师课奖励同称膏火银者，或将课考奖励称膏火，按月发放的部分称薪水。

三 膏火银的多少与书院的财力相关

清代官办书院的财力主要来自朝廷的拨给和地方官的支持，如省级书院得到的资金较多，划拨的学田也多，给予学生的膏火资助相对丰厚，但也有相当明显的地区差异。从上表所列，以其中正额[①]生员的膏火银为例[②]，江苏钟山书院的正课五十名，一月可得二两六钱；安徽敬敷书院内课生每月一两八钱；广东省粤秀书院正课学生每月一两八钱；湖南长沙岳麓书院正课学生月给膏火银一两；浙江杭州诂经精舍高才学生（名额较少，仅十六人）月给廪膳六两，内课学生每月膏火一两二钱；福建福州鳌峰书院一等生监每月一两六钱。即正课学生最高是钟山书院一月二两六钱，最少是岳麓书院一月一两。

---

① 或称正课。
② 童生膏火银与生员往往不同，此膏火银不包括官课或山长课的奖励。

县级书院中，镇江宝晋书院月给正额在院学生月膏火银一两；江苏兴化文正书院月给膏火银一两；安徽黟县碧阳书院正额生每月二两银；湖南衡阳石鼓书院正课学生月膏火银一千文，住院者发米一斗；祁门东山书院正课生员每年十六千文，合每月约八钱银；河北唐县唐岩书院正课学生每月一千文，约为五钱；河北保定府通州潞河书院正额学生一两五钱。也就是说各地月给学生膏火银大约从五钱至二两不等。

府道级书院贫富极为分化，即使在一省之中，不同书院的膏火银丰俭也是相当不均。苏州府紫阳书院正额学生每月膏火银二两四钱、米三斗；苏松太道龙门书院正额在院学生月膏火银四两；扬州府安定、梅花二院正课皆为每月三两。海门厅较特殊，衙署在今南通，管辖沿海低地及近海岛屿，直属江苏省辖，有师山书院，内课学生一月仅六百钱，合银约四钱。与安定、梅花、龙门诸书院相比，几乎是十倍之差。江苏省这些府道书院的膏火之厚比他省的省级书院也要高出许多。

扬州的安定、梅花、广陵三院一直享有盛名，与其膏火丰裕有关。而书院因归盐运使统管，书院财力雄厚，发给生监膏火银极厚。如安定书院雍正十一年（1733）重建，工费七千四百多两，乾隆二年（1737）运使徐大枚详定额选四十人，至六年，运使朱续晫复增二十人，并合梅花书院生徒附院讲课共百二十人，至乾隆五十九年，盐运使曾燠增修学舍，重定规条，正附课各七十二人，随课无定额，总额增至五百人。给予生徒的待遇是："月二课，正课月给膏火三两，附课一两，住院肄业者于常额外日增膏火三分。"[①] 即正课七十二名学生，每人每年能拿到膏火银三十六两，在书院居住读书的每日加三分银，一年约十一两，即全年四十七两银。这个数字已经数倍于私塾塾师的年收入，与义学或社学教师中收入较高者差不多。安定书院另有"每课一等至二等之首书其殿最岁登之下，其尤者仿古上舍之例增正课膏火一两五钱无定额。嘉庆五年（1800）为复公车资费。士有举于乡者，具旗匾荣之。每岁科两试及秋闱各资路费"[②] 的资助。经费充足的扬州安定、梅花书院人才辈出，上文已

---

① 柳诒徵：《江苏书院志稿》，《中国历代书院志》，江苏教育出版社 1995 年影印本，第 1 册第 50 页。

② 同上书，第 1 册第 49 页。

论及，此不再赘。

各地官办书院的财力决定了生徒膏火银的丰裕程度。苏州最大的书院有紫阳、正谊，发给学生膏火极厚，书院资产亦雄厚。道光三年（1823），紫阳书院核实田九百五十一亩三分九厘二毫。同治四年（1865）巡抚李鸿章拨入正谊书院田若干亩，"今共存实在田三千三百三十八亩五毫。又常熟县沙田七百六十八亩九分三厘三毫，皆附入宾兴局征租"①。正谊书院有多次拨银，用以生息助膏火。如道光二年布政使廉敬率属捐银一万两。咸丰兵燹后筹银一万两为膏火费。同治十年，巡抚张之万拨藩库银四千。拨紫阳旧置田产后，正谊书院实存田仍有二千三百三十三亩九分九厘九毫，皆为同治四年以后拨款增入。

第五节　收入对治生道路选择的影响

士人在不同的幕府间，不同的学校间，或在官与教、官与幕之间转换职业，以寻求更高收入者为标的，这毋庸多言。除此之外亦往往有经济之困，使士人在选择治生道路上，有不同的趋向。一般有如下几种情况：一是反复在出仕入仕之间。二是弃官从教。三是多半因经济之困，无论做官还是从教、游幕，至老不休。

反复在出仕入仕之间以姚濬昌最为典型，其入仕为养亲谋生，归田为自得。姚濬昌之反复得官，转徙，至贫不得归葬，为官之难堪：

> 然君葬毕，遂无以为生。而负累数千金，率以官为券。服除，听铨吏部。部吏来告曰："明有竹山、阳湖之两缺，其优劣相万也。君与某者各以签得之，与我钱，则君阳湖矣。"君怒，叱之去。明日，肃衣冠至部，部谕曰："某荫生当得阳湖也。"君笑而就竹山。总督尝读君诗矣，又以时入中丞公之言，换君大县，君事道府皆应古典。府，贤人也，父事君。道，纨袴子也，嫉君而遂污之。总督不为之辨，但还君竹山。君耻不就，贫，仍回竹山。数月而事有为

---

① 柳诒徵：《江苏书院志稿》，《中国历代书院志》，江苏教育出版社1995年影印本，第1册第55页。

君所不然者，君乃决曰："吾不复濡忍于斯矣。"称病得代，为诗以道其将归之乐。然无几日，遂殁于竹山。竹山之人哀其无还丧赀也，为具舟而送之。悲夫！①

同治中姚濬昌一至安福，光绪十三年（1887）二至安福。姚濬昌出为知县，后返乡隐居挂车山，收入渐不敷出，再出为知县。姚永概记此事，言："萧太恭人春秋高，甘旨渐无所取给，府君喟然叹曰：'损吾亲口体之奉，图养已节。古之贞介者，或不如是，吾其仕乎？'起病谒选。"② 萧太恭人即姚濬昌生母萧氏。姚濬昌婿范当世记录"然君之养母也侈，奇怪珍异之药无不储，而甘脆燕赏之需无不致也。数年毕荡其产。比谋食于外，犹将其母为娱乐计，群公不复能为之地，因而大困。起病索原官。及母夫人终于安福之官舍，君年且六十矣。然君葬毕，遂无以为生。而负累数千金，率以官为券"③。

做官与从教之间以吴汝纶为典型。吴汝纶同治四年（1865）中进士，入曾国藩幕，同治十年任深州知州，十二年丁父忧，其间入江苏巡抚张树声幕，光绪元年丁母忧，二年入李鸿章幕。光绪五年（1879）任天津知府，六年离职，七年三月至十五年任冀州知州，十五年二月任莲池书院山长直至光绪二十八年任京师大学堂总教习，未履职即赴日考察，归国后于光绪二十九年去世。除因丁忧离深州任以外，先后辞天津知府、冀州知州官任，入莲池书院执教十四年，"是晚清学者追求个人理想、实现人生价值的典型个案"④。除个人理想的原因外，经济困境也是吴汝纶辞官赴教的原因，冀州知州为从五品，俸禄银八十两，米四十石，又有养廉银一千二百两。而莲池山长岁修一千六百两，远高于知州的表面收入。吴汝纶父母于同治年末、光绪年初先后去世，花销不薄，一直有欠债，其后为官也一直未能还清。董丛林之文认为"吴汝纶酝酿辞官从教，

---

① 范当世：《外舅竹山君传》，《范伯子诗文选集》，浙江古籍出版社2006年版，第355页。
② 江小角点校：《慎宜轩文集》卷7《先府君述》，《桐城派名家文集11 姚永朴集姚永概集》，安徽教育出版社2014年版，第314页。
③ 范当世：《外舅竹山君传》，《范伯子诗文选集》，浙江古籍出版社2006年版，第354—355页。
④ 董丛林：《吴汝纶弃官从教辨析》，《历史研究》2008年第3期。

就经济原因而言，也确有莲池教席收入更为稳定的因素"。① 从教的收入并不低，这也是后来姚永概通过举人大挑得二等，分太平县教谕（正八品），愤而不就，终生游幕从教的重要原因。

而无论做官还是从教、游幕，多半因经济之困至老不休者如姚鼐者。姚鼐八十岁时仍在钟山书院掌教，写给其侄孙姚莹的信中说："去岁令长孙娶妇，又为捐一监下场，遂将老翁所积留充送终之金全费去。今以八十之年不能急归，尚须作馆以自给，岂不可伤耶。"② 八十三岁时仍在执教，且因金陵无居所，想买房："侄本意托居金陵，然非千金不能买宅，营之数年，卒不可得。而目昏体敝，日甚一日，明年八十四岁，安有仍作客之理？决计必归去也！"③ 姚鼐晚年无归资，并未回乡，卒于江宁，病笃时留遗书示子："人生必死，吾年八十有五，死何憾哉！吾棺不得过七十金，绵不得过十六斤；凡亲友来助丧事者，便饭而已，不得用鼓乐诸事称此，汝兄弟不得以财帛之事而生芥蒂，毋忘孝友。"④ 反复叮嘱的还是节约办丧事。

实际上钟山书院山长一年修金加火食银约一千两，是比较高的收入，但是姚鼐花费极大："鼐今年邑中田既无收，此间仅有稻九十石，而书院中月食米五石零，计所蓄仅食止明年二月。而书院月用须四十金，束修月五十金，万不能除一半买米。今定于自十月起，上下俱日食一饭一粥，以待年丰米贱而后复旧。设法以求不可指准之件，不若俭苦以养自完之素。吾兄亦以吾之谋为不谬耶？计吾兄今年亦必大窘窄，而俭约亦必若吾。凡诸戚友，俱可以此告之，舍此必无他良法矣。"⑤ 这里说在书院"月用须四十金"真是相当高的消费，大致他一个月的花费是一名私塾教师四年的总收入。光绪十三年（1887）户部江南司郎

---

① 董丛林：《吴汝纶弃官从教辨析》，《历史研究》2008 年第 3 期。
② 姚鼐撰、卢坡点校：《惜抱轩尺牍》，《与石甫侄孙》，安徽大学出版社 2014 年版，第 189 页。
③ 同上书，第 190 页。
④ 徐成志点校：《太乙舟文集》卷 3《姚先生行状》，《桐城派名家文集 3 陈用光集》，安徽教育出版社 2014 年版，第 23—24 页。
⑤ 姚鼐撰、卢坡点校：《惜抱轩尺牍》，《与石甫侄孙》，安徽大学出版社 2014 年版，第 182 页。

中、著名学者李慈铭一年的花销是一千九百一十九两。① 合计每月高达一百六十两。支出的项目中家庭日常费用有九百八十九两，包括米、炭、房租、抓药、人参、糕饼、衣饰及其他，其中衣饰的花费就达五百两；社会交往费用五百二十两，主要用于宴饮娱乐；文化费用购纸笔书籍二百三十两。想必姚鼐的花费也是需要衣饰、药物、买书，与李慈铭相比一月四十两不为多。

姚鼐至暮年一直教习不辍，主要是来自家累。一是晚年想买宅金陵②。二是其子姚景衡为江都县令，积累欠公费数千两。"景衡署江都两月余，已谢事而返，有数千金之身累，盖此邑兑漕例须赔累，而彼署事又值兵差也，近日州县岂易为之官哉！"③ 这里来看，八百两银子置地都足以使三子得温饱，姚鼐的年薪达一千两却需节约口食，一天之内一饭一粥，不敢多吃，恐怕是为了还姚景衡的官债。

马其昶始为诸生，后捐资助河工，得中书科中书衔。数次应乡试不中，遂终身从教。从光绪年初在于荫霖、李经义家坐馆，课其子弟。后入庐江潜川书院、桐城中学校、安徽师范学堂任教，有隆望。宣统二年（1910）被荐入学部授主事。民国二年（1913）回安庆，主安徽高等学校，次年又入都，主法政学校教务。民国四年又任清史馆总纂，直至民国十五年病重方返回桐城，三年后病逝。④ 马其昶所得教席收入皆不高，清史馆的收入因时局动荡的原因并不稳定。清史馆开馆之初，经费充足，大总统袁世凯每月拨款十多万银元，发给纂修者的薪金也十分优厚。"赵尔巽根据每个学者的特长各得其所，而稿酬则是依质论价，奖优罚劣，奖勤罚懒，薪金待遇最高者月银达六百元。"1917年张勋复辟，史馆闭馆数月。后来复馆，因政局混乱，馆中经费骤减，"每月只有三四千元，有时连这点小钱也不能准时拨付，常以国库券、公债券代之"⑤。马其昶藏

---

① 洪振快：《亚财政——制度性腐败与中国历史奕局》，中信出版社2014年版，第43页。
② 柳诒徵《江苏书院志初稿·钟山书院志》亦载。
③ 姚鼐撰、卢坡点校：《惜抱轩尺牍》，《与石甫侄孙》，安徽大学出版社2014年版，第138页。
④ 参见陈三立《桐城马先生墓志铭》，马其昶《抱润轩遗集》附录，《桐城派名家文集8 马其昶集戴钧衡集》，安徽教育出版社2014年版，第336页。
⑤ 裴高才：《〈清史稿〉命运多舛的前因后果》，《书屋》2014年第2期。

有《姚惜抱先生文稿》稿本，所收文稿有《刘海峰先生传》《吴殿麟传》等十篇。此书名家题跋累累，有光绪二十二年（1896）于荫霖题跋、光绪二十五年徐宗亮题跋、民国十二年（1923）林世英题跋，又有范当世、吴汝纶、王尚辰、张文运、吴闿生、赵熙、李葆恂、张运、陈祖壬、陈三立、袁思亮等题跋，极其珍贵。因马其昶晚年贫困，家人质钱买盐米，"及期，力不能赎。先生驰书告李子木公曰，'子为我取之，即以予子矣'"①。此书遂入马其昶弟子李国松之手。其晚年之贫困由此可见大概。民国《桐城扶风马氏族谱》载有民国十八年马其昶卖掉其桐城西乡天林保敏庄的田契一份②，内容如下：

> 立杜卖契，通伯今将分授己名下西乡天林庄保敏庄田种十二石正，大小丘数不计，额租八十四石正，稞庠拂数，田塘亩十三亩九分六厘……俱系独管，凭族立契出售与同孝公墓下永为祀田管业、收租、完粮。比日双方议定田价银币一千五百二十七元整。民国十八年夏历五月二十二日立杜卖田契通伯 命男根伟 笔

卖给同族大公马公囧，得银一千五百多元。不是贫困至极，当不至于将祖田卖掉。

综上，清代文人从事不同的职业收入不同，相同的治生途径也有完全不同的收入状况。桐城派文人亦有其特点：如从事幕僚者，功名较高，转而入仕较多，收入情况复杂；山长之聘主要由书院的筹资方式决定，收入级差很大，而攻读者的廪饩膏火在不同的书院间差别巨大。桐城派文人在治生方式上的转换除志趣原因外，主要因经济收入。

---

① 姚鼐：《姚惜抱先生文稿》，上海商务印书馆民国二十四年（1935）影印本，袁思亮题跋。
② 马其昶纂修：《桐城扶风马氏族谱》，民国十八年（1929）桐城马氏木活字本，卷首之七，第8页。

第四章

治生圈与桐城派的形成

治生方式的转变意味着人进入不同的社会群体中,这些群体的存在往往与流派的兴衰及发展状态密切相关,并且他们在文学和学术上的相互影响,又随着个人做官或从教的地域、人群不同,再传播到不同的群体和不同的时间空间中。职业性质的群体与流派的关系是显而易见的,他们往往交游唱和,互相作序作评,互相启发,在文学和学术上相互呼应,才容易形成"流派"。这种群体可称为圈子,圈子一词较之群体更为形象。法国文学理论家埃斯卡皮将文学的生产者和消费者定义为"文人的圈子"和"大众的圈子"①来分析文学事实,与中国古代文学现象实有暗合。有学者认为"每一个圈子都是中国社会结构的缩影,而社会又是成千上万个圈子叠加与串联。在这种文化背景下,圈子连着圈子、圈子套着圈子,大圈子中有小圈子。伦理道德的维系,社会结构就像是无数个交织在一起的圆,或者像用来抓鱼的一种工具'撒网',每一个'圈子'就是那网上的一个小网结"②。社会可以看成是这种错综的圈子的群,而文学流派也可以划成不同的圈,可以看成是前后相继又相互有交叉继承关系的不同的圈子组成了流派。文学流派上狭义的圈子,仅是文学和学术交游活动依托的人群;广义的圈子,则是一生中加入的各种社会群体,包括官场、学术界、宗亲和姻亲戚属等。用圈子来描述桐城派的状态,可大致分为以官员为核心的圈子,以山长为核心的

---

① [法]罗贝尔·埃斯卡皮:《文学社会学》,于沛选编,浙江人民出版社1987年版,第54—62页。

② 王如鹏:《论圈子文化》,《学术交流》2009年第11期。

圈子，以地域宗亲为核心的圈子。本章以这三种主要类型来分析桐城派的形成面貌。

第一节 以官员为核心的圈子

一 桐城派文人入仕后的主要圈子概貌

桐城派文人在为官期间交游广泛、著述较丰、对流派影响较大的人物主要有：方苞、陈用光、梅曾亮、姚莹、曾国藩、周凯、孙衣言、龙启瑞。他们的科举、宦途与学术及在官时交游简况列表①如下：

桐城派主要人物仕宦及交游概况表

	科举	仕宦	从学及交游者②
方苞 (1668—1749)	康熙三十八年（1699）举人，四十五年会试中式，因母病而归，未参加殿试	康熙五十年（1711）因戴名世《南山集》案入狱，后免罪入直南书房、蒙养斋，历官武英殿修书总裁、内阁学士、礼部侍郎	张尹、叶酉、王又朴、王兆符、程崟、汪龙冈、徐流芳、黄世成、官献瑶、尹会一、雷鋐、沈彤、沈廷芳、陈大受、单作哲、陈浩、方观承、赵青藜、张甄陶、孙廷镐、陈从壬、周桐圃、王敬所、吴燮、余荣、陈仁、龚巽阳、光正华、方文始、方城、吴镜斋、刘大櫆师事方苞。朱书、刘齐、吴直、刘辉祖、刘捷、沈淑与方苞游
陈用光 (1768—1835)	嘉庆五年（1800）举顺天乡试，次年成进士	庶吉士，散馆授编修，先后历任御史、侍讲学士、詹事府詹事、内阁学士、礼部右侍郎、户部右侍郎，终礼部左侍郎	安诗、祁寯藻（婿）、黄奭、陈兰瑞（子）、陈兰祥（侄）师事之。与秦瀛、邓廷桢、钱大昕、管同、梅曾亮、吴嵩梁、杨芳灿、张问陶、姚莹、胡承珙、何道生、法式善等交

---

① 列举人物主要以终身主要做官士人为主，并在宦期间完成主要著述及形成影响。
② 师从关系据刘声木《桐城文学渊源撰述考》记载，私淑者不列，业师不列。

第四章 治生圈与桐城派的形成 / 111

续表

	科举	仕宦	从学及交游者
梅曾亮 (1786— 1856)	嘉庆二十五年（1820）举人，道光二年（1822）进士	以知县派贵州，未赴。游邓廷桢、陶澍幕。道光十二年（1832）入京，十四年为户部郎中，二十九年归，主讲扬州梅花书院，后馆于杨以增家	在京十七年交游对推动桐城派古文在北京影响作用巨大，与梅曾亮相交者有：吴嘉宾、王拯、孙鼎臣、朱琦、龙启瑞、冯志沂、余坤一、项传霖、周寿昌、朱荫培、舒焘、张岳骏、侯桢、陈溥、陈学受、张穆、刘传莹、杨彝珍、孙衣言
姚莹 (1785— 1852)	嘉庆十二年（1823）举人，次年进士	历任福建平和、龙溪知县，高邮知州，两淮盐运使，台湾道道台、蓬州知州，广西按察使等，终湖南按察使	徐子苓、叶毓桐师事之。与光聪谐、方东树、刘开、张聪咸、马瑞辰、吴春麓、曾大椿、张际亮、陈寿祺、方履籛、管同、姚椿、毛岳生、梅曾亮、光律原、朱琦、汪喜孙、张维屏、徐璈等交游
曾国藩 (1811— 1872)	道光十八年（1838）进士	官至两江总督、直隶总督、武英殿大学士，封一等毅勇侯	向师棣、黎庶昌、薛福成、陈代卿、刘庠、敖册贤、王定安、张裕钊、吴汝纶师事之
周凯 (1779— 1837)	嘉庆十七年（1812）进士	官湖南按察使	与高澍然交。吕世宜、叶化成、林鹗腾、庄中正、林焜熿、戴熙、蔡廷兰、朱葆禾师事之
孙衣言 (1815— 1894)	道光三十年（1850）进士	授翰林院编修，入直上书房，擢侍讲。历官安徽按察使、湖北布政使，复召为太仆寺卿。罢官	周焕枢、王棻、池志澄、黄体芳师事之
龙启瑞 (1814— 1858)	道光二十一年（1841）一甲一名进士	历任翰林院修撰、侍讲、提督湖北学政。咸丰元年（1851）在广西办团练，升任侍讲学士，六年擢通政司副使、江西学政、江西布政使	与王拯、苏虚谷、王子寿、朱寿昌、冯培元、周熙桥、唐子实、张苹卿、李古渔、冯展云、舒伯鲁、杨性农、曾国藩、杨以增、陈泰熙、刘茮云、朱琦、邵懿辰、孙锵鸣、闵鹤子、王锡振、钱宝青、姚辉第、姚莹、沈衍庆、刘廷机、孔宪彝交游

二 以京官为中心的圈子

以官员为核心的圈子既有在朝廷为官的部分，也包括地方官员。桐城派的京师官员主要是在翰林院、国史馆、礼部、国子监等处，从事编修撰述或制定礼仪、讲述教授等事务。又因为处于文化中心，地位较高，登高一呼就有响应者众的效果。在朝廷的桐城派官员以方苞和梅曾亮对桐城派古文的传播最为有力，跟从他们学习及交游的大多同为翰林院或其他各部掌文牍的官员，对学术及文学辩驳交流和唱和较多，放外官之后，又将桐城派古文理论及个人的主张传播于各地。

方苞的交游圈是桐城派得以成为全国性文学流派的重要原因。方苞于康熙五十二年（1713）以布衣身份入南书房做皇帝的文学侍从，先后任武英殿修书总裁、詹事府左春坊左中允、翰林院侍讲学士、礼部侍郎等职，乾隆元年（1736）再次入南书房，充三礼副总裁。乾隆四年，被谴革职，仍留三礼馆修书。乾隆七年，因病告老还乡，仍赐翰林院侍讲衔。在内廷为笔臣时间达三十年。桐城派在京师及全国的壮大与方苞在京为官的创作、传播和交游密切相关。

方苞在京的交游分为弟子群及同僚群。弟子主要有沈廷芳、官献瑶、雷鋐、王又朴、张尹、王兆符、程崟，其中王兆符、程崟为少时从学，而沈廷芳、官献瑶、雷鋐、王又朴等人为入国子监或庶常馆后从方苞学习。方苞弟子多为显宦，对桐城派扩张声势影响较大，且弟子大多又有再传，丰富了桐城派的创作和理论发展。

弟子中成就较高者有：

沈廷芳（1702—1772）于乾隆元年（1736）被荐举博学鸿词科，选入翰林院庶吉士，授编修，后任河南按察使。与方苞之游主要在翰林院时期。

官献瑶（1703—1782）二十七岁为国子监生，成漳浦蔡世远门生，后又师从方苞。乾隆元年（1736）中顺天乡试，入国子监为助教。乾隆四年进士，选庶吉士，充三礼馆纂修。七年散馆，授翰林院修撰，主乾隆九年浙江乡试，后提督广西学政，迁詹事府洗马，十二年任陕甘学政，任满致仕侍亲。曾主福州鳌峰书院。为文"渊凝古邃,道气最深"①。官献瑶治经深于《周易》《礼经》《尚书》,壮年时从方苞学《周官》,又入三礼馆任纂修,负责编校《周官》,尤以春官、秋官两部分用力最勤。

雷鋐（1697—1760）为雍正元年（1723）举人,被荐为国子监学正。雍正十一年中进士,改庶吉士。雍正十三年值上书房,后为翰林院编修,历官通政使、左副都御史,并先后督学浙江、江苏。乾隆二十五年（1760）为母守制期间病卒。为学政时,以《小学》及陆陇其《年谱》教授士子。师事方苞受古文法,为文简约,冲和平易,"文皆本其躬行所得,而慰唁问答,解惑条指,发德辨奸,析事类情,以综王道之要,以会天命之精,以抒忠爱之忱。故其言深厚而切至,安定而光明,宽而不衰,峻而不迫,淡而弥旨,约而弥余"②。雷鋐主要言性理之学,大致以朱熹为宗,无门户之见,持论平正笃实。"论《易》及其半,大致多本李光地,其论《礼》则多本方苞"③。

张尹（1695—1761）,字无咎,号莘农,桐城人,雍正七年（1729）举人,乾隆元年（1736）进士,翰林院庶吉士,很快派外官,授福建长乐知县。与方苞主要在乾隆元年会试及在翰林院庶常馆时交往。方苞时为庶常馆汉教习,是为其师。张尹"孤介有文,师事望溪而文不纯似"④。

程崟（生卒年不详）,字夔震⑤,号南坡,歙县人,康熙五十二年（1713）进士。从方苞学古文,方苞卒后,为其编辑遗集。

王又朴⑥（1680—1761）生于扬州府仪征县,六岁到天津,康熙三十九年（1700）得岁试一等,补廪生。康熙五十九年举乡试,康熙六十年曾入京参加礼部会试未第。雍正元年入京参加恩科会试,中式第二十五名,庶吉士。雍正二年冬授吏部文选司主事,三年夏转河东司,四年署

---

① 刘声木撰、徐天祥点校：《桐城文学渊源撰述考》,黄山书社1989年版,第107页。
② 同上书,第108页。
③ 《四库全书总目提要》,河北人民出版社2000年标点本,第2415页。
④ 马其昶著、毛伯舟点注：《桐城耆旧传》,黄山书社1990年版,第322页。
⑤ 刘声木《桐城文学渊源撰述考》称"夔州"。
⑥ 据《介山自定年谱》,《丛书集成续编》第261册,生康熙十九年（1680）,编订年谱时所撰自序时间为乾隆二十六年（1761）。此处生平皆据其自订年谱。孙爱霞《论桐城派对天津文学的影响——以王又朴为例》中为"王又朴（1681—1760）",显误。各种辞典、著作中所列王又朴生卒大多为1681—1760后,恐为因袭人误。

河东盐运使司后一直在外官。王又朴学古文始于康熙四十三、四十四年，慕其友孙又深、谢信符之古文而向学。雍正元年中进士后，在京拜见著名的古文家方苞，且"持所为古今文者为贽"，对方苞执弟子礼。方苞对其作大不以为然，认为王又朴的时文还不错，古文却不好，并举《史记》中《萧相国世家》（萧何）、《曹相国世家》（曹参）二篇为例说明古文大义。王又朴此后致力于桐城派古文。约乾隆十三年（1748），王又朴宦游江苏，在金陵再拜见已致仕的方苞，拿出数十年所作古文，请求指正。此事王又朴记方苞之评："先生诧曰：'二十年以来，此何寥寥也。'余以前意对。先生曰：'第即所读之经史，暨在职所言事，举大旨而伸之，意佳辞即佳，不必矜心作意，始为文也。'余唯唯。乃于公余自捡陈编故牍稍为删易其词，将求先生尽为吾笔削之。乃余方引身退间而梁木已坏，哲人其萎也。"① 王又朴所作《诗礼堂古文》收文九十八篇，多有方苞评点，目录下亦题有"方望溪先生鉴定"。孙爱霞以王又朴的古文创作特点说明了桐城派对其的影响主要在写景之文"简明快捷，清雅不芜"，读经史之文"简洁明快，清雅不芜"，传记文章"大多秉承程朱理学的观念为忠臣孝子、节妇烈女树碑立传"②。王又朴对桐城派的传播主要在其自著。

王兆符（生卒年不详），字龙篆，大兴人，康熙六十年（1721）进士，父王源，与方苞为挚友。兆符卒年仅四十三，"王昆绳（王源）弃家漫游，其子兆符自天津迁金坛，复从方望溪侍朗苞于白下。昆绳尝语望曰：'兆符视子犹父也。'吾执友惟子与李刚主，吾使事刚主，曰'兆符于方子之学，未能竟也'"③。"先生甫成童，从望溪学于京师。父没，移家金坛，仍从望溪于江宁。及成进士，未仕，家益贫。有欲馈金以资其仕者。望溪为计买田而耕，以养母，以成其学，未就而卒"④。

与方苞在京师交游的学者主要有文渊阁大学士李光地，礼部侍郎蔡世远，文华殿大学士朱轼，礼部尚书兼国子监祭酒杨名时，武英殿编修

---

① 王又朴：《诗礼堂古文·自序》，《清代诗文集汇编》第248册，上海古籍出版社2010年影印本，第241页。
② 孙爱霞：《论桐城派对天津文学的影响——以王又朴为例》，《社会科学战线》2010年第8期。
③ 《清稗类钞》，中华书局1986年标点本，第8册第3576页。
④ 《清儒学案》，中华书局2008年标点本，第3册第2040页。

陈鹏年，户部侍郎李绂，明史馆布衣纂修万斯同，国子监祭酒顾栋高，礼部尚书兼翰林院掌院学士韩菼，未仕进士张自超，翰林院编修查慎行、编修朱书、编修汪份、编修王澍、编修姜宸英、编修戴名世，及清初思想家李塨、王源，皆为当时学术名家，其中与桐城派密切相关的有朱书、戴名世。朱书（1654—1707），字字绿，康熙四十二年（1703）进士。方苞为诸生时与朱书相识订交，以兄事之，相与论文，"喜谈经世之略，文章雄健，博闻强记"①。戴名世为康熙四十八年（1709）进士，康熙五十年因《南山集》案被斩，方苞因作《南山集序》被牵连入狱。

从方苞游者，主要有全祖望、刘大櫆、叶酉、姚范。除全祖望外，其余皆为桐城派重要作家。刘大櫆二十余岁时至京师，方苞见而奇之，赞其文章可与韩愈、欧阳修相提并论。乾隆元年（1736）方苞举荐刘大櫆应博学鸿词，被张廷玉黜落。后又荐刘大櫆应经学，仍未录。方苞长于文，刘大櫆诗文兼工，风格亦不同于方苞，然对桐城派文统来说，为前后相继的前期大家。叶酉（生卒年不详），字书山，号花南，乾隆元年由国子监生荐举博学鸿词，乾隆四年（1739）进士，官编修，主钟山书院十余年。"学务穷经，师法望溪，每见辄举诸经疑义相质。"② 乾隆十二年提督贵州学政，十五年转湖南学政，十八年回京述职。③ 与方苞的交游时间较长，其《春秋究遗自序》言："余游于望溪先生门有年矣，雍正八、九年间，尝举《春秋疑义》数则质之先生，先生为一一剖析以相示，自是每见辄得闻所未闻，今世所行先生《通论》《直解》二书，大半皆予向所得之口授者也，碌碌词垣，端居多暇，诚不自揆窃念，是经晦塞已久，扫除廓清之功，安知不在今日，于是寻绎旧闻，参以管见支疏节解，不敢惮劳，经始于乾隆十一年冬，因循荏苒，阅十余年寒暑而后成书。"姚范（1702—1771），字南青，号薑坞，为姚鼐族叔，姚莹曾祖。乾隆七年进士，官编修，任三礼馆纂修，后主天津、扬州书院。姚范与叶酉交往密切，叶酉笃守师说，因袭方苞治经"多取心裁，不甚资佐证"之弊，

---

① 《清儒学案》，中华书局 2008 年标点本，第 3 册第 2049 页。
② 同上书，第 2055 页。
③ 张体云：《刘大櫆生平事迹考辨》，《中州学刊》2013 年第 5 期。

姚范"时见驳正"。①

方苞门下还有汪龙冈、徐流芳、黄世成、尹会一、沈彤、陈大受、单作哲、程于门、陈浩、江有龙、刘辉祖、刘捷、方观承、赵青藜、张甄陶、吴燮、沈淑、陈仁、龚巽阳等人，大多出身进士、举人，入仕或从教，为名重一时的学者。另有光正华、方文始、方城等人为其戚属后辈从学者。方苞在京城交游圈的特点是成名学者多，在文坛及学界地位高，方苞的古文理论及经学学术由此得到广泛传播。私淑方苞被目为桐城派的学者亦多，有曹一士、单为鏓、朱曾喆、刘庄年、徐士芬、马福安、刘载飏等人，方苞之说得到广泛传播不仅与理论本身有关，也与其文化地位及交游的广而贵有关。方苞晚年居住金陵时，安徽布政使李学裕、江苏学政尹会一皆登门访问，执弟子礼。方苞"固辞，避之"。② 不应列入方苞门墙。与方苞交游及从学者也并非完全与他的文风和学术观点一致，往往有极大不同，如方苞与刘大櫆之间，但他们交好多年，尤其是有确定的师徒关系，则事实上为桐城派壮大了影响。

梅曾亮在京师的交游圈对桐城派的扩大发展有重要作用。梅曾亮（1786—1856），字伯言，江苏上元人，著有《柏枧山房集》。嘉庆十年（1805）从姚鼐学于钟山书院。嘉庆二十五年，举顺天乡试，翌年成进士，未入仕。道光十四年（1834）至二十九年，由纳赀为户部郎中。此间"梅氏在京师联合同道，讲论古文词，发扬古学，振兴人心，姚鼐桐城余绪既赖以不坠，梅氏亦俨然为一代宗师"③。时在京师与梅曾亮师友相从而游者，有朱琦、龙启瑞、王拯、曾国藩、冯志沂、邵懿辰、余坤一、刘传莹、陈学受、项传霖、周寿昌等人，"悉以所业来质，或从容谈宴竟日"。④ 梅曾亮在京十五年间对桐城派在北京的传播影响巨大，前人研究已多，如柳春蕊言"嘉道中后期梅氏在京师大讲桐城古文，形成了自己的古文圈子，京师的古文创作风气一时称盛，桐城派古文亦由江南

---

① 《清儒学案》，中华书局 2008 年标点本，第 3 册第 2055 页。
② 同上书，第 3 册第 2040 页。
③ 梅曾亮著，彭国忠、胡晓明点校：《柏枧山房诗文集》，《前言》，上海古籍出版社 2012 年版，第 2 页。
④ 同上书，朱琦《柏枧山房文集书后》，第 385 页。

而传播到全国"①,对其文人圈及活动皆有详论,兹不详述。其中有"岭西五子"之称的朱琦、龙启瑞、彭昱尧、王拯(仅吕璜未在此圈)为其中重要人物,龙启瑞对当时的交游盛况及对桐城古文的接受描述道:"梅先生古文为当代宗匠,子穆(彭昱尧)与少鹤(王拯)既朱伯韩(朱琦)、唐仲实启华及不肖,每有所作,辄相不正,得先生一言以为定……方是时,海宇承平既久,粤西偏在岭峤,独文章著作之士,未克与中州才隽争鹜而驰逐,逮子穆与伯韩、少鹤、仲实先后集京师,凡诸公文酒之宴,吾党数子者必与。语海内能文者,屈指必及之。梅先生尝言:'天下之文章,其萃于岭西乎!'"② 另有秦缃业、陈溥、杨彝珍、孙衣言、乔珥保、孙鼎臣向梅曾亮问业学文。

三 以地方官员为中心的圈子

京师之外,在两湖、两江、福建等地先后有以曾国藩为核心形成的官员—幕僚圈,还有以邓廷桢、陈用光、姚莹、周凯、龙启瑞、孙衣言为核心的官员—僚属朋友圈,甚至以官位较低的谭献、恽敬③为中心皆能画出一个士人的活动圈子。这个圈子丰富和扩大了桐城派的学术和创作。

以曾国藩为例,他在学术上当汉学盛而宋学衰之际,以程朱为根本,兼治汉学,以达到经世致用的目的。曾国藩向被视为姚鼐私淑弟子,徐世昌《清儒学案》和刘声木《桐城文学渊源考》皆持此论。曾国藩又被看作是桐城派"中兴"之主,对桐城派在继承的基础上又有重大发展,其从学者又被称为"湘乡派"。关于湘乡派与桐城派的关系,有学者认为:"湘乡派作家作出了以姚鼐、梅曾亮、曾国藩为正统和典范的选择,体现出对桐城内部文统的别择。整体上中兴呈现出不尽同于桐城古文的新变,表现在体裁的兴盛、内容的开拓、风格的张扬以及古文理念方面,是对曾国藩的继承和发展。"④ 因此曾国藩及湘乡派

---

① 柳春蕊:《梅曾亮京师古文领袖地位成因考》,《云梦学刊》2008年第1期。
② 吕斌编校:《龙启瑞诗文集校笺·经德堂文集》卷2《彭子穆遗稿序》,岳麓书社2008年版,第368页。
③ 恽敬与桐城派的关系学者多有争论,本文不为辩其文论倾向和学术流派,仅就一群体的经济和社会特征作探讨,因列入讨论。
④ 邰红红:《曾国藩与桐城中兴》,博士论文,上海大学,2008年,第5—6页。

被视为桐城派支流应是恰当的。曾国藩对清中叶的学术和文学都有重要影响，与其在军事和国家政治上的崇高地位有关。曾国藩文人圈的特点是从其游者多为其僚属。

曾国藩（1811—1872），字伯涵，一字涤生，湖南湘乡人，道光十八年（1838）进士，选入翰林院庶吉士，散馆授检讨。自道光十八年至咸丰元年（1851），在朝历任检讨、侍讲、文渊阁校理、内阁学士兼礼部侍郎、兵部右侍郎。咸丰二年丁忧在家，组织团练对抗太平天国。自咸丰四年，曾国藩以兵部侍郎衔率湘军在两湖阻击太平军，咸丰十一年攻下安庆，同治元年（1862）任两江总督、协办大学士，率军围攻太平军。同治三年攻破天京，赏太子太保，一等侯爵。同治四年以后，参加剿捻，主办洋务，处理天津教案，从直隶总督回任两江总督，于同治十一年逝于南京。自咸丰二年至同治十一年二十余年为外官时间，是曾国藩建立起自己庞大的幕府的阶段，曾门四大弟子张裕钊、吴汝纶、薛福成与黎庶昌即为曾幕中的代表人物。需要说明的是本书所探讨的是曾国藩幕中的文幕，非军事幕僚。出入曾国藩文幕中士人众多，据尚小明统计，达八十六人。[①] 其中相当多为桐城派作家，著名者有：钱泰吉、王柏心、吴嘉宾、吴敏树、徐子苓、莫友芝、涂宗瀛、孙衣言、方宗诚、郭嵩焘、李元度、张裕钊、杨象济、吴大廷、庄棫、向师棣、黎庶昌、汪宗沂、薛福成、吴汝纶、程鸿诏、管乐、姚濬昌。除曾幕及以弟子相称者外，曾国藩交游中的桐城派文人有梅曾亮、朱琦、龙启瑞、王拯、冯志沂、吴廷栋、冯桂芬、邵懿辰、刘传莹等人。这些人物多为曾国藩在朝廷为官时的交游，除古文外，还有其他方面的成就。如邵懿辰另精于版本目录之学，冯桂芬于维新思想有发明，对桐城派后期重实学、向经世学风转变有重要影响。

官员也可通过兴建书院、延聘名师来聚集人才，弘扬古文。周凯（1779—1837），初名恺，字营道，一字仲礼，号芸皋，浙江富阳人。嘉庆十七年（1812）进士，师事张惠言、恽敬、高传占，受古文法，官至湖南按察使。道光十五年（1835）任职兴泉永道的周凯重兴厦门玉屏书

[①] 参见尚小明《学人游幕与清代学术》附表11《曾国藩幕府》，社会科学文献出版社1999年版，第297—306页。

院，道光十六年延请高澍然为山长。五月高澍然到厦门，入书院读书者有林树梅、高炳坤、吕世宜、林鹗腾、叶化成、庄中正、林焜熿、蔡廷兰等人，书院一时人才极盛，师生时常游宴唱和。周凯称"游宴皆有所作，为诸生评削制艺，绝去时径，俾入真理，一时称极盛焉。而余之古文，亦深受切磋"①。八月二十日，周凯卸兴泉永道事，渡海任台湾道观察。同时高澍然亦辞归。刘声木将这些玉屏书院学生同时归入周、高二人门人，其中有成者颇多，蔡清德论述这一阶段闽南文风称："在周凯任职兴泉永道和高澍然主讲玉屏书院的短暂时光中，玉屏书院由颓败、重建至兴盛，成为厦门文教活跃的中心和重镇，周凯、高澍然倡导的古文之风及以玉屏书院为中心的艺文活动蔚为风气，来自各地的文人士子慕名而至，汇聚此地谈榷艺文，唱和酬应，厦门乃至闽南地区文风为之一振，玉屏书院就像一个辐射闽南地区的文化集散地，因各地文士的汇聚而文风勃兴，亦因文士的流动而文播四方。"② 弟子中中金门林树梅继续追随周凯，渡海做台湾凤山县幕友，师生在台继续交游唱和。

官员的圈子亦包括与僚属及当地士绅的交游唱和。谭献（1832—1901）为浙江仁和人，同治六年（1867）举人，纳赀为县令，历任歙县、全椒、合肥知县。师事邵懿辰、伊乐尧而为桐城派。光绪九年（1883），在怀宁为县令时，修禊宴游，集众人所作刻为《池上小集》③，参与宴游者有十五人：阎炜海，湖南善化人；冯焯笠，山西代州人；唐莹子，安徽当涂人；方宗诚，安徽桐城人；周星誉（字素人），河南祥符人；方昌翰（字涤侪），安徽桐城人；边保枢，直隶任邱人；谭廷献，浙江仁和人；管乐，江苏武进人；邵增翰，江南丹徒人；胡志章，湖北钟祥人，子颖发；方维瀎，四川营山人；邓文凤，湖北襄阳人；顾森书，江苏金匮人。周星誉叙言及宴集因由："光绪九年，岁在癸未，田日向登，蚕月告至，谭君仲修吏事既修，寓欢林潋城之东隅，樾馆斯在，演畅稽阴，写起土思，乡人所侨置者也。君乃牵拂相招，宾主八人饮酒其间，俯临

---

① 据周凯《芸皋先生自纂年谱》，清道光二十年（1840）爱吾庐刻《内自讼斋文集》本。
② 蔡清德：《玉屏书院与清代闽台文人交游考述》，《福州大学学报》（哲学社会科学版）2012年第4期。
③ 《池上小集》，清光绪中仁和谭氏刻于安庆，收入《半厂丛书初编》。

大江,东流浩荡,春为之远。赋诗饯之。九年三月,妙合偶然,阎君海
姓图写其事,而謦为之叙。"① 周星謦为道光二十三年(1843)举人,官
至安徽和县及无为知州,著有《传忠堂学古文》。此集跋文为方宗诚所
写,较周文畅达得多:"癸未三月,天气晴和,渐有丰年之象,集同人于
城南宾馆池上,循修禊故事,流连竟日。"② 见于谭献所刻书的唱和有多
次。同年七夕,谭献又邀集修禊,成《池上迎秋小集》。重阳又集,成
《寿华吟馆小集》,之后又有《池上送秋小集》《池上第四集》《第五集》。
事实上并不能一一列举出所有圈子的所有活动,从以上举其大概便可略
知流派的繁衍在官员中派生发展的情况。

第二节 以山长为核心的圈子

桐城派文人中有重要影响的即使曾经入仕,也多有山长经历,如姚
范、姚鼐、张甄陶、王灼、梅曾亮、姚莹、宗稷辰、光聪谐、钱仪吉、
钱泰吉、吕璜、杨彝珍、冯桂芬、李兆洛、马瑞辰、吴汝纶、孙葆田、
王先谦、朱仕琇、高澍然等。有的士人几乎终身从教,如王柏心、李祥
赓、张裕钊、赵衡、马其昶、姚永朴、姚永概等,数量极大。相比从事
其他职业的桐城派文人,这些从事教育尤其是在各级书院中的文人对桐
城派的传播和发展起着最重要的作用,可以说没有桐城派文人在书院中
的孜孜授学,就不可能有清代桐城派的繁荣发达和门生遍布全国的盛况。
以山长为核心的圈子也就成为桐城派重要的人文生态群,其中姚鼐与钟
山书院可称为桐城派的第一圈。其他各地由桐城派文人占据书院教席的
地方,也多是桐城派兴旺发达的地区。

一 姚鼐与钟山书院

以姚鼐主持书院形成的圈子是桐城派形成和繁荣的基础。姚鼐
(1731—1815),字姬传,一字梦谷,别号惜抱轩,桐城人,乾隆二十八
年(1763)进士,改庶吉士,三年散馆,授兵部主事,在朝历官礼部主

---

① 周星謦:《叙》,谭献辑《池上小集》,光绪十二年(1886)谭献刻本,第1页。
② 同上书,方宗诚《跋》,第8页。

事、刑部广东司郎中，乾隆三十八年（1773）任四库馆纂修，三十九年秋因与戴震之间的汉宋学术之争①乞退。自乾隆四十一年起至嘉庆二十年（1815）四十年间除个别年份外一直在江南各书院主持讲席，其中扬州梅花书院二年，安庆敬敷书院八年，歙县紫阳书院一年，又到南京钟山书院十一年，回敬敷书院四年，再回到南京钟山书院主持十一年。桐城派的文统建立与姚鼐关系最为密切。陈平原认为"'桐城'之所以能成'派'，最重要的不是因为方苞，更不是刘大櫆，而是长期执掌江南各大书院的姚鼐"，认为姚鼐是这一文派成立的关键，"正是姚鼐的承上启下、东拉西扯，以及走南闯北，广而告之，桐城文派方才得以确立。这里有文学理想的选择，也不无技术层面的操作，二者几乎同样重要"②。以姚鼐作《刘海峰先生八十寿序》一文分析姚鼐构建桐城派文统的方法。无论如何，姚鼐有意地构建了方苞文章学于归有光之文，方苞、刘大櫆、姚鼐之间有师承的渊源，又转引周永年编修的"天下文章，其出桐城乎"的评语，将桐城文章地位及早期脉络勾画出来。而成为这一流传时间长且从学者众多的文派或学派正是与姚鼐作为山长关系至密。

姚鼐治学兼汉宋，但以程朱为宗，"所著经说，发挥义理，辅以考证，而一行以古文法"③。即义理、考据、辞章不可偏废。所编《古文辞类纂》四十八卷及《今体诗钞》十六卷教授学生，至清末皆为读书人案头重要读本。姚鼐在四大书院教授时间较长、所得弟子众多、成名者众多才是流派得到繁荣的根本原因。从地理上说，梅花、紫阳、敬敷、钟山几个书院相距并不远，在今江苏扬州、南京，安徽安庆、歙县，最远的扬州到歙县也就四百余公里，南京到姚鼐家乡安庆仅二百多公里。在这几个书院中从学且成为桐城派著名学者的有姚莹、陈用光、管同、梅曾亮、方东树、刘开、胡虔、马宗琏、张聪咸、左朝第、姚椿等，其中管、梅、方、刘被称为四大弟子。④ 其弟子之众见刘声木《桐城文学渊源考》第四卷姚鼐学案，其中有著作、能传其学者，不包括私淑、不包括

---

① 王达敏：《论姚鼐与四库馆内汉宋之争》，《北京大学学报》2006年第5期，与潘务正《姚鼐辞四库馆探因》，《安庆师范学院学报》2007年第6期，皆持此观点。
② 陈平原：《文派、文选与讲学——姚鼐的为人与为文》，《学术界》2003年第5期。
③ 《清儒学案》，中华书局2008年标点本，第4册第3452页。
④ 曾国藩又将刘开易为姚莹，四大弟子又有管梅方姚之说。

再传，能列名者四十多人。①

姚鼐主钟山书院时期是桐城派最繁荣的阶段。其表现一是门生多，且杰出者多；二是著作多；三是弟子群对桐城派的传播广泛。如陈用光乾隆五十五年（1790）谒姚鼐于钟山书院，五十八年在钟山书院学习八个月，自后每岁以书问请业。② 而陈用光又在江西新城故里向宗族子弟传其业。江西有桐城派就是自鲁九皋和陈用光始。

师生之间、同窗之间交游密切，如姚鼐与弟子间的论学互动极多。吴定（1744—1809），字殿麟，歙县人，刘大櫆在歙县主讲问政书院时从其学诗文，刘大櫆回枞阳，吴定从之回。乾隆中两淮运使朱孝纯请姚鼐主扬州书院，吴定追随姚鼐读书，相从最久，且与姚鼐就文章讨论极多。"其为人忠信质直，论诗文最严于法。鼐或为文辞示殿麟，殿麟所不可，必尽言之。鼐辄窜易或数四，犹以为不，必得当乃止"③。

二　书院圈子与桐城派的地域传播

以山长为核心的圈子构成了桐城派的主要群体，这个群体主要由弟子组成。桐城派的历史上，以山长为核心的群体占流派人数最多，学术及文学的传承也主要以此为纽带。桐城派延续的二百余年间在时间和地域上的拓展与书院中桐城派人物担当山长有莫大关系，除姚鼐在敬敷、钟山书院的传播以外，山长为核心形成的全国地域范围的主要几个书院是：刘大櫆在歙县问政书院，朱仕琇在福州鳌峰书院，姚椿在荆南和江苏景贤书院，顾广誉在上海龙门书院，吕璜在桂林榕湖、秀峰书院，周凯、高澍然在厦门玉屏书院，杨彝珍在朗江仰高书院，阎正衡在湖南慈利县渔浦书院，李兆洛在江苏省江阴县暨阳书院，张裕钊、吴汝纶先后在河北保定莲池书院任山长。以下以朱仕琇、吕璜、张裕钊、吴汝纶分别在福建、广西、河北的书院教授情况来说明桐城派在地域上的传播关系。

---

① 见附表《桐城派文人科举职业简表》，此不一一列举。
② 参见徐成志点校《太乙舟文集》卷3《姚先生行状》，《桐城派名家文集3陈用光集》，安徽教育出版社2014年版，第22—25页。
③ 姚鼐撰、刘季高点校：《惜抱轩诗文集》，《吴殿麟传》，上海古籍出版社1992年版，第309页。

一是从朱仕琇与鳌峰、潍川书院的考察，可概见桐城派在福建的传播。朱仕琇（1715—1780），福建建宁人，乾隆十三年（1748）三十四岁时中进士，改翰林院庶吉士，散馆后先后任山东夏津知县、福宁府学教授，乾隆三十三年春赴福州鳌峰书院，主讲席十年，乾隆四十二年五月辞鳌峰讲席回建宁，并执教于建宁潍川书院三年，至乾隆四十五年七月卒。① 朱仕琇在鳌峰书院教授弟子极多，刘声木言"历主潍川、鳌峰等书院讲席，从游之士恒及千人，教授之盛几与姚鼐等埒"，实主要是在鳌峰书院的十一年。"凡闽人治古文者，不问知为仕琇弟子，否则亦闻之于仕琇弟子者。盖古文之道绝续之交，得仕琇而开通之"②。桐城派在福建的发展多半出自朱仕琇门下。弟子中名声卓著者有：官崇、鲁鸿、龚景瀚、朱昆采、朱仕灿、高腾、金荣镐、李祥赓、张绅、黄凤举、何曰诰、陈绩、宁人望、郑洛英、魏瑛等数十人。③ 朱仕琇弟子高腾传朱仕琇古文于其子高澍然，高澍然又传学于光泽、厦门，另成一大支。另一弟子鲁九皋又传学于江西新城，亦为大支。桐城派在福建、江西的发展与朱仕琇关系重大。

二是从吕璜、王拯于桂林榕湖、秀峰书院，概见桐城派在广西的传播。曾国藩论及桐城派在岭南的传播，首先为吕璜受吴德旋传授，而后朱琦、龙启瑞、王拯相继，桐城派遂兴于广西："月沧（吕璜）之乡人，有临桂朱琦伯韩、龙启瑞翰臣、马平王锡振定甫，皆步趋吴氏、吕氏，而益求广其术于梅伯言，由是桐城宗派流衍于广西矣。"吕璜（？—1838）为广西永福人，嘉庆十六年（1811）进士，读方苞、刘大櫆、姚鼐之文，"因以略识义法韵度之粹美"④ 在杭州与吴德旋交，得桐城义法，奉为正宗。著有《月沧文集》六卷、《月沧诗集》二卷、《初月楼古文绪论》一卷。道光年间归里，历主桂林榕湖、秀峰书院十余年，以桐城古文传授后学。其学生中最著名者有彭昱尧、朱琦、王拯、唐启华、侯赓成等人，其中王拯、彭昱尧、朱琦、唐启华在京做官

---

① 生平据党圣元、陈志扬《朱梅崖年谱简编》，《汉语言文学研究》2012年第3卷第3期。
② 刘声木撰、徐天祥点校：《桐城文学渊源撰述考》，黄山书社1989年版，第349页。
③ 弟子群参见附表《桐城派文人科举生平简表》中"师事朱仕琇"者。
④ 吕璜：《月沧文集》卷二《上陈硕士先生书》，道光二十一年（1841）桂林刻本。

后，又与梅曾亮交游，学习桐城派古文，各有成就。吕璜、彭昱尧、朱琦、龙启瑞、王拯又被称为"岭西五子"。王拯（1815—1876），初名锡振，道光二十一年（1841）进士，同治四年（1865）致仕任桂林榕湖经舍，一年后转秀峰书院为山长，亦传桐城派古文。彭昱尧著有《致翼堂文集》二十卷、《怡云楼诗集》四十卷，吕璜、梅曾亮为之评点，"其为文学博气伟，神韵极似归有光。诗学精邃，得力于苏，语尤奇肆"①。朱琦著有《怡志堂文初编》六卷、《诗初编》八卷，"文得方姚之传，挥斥万有，晖丽掩雅，变而不离其宗。尤深于诗，其源出浣花，旁及昌黎，遒郁雄厚，善叙事而能自成一家"②。龙启瑞著有《经德堂文集》六卷、《文别集》二卷、《浣月山房诗词》六卷，符葆森评其诗："有雄浑者，有婉丽者，莫名一格。尤在寄旨遥深，诗外有事，关心民物，得古采风之遗。非仅以赓酬雅韵也。"③ 刘声木言吕璜主桂林书院，文有传人："以桐城古文义法倡导后进，其能得璜之真传虽无几，能传璜之义法者亦有人。"④ 实际吕璜"为人道炼而无冗语，淳厚而无鄙词，理以持之，气以行之"⑤，不为艰深生僻之文，这正是桐城派的主要特点，其弟子们各有发展。

三是以张裕钊、吴汝纶为中心的莲池书院圈子，亦可见流派在河北的扩展。张裕钊与吴汝纶同列名于"曾门四大弟子"，以古文名著于世。张裕钊于光绪九年（1883）起主莲池书院。莲池为河北省级书院，自张裕钊起成为桐城派北方传播中心。吴汝纶于光绪十五年（1889）执掌莲池书院，至光绪二十七年离开，又以弟子贺涛出任莲池书院山长。民国四年（1915）马其昶评及北方古文的振兴，云："惟冀州自吾乡吴至父先生莅官，一以振起文化，造士为急，延礼通儒王君晋卿、贺君松坡、范君肯堂专教事，一时瑰异之材得所矩范，人人皆知文章利病，旁衍及他郡邑。而武昌张廉卿先生暨吴先生又先后主莲池讲席，师友源澜，同流共贯，徒党蔚兴，于是北方文学之传，与东南侔矣。其高才尤异者十余

---

① 刘声木撰、徐天祥点校：《桐城文学渊源撰述考》，黄山书社1989年版，第223页。
② 同上书，第246页。
③ 符葆森：《国朝正雅集·寄心盦诗话》，清咸丰七年（1857）刻本。
④ 刘声木撰、徐天祥点校：《桐城文学渊源撰述考》，黄山书社1989年版，第222—223页。
⑤ 同上书，第222页。

人，衡其一也。"① 以吴汝纶之子吴闿生所辑《吴门弟子集》，收吴汝纶知深、冀二州及主讲莲池书院时门下弟子诗文，分人编排，计七十八人，亦可知其人才之盛。吴闿生评其中莲池弟子云："莲池群彦亦各乘时有所建树，或仕宦有声绩，或客游各省佐行新政，或用新学开导乡里，或游学外国归而提倡风气，或以鸿儒硕彦为后生所依归。凡先公当时所奖识拔擢，壹皆崭然有以自见，无一人阒寂无所闻者。"② 张、吴二人在黄彭年之后主莲池书院十八年，"使桐城派的中心由南方移到了北方直隶，具体地说就是到了莲池书院。"③

第三节 以地域、宗亲为联系的圈子

一 地域、宗亲圈子与桐城派学术体系的传承

以地域、宗亲为联系的圈子存在最广泛，也最为复杂，对生存和学术的影响也最直接。对个人的作用体现在直接传承学术，形成脉络。如江西新城陈用光、鲁九皋两家。鲁九皋先学于朱仕琇、雷鋐，复谒姚鼐学桐城古文。朱仕琇与陈用光祖父陈道为同年进士，陈用光舅舅鲁九皋因得以从朱仕琇学习古文。陈用光先学于舅氏鲁九皋，再学于姚鼐。陈用光从鲁九皋学习后，又因之学到朱仕琇古文，并得以向姚鼐学习："及年稍长，与舅氏之族弟缤及舅氏第三子嗣光皆喜读先生（即朱仕琇）文，皆喜从先生自论其文语，以究其所以为文之旨而轭效之。舅氏既见姚姬传先生于皖江，归而以梅崖集寄质之。姚先生以为恨不识其人。舅氏又常命用光以所为文寄质于姚先生。"④ 自二人之后，陈鲁二家学桐城古文且获得功名者有三十人。这三十人多有亲缘关系，师承交叉，具体情况如下：1. 陈用光子陈兰瑞，承家学；2. 孙陈大庆，承其家学，又学于蔡

---

① 孙维城点校：《抱润轩文集》卷15《冀州赵君墓表》，《桐城派名家文集 8 马其昶集戴钧衡集》，安徽教育出版社2014年版，第212页。
② 吴闿生：《吴门弟子集》，《吴门弟子集序》，民国十八年（1929）莲池书社刻本。
③ 陈春华：《论莲池书院与桐城文派在河北的兴起》，《江苏教育学院学报》（社会科学版）2010年第9期。
④ 徐成志点校：《太乙舟文集》卷4《朱梅崖先生画像记》，《桐城派名家文集 3 陈用光集》，安徽教育出版社2014年版，第37页。

世钹；3. 陈兰祥，陈用光从子，师事舅祖鲁九皋，为道光九年（1829）进士；4. 陈溥，陈兰祥子，监生，主讲九峰书院，承家学，又学文于梅曾亮；5. 陈学受，陈溥从兄，监生，主讲弋阳书院，承家学，又学文于梅曾亮；6. 陈煦，陈用光兄，议叙举人，师事舅氏鲁九皋；7. 陈学洪，陈用光从孙，监生，新兴场盐大使，师事世父陈兰祥；8. 陈希曾，陈用光从子，乾隆五十八年（1793）进士，师事鲁九皋；9. 陈希祖，陈用光从子，乾隆五十五年进士，师事鲁九皋；10. 陈希孟，陈用光从子，拔贡生，师事鲁九皋；11. 陈鹏，陈溥从孙，师事杨希闵。新城鲁氏一家传家学而得功名且列入桐城派的有：1. 鲁鸿，乾隆二十八年进士，师事朱仕琇；2. 鲁肇熊，鲁九皋子，嘉庆十三年（1808）举人，师事族祖鲁鸿；3. 鲁缤，嘉庆二十二年进士，鲁鸿子，师事从兄鲁九皋；4. 鲁肇光，拔贡生，鲁九皋子，传家学；5. 鲁嗣光，乾隆五十七年举人，鲁九皋子，传家学；6. 鲁兰枝，乾隆三十四年进士，主讲洑源、皖江、豫章等书院，师事族祖鲁九皋；7. 鲁云，师事鲁九皋；8. 鲁元夏，师事鲁九皋；9. 鲁希晋，光绪二十八年（1902）举人，师事鲁九皋；10. 鲁迪光，九皋子，传家学；11. 鲁应祥，九皋孙，传家学。除宗族子弟外，从鲁九皋学习的亲友子弟有：1. 吴际蟠，馆鲁九皋家，鲁嗣光、陈用光、谢学崇皆从其学，吴际蟠又师事鲁九皋；2. 潘兰生，乾隆五十七年举人，师事鲁九皋，与陈用光同窗；3. 杨希闵，道光十七年举人，主讲海东书院，师事鲁九皋；4. 吴庆蟠，监生，师事鲁九皋；5. 徐家泰，徐家恒从子，朱仕琇婿，师事其舅朱仕琇、鲁九皋，为建宁诸生，崇安县训导；6. 黄得恒，诸生，师事鲁九皋；7. 黄长森，同治七年（1868）进士，桐城知县、黟县知县，主讲崇正书院，师事鲁九皋，与梅曾亮、吴嘉宾、冯志沂、陈溥、陈学受切磋；8. 黄豫元，师事鲁九皋。师承关系上，由陈用光、鲁九皋师承不止一家，他们又相互交叉，又分别各自纵向向宗族子弟传递家学，诸子弟也横向或交叉地向师长亲属学习，从而形成越来越复杂的师承关系。

衷海燕关注到鲁陈二家的经济势力与科举的关系密切："宗族社会与经济势力不仅与科举考试的成功有密切关系，而且与地方文经资源控制息息相关。科举考试的成功十分有利于获取宗族以外的政治、经济权利和资源。"衷海燕统计了鲁九皋在江西推行桐城古文的弟子情况:"在江西的 73 位桐城派学者中,鲁九皋的门人、私淑共 27 人,占 37%。其中 24 人为新城本地人,包括鲁氏的族内子弟、亲族子弟(即中田陈氏)以及乡人等,皆得九皋亲传。在九皋的影响下,新城县与南丰县以及福建的建宁、光泽、宁化五地,文风相师,共出古文作家 107 人,堪称南方的桐城派古文中心。"①这个数字不仅包括了宗亲的圈子,也包括了连带的师承,这种综合关系使得圈子更为庞大。

二 地域、宗亲圈子对桐城派学术发展的作用

地域、宗亲圈子对学术的影响也体现在对圈中人物的生活和学术的支持上。陈用光家族经济实力雄厚,本人官运亨通,买祭田对授业师的舅舅鲁九皋进行帮助。鲁九皋(1732—1794)为乾隆三十年(1765)举人,三十六年中进士。自四十岁中进士至六十岁方得铨选得山西夏县知县。自诸生以至赴官,数十年间仅以课徒自给,"积其馆谷之余置田五十余石而已",居官三年卒于任,"惟余养廉所得一千五百金"②。一生积蓄仅有此数。鲁九皋有嫡子三人,后将此一千五百金及五十余石田全分给庶弟五人。七八年后,诸弟将一千五百金及五十余石田全部用尽卖完。此后二十年间,鲁九皋诸子皆游食于外。道光八年(1828)陈用光时出为福建学政,道光十一年,出其养廉银四百两寄给鲁瑾光(鲁九皋子),"属为买田五十余石以为祭产,俾诸子得资其值,年所得以供朝夕饘粥"③。陈用光在福建时又为岳父家(亦为新城鲁氏)弟媳及侄孙买田,用五百两银买得祭田六十余石。④

对学术的帮助不仅在求学、治学过程中,对亲友著作的刊刻也是一个重要方面。桐城刘开去世时年仅四十一岁,其妻上吊殉节,有母及子侨居于望江。同邑光聪谐为其少年同窗,官至直隶按察使,称病致仕后回到桐城,一日清晨造访刘开故宅,"时先生季父卧未起,方伯直入卧

---

① 衷海燕:《清代江西的乡绅、望族与地方社会——新城县中田镇的个案研究》,《清史研究》2003 年第 2 期。
② 徐成志点校:《太乙舟文集》卷 4《山木舅氏祭田记》,《桐城派名家文集 3 陈用光集》,安徽教育出版社 2014 年版,第 44 页。
③ 同上。
④ 同上书,卷 4《渭川外舅祭田记》,第 45 页。

室，问何人，自称曰：'光二来'。盖方伯未贵时，朋辈相呼之称谓如此。先生季父大惊，急出见"①。光聪谐拿出银四十两，作为刘开母亲寿仪。而后徒步至刘开厝室，大哭而归。刘开母亲自望江归桐城，光聪谐与姚莹、马瑞辰皆迎养于家，其中住姚莹家最久。光聪谐另出钱为刘开下葬。另外刘开的著作也由亲友资助刊成。其中《孟涂文集》十卷、《前集》十卷、《后集》二十二卷、《骈体文》二卷，合计四十四卷，由姚柬之捐资、姚元之主持其事重新刻成此书。姚元之记其事："孟涂有诗有前集十卷已梓，岁久板且损没。后前台湾令家弟莹急造其家访遗稿，得《后集》二十二卷，缺第八卷，文十卷，骈体文二卷。临漳令家弟柬之惧其久而更佚也，为捐赀付剞劂，并重刻其《前集》，属元之任其事。鄱阳陈方海伯游偕伯棠助雠校焉。"② 刘开的著作身后未淹没与姚莹、姚柬之、姚元之、陈方海等人的出资助校有关。

第四节　圈子的交融性与流派的强化——以姚氏兄弟为例

社会学所说差序格局，是以个人为中心去观照与社会的关系，在中国传统乡土社会中，就有人际间的"差序"现象，费孝通对此有形象的解释："以'己'为中心，像石子一般投入水中，和别人所联系成的社会关系，不像团体中的分子一般大家立在一个平面上的，而是像水的波纹一般，一圈圈推出去，越推越远，也越推越薄。在这里我们遇到了中国社会结构的基本特性了。我们儒家最考究的是人伦，伦是什么呢？我的解释就是从自己推出去的和自己发生社会关系的那一群人里所发生的一轮轮波纹的差序。"③ 那么辨析社会中文学流派中人之间的关系，也应当从个人来看圈子的特征。一个人的成长，从家庭、宗族、师门、姻亲、职业，每个活动过程都会形成不同的人际关系圈。这些圈子既有差序的

---

① 方宁胜、杨怀志点校：《柏堂集》次编卷9《记刘孟涂先生轶事》，《桐城派名家文集9方宗诚集》，安徽教育出版社2014年标点本，第181页。
② 姚元之：《桐城派名家文集4刘开集》附录《刘孟涂传》，安徽教育出版社2014年版，第487页。
③ 费孝通：《乡土中国》，生活·读书·新知三联书店2013年版，第30页。

现象，也有交融的现象。这就恰似同一水面不同方向传递来的水波，其实是可以交融的，甚至是可以共振的。圈子的不断扩大、不同圈子的相互交融，才使流派不断扩大和强化。

本节通过姚永朴、姚永概兄弟一生中经历的相关人物之多且广，说明社会关系对一个人的重要作用，而出入不同的圈子如何影响了生存状态，且如何成为流派一员。"人在其现实性上，是一切社会关系的总和。"显然通过社会关系的分析可以看到人的性质。桐城姚永朴、姚永概兄弟为桐城麻溪姚氏后裔，父姚濬昌，祖姚莹，曾祖姚骙，之上为姚范，世代科举官宦，为桐城望族。① 桐城名门望族中张、马、左、方、姚五家并称。姚氏与其他几大族皆世代有婚姻之好，尤其与桐城张氏历代结姻最多。桐城名族中，子弟人丁不旺，但世代有文名的还有光氏、江氏、徐氏、吴氏等家族。这些文学（或称学术）世家子弟间不仅结为姻亲，又互有教授师承关系，或聘为幕宾，或荐为馆师，或师出同门而在文学和学术上同声应气，相互支援，在职业机会上相互帮助提携，成为更庞大和复杂的圈子。这种与地域、宗族、姻亲甚至师门、职业相联系的圈子相当大程度上决定了一个人的求学机会、职业方式、文学和学术倾向。王如鹏有一句非常不严谨但又生动的话："究竟什么是圈子呢？在说文解字中对圈子的解释是：一伙人为了混口饭吃而蜷缩在一起。社会学意义上的'圈子'就是具有相同利益或者相同成分的群落。"② 这里要指出的是，许慎的《说文解字》并没有这个定义，原文中也并未为"说文解字"打上书名号，应当是作者自创之意。虽然不严谨，却较为贴近实情。各种不同关系结成的圈子往往与经济利益相关。以桐城二姚兄弟为例，可以分析文学流派中的士人在圈子中的生存情况以及对文学和学术的影响。

姚永朴（1862—1939），字仲实，光绪二十年（1894）举人，一生客游教书，先后在起凤书院任山长，山东高等学堂、安徽高等学堂、京师法政学堂任教习，北京大学教授，北京正志学校教习等。娶马其昶妹。民国十年（1921）买屋，以"蜕私轩"匾之。子姚焕、姚昂，皆赴举人，民国后皆有职，又相继早卒。门人周明泰为其刻《蜕私轩集》。

---

① 此处本文定义为一族中世代皆有通籍之人，且出多个著名文学家或学者。
② 王如鹏：《简论圈子文化》，《学术交流》2009 年第 11 期。

姚永概（1866—1923），字叔节，号幸孙，娶徐宗亮女。侧室顾氏。光绪十四年（1888）江南乡试第一名举人，四次会试皆不利，后客于王先谦、江人镜幕，授经于陈三立、吴汝纶家。光绪年末充安徽高等学堂教务长，不久出任安徽师范学堂监督。1921年5月赴北京大学为文科学长，后改任北京正志学校教务长，兼清史馆协修。子安国、充国。女三，长适马根蟠，次字马其爵。姚永概客保定时，方宗诚前已殁。光绪十八年、十九年在保定莲池书院从吴汝纶学，并与王树枏、贺涛交。亦从方宗诚学，与其季子方守敦为婚姻。

一、二姚一生中的重要社会关系①可分为三部分，一是宗亲与姻亲方面，属于关系中最近的部分；二是师生、同门方面；三是间接关系。

宗亲及姻亲为其社会关系中的最重要部分，与他们的职业及治学同时相关。主要有以下人物：

1. 姚濬昌，字孟号，号慕庭、幸余，姚莹子，娶光聪谐女。生子三，永楷、永朴、永概；女二，姚青云（姚永朴集称倚洁）、姚倚云。姚濬昌侧室张氏，于光绪安福署中连得二子，所出为永棠、永樛。姚濬昌卒于竹山任上。同治十三年（1874）从安福归里，买宅挂车山，后又复任。又因丁萧母忧还家，贫甚。子永朴、永概客游。

2. 姚青云，姚濬昌长女，嫁贡生、中书科中书马其昶。（姚永朴《伯姊马恭人墓志铭》言青云，徐雁平世系表言叫"倚洁"）生四女，殇一。为马其昶纳刘氏、韩氏。刘生根硕、根质，女四；韩生根伟、根蟠。根硕娶郭氏，根伟娶杨氏，根蟠娶姚永概长女，根质娶吴氏。

3. 马根硕，字伯固，其昶长子，马其昶侧室刘氏所生，正室姚氏所养。娶郭氏，生子茂元。陆军部次长徐树铮秘书，年二十四卒。妻湘阴郭氏，父立山。

4. 姚永楷，县学生，以捐赀助赈义叙县丞，加六品衔。娶方氏。祖姚莹，父姚濬昌。客天津、扬州，归而疾作早卒。子二，长东彦，次苃。

5. 陈树涵，字筱山，怀宁人，光绪拔贡，大挑一等，以知县发江苏，有吏治才干。子三，传琛，附贡生；传球，京师法政大学毕业；传璋，东南大学毕业。陈传球娶姚濬昌幼女，即姚永朴庶妹。

---

① 人物关系皆出自姚永朴《蜕私轩集》、姚永概《慎宜轩文集》，后不一一指明。

6. 马其昶，祖马树章，典簿；父起升，同知。诸生。捐赀河工得中书科中书。聘于安徽巡抚于荫霖家，为课其子。后入学部总务司主事、清史馆总纂。

7. 马君玮，马其昶次女，姚永朴甥女，适桐城张家骝。

8. 马恭人，马其昶妹，十七岁嫁与姚永朴，居室四十年，从永朴侍濬昌于竹山。濬昌殁于竹山，马恭人主持其事，待永朴、永概至而归葬。

9. 范当世，字无错，号肯堂，通州人。从张裕钊学。初娶吴氏，续娶桐城姚倚云。吴生二子，范罕、范况，一女范孝嫦适义宁陈衡恪（陈三立长子）。光绪十四年（1888）冬就婚姚濬昌安福县署，在安福吟咏无虚日。后应吴汝纶之聘赴冀州讲习，后赴河北莲池书院，与王树枏同时。弟子之尤者为李刚己。

10. 姚倚云，姚濬昌次女，母光氏。幼喜诗书。为范当世前妻之子纳妇，前妻之女嫁义宁陈氏。

11. 姚焕，父永朴，由日本归学，应学部试，得举，主事分吏部，调学部。民国三年（1914）卒。娶金氏，子墉，逃焕、昂二房。金氏工绘。

12. 姚昂，父永朴，娶庐江王飞翘季女王菊英。王飞翘妻为桐城张氏，与姚为旧姻。昂从日本归学，试学部，得举人，未及授职而国变。民国三年与兄焕先后卒。王氏工诗，民国十四年卒。

13. 光聪谐，配吴夫人，生子光旭；侧室陈恭人，生二女，长女嫁给姚濬昌，次女光润适马万珍。二年光润夫卒，以弟万祜子元烺为嗣。以母家返贫而归奁田数十亩。

14. 金家庆，字子善，全椒人。善书画。与永朴申之以婚姻。

15. 马伯乐，马万珍父，以进士官浙江归安知县，罢归，贫。

16. 马元烺生子二：马其超、其良。

17. 马万祜，娶光润从妹。

18. 萧恭人，宛平人，姚莹侧室，姚濬昌母。年十三归姚莹，事姑张太夫人，事正室方淑人委婉尽欢。生子二，姚孝，殇；次即姚濬昌。姚莹、方氏卒后，从子姚濬昌就养，年八十六卒于安福县署。

19. 陈恭人，嫁光聪谐。夫亡后依长婿姚濬昌于江西安福。同治十三年（1874）姚濬昌归里，而光氏妻卒。次女光润迎居于曹冈，后徙城中。其卒由光润葬之龙眠山小河口。

20. 姚声，字振之，号澄士，姚鼐曾孙，祖师古，父宝同。县学生。"自惜抱先生时家故贫，及君而贫甚"。乡试不售，依姚莹赴四川。太平军乱，举家遇害。以"惜抱先生后"求曾国藩稍资给之。乱定，依姚濬昌于安福。后又与苏求庄（寒知子）同住城中，称"三寒"。娶陈氏，生永椿。

21. 郑福照，字容甫。从方东树学诗，从叶棠学天文、算学等。同治中在安福授经予永朴、永概。娶光氏，姚濬昌妻之从妹。

22. 徐宗亮，字晦甫，晚号茶岑。祖徐镛，嘉庆进士，太仆寺卿；父徐丰玉，湖北督粮道。袭骑都尉世职。游胡林翼、李勇毅公、李鸿章幕府。妻方氏。子二，惠畴，江苏候补巡检，早逝；调鼎，直隶候补吏目。次女适姚永概。

23. 方致祥，字心斋，桐城方氏。曾祖方鲤，乾隆举人，江都知县；祖方庚，候补布司理问；父方林昌，县学生。幼由聂桂荣收为己子，以武达。妻刘氏，生子午。子午为山东知县。又娶石氏，生子镜，候补知府。姚永概为其外祖母兄弟。

24. 马复恒，字健甫，桐城马氏。曾祖马宗琏，祖瑞辰，父马三俊。佐丁汝昌在海军，后海镜舰长。子三，马振仪，进士，江西、山东知县；振理，贡生，交通部佥事；振宪，翰林院检讨，安徽高等审判厅长。长女适通州范罕。

25. 徐惠畴，字代农，父徐宗亮。与马其昶交，援例捐典史，分江苏，加六品衔。黄体芳、王先谦委充巡捕。妻叶氏，父珽，江苏海州惠泽司巡检。

26. 姚廷范，字畴九，桐城姚氏。祖姚莆，陕州直隶州知州；父姚琨，赠资政大夫，子二，长姚为霖，直隶获鹿知县，次姚廷范，峄县知县。姚廷范妻吴氏，子姚振，女二，适富顺陈氏、合肥张氏。姚廷范侧室李生尔扶、尔楫、尔抡，女一。为姚永概祖父辈，交姚永概于吴汝纶所。

这些关系中，姚濬昌为二姚父亲；光聪谐为二姚外祖父；马其昶、范当世为二姚大姐夫、二姐夫；姚永朴娶马其昶妹；徐宗亮为姚永概岳父；姚声为姚鼐后裔，二姚宗亲，长期依姚家生活。这些人为二姚最重要的亲属关系，其余多属派生关系。这些关系对二姚的影响有：一是传承家学，致力举业，专注学术。姚氏世代以科举文学传家，姚莹曾撰《姚氏先德传》，以"彰前人之徽美，宗阀之焜耀"①。《姚氏先德传》辑姚氏历代祖先，述其德行分为六卷：其一为行义传，其二为仕绩传，其三为儒学传，其四为艺文传，其五为隐逸传，其六为贞节传。对祖先之德行、功绩、学术、文学皆有详述，以激励子孙。二姚自幼攻读，各有所成，在清末皆中举人，民国后在安徽、北京的高等教育和学术圈皆有名。二是二姚与姻亲关系中人员在学术和治生中相互扶持极多。马其昶、范当世与二姚在青少年时期就多有唱和，于诗歌、文学之道多砥砺发明，共同促进。姚永概在《慎宜轩日记》中所记与马其昶经济往来数不胜数，多半为告借归还之事。民国五年（1916），二姚与姐夫马其昶皆入清史馆，其中马为总纂，姚永朴为纂修，姚永概为协修，在清史馆中俨然形成桐城家族圈子。范当世被吴汝纶聘到河北任教后，姚永概也随后到吴汝纶家中课子。姚濬昌更有写信给范当世请求帮助挂闲职一事。姚永概为岳父徐宗亮整理遗作刊刻成集。在亲族关系中，治生与学术皆相联系实为平常之事，因关系而形成互助，因互助而关系更为紧密。

圈子对学术的影响体现在思想和创作的直接和间接影响上，在成书时，则体现为直接的关联。姚濬昌撰《幸余求定稿》十二卷，有清光绪十六年（1890）刻本。书首刊咸丰十一年（1861）莫友芝记一则，同治七年（1868）莫友芝记二则，光绪元年（1875）孙衣言记三则，汪士铎函二则、张裕钊记一则，光绪九年徐宗亮识一篇，光绪十六年范当世序一篇，光绪十七年（1891）马其昶序一篇。莫、孙、汪、张、徐题赠多为溢美之辞。据范当世序，姚濬昌自言其同治十三年以前诗不足存，"苟欲稍存一二，亦须求定于人"。此本由濬昌交于女婿范当世编排，"用其意题曰'幸余求定稿'，诸公昔尝评论者，仍刊于前"。此书卷末皆有校者名称，姚濬昌子婿及孙辈皆参与校订，有子永楷、永朴、永概，女倚云，婿马其昶、范当世，侄孙姚纪、廷璋、钟英诸人。

二、亲属之外，治学谋生中的主要社会关系分四类：师、同学、同事、朋友。这四类关系实际更为直接影响二姚的学术和生存状态。二姚

---

① 姚莹：《东溟文集》卷2《姚氏先德传叙》，《桐城派名家文集6 姚莹集》，安徽教育出版社2014年版，第21页。

的老师、同学、弟子主要有：

1. 方宗诚，字存之，学于许玉峰、方东树。以诸生荐，授枣强知县，加五品卿衔，世称柏堂先生。为二姚师。子三，长方培潚早卒，次守彝，次守敦，为二姚友。妻甘氏，侧室苏氏。苏氏为桐城苏求恒之女，三岁失父，由族祖苏惇元主嫁与宗诚。甘氏遗一子培潚，另宗诚弟遗子培聪由其抚养。苏氏生守彝、守敦。

2. 秦汝楫，字吉帆，桐城岁贡生。乡试不售。永朴、永概业师。馆姚家二年。

3. 吴汝纶，字挚甫，桐城高店吴氏，荣华支。族祖吴生甫，与方苞同时，以古文名。父吴元甲。曾国藩从方宗诚处见吴汝纶文，延其课孙，并留曾幕十余年。曾殁，入李鸿章幕。在深州知州兴书院，聘王树枏、贺涛、范当世为之师。生徒拔萃者有李刚己、吴镗、赵衡。子闿生。

4. 马冀平，承器之、元伯两先生家风，学于泰兴朱曼君、桐城姚永朴。

5. 张效彬，其弟张松度，皆留学英国，同在姚永朴门下。

6. 吴闿生，吴汝纶子，曾奉尊命从姚永概学。

其中秦汝楫为二姚幼年时授业师，方宗诚、吴汝纶皆为桐城派后期大家，二姚承桐城古文家法与这两位业师密切相关。二姚一生多半时间从教，学生极多，此处所列极少，这与桐城派之说在民国时期新文化运动时所受否定有关。师生之间，主要为传承学术。

二姚的同事、朋友主要有以下诸人，与二姚的关系亦简列如下：

1. 郑杲，字东甫，与马其昶、姚永朴识于都中。山东籍，主讲泺源书院。门人有孙松龄，存其《春秋说》稿，马其昶另辑其杂文、尺牍，成为合编，合肥李健父为马其昶门生，为之授梓传世。

2. 胡元吉，与姚永朴同教授于安徽高等学堂。胡元吉母孙茂林，黟县人，父孙伯达，年十八归胡廷玉，三年夫卒，遗腹子元吉。永朴闻朱仲武言黟之人才，称许元吉，告马其昶。马其昶后荐元吉为敬敷书院山长。

3. 周缉之，周馥四子，官至直隶按察使。民国时财政部长。与永朴交三十年，永朴馆其家。

4. 李大防，与姚永朴交于安徽大学，同为教授。

5. 阮强，字仲勉，祖阮源，父桂馨，本生父阮有良。诸生。应刘铭传聘，主讲台湾书院三年。客周馥馆，学渊、学辉受其业。又为桐城中学监督，省立第二女子师范学校校长。娶金氏，子志岳，留学德国。与二姚友。

6. 王晋之，字讱斋，号竹舫，直隶蓟州人。与蓟州李江为婚姻。与永朴光绪十二年（1886）识于天津。

7. 萧穆，字敬孚，诸生。少从钱泰吉游，入上海制造局翻译馆校书。居馆三十余年。富藏书。所作《敬孚类稿》，由沈曾植、劀光典刊。永朴传文言其藏书身后散佚。长子寿谦、次小鲁。

8. 冯世定，字黔夫，一字小白，浙江山阴人。与姐夫诸祖望（研斋）在姚濬昌安福县署为幕。擅书画。姚濬昌归乡，世定离开。又赴天津附姚濬昌，未果。未娶。

9. 汪士铎，字梅村，自歙县迁江宁。萧穆尝访之。与姚莹、濬昌、永朴兄弟皆相识。

10. 方铸，字子陶，号剑华，祖心简，父奎炯，过继与叔父海云。宣统初与永朴交于京师。永朴子焕师之。

11. 弓汝昌，字绍庭，直隶安平县人。教谕。饶于财，藏书数万，师吴汝纶于莲池书院，因与姚永朴同学而交。

12. 潘清荫，字季约，四川巴县人。同治举人，出张之洞门，大挑二等，达县教谕、山东大学堂监督。时永朴为总办周学熙招山东大堂教习，因交。其门人朱子云请铭于永朴。

13. 吴家棣，字伯棠，号韫庵，曾祖以诏，祖一德，父宗麟。光绪举人，纳赀为内阁中书，署侍读，补中书。晚年与永朴交，嘱其为自己作墓志铭。

14. 方守彝，字伦叔，曾祖方护，祖方松，父宗诚。学于父及吴汝纶。太常寺博士。娶王氏。子四，时涵，直隶知州，出为伯兄后。时觳，常熟知县。时简，翰林院庶吉士。时翿，国务院法制局编纂。

15. 刘继，字少涂。刘开子。娶母侄倪氏，生刘武谟。侧室王氏，生子武烈。与姚永朴家为世交。

16. 刘武谟，字豫生，祖刘开，父刘继。有献书图书馆之事。娶吴氏，长辉曾，次念曾。与姚永朴为世交。

17. 王树枏，因马其昶而识姚永朴、姚永概。

18. 秦鉴庭，无锡人，与姚永概同客扬州运使署。

19. 魏有声，父念先，祖纯，曾祖毓鳌。其曾祖、祖咸丰时陷丹阳，骂贼死。有声为姚永概同年举人，次年为进士，官和州守。

20. 裴伯谦，进士，宰粤东，谪戍新疆。因范当世与姚永概相交。民国三年（1914）与姚永概相遇于马冀平家。

21. 林纾，字琴南，号畏庐，宣统二年（1910）与姚永概相识于京师，民国元年、二年共事京师大学堂。后同聘于北京正志学校。

22. 贺涛，继吴汝纶任教于莲池书院。赵衡出于门下。与永朴友。

23. 邓艺孙，为王子诚之侄。王子诚与姚濬昌有交，邓艺孙长二姚十余岁，相交于光绪年初。永概曾为其母写七十寿序。

24. 高念慈，字仲葵，祖自合肥迁桐。桐城县学生，师事方宗诚、秦汝楫，与方守彝、守敦、马其昶、二姚、阮强游。在乡多行义。布衣。

25. 许承尧，与姚永概交。

26. 徐经纶，字铁华，石埭人。肄业于敬敷书院，山长余诚格荐其至新立学堂司书籍。光绪壬寅江南举人，民国后为师范校长。与姚永概同在学堂共事。姚永概导其习古文诗。

27. 胡慤，字慎思，桐城人。工书。父胡伯良，与姚濬昌交好，客死安庆，濬昌殓归。胡慤与二姚兄弟交密。赘于赣州某氏，早卒。五服无人。

28. 陈耿光，字廉甫，桐城人，以讼为生。妻张氏，祖聪慧，四川长寿知县，父训诠，邑庠生。子陈时彦，光绪举人，与永概同年。

29. 李刚己，字刚己，直隶南宫人。从学于范当世、贺涛、吴汝纶。光绪进士，代州知州，灵邱、繁峙知县。

30. 江人镜，字蓉舫，安徽人。道光顺天举人第二，内阁中书，充国史馆、文渊阁检校，内阁侍读，山西按察使、布政使、两淮盐运使。永概曾在扬州江人镜幕。

31. 邵章，字伯絅，母刘葆贞，弟威羲。与姚永朴为清史馆同事，有交游。

32. 田毓璠，字鲁玙，光绪进士，知县、知州。永朴友。

与二姚间接相关者，多为二姚密友之亲属，因之而得二姚为之作传、状、墓志铭等：

1. 孙衣言，字劭闻，号琴西，浙江瑞安人。道光三十年（1850）进士。民国五年（1916）其从子贻泽因邵章而向永朴乞传。

2. 魏源，字默深，湖南邵阳人，道光二年顺天乡试举人，九年纳赀为内阁中书。二十四年成进士，后入仕。与姚莹交笃，永朴为之作传。

3. 邵懿辰，字位西，浙江仁和人。道光十一年举人，授内阁中书。在京与曾国藩、梅曾亮、朱琦营救姚莹，迎姚莹于郭外。永朴为之作传。

4. 刘葆贞，字庄兰，归清府同知邵顺国。父刘堃，汉中知府，与邵懿辰至善，因结婚姻。邵懿辰与姚莹善，邵章与永朴善。永朴遂为撰墓表。

5. 赵逢采，字霞廷，诸生，馆膳以供母。贫甚。孙赵勃为京师大学校肄业生，乞永朴为传。

6. 马为瑗，字慕蘧，江苏盐城人。饶于财。父绍闻，喜施，渐落。乡试不售，纳赀为兵马司副指挥。后为知县。有吏才。门人韦汝霖乞状于永朴。

7. 邵子进，邵懿辰嗣，权六合，卒于疾。妻刘葆贞，字庄兰，父刘堃，户部郎中，守汉中，仁和人。刘氏生邵章，侧室张氏，生子邵羲。子进与钱应溥、曾纪泽友。邵章与永朴、永概为清史馆同事。

8. 王振纲，字重三，直隶新城人。道光十八年（1838）进士第一，曾国藩聘其主讲莲池书院。子五人，次铨，字子衡，咸丰五年举人。铨子树枏，光绪十二年进士，新疆布政使。姚永朴为之作传。

9. 许恭寿，子学诗，孙承尧。恭寿与汪仲伊同师仪征程可山。遭太平军乱，殒十二亲，养继母子文铣，聚乡人子教学。补县学生员，以贡候选训导。葺祠宇，纂谱系，为宗族公益极力。督许承尧兴郡邑学，"徽州学最先立，最有名声，以得承尧故，而君实开其先也。"

10. 张友仪，字仁山，福建永定人。与毛岳生、吴德旋、鲁一同游，后在姚莹幕。与张际亮善。子日焜，三品衔，湖北知府。孙超南，布政使衔，四川候补道，进士，座师祁世长。超南与永概交。

11. 黄彭年，字子寿，贵州贵筑人。父黄辅辰，陕西凤邠盐法道。道光进士，湖北布政使，主讲关中、莲池书院。妻陶氏，生子国琉。刘夫人，生国瑾，翰林院编修；国璪，太学生；国瑄，易州知州。

12. 江有兰，字待园，桐城枞阳人。刘大櫆弟子张晶园门生。后投方东树门下。游曾国藩、李鸿章幕府，署黟县教谕。与姚濬昌交。

13. 金家庆，字子善，全椒人。诸生，授徒四方，客侯官严又陵家十余年。善画。与怀宁鲁梦霆为表兄弟，与姚永概熟。

以上简要列举了二姚的社会关系，这些人物涉及社会生活的各个方面，以官员、教师、学者为主，从地域上说，几乎遍布大半个中国，他们对二姚的影响主要是学术道路、职业去向、交游圈的人群。这种群体性加强了流派体系和文统的形成。不同文学思想、创作风格的人亦因此可能被视为同一流派，或有类似主张者，虽师承不同，亦被认为同派。如林纾之被视为桐城派。因林纾与吴汝纶、姚永概等桐城派代表人物交往密切，虽然"他是古文家，颇为晚清桐城派'护法'，但他从不承认自己是桐城派，也不按桐城派的清规戒律行事"①。但依旧因这种交游关系被当时人看作桐城派人物。如姜书阁在1928年所著《桐城文派述评》中就直接将林纾列入《桐城派文人传表》。当然也因为与桐城派文人的交往林纾对桐城派古文理论有事实上更多的认同和接受。如王济民说："方苞的义法说及其批评实践最能代表桐城派的理论批评成就。林纾接受了桐城派的众多说法，特别是将其义法说贯彻到具体的批评实践中，并有新的发展，甚至认为外国小说中也有义法。林纾的文学理论批评是对桐城派的重要贡献。"②

因治学、治生而产生的附加间接关系有时也影响着流派圈子的繁荣与否。一个交游圈是不断扩张还是不断减少消散其实也反映了流派的发展状况。

以二姚的人际为例来说，以上所举各种群体或圈子并非是线性结构。无论以官员还是山长为中心，或是以地域宗亲为联系的方式，圈子都体现出了复杂的表现形态。它既不是线性的关系，也不是平面的网状，是立体的多重相关，并具有以下特点：一是有核心，有相对稳定的交游，相互影响的文学和学术，相互关联的经济生活；二是单个的人物并不是封闭的，可以出入多种圈子；三是圈子吸纳的人物因时因势而变化；四

---

① 蒋英豪：《林纾与桐城派、改良派及新文学的关系》，《文史哲》1997年第1期。
② 王济民：《林纾与桐城派》，《华中师范大学学报》，2007年第3期。

是圈子也有一定的排他性。

文人圈子的意义意味深长：1. 长达二百多年涉及一千多人的桐城派基本上可以看成是由多个圈子构成的圈子群；2. 圈子形成的最初动因是单个人治生的需要，成为圈子一员后，又主动被动地受到影响，在文学和学术上为流派发声；3. 圈子又会对个人的经济生活、名望和前途产生影响。

第五章

治生对桐城派文学、学术的影响

第一节 治生影响的桐城派文学创作

文学作品是对社会生活内容的反映，毫无疑问桐城派文人做官、游幕、从教以及日常的观赏思考皆成为诗文的内容。不仅桐城派如此，所有的文人皆同。就与治生行为密切相关而又与一般的文学作品不同的内容来说，幕僚为幕主代笔、文人为人际关系及报酬而撰应酬文字，皆属于非言志表意的较特殊的文字，有其特殊的面貌。这类作品大量存在。

一 幕僚的代笔之作

在官员、教师、幕僚等身份中，唯有幕僚存在大量的代笔之作。所谓代笔，为幕主而做文章，从内容上说，既有奏疏公函等公务文牍，也有为幕主私人间代笔作序、传、碑铭等应和文字。这样大量存在的一种创制形态确有其特殊的面貌。

一是将代言之文单独整理成集，这种著作极少。徐宗亮有《代言辑存》一书，无刊本，原收入个人丛书，后并未刊刻。现有两种抄本，一个为安徽省图书馆藏，另一个为安徽省科研所历史研究室抄本，皆为四卷，内容相同。卷一至三为奏疏，卷四为序跋、寿序、传状、碑志、杂记、檄令，是徐宗亮游幕时为幕主所作文字，奏疏涉及礼制、军事、吏选、赈灾、矿业等各方面，尤以军事为多，是徐宗亮经世、军事才能的主要体现。幕僚代笔的类型以此书比例亦可知大概，即公文占大部分，应酬文字约四分之一。

大部分幕僚的代言之文散见于作者本人文集中，并署"代"以别之。

方宗诚之代作最为全面。在山东布政使吴廷栋幕及河南巡抚严树森幕代笔的有：《代严渭春中丞奏参劾大臣养痈遗患疏》《代严渭春中丞论抽丁守城事宜》。代吴廷栋所作且收入文集的有：《代竹如先生答曾涤生侍郎》《代竹如先生答窦兰泉侍御问目》。事实上，不在其幕而为之代笔更多的是代兵部尚书彭玉麟、直隶总督兼北洋通商大臣李鸿章所作。为彭玉麟代笔且收入方宗诚文集的皆为奏疏，有：《代彭宫保遵旨查覆疏在湖口石钟山作》《代彭宫保复查两江疏在江阴舟中作》《代彭宫保查复湖北疏在湖口石钟山舟中作》《代彭宫保续行查覆湖北疏由安庆至石钟山舟中作》《代彭宫保辞谢兵部尚书疏由安庆至瓜州镇舟中作》《代彭宫保再恳辞尚书疏杭州西湖舟中作》《求可堂遗书叙》。均为彭玉麟军事、行政上公事，且为其官吏生涯中大事，皆为方宗诚致仕回到安庆以后，应彭玉麟之招查办事件，巡游各地时代作。为李鸿章代笔更多，涉及公私多方面。《续天津县志叙》为吴惠元观察所主修地方志，请李鸿章作叙；《光禄大夫吏部右侍郎王公神道碑铭》系代李鸿章为吏部侍郎王茂荫作碑铭，由王茂荫之子王铭诏乞状；《光禄大夫刑部右侍郎吴公神道碑铭》系代李鸿章为吴廷栋所作神道碑文；《创建江南会馆碑记》为同治九年（1870）代直隶总督李鸿章作。为其他人所作另有十余篇，多为墓表、碑记、序文，所代多为官员。唯《代马命之上李抚军》为同乡好友马三俊上书。

代笔之文中往往涉及自身事务，如《光禄大夫刑部右侍郎吴公神道碑铭》为方宗诚代李鸿章所作吴廷栋碑文，中言"桐城方宗诚辑公读书札记及与人论学书为十卷，曰《拙修集》，六安涂宗瀛为刊行"[1]。又说"公之德行、学术、政事，方宗诚所撰《年谱》载之详矣，兹不具，箸其大者"[2]。《校刊汉学商兑叙》所代不详，提及自己"先生从弟存之宗诚据刊误本删补原书，仍为四卷。盱眙吴勤惠公重刊于蜀中。其后华雨楼复刊于四明，仍粤原本而遗刊误，非全书也。今仍遵用吴刊全本云"[3]。《编次求阙斋文钞后敘》中云："右曾文正公文七十五篇，桐城方宗诚存

---

[1] 方宁胜、杨怀志点校：《柏堂集》后编卷13《光禄大夫刑部右侍郎吴公神道碑铭》，《桐城派名家文集9 方宗诚集》，安徽教育出版社2014年版，第587页。
[2] 同上。
[3] 同上书，《柏堂集》余编卷3《校刊汉学商兑叙》，第693页。

之令枣强,编次以贻余者。余师公二十余年,所见公文尚不止此,是编特存之所钞录而敘辑之者也。"① 这种代别人所作又论及自己的,是因为自己就是当事人或见证人,所以可以周到精详。从到头尾由方宗诚编辑刻印并作序,只是署了一个社会地位更高名声更大的作者名字。

姚椿《晚学斋文集》中代作亦不少。有趣的是,各种文献中,都不曾有过姚椿做过幕僚的记载。姚椿(1777—1853)父亲姚令仪以拔贡生官至四川布政使。姚椿以国子监生,举乡试不中,与洪亮吉、杨芳灿、张问陶等诗文唱和。嘉庆四年(1800)见王昶于杭州,后赴钟山书院向姚鼐学古文。姚椿于道光四年(1824)主讲河南夷山、龙门书院,道光十八年主讲湖北荆南书院,道光二十五年(1845)主讲松江景贤书院,咸丰三年(1853)卒。收入姚椿文集中的代笔有九篇,其中八篇为代官员作,分别为:《重刊读令常言序代张太守允垂》《川沙抚民厅新志序》《新修商河县志序代》《祥符县重修学宫碑记》《河内县复修利丰渠碑记》《辉县苏门山重建邵子祠碑记》《金沙港新建景贤祠碑记》《重刊余忠宣公文集序》。另有一篇《朱止泉先生外集序》为江苏宝应朱泽沄文集作序,代吕璜作。其序文说:

> 璜从友人姚君椿受而读之,私窃爱其宏博警切,有益于学者。又颇讶前此编集时,何以无一篇入其中。虽先生不欲以文著,而其议论之醇密,不可废也。既而闻于姚君,当编集时事出仓卒,其子宗洛仅为稿本,而卒后遂据以刊行,而不知非其全也。夫先生诚不欲以文传,然而世之欲知先生之学者,微斯文则无以见先生之大全。使知其少时学问之博,而卒乃归于简约,则凡空疏弇鄙,蔑弃典籍,而高谈心性,皆得自托于先生,是则先生之所大惧,抑亦璜与姚君之所大惧也。故辄不揆梼昧,僭述其说。②

据序文,为姚椿托吕璜作序,而自撰之,署吕璜之名。显然有借吕

---

① 方宁胜、杨怀志点校:《柏堂集》后编卷3《编次求阙斋文钞后叙》,第492页。
② 查昌国点校:《晚学斋文集》卷3《朱止泉先生外集序》,《桐城派名家文集8 姚椿集》,安徽教育出版社2014年版,第38页。

璜之名气以著声势之嫌。序文对朱泽沄的褒扬算是得体,"议论醇密,不可废也"及"使知其少时学问之博,而卒归于简约",以及辑刻之缘起,交代极明白。姚椿又有一署名后序,称"《止泉先生外集》之文,予友吕侯璜既为编次,序而刊行,复属予言其所以云者"①。请人代笔,实际为人写就,署他人名而已。请托写序者与实际作序者皆为姚椿,却唱完刘邦唱项羽,两边的戏都一人包圆了,实际仅为造成一种读者阅读时感到此书"深受名人们重视和好评"的景象。此种行为仅是风气之弊,倒并不一定是文章不佳。这类文章因为作者实际经理其事,个中曲折说得相当透彻明白。

二是署名权的概念并不明晰,幕主并非故意窃为己有。管同的《因寄轩文初集》有道光十三年(1833)邓廷桢刻本。管同自嘉庆九年(1804)起,游幕于安徽、河南、江苏等地,道光五年(1825)中举。后会试不利,终身未仕。道光六年起,入邓廷桢家塾课其子。邓廷桢与管同同学于姚鼐。管同家贫,早逝而子幼,道光十三年邓廷桢为管同刊刻文集,"余恐其遗稿散失,亟哀而刻之"。②邓廷桢所辑管同文集十卷,实际收录代作之文二十篇,并一一在标题中标出。除六篇之外,余十四篇皆代邓廷桢而作。除为友人作序外,皆为公务文章。其中有《徽州府汪氏祖墓祠碑》一篇加自著案语:"右予为邓中丞代作《汪氏祖墓祠碑》。其祖宗官爵名字,一本其子孙所记录,而多可疑者。龙骧将军,爵秩显矣,为是官何以又为会稽令?汉讳武帝名,彻为通,故蒯彻改为蒯通,后来之臣,安得敢以彻为名乎?王莽始封新都侯,既而定有天下之号曰新。东汉封侯,必不更以新都为号。大抵六朝以来,谱牒之书多附会,不足信。为人作文,不能斥其依托谬妄也。然而,辨不可少矣。自记。"③这些代笔之作邓廷桢亦辑入管同文集中。可见署名之事并非故意窃为己有。光绪中期徐宗亮辑《代言辑存》时显然已有明确的著作权意识,徐宗亮自序称:"代言本不宜存,譬市贾售物,既易价矣,犹诩诩指为己

---

① 《晚学斋文集》卷3《止泉先生外集后序》,第39页。
② 邓廷桢:《因寄轩文初集序》,《桐城派名家文集5 管同集吴敏树集》,安徽教育出版社2014年版,第160页。
③ 施立业点校:《因寄轩文二集》卷3《徽州府汪氏祖墓祠碑》,《桐城派名家文集5 管同集吴敏树集》,安徽教育出版社2014年版,第119页。

物，可乎？念自弱冠以还，佣书所至，稿成辄弃，不可尺寸计也。洎从合肥公湖广使府辟抚屏副宪时同幕相亲，规以留示儿辈程序，自是稍稍存录。殆游广西、龙江，举边机军要，是任奏牍遂多，兹类辑为四卷，暇一寻绎，觉山川人物邈若异世，聚散得失之感犹为未焉已。"①虽然作为幕僚，代作之文如商品已售，不能再认为是自己的东西，但是仍难以弃置不存，所以存录成卷作为回顾之资。

三是代笔水平参差不齐。赵之谦撰《悲盦居士文存》②所收多为代笔之作，其中有记文、书序、寿序等十五篇注明代撰。赵之谦（1829—1884）为咸丰九年（1859）举人，曾任鄱阳、奉新等知县，因师事李宗传而被目为桐城派，著有《六朝别字记》《补寰宇访碑录》《章安杂说》《勇庐闲诘》《张忠烈公（煌言）年谱》等著作，除此文存外，并无个人文集传世。张舜徽指出赵之谦"与李慈铭为中表兄弟，各以文章遨游公卿间，颇以名相轧。慈铭鄙其无学，至目为江湖游食之徒。……是集录文二十二篇，皆代人撰述者。惟《汪汉郊烬余集序》，乃代许庚身所作，余多不得主名，而皆寿序、碑志等应俗之文，虽不刻可也"③。对赵之谦代笔文评价不高。

四是对比自著之文与代笔之文的区别，也常有相当明显的不同，主要体现在细节的刻画和情致的生动感染力上。以管同所作二篇传文为例，《亡妹圹碣》系管同为妹管纯所撰铭文，《诰封夫人湖南巡抚陆公元配陈夫人墓志铭（代）》为代笔，传主为湖南巡抚陆耀夫人。节录二文主要部分如下：

《诰封夫人湖南巡抚陆公元配陈夫人墓志铭（代）》
后公为山东布政使，与巡抚国泰不相能，慨然欲弃官，夫人亦力赞成之。公以原官再起，擢巡抚，而遂卒。丧过汉口，鹾商以万金为奠，夫人命其子拒之，曰：汝父在时不受陋规，垂为家训，此何可受乎！居无何，鹾弊事发，惟陆公无所染。公既卒，家愈贫，

---

① 徐宗亮：《代言辑存》《自叙》，清稿本，安徽省图书馆藏《徐椒岑先生著述六种》本。
② 有清光绪十六年（1890）刻本。
③ 张舜徽：《清人文集别录》，华中师范大学出版社2004年版，第505页。

夫人使其子竭蹶完官项，有赙赠者，不以入私囊。又数年，其子得微员，始有禄以养亲，夫人诲之曰：官有大小，至为国为民则无异，汝其悉力尽职，勿以家为念。呜乎！人皆知陆公廉洁精勤，训子孙以清白，观夫人懿德嘉言如此卓卓，人既叹陆公之贤，而又多夫人能内助也。①

《亡妹圹碣》

……每当食，母烹饪，则妹执薪坐灶下，俟饭熟乃起。食毕，辄手携针线相随坐闺阃，而时出笑言以悦母。以是，家虽贫而母尚乐焉。及今年，江宁同知延予教子弟，予归益稀。二月某夜，忽梦妹双目白瞪，呼之不一应。醒而大恶之，急走归。归则妹患痘疹，不数日而死。其死时，正如予梦中所见状。然当妹初病时，恐母忧，犹日强欢笑。又以家贫，数戒家人勿市贵药。及其病笃将死，进以药，已气逆不可受。姊与予在旁，呼曰："吾尚未饭，待汝药而后饭。"妹遂强咽一匙而气绝。②

两篇文章皆叙事简净，完全是桐城派古文最典型的特点，前文却不如后文真挚感人，人物形象的生动程度及情绪之感人相差甚远。这与代笔与否显然也是相关的。

二 治生需求下的应酬文字

除幕僚因职业之需制作大量的奏疏序跋之外，作为著名官员、学者都会有许多应酬之作。应酬之作不仅是花间宴席或登山临水、远方寄怀的唱和应答，还包括相互为著作题跋写序。与人际交往相关又同时与金钱报酬相关的文字制作其实是墓志、碑铭、行状之类文字。尤其不是为亲友所作，而是因亲友所托为其父母或他人所作文字，多半是有报酬的。可是各种史料对这种报酬的状况记载相当少，但是据所见仍可推测大概。

---

① 施立业点校：《因寄轩文初集》卷9《诰封夫人湖南巡抚陆公元配陈夫人墓志铭》，《桐城派名家文集5 管同集吴敏树集》，安徽教育出版社2014年版，第83页。
② 同上书，卷9《亡妹圹碣》，第84页。

这类文章的价格悬殊极大，多半因人情往来而作。比如在清末，同为进士出身的学界名流叶昌炽、贺涛、王树枏所撰此类文字的价格就完全不同。光绪三十四年（1908），吴锴孙请贺涛为其父撰墓志铭，"赠二百金"①，即一篇墓铭的报酬是二百两银子。宣统三年（1911）八月初七日叶昌炽日记："前为某节妇撰传略，意在表扬，无所求也。今日忽贻润笔二十元，先为人除去中饱四元，骇极，不敢赘一词。天下有出钱买不是，又有讨好转招怪者，此类是也。"② 民国间，王道存请王树枏撰其先君墓志，"谢以金百元"③。从二百两至二十元，至一百元（一元约为银七钱），时间相去不远，金额变化很大，应该是润笔之额并无定例。叶昌炽、贺涛、王树枏三人的社会地位大致相当。叶昌炽进士出身，入翰林院庶吉士，做官至甘肃学政；贺涛也是光绪十二年进士，任刑部主事，主要在信都书院、莲池书院等名校讲学，弟子有成就者众多，声名显赫；王树枏与贺涛为同年进士，做官至新疆布政使，民国后为清史馆总纂，亦为当时名流。

此类文章虽非都是谀墓之词，但因数量巨大、格式雷同而广为诟病，尤其是为友人之亲属所作，并无直接交往，纯为应酬之作。碑铭寿序类应酬之作几乎在所有的文人集中皆大量存在。主要内容其实为所托之人提供，甚至详细写就，撰状之人只作修改或梳理组合，就史料价值而言自然是有记录之功，文学性却很难有精彩突出之处。道光二十五年（1845）梅曾亮曾为吴敏树父亲撰墓表，吴敏树上其先父行状以叙其生平，将梅撰墓表与吴撰行状二文对比就可知这种应酬文之低下。

吴敏树《先考行状》④ 是向梅曾亮提供撰墓表的背景材料，节其主要行迹如下：

> 府君始读书，即笃信宋儒之学，期必行之于身。尝扁于其塾曰"学四字"，而为之序以自励，取朱子淳熙入对时答人语也。为文章，

---

① 徐雁平整理：《贺葆真日记》，凤凰出版社2014年版，第147页。
② 转引古家编《日记品读》，人民日报出版社2012年版，第137页，叶昌炽《缘督庐日记》。
③ 徐雁平整理：《贺葆真日记》，凤凰出版社2014年版，第455页。
④ 张在兴点校：《吴敏树集》，《先考行状》，岳麓书社2012年版，第450页。

理致深厚，朴而不华。试有司，辄不利，年三十，尚困童子试中。时昆明钱公澧，为湖南学使，待士严。府君当入场，人拥失履，觅履乃复入。钱公怒其迟，退之，不令入。既而召之，府君叹曰："所以就试者，为进其身也。岂可受辱如此哉！"竟不入。而先大父年且老，家务多，府君遂弃举子业，佐大父治家，家益起。

……抑其行事，犹有能道者焉。吾乡家有赢谷者，多积头谷。头谷者，人质贷其谷，加息以偿，至来岁春夏闲，除其息，仍以本谷贷。而吾家所积头谷，盖盈万石矣。嘉庆癸酉之秋，府君与仲父谋曰："吾田产足可业也，而积谷又多，遂积而不已，以多财遗子孙，吾惧其为不义也。今岁颇不登，贷者艰偿，不如放之，此两利也。"仲父以为然，而所贷出谷万石，尽放出，不复收。然府君平时治家纤啬，不忍妄费一钱。人或疑其吝，及是放谷万石，一乡尽惊。有称颂于府君前者，则徐应之曰："吾年老力衰，计自逸耳。"然自后府君果益少事，唯观览书史自娱。尤喜钞书，积巨册，首尾端楷若一，无违误者。素善饮酒，乃益召诸昆弟欢饮，未尝至甚醉，酒后滋益恭。时时自锄菜畦，树瓜果，及课佣人治田，必尽其法。子孙读书，训课甚勤，不多望以进取。敏树年十七时，补县学生，训之曰："汝今为学校中士人矣。士者，行义必可观也，可不勉乎？"临终，戒子孙曰："愿后世不失为读书善人，富贵非所望也。"

梅曾亮据吴敏树行状所作《赠按察司照磨吴府君墓表》① 如下：

君讳达德，字怀新。明初自江西迁今湖南者，为君十四世祖，始著籍巴陵。至起家为富人者曰传经，生君及其二、季。尝应试，人践履不得前，吏前却之，径出，不再应试，专意于宋五子书，扁表其言，使出入见之座。事继母，待异母弟、弟妇嫠居者，及家子弟亲族少长，必隐度于恩义之平。人求贷必应，贷以讼必辞。开谕情事，使两息而后已。嘉庆十八年，县饥，出谷万石赈之，大惊其

---

① 梅曾亮著，彭国忠、胡晓明点校：《柏枧山房诗文集》，上海古籍出版社 2012 年版，第 316 页。

县人。君曰："吾自惟心计衰，冀少事耳。"暇则手写书史，自种菜果，课佣佃指授田法，时与诸昆弟欢饮，醉则益和而恭。道光五年正月二十日卒，年七十一。母胥氏，继母孙氏、李氏。配罗氏、徐氏。子友树、敏树、庭树。女一人。孙八人，曾孙十二人。以其年十一月五日，葬君于横板桥，直其家南十里。敏树以举人官教谕，曾亮见其文京师，以为能学归熙甫者也，状君行，请为之表。

尝以谓三代后，道德衰而游侠盛，然通财之义，固道德中所自有者也。以古之无甚贫富，而不以是为名高也，遂谓自游侠者倡之，儒者避其名，而不复权其义，世因以儒之行病不广大，岂所谓能宏道者乎？君学道人也，散万金不以概其心，是异夫儒而不利于物者。

具体来说，一是对原文进行了大幅缩写，细节缩至意思不清。如"尝应试，人践履不得前，吏前却之，径出，不再应试，专意于宋五子书，扁表其言，使出入见之座"。此句中，为何"吏前却之"简直不知所云。吴敏树之文原本很清楚，其父鞋子被人踩掉了，找到了鞋再进去，主考官钱澧因为他迟到不让他进去。省掉为何"却之"，很难读通。"扁表其言"，连表何言都不说明，根本不知传主扁之何意。二是缩写并未见文采。文笔简练至平淡干枯。最具传主性情的一句也仅是"暇则手写书史，自种菜果，课佣佃指授田法，时与诸昆弟欢饮，醉则益和而恭"。相当冷静客观。三是议论简而曲折。末段论传主在世时散谷万石之事，并非单纯赞颂，而是表达了多层意思，一层说上古三代之后儒家道德衰落了，二层说通财之义也是儒家道德应有之义，三层说儒家因避其名而不行通财之义，四是说传主能弘扬通财之道，不同于儒者。因文辞过简，再加上此处"道"与"儒"意义有交叉，道指儒家道德理论，儒指儒家人物和行事，不了解儒家对游侠的态度和对道德的理论，这个段落读起来是有些费力的。总体来说，这种应酬文字既体现了流派及本人之文风，也体现了其敷衍的态度。

影响创作的其他方面也很多，如官员、幕僚职业涉及国家政治、军事、外交、地理、吏治等方面的文章，山长塾师大量议论文章义法，以序跋等形式点评文章，皆属此类影响。当然桐城派文人与其他同行业士人在创作内容上并不会有什么不同，因为文章内容是由其社会生活内容决定的。

第二节 治生与桐城派学术研究

桐城派文人所治学术包括各个方面，经学、史学、诸子之学及晚末新学都在他们的用力范围。就成就而言，经学是成就最高的部分，也是从事者最多的领域。原因是科举需要。以四书五经为核心的科举考试使每一个士人都参与到读经之中，而一生中治经有所得，所谓"皓首穷经"也确是一些读书人的价值追求。治经既是学术、也是治生需要。治经为科举，功名为做官，治经也为教学之需，毕竟大部分的书院也承担着培养科举人才的重任，纯粹地讲授古文和任意学一才艺的书院基本是没有的。广州学海堂大约是唯一的例外。即使入幕为宾，也有替幕主编校经书的任务，代写文牍也一样要对儒家经典理论熟练至随手可掇。桐城派文人参加科举者多，经学著作也多。桐城派之名虽始于桐城人方苞、刘大櫆、姚鼐倡导的古文创作和主张，在清代主要被看作一个文学流派，但成就并不限于文学主张和创作的得失，经学研究是他们的研究成果最为集中的方面。因此对桐城派文人治生基础上的经学之况略作探讨。

一 桐城派经学成就概况

首先就经学而言，《诗经》学又是其中重要的部分。因以《诗经》为例，陈国安统计清代"二百余年间诗经学专门著述七百余种"[①] 是目前所见统计最大的数字。另有蒋秋华、王清信编《清代诗经著述现存版目录初稿》著录527种，蒋见元、朱杰人著《诗经要籍解题》附录"历代诗经研究书目"中清人著述615种。[②] 民国时撰成的《续修四库全书总目提要》收录以清为主历代《诗经》学著作466部，其中清代桐城派作家的《诗经》学著作25部。[③] 以此数量亦可见桐城派《诗经》学在清代学术

---

① 陈国安：《清代诗经学研究》，博士学位论文，苏州大学，2008年，第17页。
② 陈国安：《清代诗经学研究综述》，《苏州大学学报》2004年第5期。
③ 依据中国科学院图书院整理《续修四库全书总目提要》，中华书局1993年版。

中的大约分量。民国以来,梁启超《清代学术概论》《中国近三百年学术史》、张舜徽《清儒学记》、钱穆《中国近三百年学术史》、皮锡瑞《经学历史》《经学通论》、周予同《中国经学史讲义》等,皆论及清代经学。对桐城派的经学,清代许多学者评价颇低,民国以后略有改变,各种学术史著作逐步趋于客观,对桐城派的经学成就的重新认识已在进行中。需要说明的是,经学成就与治何业无关,只要是参加举业,皆需学经,治经如何是个人的事,与自己所处圈子及个人之志有关。

其次,桐城派的经学成就并未得到完整准确的评价。桐城派一直只是被看作古文流派,经学未得评价,即使偶尔评及,也大多泛泛而论,以他们学问空疏、空谈义法为论调,自清以来对桐城派诸家的经学评价多以批评为主,批评内容主要有三方面:一是重艺而非道;二是讥古文家多空疏无学;三是缺乏论断,欺世盗名。

第一种批评发自戴震,认为桐城派所宗之司马迁、班固、韩愈、柳宗元都称是传道,不是显示文艺,可是这些人的文章:"以云道,道固有存焉者矣,如诸君子之文,亦恶睹其非艺欤?"① 由于戴震认为学问分为三类:理义、制数、文章,而文章之学是等而末的部分,所以对桐城派所宗的文以载道并不能认同,如果肆力于古文,必是求道之本方可,否则在戴震看来仍是艺。

第二种批评是桐城派学术在清代一直地位较低的主要原因,多认为他们空疏无学,持此意见者甚多。钱大昕从批评方苞不懂古文之义法论及其不读书:"因吾兄言,取方氏文读之,其波澜意度,颇有韩、欧阳、王之规模,视世俗冗蔓犹杂之作,固不可同日语。惜乎其未喻乎古文之义法尔……昔刘原父讥欧阳公不读书,原父博闻,诚胜于欧阳,然其言未免太过。若方氏乃真不读书之甚者。吾兄特以其文之波澜意度近于古而喜之,予以为方所得者,古文之糟粕,非古文之神理也。"② 评方苞无学问之说,在当时似是广泛认识。如全祖望认为方苞能兼经术和文章,且能为斯世斯民之重,然而"世称公之文章万口无异辞,而于

---

① 戴震:《戴震集》,《与方希原书》,上海古籍出版社2009年整理本,第189页。
② 钱大昕:《与友人书》,《嘉定钱大昕全集·潜研堂文集》,江苏古籍出版社1997年整理本,第575—576页。

经术不过皮相之若"①。直到清末学者李慈铭亦有类似之评，且认为方苞不仅经学浅薄，还转诋汉学诸家，不自知与钱大昕的学术差距："至惜抱经学甚浅，为同时汉学诸儒所轻，因循而尊宋儒，贬斥惠定宇、戴东原、朱石君诸君子；至自夸其笔记中所论史学，谓足与钱辛楣相匹，且以与袁简斋素好，谓浙中可与竹垞、西河抗衡，则不识轻重之言矣。"②至民国时期，梁启超甚至认为桐城派开派诸人虽然人品不错，但文章造作，学术空疏，在清代学术界可以置之不论："平心论之，'桐城'开派诸人，本狷洁自好，当'汉学'全盛时而奋然与抗，亦可谓有勇。不能以其末流之堕落归罪于作始。然此派者，以文而论，因袭矫揉，无所取材；以学而论，则奖空疏，阏创获，无益于社会。且其在清代学界，始终未尝占重要位置，今后亦断不复能自存，置之不论焉可耳。"③梁启超对桐城派方东树的《汉学商兑》褒扬有加，认为是"清代一极有价值之书"，原因只是此书向当时处于极盛时期的汉学进行批判，在梁启超看来是"一种革命事业"，而《汉学商兑》为宋学辩护的迂旧之处仍是其弊。

民国初年也是第三种批评产生的时间，如刘师培将刘大櫆之外所有桐城古文家都作为借宋学欺世盗名的伪道学家，称"凡桐城古文家，无不治宋儒之学以欺世盗名，惟海峰稍有思想"④。民国初年的《清代野记》载有桐城派晚期道学家方宗诚贪诈之事十余条，末以"京师谚云，黄金无假，道学无真"为总结，成为清代道学家伪道而实贪之名的重要论据，也成为对桐城派学者进行人品道德攻击的重要文本。这一时期桐城派得到的评价可谓史上最低。

二 桐城派学术水平的客观评价

对桐城派经学成就全面否定有其内在原因。一是经学上的汉宋相争时，汉学家往往对桐城派宗宋的学者有不客观的个人学识及道德方面攻

---

① 全祖望：《鲒埼亭集》，《前侍郎桐城方公神道碑铭》，文海出版社1988年版，第705页。
② 李慈铭撰、由云龙辑：《越缦堂读书记》，中华书局1963年版，第1052页。
③ 梁启超：《清代学术概论》，上海古籍出版社1998年版，第109页。
④ 刘师培：《论文杂记》附注，《刘师培中古文学论集》，中国社会科学出版社1997年版，第239页。

击。二是桐城派学者自身学术上的缺陷,如考证粗疏,缺乏论断。三是由于清末民初对传统学术的全面反思浪潮的裹挟。事实上在对桐城派学者具体的一书一人或一论评价之时,往往有极肯定和精彩的评述,如清末学者李慈铭《越缦堂读书记》,梁启超著于1924年的《中国近三百年学术史》及三十年代钱穆同名著作,1931年至1945年间陆续撰成的《续修四库全书总目提要》,1938年刻成的徐世昌等编《清儒学案》等。《越缦堂读书记》和《续修四库全书总目提要》继承《四库全书总目》的叙录方式,对涉及桐城派学者的著作多为客观陈述。《清儒学案》涉及桐城派学者较多,多陈述成果及思想之事实,偶有评论,亦客观谨慎。梁、钱二著对桐城派多有不屑之论,然实际在论及单著时亦多有肯定。另一原因是当时对桐城派学者范围的界定并不明确。如梁启超并未认为马瑞辰为桐城派。实际上马瑞辰师承张惠言受古文法,不仅是桐城派,亦是桐城籍,为桐城派核心人物之一。只是其人经学成就远高于文学成就,大多评述忽略其桐城文派背景。同样,钱著为曾国藩设专章论述,多有肯定赞许,而断未将他作为桐城派学者。而方东树作为桐城派学者,有附传列于焦循、阮元传后。因此就这一时期的评价来说,因范围的不确定,对桐城派学者的评价显示出偏颇。而对一书一论来说,则逐渐客观公正。尤其是给予了桐城派学者部分学术成就在清代学术中的极高地位。方苞《朱子诗义补正》、邓廷桢《诗双声叠韵谱》、马瑞辰《毛诗传笺通释》、尹继美《诗管见》、程晋芳《毛郑异同考》、孔广森《诗声类》、方宗诚《说诗章义》、王先谦《诗三家义集疏》等三十余部著作得到了肯定评价乃至较高评价。其中尤以马瑞辰、王先谦得到评价最高。如今人蒋见元评马瑞辰认为"清儒治《诗》三大著作中,陈奂《诗毛氏传疏》恪守《毛诗》,王先谦《诗三家义集疏》偏向三家诗,只有马瑞辰此书不立门户,兼收并蓄"[①]。王先谦《诗三家义集疏》宗今文三家诗说,成见甚深,但在"遇到《毛诗》说显然胜过三家诗说之处,王先谦却能相对地持实事求是的态度"[②]。肯定毛诗之义。

---

① 蒋见元、朱杰人:《诗经要籍解题》,上海古籍出版社1996年版,第114页。
② 中国科学院图书馆整理:《续修四库全书总目提要》,中华书局1993年版,第130页。

三 《汉学商兑》的争议

桐城派经学最重要的著作，以方东树在阮元幕府时所著《汉学商兑》为代表。职业在这里只是提供了一个稳定的治学环境。方东树自嘉庆二十四年（1819）应两广总督阮元聘入幕，至道光五年（1825）离幕，期间参加纂修《广东通志》及授经，后著成《汉学商兑》《书林扬觯》。《汉学商兑》引起极大争议。

方东树著《汉学商兑》，自言意在纠汉学之谬，当时两广总督阮元在广州大量刊刻汉学家著作，尤以江藩《国朝汉学师承录》《宋学渊源记》影响颇大，对宋学尤其是桐城派诸家轻视，方东树遂作此书以攻击汉学："为汉学者，惟取汉儒破碎，穿凿谬说，扬其波而汩其流，抵掌攘袂，明目张胆，惟以诋宋儒攻朱子为急务，不知学之有统，道之有归，聊相与逞志以骛名而已。吾尝譬之经者，良苗也。汉儒者，农夫之勤畜畚者也，耕而耘之，以殖其禾稼。宋儒者，获而舂之，蒸而食之，以资其性命，养其躯体，益其精神也。"① 书成后，方东树上书幕主阮元，阮元并未表态："时先生授经幕府，以书上之。文达（阮元谥号）始不悟，晚年乃致书称先生经术文章信今传后。"② 最重要的是，方宗诚称此书之成使汉学衰熄："盖自先生书行，而汉学家诋诬程、朱之风始渐熄矣。"③

朱维铮将方东树著此书的目的总结为为保饭碗而捍卫宋学："倘说《汉学师承记》获阮元推崇，已引出方东树的妒火的话，那么《宋学渊源记》的继刊，引出的便是他的怒火。这不难理解。试想，假如江藩将桐城诸老摈斥于'国朝宋学'之外的策略奏效，那么方东树辈自命'正学'而藉以为官作幕的'谋食'术，岂不从此失灵？谁都知道，中世纪晚期热衷趋附权贵的所谓道学夫子，早如顾炎武所讥，把'知耻'置之度外，他们最痛恨的是有人染指其饭碗。何况江藩此书意在砸掉其饭碗。于是

---

① 方东树：《汉学商兑叙》，任继愈主编《中华传世文选·晚清文选》，吉林人民出版社1998年版，第116页。
② 方宁胜、杨怀志点校：《柏堂集》前编卷7《仪卫先生行状》，《桐城派名家文集9方宗诚集》，安徽教育出版社2014年标点本，第57—58页。
③ 同上书，第58页。

方东树感到忍无可忍，决意写一部书，不顾江藩著书已是针对姚鼐骂倒'朴学'的回应这一事实，更反噬其著书目的'以辟宋儒、攻朱子为本'。"①

再看看方东树的谋食术及生活状况。朱维铮称："方东树虽以姚鼐弟子的缘故，奔走权门，未受白眼，但仅充食客而已。"② 实际情况并非完全如此。方东树曾祖方泽，乾隆优贡生，做过八旗官学教习，门人有姚鼐，且为方泽做过墓志铭。祖父方训，未得功名，父亲方绩为县学生。方东树少为县学生，成年后学于姚鼐，四十以后不专心诗文，而是穷究义理。一生客游为食，达五十年，晚年回到家乡居住十一载授徒自给，"终窭且艰"③。道光二十四年（1844），姚莹赴川前，还曾资助方东树数百两银，方东树很快归还。方东树自陈以苦行磨砺学术，认为"天下万事万物，莫非实理所结，必刻砺苦行，精勤勇猛，体诸人伦日用之间，验于心术隐微之地，期灭人欲于净尽，而反天理之自然，乃实学也"④。道光年末受唐鲁泉邀，赴祁门东山书院主讲席，咸丰元年（1851）卒。方东树赴祁门时，已年近八十，若非贫困至极，当不至于远行。

从有关方东树的记载来看，确看不出有幕主给予冷遇，是否"权充食客"则值得探讨。从方宗诚所撰方东树行状来看，方东树亦关心大政，好言国事，与公卿交则畅言无隐。其中道光十一年在安徽巡抚邓廷桢幕时，急以身家担保，使桐城县令杨大缙未能出兵镇压民变。道光十八年，在两广总督邓廷桢幕时，著《匡民正俗对》，力劝禁烟。后又劝邓廷桢杀英夷公司领事义律，以绝后患，邓未能从。方东树又再上《病榻罪言》痛陈英人之祸，论制夷之策，皆不用。时邓廷桢惧挑起祸端，所以并不敢先杀英人。方东树所论并不高明，但也并未仅充食客。至阮元幕，同时在幕文人亦多，多做经史著述之事，方东树实际并不平庸。在阮幕中，兼为学海堂阅课卷，并作范文多篇，收于《学海堂集》中。嘉庆十六年

---

① 朱维铮：《清学史：汉学与反汉学一页（上）》，《复旦学报》（社会科学版）1993 年第 5 期。
② 同上。
③ 方宁胜、杨怀志点校：《柏堂集》前编卷 7《仪卫先生行状》，《桐城派名家文集 9 方宗诚集》，安徽教育出版社 2014 年版，第 58 页。
④ 同上。

(1811)在江宁太守幕中分纂《江宁府志》,嘉庆二十四年(1819)在两广总督阮元幕纂修《广东通志》,道光十八年(1838)在粤海关监督豫堃幕纂《粤海关志》。方东树在广东期间还曾执教廉州海门书院、韶州韶阳书院,在安徽也曾执教过庐州庐阳书院、亳州柳湖书院、宿松松滋书院、祁门东山书院,多为州府级书院,仅凭一诸生资历毫无学术想"混口饭吃",显然不大容易,即使是为混口饭吃而著史传经,也算是兢兢业业,是否杰出则各有分说,并无定论。

从《汉学商兑》一书的传播影响看,方东树从弟兼弟子方宗诚对《汉学商兑》传播贡献最大。《汉学商兑》的影响与方宗诚不遗余力的推崇有关。方宗诚为学者夏炘写序时说:"曩余于近世儒者撰述,最服膺吾师从兄植之先生《汉学商兑》、湘乡罗忠节公《人极衍义》《西铭讲义》、吾友方鲁生《性述》,皆确有当於圣贤翼道之心。"① 同治年间在写给闽浙总督吴棠的信中又说:"承示《汉学商兑》《书林扬觯》二书,实为我朝二百年来学术中流之砥柱,任为刊行天下,后世皆受其赐,岂惟宗诚一人感激耶!……此书定汉学、宋学一大公案,为朱子之功臣。我朝稽古右文,尤尊崇朱子。今我公表章此书,实足以赞助王化,刊成之后,具疏进呈。"② 此书原有道光本刊于粤东,同治六年(1867),方宗诚与方东树之孙方涛作《刊误补义》校正《汉学商兑》及《书林扬觯》二书,写成清本,又与吴廷栋在金陵校对无讹后,求曾国藩寄给闽浙总督吴棠,吴棠"深佩其有补于道教"③,携其稿至四川,陆续刊成。方宗诚扩大此书影响的手段很明显,不仅在自己的文人和官员圈子中称赞介绍此书,也通过进言让地位高级的官员刊刻,又将此书大旨与国家倡导的思想意识形态捆绑以自重。

方宗诚之外,方东树好友姚莹对此二书亦表扬有加:"植之尝为《汉学商兑》矣,以近世汉学诸贤妄毁宋儒且诬圣道故,力申考辨,而圣道以明。又尝为《书林扬觯》矣,以无识之人妄事著书,故详言古人不肯

---

① 方宁胜、杨怀志点校:《柏堂集》续编卷2《编次夏氏三书敍》,《桐城派名家文集9方宗诚集》,安徽教育出版社2014年版,第220页。
② 同上书,外编卷9《复吴仲宣制军》,第936页。
③ 同上书,后编卷3《校刊汉学商兑书林扬觯叙》,第491页。

苟作与夫不得已而有作之旨。是二书者，可谓精于立言矣。"①

张舜徽评方东树之学较为中立，认为方东树还是有学问的，但文笔犀利以气凌人，所以招人嫉恨："余早岁读其所著《汉学商兑》，喜其言议骏快，文笔犀利，箴肓起废，足矫乾嘉诸儒之枉。虽执论稍偏，不可谓非雄辩之士。而李慈铭《越缦堂日记》中数讥切之，至目为愚而无用。今观集中文字，如文录卷三《吴康甫砖录序》、卷四《复罗月川太守书》《上阮芸台宫保书》诸篇，每论一艺，悉能道其源流得失，洞见底蕴。是岂于问学一道，全未问津者乎？惟其文骏快有余，含蓄不足，有时肆口詆讥，以气凌人，而不能以理服人。虽欲补偏救弊，夫谁与受之。适足以招致嫉忌而已。斯又东树一生疾痛所在也。"② 朱维铮言及方东树虚龄六十回到故乡，在安徽巡抚邓廷桢幕，"邓廷桢号称'绩学好士，幕府多名流'，其实没什么学问，附庸风雅而已"③。但刘声木曾评邓廷桢"肆力于诗古文词及古音韵学，所得尤深"④。实际上音韵之著有邓廷桢《诗双声叠韵谱》，李慈铭认为此著"以骈俪言音韵之学，源流深邃，裁制精工，亦近世之名篇也"⑤。似乎进士出身的邓廷桢不能算是附庸风雅之徒。

民国之后对《汉学商兑》批评最力者有钱穆，今人则以漆永祥为最厉。钱穆对《汉学商兑》的学术功力持批评意见，认为"以造诣言之，则文史通明不如实斋，经义湛密不如兰甫，识趣深细不如周生，而惟以纵横排奡见长"⑥。称方东树不如章学诚（实斋），不如陈澧（兰甫），不如许宗彦（周生），在他对方东树《书林扬觯》一书评价时亦同："大率其书上不逮章实斋《通义》，下不及陈兰甫《学思录》，而风格差近。要其在汉学极盛之时，努力欲创一新趋，虽识解未深，魄力未宏，而颇有平坦浅易处，可以绳当时汉学病痛者。"⑦ 钱穆还是肯定了方东树所指出的汉学之弊。

---

① 姚莹：《东溟文后集》卷10《方植之金刚经解义十种书后》，《桐城派名家文集6 姚莹集》，安徽教育出版社2014年版，第311—312页。
② 张舜徽：《清人文集别录》，华中师范大学出版社2004年版，第331页。
③ 朱维铮：《中国经学史十讲》，复旦大学出版社2002年版，第128页。
④ 刘声木撰、徐天祥点校：《桐城文学渊源撰述考》，黄山书社1989年版，第170页。
⑤ 李慈铭撰、由云龙辑：《越缦堂读书记》，中华书局1963年版，第581页。
⑥ 钱穆：《中国近三百年学术史》，商务印书馆1997年版，第576页。
⑦ 同上书，第577页。

漆永祥则通过对《汉学商兑》成书过程和内容的考察，认为此书因门户之见而成，只是一部谩骂之作，学术上毫无成就："方东树学宗程朱，排斥他学，有极深的门户之见，加上他轻言易忿、好战斗狠的性格，致使全书充斥着诟詈谩骂之词，令人难以卒读。全书虽征引繁富，但多出于二手材料，只是一部抄撮斗凑、大言自壮、毫无新见的百衲篇。后人谓《商兑》出而汉学熄，并起到了汉宋调和的导向作用，但事实是汉学衰微等与《汉学商兑》并无任何的直接关联。"① 漆文所指《汉》书毛病确有，其中说到以二手材料来论证似乎是拿今人的学术规范来绳古，古人所作传疏不指出处十分常见，即指明朱子云、胡广云，那也不说版本，与原文的文字有出入是十分常见之事。

综合来说，这部在清代学术史上有盛名的出于桐城派文人的经学著作，在学术价值上迄今仍存在争议。它完成于方东树游幕期间，出于学术之争，又充满义气。通过这个个案可以看到的是治生过程与著经的关系：提供著经者生存的环境；提供著者学术思想形成和斗争的话语空间；提供经学著作的接受者及传播的渠道。当然，到底如何撰述，采取何种思想倾向，与物质利益的关系并不明晰，只取决于个人学习研究的道路。宋学家有饭吃，汉学家也一样游幕教书或做官。且桐城派文人中钻研汉学者并不少，程晋芳《诗毛郑异同考》、徐昂《诗经今古文篇旨异同》《诗经声韵谱》《诗经形释》邓廷桢《诗双声叠韵谱》、孔广森《诗声类》、高澍然《诗音》、王树枬《尔雅说诗》、尹继美《诗地理考略》等皆然。

第三节　治生与桐城派形成的关系

民国时刘声木在其《桐城文学渊源考》中收录了1223人作为桐城派的源流，可谓壮大。至于何以成派，郭绍虞曾说："即因桐城文人之文论有其一贯的主张之故。"② 但是显然这一千多人并非真的有始终一贯的主张，因此郭绍虞又说："不过宗派既立，途辙归一，末学无识，竞相附

---

① 漆永祥：《方东树〈汉学商兑〉新论》，《文史哲》2013年第2期。
② 郭绍虞：《中国文学批评史》，百花文艺出版社1999年版，第310页。

和，当然也不能无流弊。所以吴敏树《与筱峰论文派书》即已不满曾国藩流派之说，而后王先谦、李详诸人也均不以宗派之说为然。"① 他认为从文学批评而言，桐城文人确有一贯的主张与共同标的，即古文义法之说。概括出历史的或文学的规律性自然是研究者都力图达到的目的，实际上被总结成的体系周全的规律往往偏离真实。细读桐城派代表作家的文集，风格差异之大，简直不能当作一派来看。再考这个在文学史上不断被建构得体系周密庞大的流派，建构者既按师承、又按主张来划定，又有不按师承、不依主张的情况。因流派而形成的圈子也直接影响了他们的相互评价，造成了流派的弊端。

一 桐城派诗文风格的差异

桐城派的诗文，不同作者风格不同，简直不能当作一派来看。以桐城三祖方苞、刘大櫆、姚鼐，姚门六大弟子、曾国藩及曾门四弟子以及其他桐城派重要作家张惠言、吴德旋、朱仕琇、马其昶、姚永概等人古文及诗歌进行对比，来分析桐城派主要作家文学风格的差异，详情见表：

桐城派主要作家诗文风格对比表②

作家	诗文风格	诗文著作
方苞	其为古文，取法昌黎，谨严简洁，气韵深厚，力尚质素，多征引古文，择取义理于经，有中心恻怛之诚；尤精义法，言必有物有序，能自出机杼。论文不喜班孟坚、柳子厚，尝条举其短而力诋之	《望溪文集》十八卷、《集外文》十卷、《集外文补遗》二卷。几乎不作诗，仅存十余首，且不佳
刘大櫆	所为诗、古文词，才高笔峻，能包括古人之异体，熔成其体。雄豪奥秘，挥斥出之，其才有独异，而斟酌经史，未尝一出于矩矱之外。方苞称之为今世韩、欧	《海峰诗集》十一卷、《文集》八卷、《论文偶记》一卷

---

① 郭绍虞：《中国文学批评史》，百花文艺出版社 1999 年版，第 312—313 页。
② 诗文风格的评述取自刘声木《桐城文学渊源撰述考》。此书之评述亦辑自他书，如原文之序跋、《清史稿》、地方志、《四库全书总目》《桐城耆旧传》《桐旧集》《国朝先正事略》《国朝文汇》《皇朝文献通考》等，为较通行之评价。刘声木与桐城派较有渊源，所选录评价总体偏正面。

续表

作家	诗文风格	诗文著作
姚鼐	为文高简深古，才敛于法，气蕴于味，尤近司马迁、韩愈。诗亦有标格，正而能雅，劲气盘折，能以古文义法通之于诗。论文根极于性命而探源于经训	《惜抱轩文集》十六卷、《文后集》十二卷、《古文辞类纂》四十八卷
梅曾亮	为文义法一本之桐城，稍参以归有光，精悍简质，清夷往复，独深于性情，实有精到处，能窥昌黎门径。其胜处最在能穷尽笔势之妙，磐控纵送，无不如志。其修词愈于方、姚诸公。诗亦天机清妙	《柏枧山房文集》十六卷、《文续集》一卷、《骈体文》二卷、《诗集》十卷、《诗续集》二卷
管同	苦心孤诣，淹贯群言，好为深湛之思。其文雄深浩达，简严精邃，曲当法度，规模庐陵。诗亦缔情隶事，创意造言，得苏黄之朗峻	《因寄轩诗集》二卷、《文初集》十卷、《二集》六卷、《补遗》一卷、《皖水词存》
刘开	其为文天才宏肆，光气煜熻，能畅达其心之所欲言。然气过嚣张，类多浮词，与姚鼐简质之境悬绝。其文飘忽而出奇，博辩驰骋，光气发露，不可掩遏，体兼众妙而能事各呈。诗颇雄杰独出，其才气甚壮，然实响多而实力少	《孟涂诗前集》十卷、《诗后集》二十二卷、《遗诗》二卷、《文集》十卷、《骈体文》二卷
方东树	为文好构深湛之思，醇茂昌明，言必有物，穷源尽委，沉雄坚实，无不尽之意，无不尽之词，不尽拘守文家法律，诗则用力尤至，沈著坚劲，卓然成家	《仪卫轩文集》十二卷、《外集》一卷、《诗集》六卷、《昭昧詹言》十卷
姚莹	其文渊源家学，铺陈治术，晓畅民俗，洞极人情得失，论天下慷慨有大志，原本性情，自抒心得，不假依傍，不为空谈，虽博辩驰骋，才气横溢，长于论事，拙于记叙	《中复堂全集》九十八卷
陈用光	为文必扶植理道，缘经术为义法，和平至足，若无意为文者。诗亦自抒性真，语必己出。为文义法谨严，言有体要，淡而弥旨，气韵胚胎欧、曾。诗则自抒胸臆，性情和厚，书味融溢，均可于诗中见之	《太乙舟文集》八卷、《诗集》十三卷
张惠言	研精经传，取法于韩、欧阳两家，变大櫆之清宕为渊雅，文格与姚鼐为近，首倡桐城文学于常州，所为赋恢闳绝丽，高辑班扬；他文则空明澄澈，不复以博奥自高	《茗柯文》五卷

续表

作家	诗文风格	诗文著作
吴德旋	一意宗法桐城,深求力索于子长、退之之义法。其论文专主于法,以为文之不可不讲于法。为文优柔恬淡,洁而不鞠,屈而不突,议论有根据,深造自得,几于自然。诗亦澹雅绝俗。姚鼐称之为善学韩文	《初月楼文钞》十卷、《文续钞》八卷、《诗钞》四卷
朱仕琇	其文体格极正,宁艰涩而不肯不工,宁晦滞而不肯不奥;专于炼句炼字,雕琢太过,往往意为辞累,虽刻意学韩,终有斧凿痕。 其文娴于周、秦、西汉诸子及唐、宋、元、明诸大家,功候最深。惜其经史均无所得而实用少,虽抗心希古,思深悟锐,其才杰然足以自树,为文不懈而及于古,雕章琢句,上仿《法言》,下慕柳州,而笔性滞钝,能沉着而不能轩鬐。壮岁刻意学韩,纵义法不谬,不免斧凿痕,未臻淳清冲淡极自然之境,尚属一间未达。晚年文从字顺,渐近自然,神到之篇亦自入妙,罕见巨制,多见诸书札寿文,惟自加品评,夸诩太过	《梅崖居士文集》三十卷、《外集》八卷、《诗偶存》一卷
曾国藩	论文私淑方苞、姚鼐,自谓粗解古文由姚鼐启之。为文研究义理,精通训诂,以礼为归;创意造言,浩然直达,喷薄昌盛,光气熊熊,意欲效法韩、欧,辅益以汉赋之气体,实文家至难得之境。 论文宗旨近祖姚鼐,远祧归有光。为文义法取诸桐城,益闳以汉赋之气体,亦颇病宗桐城者之拘于绳尺。 诗主昌黎、山谷,词章崭新而不蹈袭故常	《曾文正公全集》,包括《奏稿》三十卷、《书札》三十三卷、《十八家诗抄》二十八卷、《经史百家杂抄》二十六卷、《批牍》六卷、《文集》四卷、《诗集》四卷、《鸣原堂论文》两卷、《求阙斋读书录》十卷、《求阙斋日记类钞》二卷等
黎庶昌	古文恪守桐城义法,简练缜密,颇得坚强之气。 肆力古文辞,如饥渴之于饮食,精心探索,直造幽微。大旨宗法方、姚,法度谨严,简练缜密,研事理,辨神味,以曾国藩为师,而雄直之气得自天授	《拙尊园丛稿》六卷

续表

作家	诗文风格	诗文著作
薛福成	好为古文词，演迤平易，曲尽事理，尤长于论事、记载，不徒为高论，切于当世之用。 喜言古文，吴汝纶讥其策论气过重，切中其弊，最为精觉；福成亦谓汝纶与裕钊标榜为文，本属至善，因此失欢	《庸庵全集》四十五卷
张裕钊	深嗜左氏、庄周、司马子长、韩退之、王介甫之文，昕夕讽诵，以究极其能事。其为文典重肃括，简古核练，一生精力全从声音上著功夫，声音节奏能应弦赴节，屹然为一大宗。其文以柔笔通刚气，旋折顿挫，自达其深湛之思，并以经术辅之	《濂亭文集》八卷、《遗文》五卷、《遗诗》二卷
吴汝纶	其好文出天性，周秦古籍、太史公、扬、班、韩、柳，以逮近世姚、梅诸家之书，丹黄不去手。其为文深邈古懿，使人往复不厌	《吴先生文集》四卷、《诗集》一卷、《尺牍》七卷
马其昶	为文思深辞婉，言虽简而意有余，幽怀微旨，感喟低徊，深造自得	《抱润轩文集》二十二卷
姚永概	其为文气专而寂，澹宕而有致；不矜奇立异，而言皆衷于名理；虽崛强，有俊逸之致。 其文纡回蓄缩，务使词尽意不尽，以致词意俱不尽，此桐城文派家法，永概文允称嗣音	《慎宜轩诗集》八卷、《文集》八卷

从上表的对比可得出，他们古文风格各异，大致可分为四类：第一类以简洁、平淡为主，如方苞简洁深厚，姚鼐简而高古有味，梅曾亮简而精悍，黎庶昌简练缜密，张裕钊简核典重。这些作者的文章追求文笔干净简练，但仍有不同的风格。第二类以清雅恬淡为主，如陈用光淡而弥旨，吴德旋优柔恬淡，薛福成平易尽事。第三类以雄壮博肆一类，如刘大櫆才高笔峻，管同雄深浩达，刘开飘忽多奇，姚莹慷慨横逸，曾国藩浩然直达。第四类以曲折深婉为主，如朱仕琇艰涩曲折，吴汝纶深邈古懿，马其昶思深辞婉，姚永概迂回俊逸。

实际上每个人的文章风格并不能绝对一以贯之，且并不能完全以一二词语概括周到，此处只取其主要文风。其中第一、二类风格接近，但是与第三、四类完全不同。尤其是第三类诸人，当时就有评论言之与桐

城派诸家差异显著。如管同之文。邓廷桢评管同:

> 盖自宋以后言文者,约有数派,司马子长之文雄阔而澹远,得其淡远者欧阳庐陵也,而归熙甫继之,董一、刘子政之文浑噩朴茂,曾子固、朱文公取之,苏长公取《国策》《庄子》,而参以班孟坚,明允之文峻厉严切,甚侣贾生,其原出于韩非、荀子,能学孟子者,惟昌黎而已。长公之学盛于南宋,而师明允者甚少。学庐陵而兼子固者方望溪侍郎,学庐陵而兼长公者刘海峰学博也,然皆不及熙甫。姚先生文师庐陵而上溯子长,故与熙甫皆神似庐陵,而不以兄也。异之学于姚先生而文侣明允,其平居亦未尝诵法宋人,独好贾生文,不好明允而好贾生,所以能明允,与师姚先生之文而不袭其派,此先生所以以文事深许与?①

即邓廷桢认为姚鼐学欧阳修而上溯司马迁,与归有光相同,神似欧文。而管同学于姚鼐,但文章同苏洵,因独好贾谊之文,而能为苏洵之文,与姚鼐之文并不相同。姚鼐认为管同"以为得古人雄直气",称赞管同"诸文体格已成就,足发其才,所望学充力厚,则光焰十倍矣。智过于师,乃堪传法,需立志跨越老夫,乃为豪杰耳"②。刘开之文如上所述,天才宏肆,气息嚣张,更与其师姚鼐不同:"师事姚鼐,尽授以诗、古文法,名虽居姚门四杰之一,实不能尽守师法。"③从各人所宗之文家来说,桐城派主要宗韩愈、欧阳修,或上溯至司马迁《史记》文、先秦古文。然又有区别,如方苞不乐于班固、柳宗元文,而吴汝纶师多家。

另外,以诗歌风格来说,桐城派多学苏轼、黄庭坚,但仍有各种不同表现。如方苞几乎不作诗,无诗才。梅曾亮诗清妙,管同诗朗峻,刘开诗雄杰,陈用光诗和厚,吴德旋诗澹雅。又如方宗诚的说理

---

① 施立业点校:《因寄轩初集序》,《桐城派名家文集5 管同集吴敏树集》,安徽教育出版社2014年版,第160页。
② 姚鼐:《因寄轩文二集卷首姚鼐函》,《桐城派名家文集5 管同集吴敏树集》,安徽教育出版社2014年版,第161页。
③ 刘声木撰、徐天祥点校:《桐城文学渊源撰述考》,黄山书社1989年版,第159页。

诗无诗趣至极，连篇累牍，与其文的净洁明利差别甚大，属于以文为诗过甚。总之，桐城派中诗文风格多样，显然是否属于桐城派并非以文论或文风来论。

二 桐城派文统的形成与不认同

桐城派的形成和对其成员的认定（即文统建构）可以从三个关键点来考察。一是姚鼐所撰《刘海峰先生八十寿序》，陈平原指出姚鼐以此文构建了桐城派文统。先是方苞激赏刘大櫆，而姚鼐幼年从学于刘大櫆，且以方苞直接追述归有光，由姚鼐此文说明完成。"说桐城文派，不从康熙年间的方苞说起，而是选择乾隆年间的姚鼐，那是因为，作为关键人物，姚鼐以方接归，以刘接方，然后把自己放到刘的后面，于是成为井然有序的文派；除此之外，姚鼐还编了《古文辞类纂》，以归有光接唐宋八大家，这样一来，整个中国文学史就'血脉贯通'了。这个建构文统的过程，是一步步完成的"①。

二是曾国藩《欧阳生文集序》主要梳理姚鼐之后桐城派的流裔。此文构建的桐城派文统情况是：姚鼐慕效方苞，又受法于刘大櫆及姚范，方、刘、姚得到"天下之文章，其在桐城乎！"的称叹，于是桐城派之称有之，学者多归向。姚鼐传人有管同、梅曾亮、方东树、姚莹四位高第弟子，弟子又各传授不绝。桐城有方东树传戴钧衡。姚鼐未列籍弟子江西有鲁仕骥、江苏有吴德旋。鲁又传陈用光、吴嘉宾，陈用光传本族弟子陈学受、陈溥，江西遂有桐城派。吴德旋传广西吕璜，吕传朱琦、龙启瑞、王锡振，广西遂有桐城派。而湖南吴敏树称述姚鼐之文，笃好不厌，与杨彝珍、孙鼎臣、郭嵩焘、舒焘、欧阳勋等人共传。所传之道，曾国藩概括为："姚先生独排众议，以为义理、考据、词章，三者不可偏废。必义理为质，而后文有所附，考据有所归。一编之内，惟此尤兢兢。当时孤立无助，传之五六十年。近世学子，稍稍诵其文，承用其说。道之废兴，亦各有时，其命也欤哉！"②

---

① 陈平原：《文派、文选与讲学——姚鼐的为人与为文》，《学术界》2003 年第 5 期。
② 曾国藩：《欧阳生文集序》，任继愈主编《中华传世文选·晚清文选》，吉林人民出版社1998 年版，第 80 页。

三是刘声木《桐城文学渊源考》构建的全面文统。此书所成较晚，清末庐江人刘声木（1878—1959）从二十岁时起，历三十余年，"搜书遍皖、苏、赣、浙、楚、湘、鲁、燕、闽、广等十省，因考查渊源所在"①，以半生之力辑考完成，民国十八年（1929）又完成补遗。《桐城文学渊源考》之前，尚有王先谦《续古文辞类纂》录姚鼐之后桐城派作家三十八人之文。刘声木之后，姜书阁《桐城文派评述》亦梳理七十三人②，吴闿生辑《吴门弟子集》录吴汝纶门下弟子七十八人之作，也可看作桐城派文统之补充，比起刘声木之著则皆非完备，因此此处取刘声木之著而论。刘著将桐城派文统梳理出来，共收人物1223人。其中将归有光、唐顺之等人及其弟子作为桐城派之"源"列为第一卷。而后自方苞起，分十二卷，收至民国期间二姚、于省吾、吴闿生等人。全书有如学案体，以师承或私淑之相同者划为同卷。如方苞卷为方苞及"师事及私淑方苞诸人"。十二卷中前九卷为：方苞、刘大櫆、姚鼐、张惠言与恽敬、吴德旋、梅曾亮、方东树、李兆洛、张裕钊与吴汝纶卷。卷十一为"私淑桐城文学诸人"③，以邱维屏、魏禧为卷十二收"师事及私淑朱仕琇诸人"④，朱仕琇以下林明伦、官崇等收入。卷十三收"师事及私淑鲁九皋诸人"⑤，有鲁九皋以下吴际蟠、陈希曾等人。其中张惠言受古文义法于钱伯坰、王灼，钱王二人受业于刘大櫆，张惠言、恽敬"尽弃其考据、骈俪之学，专志以治古文"。张惠言"取法韩欧两家，变大櫆之清宕为渊雅，文格与姚鼐为近，首倡桐城文学于常州"⑥。吴德旋师事张惠言、姚鼐，梅曾亮、方东树、李兆洛为姚鼐门生，张裕钊师事曾国藩受古文法，曾为私淑姚鼐。此书所构建桐城派文统可称规模宏大，亦可见其标准，即师承，包括诣门亲炙，也包括明确说明了自己是私淑或他人广泛认为

---

① 刘声木撰、徐天祥点校：《桐城文学渊源撰述考》，黄山书社1989年版，《凡例》第7页。

② 参见姜书阁《桐城文派评述》附录《桐城派文人传表》，《万有文库》，商务印书馆1933年版，第100—118页。所列在刘声木之外者有严复、林纾、康有为、梁启超、章士钊等人。

③ 刘声木撰、徐天祥点校：《桐城文学渊源撰述考》，黄山书社1989年版，第319页。

④ 同上书，第349页。

⑤ 同上书，第369页。

⑥ 同上书，第201页。

是私淑桐城的情况。

然而无论在门亲受还是私淑，皆有一种比较特殊的现象，就是本人或许并不认同自己是桐城派，甚至辩白不已，对桐城派多有攻击的现象。最显著的人物如恽敬、吴敏树，以至于学界多有将此二人及所跟从学者的文人群体称为阳湖派及柈湖派。

刘声木认为张惠言、恽敬二人为桐城派支流，对于阳湖与桐城派有辨析："惠言、恽敬、陆继辂、吴育、包世臣、张曜孙皆尝言常州文学传自桐城，并无角立门户之见。自张之洞《书目答问》出，始有桐城、阳湖两派之说。王先谦、孙葆田、马其昶皆不然其说，可谓卓识闳议。不知当时编纂《书目答问》者实为江阴缪荃孙，以乡曲私情分别宗派，引以为重，殊失当时钱伯坰、王灼、张惠言、恽敬授受文法之本意。"① 任访秋认为张惠言为桐城派，但恽敬并不是，称"阳湖与桐城，并没有直接的继承关系。尤其是恽敬，从学术思想体系，与桐城如燥湿之不相同。同时他在致力于古文上，自称'吾文皆自司马子长出，子长以下无北面者'。并且他对桐城三祖，均有微词。可知他在古文上思图别树一帜，而不屑以桐城枝派自居的意思是非常明显的。所以后人另立所谓'阳湖派'，以别于'桐城派'，不是没有原因的"②。任访秋也言及实际论文之说中，恽敬与桐城派大有相似之处，如读书以养气、沉浸古文以学习的方法，推崇《史记》及韩文，等等。吴孟复对刘声木收入阳湖、湘乡之派，又收清初的侯方域、魏禧、汪琬，清末的魏源、龚自珍与后来的严复，认为功能是"采集之博，实为明中叶后散文研究的重要资辑；就桐城派研究言，可以探索，可以比较"③。即把刘声木这种扩大化的收录作为与桐城派研究的比较，算是非常谨慎小心的说法。

陈庆元则完全不认为朱仕琇是桐城派："朱氏论古文以韩愈为本，辅以李翱。认为古文之道正大重厚，学古文者立心必须端正，治古文应善养气，不求速成，宜操节少作。他不满桐城派的肤浅，主张'淡朴淳

---

① 刘声木撰、徐天祥点校：《桐城文学渊源撰述考》，黄山书社 1989 年版，第 201 页。
② 任访秋：《恽敬的古文文论及其与桐城派的关系》，《文学遗产》1984 年第 3 期。
③ 吴孟复：《序》，刘声木撰、徐天祥点校《桐城文学渊源撰述考》，黄山书社 1989 年版。

古',文章有阳刚之美。"① 且朱仕琇"于清不喜魏禧及桐城派文,以为'魏冰叔文,仕琇三十年前已不愿为,今老矣,乃欲叫号跳踉作此小儿态以娱诸公乎?'(《答鲁挚非书》)至于方苞文,'盖求真素而病肤浅'。(《答蔡苍屿明府书》)"② 但是,朱仕琇古文的风格,"所努力的目标是'平易诚见'(《与药园书》),所欣赏的是'淡朴淳洁之趣'(《答黄临皋书》)",又与桐城派实无区别。

吴敏树是属于对姚鼐文章深为不满,又因学归有光、司马迁之文,与桐城派声气主张略似,而被认为是桐城派同道。曾国藩将其列入桐城之流,引起他人的强烈反对。吴敏树,湖南巴陵人,道光壬辰举人,济阳县训导,"于古文用力尤深,独嘉明归有光……为文词高体洁,蕴藉夷犹,清旷自怡,萧然物外,为古文中之逸品;亦琐琐喜道乡曲事,得有光之致"③。吴敏树与桐城派人物的交往亦密切。吴敏树在京赶会试时,交桐城派名家项传霖、朱琦、邵懿辰、梅曾亮等人,出京后与曾国藩幕中桐城派孙鼎臣、黎庶昌、吴汝纶、罗泽南、郭嵩焘交。吴敏树在京期间,作《与梅伯言先生书》求梅曾亮为其父写墓表。且梅曾亮许之。此文中,吴敏树对梅曾亮有极高赞许,且上陈己文请梅指教:"在都,于项君几山所,得见先生,既乃因缘进谒,遂蒙赐示大著文集。伏而读之,皆若古人之作,非今世之所有者,于是乃知天下之文章,固在于先生。随又得接待一两次,备闻指论。览及鄙作,亦荷许与之言。"④ 然而吴敏树在写给好友欧阳兆熊(字筱岑)书信中,对桐城文派的形成大不以为然:

> 今之所称桐城文派者,始自乾隆间姚郎中姬传,称私淑于其乡先辈望溪方先生之门人刘海峰,又以望溪接续明人归震川,而为《古文词类纂》一书,直以归、方续八家,刘氏嗣之。其意盖以古今文章之传,系之己也。如老弟所见,乃大不然。姚氏特吕居仁之比

---

① 实际桐城派也有这类淡朴、阳刚的主张。
② 陈庆元:《论朱仕琇的古文》,《南平师范专科学报》1996年第3期。
③ 刘声木撰、徐天祥点校:《桐城文学渊源撰述考》,黄山书社1989年版,第79页。
④ 张在兴点校:《吴敏树集》,《与梅伯言先生书》,岳麓书社2012年版,第412页。

尔，刘氏更无所置之。其文之深浅美恶，人自知之，不可以口舌争也。①

吴敏树对桐城派文统的接续极为不屑，对姚鼐将古今文章继承系于己身更是不屑，直指姚鼐借此以自重。将姚鼐之行比作吕本中作《江西诗社宗派图》的行为，批评甚厉，斥其"往往自无能之人，假是名以私立门户，震动流俗，反为世所诟厉，而以病其所宗主之人。如江西诗派，始称山谷、后山，而为之图列号传嗣者，则吕居仁"②。吴敏树认为不必学今人而达古人，应当自己取径而达："唐之韩柳，承八代之衰，而挽之于古，始有此名。柳不师韩，而与之并起。宋以后，则皆以韩为大宗，而其为文，所以自成就者，亦非直取之韩也。韩尚不可为派，况后人乎？乌有建一先生之言，以为门户涂辙，而可自达于古人者哉？"③ 吴敏树认为归有光、方苞之文不错，但皆有不足："盖归氏之文高者在神境，而稍病虚声几欲下。望溪之文，厚于理，深于法，而或未工于言。"④ 对姚鼐之文则不以为然。曾国藩《欧阳生文集序》将吴敏树列入桐城派，吴敏树对欧阳兆熊辩解道："今侍郎序文，不过借时俗流派之语，牵涉多人，以自聘其笔墨。所称诸人学文本末，皆大略不谬，独弟素非喜姚氏者，未敢冒称。"⑤ 如此还不肯休，咸丰八年又写信给曾国藩说："筱岑昨寄先生所为《欧阳生集序》中，于鄙薄，亦许在名流之次，而妄见所疑于古人者，乃窃与筱岑论之。彼书闻已寄呈左右，使人惶惧惭愧之极。然先生此文，乃敏树心所诚服，以为气力当在庐陵、震川之上也。且《序》中所称文派，本近来风气实然，将来论者亦必援为案据，所以敏树尤欲自别耳。"⑥

施明智撰文列浙籍古文大家二十七人，其中有姚谌、龚自珍，不过他并未将二人作为桐城派，且认为"清代浙籍散文家中只有二人是桐城

---

① 张在兴点校：《吴敏树集》《与筱岑论文派书》，岳麓书社 2012 年版，第 394 页。
② 同上。
③ 同上书，第 394—395 页。
④ 同上书，第 395 页。
⑤ 同上。
⑥ 同上书，《己未上曾侍郎》，第 405 页。

派弟子，无足轻重"①，以曾国藩《欧阳生文集序》、瞿西华《增辑清文后记》、王献永《桐城文派》为据，统计桐城派的浙籍仅沈廷芳、邵懿辰二人。刘声木所辑《桐城文学渊源考》列入浙籍文人一百零三人，认为姚谌是"私淑桐城文学"②，龚自珍为"师事李心传"③。实际龚自珍文风及主张与姚鼐相去甚远。然以师承交游来说，刘声木却又列之有据。再看吴敏树对流派之弊的攻击，及前文说及圈子为利益而聚的内容，可知流派成员的划分，实际非依文风，甚至亦非师承，而是圈子及利益。流派之中人物不必真的有师承关系，甚至主张也未必相同，这一点吴敏树也曾言及，"文章艺术之有流派，此风气大略之云尔。其间实不必皆相师效，或甚有不同"④。清代的非桐城派古文家也多有不肯接受桐城文论之处，如章学诚说："学文之事，可授受者规矩方圆，其不可授受者心营意造。"⑤ 而与姚鼐交游甚密的袁枚也反对古文之有法："能为文，则无法如有法；不能为文，则有法如无法。"⑥ 并且嘲讽方苞不能做大文章："试观望溪可能吃得住一个大题目否？可能叙得一二大名臣、真豪杰否？可能上得万言书痛陈利弊否？"⑦

也就是说，同为桐城派，风格和主张不必一致，但需是一个师承或一个圈子。流派范围主要是由圈子决定的。

三 流派产生的门派之见

因师承或交游形成的圈子成为流派的根据，由此产生的问题是，一方面相互有文风的影响，同时也有相互非客观的捧场。事实上同属这一流派中的诸人相互作序而满篇不太恰当的溢美之词比比皆是，难以尽指。

---

① 施明智：《清代浙籍散文家的几个特点》，《甘肃社会科学》2005 年第 5 期。
② 归安人，咸丰九年举人。参见刘声木《桐城文学渊源撰述考》，黄山书社 1989 年版，第 326 页。
③ 仁和人，道光九年进士，礼部主事。同上书，第 177 页。
④ 张在兴点校：《吴敏树集》《与篆岑论文派书》，岳麓书社 2012 年版，第 394 页。
⑤ 章学诚：《文史通义》，中华书局 1994 年版，第 278 页。
⑥ 袁枚著、周本淳点校：《小仓山房诗文集》，《书茅氏八家文选》，上海古籍出版社 1988 年版，第 1814 页。
⑦ 袁枚：《小仓山房尺牍》卷 10《答孙俌之》，清光绪十八年（1892）上海图书集成印书局铅印本。

另一方面往往因圈子的不同产生不客观的批评。关系的亲疏使得他们在对待人物褒贬时有较明显的派性。

刘大櫆于乾隆三十二年（1767）在歙县问政书院主讲，为时四年。弟子中著名者有吴定、金榜、吴绍泽。刘大櫆"在徽州地区讲学活动所取得的成果，也奠定了其在桐城派发展史上的地位"①。这些弟子对师长的维护是不遗余力的。如吴定在《海峰夫子古文序》一文中对刘大櫆的赞誉以及同时对方苞的贬低：

> 先生行修于躬，其文章不由师传，举唐、宋以来代不数人之业，一旦毅然续而配之，非天纵之才恶能及此哉！先生既师事灵皋，灵皋尝位显位于朝矣，先生虽落落为博士官以卒，而文章实过之，卓然为国朝古文之冠。顾并世之人未必尽喻也。定闻和氏之璧不饰以五采，随侯之珠不饰以银黄，待饰而后显者非物之至美者也。待众人之品题而后知者，亦非文之至美者也。先生之文，希世之珍也。百代而下其光必扬，其声价必贵，定将以天地产先生之心决之也已！②

这篇吴定对刘大櫆古文的序文，透露出多个意思，一是刘大櫆文章是"得之天授"，是方苞见而惊叹赞美，收入门墙，方苞并无教授之功。二是方苞与刘大櫆文章风格并不相同，且刘大櫆文章之好在方苞之上。吴定认为："两人之文，各殊所造。灵皋善择取义理于经，其所得于文章者，义法而已。先生乃并其神气、音节尽得之，雄奇恣睢，驱役百氏，其气之肆，波澜之阔大，音调之铿锵，皆灵皋所不逮。"③ 方刘二人文风确有差异，才气也以刘大櫆更为显著，但方苞对古文的理论和创作的贡献以及古文传播影响，都是他人不可替代的。吴定评价的偏颇与他师出刘门大有关系。这种为自己人发声代言和烘托的情景是很常见的，这是

---

① 江小角、王佳佳：《刘大櫆对清代徽州教育的贡献及影响》，《安徽史学》2014 年第 3 期。
② 吴定：《海峰夫子古文序》，贾文昭编著《桐城派文论选》，中华书局 2008 年版，第 165 页。
③ 同上书，第 164 页。

圈子功能的一个重要方面。

另一方面，更常见的是亲熟之间的相互吹捧。举民国时期真正的桐城末流曾克耑来说。曾克耑（1900—1975），字履川、伯子，号橘翁、无竟居士，福建闽县人，私淑方苞、姚鼐，师从吴闿生，著有《涵负楼诗》八卷，抗战前刻成，民国三十六年（1947）增加新作八卷共为十六卷，刻于成都，名《颂橘庐诗存》。战前本收民国二十二年吴闿生序、民国二十五年潘伯鹰序。战后本将潘伯鹰"民国二十五年"序改为"民国三十五年"，又辑有吴闿生、陈衍、陈三立评语。吴闿生评其才华及身世云："以履川之才，使生隆盛之时，上之足以黼黻升平，藻润鸿烈，次之亦当珥笔承明，备文苑清华之选。今既皆不能及，而世道所骛，适与俏驰，独弦哀歌以自抒其怫郁，反不如郊岛之伦，微吟草间者，足以邀赏音于里耳，是则其所遭不幸也。"①潘伯鹰称曾克耑诗"要归之于杜，亦博其趣于孟郊、李贺、李商隐、韩偓"等人，"论诗主雄深雅健，以谓诗之能深者，未必雄，能健者未必雅，雄而深，斯为真雄，健而雅，斯为真健"②。据《评语》后曾克耑所记，他先后受业于吴闿生、陈衍，并私淑陈三立。此集录三先生评语于端"非所标榜，藉以见授受渊源所自，平生祈向所在"。③陈三立评有"骨力雄强，气势纵恣，追幽发秘，高挹群言，抗踔杜韩，旁猎皮陆，莽莽尘海，旌此异才"，实有过诹之嫌。举晚年所作诗为例：

《字水》④
字水淞江瑟瑟波，
飞琼一笑蹑云过。
望中比翼摩天远，
别后孤心忆汝多。
楼阁仙山千缥缈，

---

① 吴闿生：《序》，曾克耑《涵负楼诗》，民国二十五年（1936）上海铅印履斋丛刻本。
② 同上书，潘伯鹰《序》。
③ 曾克耑：《记》，《颂橘庐诗存》，民国三十六年（1947）曾克耑成都刻本。
④ 同上书，卷16末页。

文章尘海一蹉跎。
无言已够销魂了，
更奈茫茫万感何？

《题商藻亭寒灯听雨图》①
海南坡颖约犹新，
逃劫巴山事未陈。
此后青溪灯影里，
一听夜雨一伤神。

此二诗可以说意境尚可，淡而有味，"雄深雅健"基本没有，"抗蹠杜韩"更是有点大言炎炎。吴闿生、潘伯鹰与曾克耑同出吴汝纶之门，陈三立与吴汝纶、二姚、马其昶均为至交，这种评语实在高大太过，与他们同为一派及同为一圈子有极大关系。

曾克耑同窗唐尔炽撰有《澹乐轩诗稿》七卷、《文稿》三卷，其民国时安庆文华堂纸号铅印本收有王树枬、吴闿生、姚永朴、方守敦、贾恩绂题辞。唐尔炽（1870—1950），安徽桐城人，师从吴汝纶受古文法，与桐城方守彝、方守敦兄弟唱和颇多。王树枬评其诗云："托物言情，双管齐下，极手挥目送之妙，气势轩昂，颇与少陵相近。而诸文气遒语重，足征洗伐之功，当得太史公一洁字。"②揄扬备至。同时代的李家煌亦有此况。李家煌（1898—1963）为安徽合肥人，李国松子。李国松为马其昶门生，家煌承家学，能为诗、古文词，有《始奏集》《呓音集》。《始奏集》为李家煌三十岁时手自删订之自少年起所作诗，存一百余首以成集刻印。有民国十七年（1928）常熟杨氏铅印本，收民国十七年李家煌自序及李家煌所辑马其昶、张运、陈三立、郑孝胥、周达等人评语。其中马其昶评曰："襟抱之高，笔力之健，度越恒等，真异才也。"李家煌收诗极严，辑刻极精少。如首诗为民国四年作《亢阳不雨天末作云望而为诗 乙卯》："郁郁破天慳，崇朝布宇寰。无心终出岫，待族不藏山。触

---

① 曾克耑：《颂橘庐诗存》，民国三十六年（1947）曾克耑成都刻本，卷16末页。
② 王树枬：《题辞》，唐尔炽《澹乐轩诗稿》，民国安庆文华堂纸号铅印本。

石空翻墨，从龙意未闲。只因举世望，须到雨余还。"用词不寻常，且深含意蕴。写景佳作如《木渎舟中》："茧熟桑村岸叶稀，过桥山色已成围。官河两边明如拭，十里人家尽捣衣。"写人佳作《观儿戏》："翻盘豖突兄携妹，恩（hùn，打扰）乃公眠曙不成。拜酒榛梨宾据地，喧堂鼓吹口传声。当年春梦影追忆，此日汝曹心太平。一笑披衣还共舞，莱庭端拟返孩婴。"皆有可观。虽桐城派自家名人极为推崇，然李家煌诗名并不彰显，与时代风尚不崇此艺有关，这一点与曾克耑不同。

陈独秀批评桐城派之文"归、方、刘、姚之文，或希荣谀墓，或无病而呻，满纸之乎者也矣焉哉。每有长篇大作，摇头摆尾，说来说去，不知道说些什么。此等文学，作者既非创造才，胸中又无物，其伎俩惟在仿古欺人，直无一字有存在之价值"①。非常尖锐，实际确有偏颇，但所指桐城派弊端亦存在，就是太多的应酬文字，内容空洞，相互吹捧。这其实与他们的圈子属性相关，以及通过圈子帮助生存的需求相关。

第四节　治生与文学：以刘开和方宗诚为例的对比

就桐城派文人的以文治生来说，最重要的才能不是文章辞采。游幕最需要的是佐治才干，即对行政事务的精通和能力，做官更是需要治理之能，坐馆教书主要内容是经学，也授作文之道，然而他们的文学表现与治生的关系仍然存在。以同为幕僚的刘开和方宗诚为例可见区别与关联。

一　内容的相近

就内容来说，刘开和方宗诚皆有相当高明的自荐文，且皆因途穷而致。桐城派的幕僚如此多，留下的自荐文却不多。自荐文相比于其他叙述或议论文体有功能上的不同，在内容上又兼具叙述与议论。从功能上说，自荐是向心仪的幕主自我介绍，并就襄助治理之道发表议论以取得对方的认同从而达到延聘的目的。如前文所论入幕之途，除自荐外，尚有他荐或幕主慕名招致等途径，以自荐而得佳幕并不容易，能将吹捧对

---

①　陈独秀：《文学革命论》，《新青年》1935年第2卷第6号。

方、又有求于对方的事说得气宇轩昂且不失文人气节更加需要智慧。将自荐文作得摇曳生姿又充分展示治世才华的桐城派文人,非刘开和方宗诚莫属。刘开和方宗诚皆为诸生,未中乡试。刘开辗转官幕始终穷困潦倒,方宗诚在入高级幕府之前一直在乡间从教。途穷而谋自荐是他们共同的特点。

二 风格的迥异

就风格来说,刘开和方宗诚的自荐文风格却大不相同。大体上说,刘文辞采华美,气势雄健,一事之论排比类喻,滔滔不绝;方文则用意精深老练,用词严谨绵密。即刘开更接近文人,方宗诚更接近老熟官吏。各举一文为例:

刘开《上曾宾谷方伯书》[①]:

> 古有生并世而不得一见者,当其时,不知后之君子相与惜之。昔者先生持节淮南,纲纪人物,奖掖士流,扬颓起靡,不遗厥力,四方想望,以为大雅复作,人才有归。当此之时,多学之士得以炫其博,能者得肆其才,辨者得骋其辞,巧者得效其技,拙者亦欲自奋其身。争美竞异,各求当君子之一顾。而先生亦皆进之门下,抑高使平,削枉为直,教之翼之,维之植之。举海内之磊落不齐者,一归之于陶铸之中,而无不各如其分,且无不各得其所。于是退迹闻风趋而赴之者,如渴骥之奔大川。一人之名,倾动天下,意气之盛,盖近时未易见也。而开曩时以年幼伏处,不获躬与其际,既而出游四方,得遍交贤士大夫,而先生又移节东粤,相距数千里。夫近未有以接其光,远又无以闻其教,然则天下之遇合,其信有数乎?
>
> 虽然非常之人不世出,天既使之生,又使之并时,未尝不欲其合,然而有不能即合者,后先不相等,贵贱不相闻,而上下之分殊也。故日星常丽乎天,明珠自潜于渊,高与深各止其所而卒莫能接耀。故贾谊负王佐之略,不遇吴公不识为奇才;郭泰为人伦之表,

---

[①] 徐成志点校:《孟涂文集》卷3《上曾宾谷方伯书》,《桐城派名家文集4 刘开集》,安徽教育出版社2014年版,第39—40页。

不逢李膺不知其德器。今有先达之彦如先生，后进之士如开而尚不得相值，是千里之马未进于伯乐之前，荆山之玉未达于卞和之门也。是使上无以副好贤之望，而下无以慰仰止之思也。且夫爨下之材，中郎取之；秋毫之末，离朱察之。今先生之识，非特中郎离朱之明也。开之所学，亦非爨下秋毫之细也。蕴奇者有日，积盛者有日，舍之为川岳，舒之为风霆，于先生而不有以发之，吾又将谁发之哉！

夫士之不轻渎于上大夫者为分定也。然赵壹自通于羊涉，韩愈致书于襄阳者，为道同也。天下有先生，开不敢拘咫尺之义而不一申其向往之诚。天下有开，先生亦不能不屈沧海之大以加意于江河也。昔杜牧有经国之才，不得志于李赞皇，至今人以为叹。今先生之爱才礼士，振拔孤寒，远绌夫赞皇。开私心自计，与其见惜于后世，毋宁就正于当时，故谨道区区之诚如此，惟先生鉴之。开再拜。

再看方宗诚之自荐文《答邵位西刑部》①：

> 七月下旬得赐书，如从天降。宗诚城陷后遁迹空山，虽学业未荒，殊少进诣。兼以八口之家，无寸土可躬耕自养，而豺狼在邑，时复搜寻山林，故不得不思远游以脱虎穴，且得遍交四方英杰，正其言行，扩其闻见，览山川之奇胜，窥天地之方圆，庶不负此生也。然性行孤介，非真君子之门不敢轻投。伺候公卿，奔走形势，素心窃以为耻。惟先生素有中心之好，时欲溯游以从，故前书谋出游贵地，乞为觅一枝之栖，藉以平生论著就正有道。之前并得细读大著，以慰十余年仰止之愿，此本心也。
>
> 宗诚一布衣耳，出处进退，原可裕如，然久困穷山，不得见天日之明，衣冠人物之盛，心实郁郁。往年避居之地为逆贼所未经，犹可薙发衣冠，私守王制，岁时祭祖，得展孝思。今自二月秦、郑两军门溃后，冠服尽为贼掠，而深山穷谷，时有贼踪。宰木既为所侵，薙发颇难藏匿，故宗诚之欲出，非徒为谋生计也，直以君臣大义，不能忍

---

① 方宁胜、杨怀志点校：《柏堂集》外编卷2《答邵位西刑部》，《方宗诚集》，安徽教育出版社2014年版，第823—824页。

于心耳！且宗诚气质刚方，惟深避不与逆人相见，乃为幸事。一与之遇，言辞不屈，必罹其毒而徒死，又觉无益，故惟有远走他乡，为全生取义两得之道。四顾茫茫，无可告语，先生以斯文为己任，其有意乎？苏厚子先生穷病交加，年荒时乱，不堪言状也。

二文风格差异明显，这显然是由作者个性风格决定的，而与职业、收入及所处不同幕府无关。但就刘开与方宗诚的游幕结果来说，显然方宗诚功成名就，收入颇丰，而刘开远远不如。这首先是不同时期幕僚的出路不同。方宗诚时期，曾国藩、李鸿章幕府中都有不少幕僚以军功得晋官爵，刘开所在道光时期并不易得。其次是方宗诚本人精于吏治，文风老辣精悍，在幕在官皆有杰出表现，这是刘开所没有的。

再看二人对幕主的夸赞以及自谦之状。

方宗诚向吴廷栋自荐时：

> 宗诚，桐城下士也。自少穷经制行，留心当世之务，即侧闻京师人文渊薮，而先生学宗五子，暗室不欺，德行纯诚，体用兼备，尤为贤士大夫之领袖，私心向慕久矣。其后戴孝廉钧衡又屡为宗诚称述盛德、朴学及立朝风节，恨道远分卑，无由谒见。旋闻先生由郎官被圣主特达之知，出守大府，洊任屏藩。小儒末学，尤不得以无端仰接光仪，然而并世有大贤，又属同乡先辈，虽不敢率然请见，而竟不以所业就正其是非，则又未免为自暴自弃。①

刘开的自荐之词：

> 然唯明公德望之隆，事功之著，位势跻于台辅，而草野迩言亦得上陈于前，此正见明公之所以为大也。山峻千仞，而人立表计焉；海环八埏，而人以蠡测焉。夫开之于明公，亦若是而已矣。且明公以超世之才，兼包之量，强毅之力，驭军辑民，所以靖内安外，通

---

① 方宁胜、杨怀志点校：《柏堂集》外编卷2《上吴竹如先生》，《桐城派名家文集9 方宗诚集》，安徽教育出版社2014年版，第821页。

变消慝，以绝未然之患者，固措之裕如而不可以恒情度。由是而兴利除害，移风易俗，上以副天子之知，下以慰海内之望，近可以绍国朝之名臣，远可以追昔贤之骏烈，敷厥已能恢所未至，盖非常之勋而亦旦夕易致之事也。而开之干冒尊严，以发其猖狂之论者，诚以明公励志求治，留意人才，故自忘其刍荛之贱与尘露之微也。昔韦南康之勋名比于诸葛，而津津焉以陆贽为意；韩魏公之事业无愧于伊周，而独以苏轼为国士。今明公固将抗志二公，而世有陆贽、苏轼其人，当亦日星之照所必及者也。①

刘、方二人对幕主自荐时，姿态相同，极自谦，夸颂对方极高，文风却又大不同。刘开的颂扬文字有大赋的华丽风格，方宗诚则平实得多。也就是说，治生之需使得内容相近，但风格因人而异。

从桐城派自己所主张的文章风格来看，从方苞的"雅洁"说，到刘大櫆"神气说"及"'大匠'之'能事'与'材料'之说，比较接近苏轼"②，到姚鼐的"神、理、气、味、格、律、声、色"和"阴阳刚柔"，再到曾国藩"突破'义法'的传统观念，强调以气为主的主体创作观，力举独创，主张写文章要'立地赤新''迥绝群伦'，为桐城派开辟了一条中兴之路"③，内涵是在变化中。

方宗诚对刘开的文章也属批评较多，认同较少。咸丰二年至八年间，方宗诚避乱龙眠山中时，编《桐城文录》七十六卷，收桐城一地作家八十三人之古文，起钱澄之、潘田、张英，止马三俊、戴存庄。其中钱澄之文五卷，方苞十二卷，戴名世六卷，刘大櫆八卷，姚莹五卷，戴存庄二卷，方东树六卷，光聪谐、徐璈、马瑞辰及刘开皆收文一卷，方宗诚评刘开"惜抱门人在桐者，刘孟涂之才为最，光气煜爚纵横。虽不免浮词客气，亦惜其学未成而早卒耳"④。这种不认同更多是因刘开文风夸丽

---

① 徐成志点校：《孟涂文集》卷3《上蒋砺堂大司马书》，《桐城派名家文集4 刘开集》，安徽教育出版社2014年版，第39页。
② 顾易生：《方苞姚鼐的文论及其历史地位》，《江淮论坛》1982年第2期。
③ 刘健芬：《评桐城派中兴主将曾国藩的文论观》，《西南师范大学学报》1992年第4期。
④ 方宁胜、杨怀志点校：《柏堂集》次编卷1《桐城文录叙》，《桐城派名家文集9 方宗诚集》，安徽教育出版社2014年版，第117页。

且"传道"之气不足，与桐城派主流不同，更与方宗诚不同。由此亦可见方宗诚所长的这种简劲又义理十足的文章在做幕僚时更有实用性。

总之，治生对文学的影响是多方面的，最典型的是幕僚代笔之作和治生需求下的应酬文字，体现出不同的特征。单独成集极少，署名权不明晰，代笔水平参差不齐。应酬文字数量大，格式雷同，谀词较多。治生对学术的影响以经学为最，用力最多，成就较高，历史评价不一，争议较大。治生与流派的形成是本书最核心的问题，论述了桐城派主要人物创作风格不一，文论也并不相同，甚至在一些成员自身并不认同的情况下被后代学者归入桐城派的原因。流派成员划分基本由圈子决定，同时产生了门派之见的弊端。以刘开和方宗诚的入幕自荐文为例，可见治生之需使得其文内容相近，但文风是由个性决定的。

第六章

桐城派文人治生与流派的发展

桐城派文人通过治生行为积攒财富，既用于生存之需、自身创作和学术的发展，也用于人才的再生产和流派的著述弘扬。桐城派文人的财力对流派所产生的作用通过两方面实现，一是不间断地培养人才，二是通过刊刻流派著作扩大影响。

第一节 治生与桐城派的人才培养

个人的收入除了直接帮助子孙读书、捐纳，也通过捐入宗祠，购买祭田、义田，创建义仓向整个宗族的子弟提供财力支持。这种支持除了给予宗族生活保障，为祭祀提供稳定的经济来源，另外一个重要的功能是为宗族子弟提供教育支持。这种源源不断地为所学提供后备人才的方式也使得文学世家、学术世家的现象成为古代社会中常见的现象。同时培养成功的子弟，在获得官、教等职后，再以余力扶持宗族，不断增置族产，使文风学风由于宗族的经济实力支持而数百年不坠。桐城派中就有相当多的世家，有清一代，终为旺族。这样看宗族的这项功能，可知治生目的的实现有了更复杂且更稳定的方式。

一 桐城派文人对家族财产的贡献

宗族财产来自族人捐赠，但捐入家族作为公产的田地房屋等财产并不能随意取回，宗族财产与家庭财产是有区别的。陈用光（1768—1835）于嘉庆七年（1802）回乡时，其父为用光兄弟分家产。

人各二百石，而公中债负余万金尚未知所处，有为先君谋者曰："公家固不贫也，债可缓谋偿，而所捐义仓三千石可收还以为子孙计，俟歉岁再谋出赢余以为平粜策，则名实两得矣。"先君怒，立斥之曰："汝奈何为此市井语！吾以利乡人而还以自利乎？且其所谓名实两得者，计则巧矣，独不知巧于自谋者适以干天地之怒乎！使吾子孙惑汝言，先业其就堕矣！"既斥其人退，复以戒用光兄弟，俾不忘。①

从此事可见义仓既捐，就不能再为自己谋利。即使自己家破产亦不能收回，为宗族捐出之后其赢亏皆归族众。

科举成功且入仕后积有较高财富的士人，多半对宗族的财富贡献较大。桐城派文人对宗族族产的捐置，以桐城桂林方氏②最为典型，贡献的财产数量极大，惠及族众极多，管理制度也非常成体系。除直隶总督方观承"家无余财，而有书数十笈。于桐城及江宁，皆建家祠，置田以养族之贫者"③，捐置友庆堂义田于金陵外，观承兄方观永于乾隆时也有大量捐献，在金陵的义田达到一千多亩。乾隆十九年（1754）方观承在保阳节署，伯兄方观永省方观承，将归时，方观永说：

> 弟无以家事为忧，自弟官外吏，公私之用不资于家。吾节衣缩食，铢寸而积之者十有三年矣。今将继先人之志，置义田以赒族。归而屡以书促余定规制，而兄已遘疾不能兴。季弟观本遵遗命购得江宁田一千一百五十九亩为义庄。即旧宅建祠立坊。祠后置食廪，并市邻屋为慈愿庵，分庵室后半以居经理义田者。准范氏规矩，参以近世华亭张文敏条约，凡族属授衣班食、嫁子、娶妇、丧葬之用，在宁在桐变通转输之宜，钱谷出入之要，会使皆可稽，简兄子曾畲

---

① 徐成志点校：《太乙舟文集》卷6《先大夫八仓记书后》，嘉庆十九年（1814）所作，《桐城派名家文集3 陈用光集》，安徽教育出版社2014年版，第111页。
② 即方苞之族，为桐城方氏中最大一支。方宗诚为鲁谼方，另有会宫、黄华等其他方氏。
③ 姚鼐著、刘季高点校：《惜抱轩诗文集》《方恪敏公家传》，上海古籍出版社1992年版，第311页。

复具牒大府为请。①

此一千多亩义庄用于对金陵及桐城族人的生活资助。此后，又陆续有增置。乾隆三十一年（1766），方观承之弟方观本又"续捐义田三业，共五顷四十一亩四分，并为赡族之用"②。不久后方观承之子方维甸"仰承先志续置水田熟地五百三十八亩零，捐入义田，均为赡族之用"③。仅三人所捐，就达到二千二百多亩。且桂林方氏的主要族人在桐城，在金陵为小支，每年需要大量的人力来管理运送粮食、衣物和银两，所以又设立《义田条规》对"某当给某不当给，某家婚嫁，某家丧葬，在桐择贤主之应于桂林老八房内常居县城者，以举四人为四总"来管理分发之事。④但金陵义庄运营至道光时渐成虚设，遂有道光三十年（1850）奇荒之后方柜森的巨捐。

桂林方氏族产的最大规模捐置也来自方柜森，所捐置称惠远堂义庄，总田租五千石，又捐义塾田租一千石。惠远堂用于"应给者惟四穷，废疾及不能乳哺、不能嫁娶、不能丧葬、不能入学者，此外不遍给焉"⑤。"自是族中赖以举火者三百余家"。⑥但初定规制，咸丰三年（1853）遭遇太平兵乱，所购庄屋尽成焦土，田地荒芜，方柜森也于不久后去世。桐城克复之后，方柜森长子方传书、次子方传理共商再捐，于"同治二年开垦田租三千五百担有奇捐入惠远堂义庄，又于同治五年开垦田租一千担捐入义塾。均兄方传书造具田亩清册规条呈请详咨，兹复开垦成熟田租一千五百担零，捐入惠远堂义庄。另将开垦成熟田租六百三担零归入锄经堂义庄，分别造册，呈乞并详垦请奏咨立案，载入志乘"⑦。兄弟两人的总捐田地额达到六千六百担。

方柜森次子方传理为江苏松江府太仓直隶州知州，同治三年（1864）

---

① 方观承：《方氏义庄碑记》，方传理纂修《桐城桂林方氏族谱》，清光绪六年刻本，卷62第5页。
② 方传理纂修：《桐城桂林方氏族谱》，清光绪六年刻本，卷62第16—17页。
③ 同上书，卷62第17—18页。
④ 同上书，卷62第21—22页。
⑤ 同上书，卷63第1—2页，《惠远堂义庄立案》。
⑥ 同上书，卷63第16页。
⑦ 同上书，卷62第6页。

遵父遗命将方桓森所置田一千四担三斗九升、田塘亩一百七十四亩九分九厘八毫捐入惠远堂义塾，作为族中子弟教育之费。同治七年方传书、方传理兄弟共捐田地的情况是："方桓森长子方传书呈明捐归惠远堂义庄恤族，田租三租三千五百一担五斗五合。卑职任内又据续捐义塾田租一千四担三斗九升，再将分授田租三千一十担六斗九升五合捐为诒谋堂义庄，为教养、丧葬、任恤之用。又捐银二万两建造祠仓……方桓林次子方传理复呈捐惠远堂义庄田租一千五百担四斗六升一合，另捐锄经堂义庄田租六百四十三担三斗一升七合六勺。"①

桂林方氏不仅有对宗族的捐置，还有对同邑的捐置。方观承在金陵建义庄后，"又念桐邑寒士措资乡试为艰，曾捐田租地稞一百六担为应试之资。县志载，方氏试资田，乾隆三十二年（1767）方悫敏公捐置，为邑中寒士科举之费。嘉庆三年（1798）知县沈方大为碑记，共十八亩四分四厘，田种十五担，额租一百零五石，又棉地租一石"②。即捐给桐城县儒学作为试资田十八亩多。光绪年间后裔方传理曾要求将试资田分一半专门资助给方氏子弟。此田在桐城县走马镇保姚家河姚庄。

方宗诚致仕后买田捐族，额租三十二担："将己名下所买西眉山旁近戴家河吴姓田种四担额租三十二担庄名戴家河，凭族人捐与西眉山十五里坊大园方庄三处春秋祭祀祖墓之用。每年由管公人看田收租，除完粮外，计租换钱。"③立契为光绪八年（1882）二月清明日，对比民国十八年（1929）马其昶所卖额租八十四担之田得价一千五百二十七元④，方宗诚所捐之田需银四百两。

这种做官之后对宗族的帮扶是常态。龙启瑞（1814—1858）广西临桂人，道光二十一年（1841）状元，授翰林院修撰。道光二十七年提督湖北学政，三十年丁父忧回籍。咸丰六年（1856）四月擢通政司副使，十一月提督江西学政，七年三月授江西布政使，八年九月卒于任。龙启

---

① 方传理纂修：《桐城桂林方氏族谱》，清光绪六年刻本，卷62 第8—9 页。
② 同上书，卷62 第90 页，《试资》。
③ 方宗诚纂修：《桐城鲁谼方氏族谱》，光绪九年（1883）桐城鲁谼方氏立本堂刻本，卷末3 第33 页。
④ 马其昶纂修：《桐城扶风马氏族谱》，民国十八年（1929）桐城马氏木活字本，卷首之7 第8 页。

瑞为官十七年，父祖皆有功名仕宦，家底较厚，对族人的接济可谓较丰厚，在提督学政任上时亲友往往投奔而来，一一安置难于实现，因此"左右思维，不如某于一年三节，略分廉俸，从重相帮。在出之者既不费力，而得之者亦沾实惠。如有诳言，明神鉴之"！并承诺"待某两年任满，叨庇平适，则廉俸所积，除花用外，亦尚有数千金。某必仿照古人祭田义庄之例，稍置恒产，分润宗族。倘有盈余，以资戚友之贫穷孤苦者"①。

马其昶伯祖马树华（约1785—1852），字公实，号筱湄，嘉庆十二年（1807）乡试副榜，入太学肄业。道光元年（1821）任直隶州州判，署理江西铜鼓营同知。丁外艰回乡，起复后援例进通判，得河南清化通判，候补汝宁府汝南通判。做官数年即弃官归养。马树华与弟马树章（马其昶祖父）兄弟对家产贡献极大。马树华官俸所得交马树章经营，义田、祠宇、享堂、墓田皆成："俸钱所入，府君辄别置之，数年乃取己力田所赢，合购二百余亩为义庄，复槖其租穀，收贮竹木瓦石诸可用物。又数年，遂营祠宇，取用无缺，工成，无滥，岁于春秋举行祭祀。又建享堂先茔侧，凡十所，扩墓田以赡小宗。初入租穀七十石，止君公经营数倍之，至府君又数倍之，岁入千余石矣。"② 其中墓田竟然经二三代人由七十石扩大至千余石，实在是经营有方。千余石对应的田地大约是千余亩，是相当不小的产业了。但是在咸丰兵燹时，兄弟二人兴团练抗敌，贷钱输军，马树华城陷被擒，不屈而死。马树章于战后仍捐出家祠作为邑试院，家道日落。至马其昶时，已经不能算富豪。马树华对家族的贡献主要是"修族谱，建宗祠，捐义庄，贫有养，教有师，婚嫁有资，丧葬有助"。③

与其他士人以官薪捐资不同的是，陈用光家族财力主要得利于祖先中的商贾捐献，是桐城派世家中不多见的。陈氏家族财力相当雄厚，陈用光高祖陈浣修，赠朝议大夫；曾祖陈世爵，赠资政大夫；祖父陈道，赠光禄大夫，乾隆进士，未出仕。陈道子五人：长陈守诚，字恕堂，浙江分巡金衢严道；次陈守治，字约堂；次陈守中，字履堂，乾隆二十三

---

① 吕斌编校：《致家中亲友书》，《龙启瑞诗文集校笺》，岳麓书社2008年版，第545页。
② 孙维城点校：《抱润轩文集》卷11《大父怡轩府君行状》，《桐城派名家文集8 马其昶集 戴钧衡集》，安徽教育出版社2014年版，第149—150页。
③ 方宁胜、杨怀志点校：《柏堂集》续编卷11《马公实传》，《桐城派名家文集9 方宗诚集》，安徽教育出版社2014年版，第348页。

年（1767）举人，赠中宪大夫；次陈守训，字绎堂，分巡济东泰武临道，擢江苏按察使；次陈守誉，字果堂，乾隆三十六年（1780）举人，诰封奉直大夫。陈氏家族发家自陈浣修、陈世爵经商开始，"饶于财者近百年"①。陈家先居新城城内，后迁西乡中田镇，浣修在南昌经商，陈守诚、守诒曾随侍于南昌，浣修晚年归家，陈守诚已出仕，由守诒治家。陈道卒后，陈守诒出补兵部武选司，年余以陈守诚卒于家，引疾归，不复出。居南昌时，陈守诚"尝有所资助人，及折阅弃券者不下数万金"②。陈道致力举业，并未经商，本陈世爵之意立祭田以为义田，凡二千石，又立陈氏学田一千石；到陈守诚时将此二千石专为陈世爵祭田，另立二千石为陈道祭田，别立二千石为小宗义祭田。"凡祭田、义田、学田共七千石，先大夫兄弟五人经纪其事者数十年无替。"③

其家族的族产之富也是惊人的。乾隆四十年（1775）、四十一年（1776）间，陈用光父亲陈守诒捐自家谷物四千二百五十石分建义仓于各乡。④ 其中十四座义仓由陈用光舅舅鲁九皋经管，后有颓废，实存九仓，春季粜出，秋季籴入，也称春散秋敛，大仓计利为"计石而纳一斗三升以为息"⑤，即春放一石，秋收入仓为一石一斗三升。这些义仓运行六十年未败。

陈用光之父陈守诒一生中为家族所捐助的金额极为可观，主要有以下几笔⑥：其母杨太夫人七十寿辰时，又"奉杨太夫人命出数千金买穀，倡首于各村落建立义仓"；初居京师时，买宅署名"黎川新馆"，作为乡人会馆；出资为株连远戍之家置归装，与补山"各捐万金畀人携之往，盖藉以得归者数百家"；在家祠旁建藏书楼，于楼旁再建义学，置义田，"费皆数千金"；致仕归乡后，卖掉万两白银的田地帮欠交赋税的人家，以至"辛酉壬戌之间，家无余资矣"。合计达数万两。

---

① 徐成志点校：《太乙舟文集》卷8《五叔父果堂府君墓志铭》，《桐城派名家文集3 陈用光集》，安徽教育出版社2014年版，第150页。
② 同上书，卷3《先考行状》，第17页。
③ 同上书，卷8《五叔父果堂府君墓志铭》，第150页。
④ 同上书，卷6《九仓敛散籍序跋》，第118—119页。
⑤ 同上书，卷6《九仓敛散籍序跋》，第118页。
⑥ 以下事皆见陈用光《太乙舟文集》卷3《先考行状》，第17—21页。

陈用光家族富裕与仕宦并不同步，陈世爵之后，子孙俱不经商，而是读书做官，家业主要是田地。"曾祖母以纺绩自给，其艰难困苦，初不料后世子孙席丰履盛若是，然遇人有急难，拯以千金不少惜。及后，家益裕，而祖父凝斋先生躬宋儒之学，大人暨诸伯叔父皆曰是积德之门。顷二三十年以来，仕宦日益盛矣。"① 又有因捐赀做官而毁家业者。"顾凡为官者家皆中落，吾兄弟五人，伯兄与予习儒业，两弟皆幼，仲兄为门户计，乃援川楚例以赀得知宁州，始以仕宦毁其赀，及家既落矣，不得不籍求禄以谋生。仲兄之出非有所得已也。"②

桐城麻溪姚氏历代多有捐置。姚元之在京为官四十年，本人布衣蔬食，"有所余辄以赡，亲友有所求，无不应"。又在京城倡建会馆，"尝倡建桐城试馆于正阳门内，同乡举子遂有所栖止矣"③。姚柬之"公笃于伦理，俸余悉周族党"④。姚莹"周族戚之贫乏者几数百家，婚丧不能举者，多资给之"。又"常欲置义田义学以赡族人，恒以不果为歉云"⑤。

总的来说，桐城派文人中以官员对族产的贡献为最大。他们通过捐置祠堂、家塾、义庄（或称义田）来创办家族的慈善和教育。各家族都设置了详细严密的规则来管理家族财产，使之运行有效。祭祀、慈善和教育运行的费用主要依靠义庄的租息。有的大家族的族产规模是相当惊人的，受惠族人很多，也有家族规定了子弟入仕后要回馈宗族，使此制度不断地运转下去。

二 宗族对人才的培养

宗族完成的族产积累对人才的培养作用极大。清代的仕宦之族多有运行有效的宗族组织，对宗族的祭祀、慈善、教育方面的组织极有成效。桐城派文人出身文学世家的极多，就桐城一域而言，方、姚、吴、马、

---

① 徐成志点校：《太乙舟文集》卷7《仲兄朗亭四十序》，《桐城派名家文集3 陈用光集》，安徽教育出版社2014年版，第134页。
② 同上。
③ 姚莹：《麻溪姚氏先德传》卷3《姚元之》，清同治六年（1867）姚濬昌安福县署刻本，第21页。
④ 同上书，卷3第23页。
⑤ 同上书，卷3第26页。

左、张氏等都是明清时期的大族世家。他们不仅族产雄厚,而且十分重视对子弟的培养,多数世家代代有功名,从中产生了大量影响清代政治和文学的士人。知识精英的产生与良好的基础教育密切相关,能产生大量精英,与当地的学风关系重大。桐城本地这些宗族向来对子弟的教育都非常重视。

桐城麻溪吴氏是从徽州迁桐,继承原本的重教传统,其历代有科举功名和财力的人屡有捐义田之举,"知竹公有丁田之捐,司马公有义田之捐,栗村公有新义田之捐"①,至乾隆四十四年(1779),为使"人文蔚起,克绍前徽",族人吴泷蹢倡捐家塾学田,合族响应,修成学祠,建立了完善的对族中子弟教育科举的扶持制度。

麻溪吴氏对于教育和科举的规定十分典型,又有其独有特点。主要有以下几方面内容:

一是对子弟广泛补助,鼓励参加考课。规定以每年塾田收租作为会课之资。会课之卷"课文弥封送外姓秉公严定甲乙。凡居前列者酌加重赏",乡试之年,"凡应试者于二三四五六月每月两课,地分乡城各办饭食,不给奖赏"②。对于在乡村和城里不同地方的生童,来会课时都给予伙食补助:"议乡城与课诸童,隔五六十里外者,给中伙大钱一百六十文,百余里以外者,大钱二百四十文。课前一日到祠,晚饭一餐。既课次日,早饭一飧,前后不必过问。至课日,即以祭品办饭二次,点心一次,饭菜六簋,荤素各半。首事不得扣钱菲祭。童生亦不得故意以菜饭争闹。"③ 会课的奖励也有明文规定:"会课酌定一等止取十名,二等十五名,列第一名者奖银二两,第二名至五名俱一两五钱,六名至十名一两,直至三等一名止,后列者倘毁谤前列,诟詈阅文之人,不可造就,永不许入会课。"④

二是对宗族内贫困而有读书资质的子弟尽力帮扶。对于会课时文章较好的贫困学生资助学费:"于会课所取笔意不凡有志上进而贫无半亩

---

① 吴元贵、吴乃东等纂修:《重修麻溪吴氏族谱》,民国二年(1913)活字本,卷70第1—2页,《塾田条规》。
② 同上书,卷70第8页,乾隆四十六年(1781)冬至后一日所订《续塾田条约》。
③ 同上书,卷70第9页。
④ 同上。

者，重加甄别，择师送俸。"① 还不能参加会试但想要读书的贫困小童，也有机会获得资助读书："其余年幼未与会课者，志欲读书，亦于会课后首事面试，果实有可造亦量给膏火之资，令其择师受业。"资助的金额规定为："议每年贴极贫束修以二两四钱为止，贴膏火以一两二钱为极。"给予资助的条件规定也极为详细："入泮者不贴，得馆者不贴，先贫后有亩者不贴，藉口自课偷安不愿从师，狂妄轻浮游荡不自发愤以及傲物气高、不虚心受教者俱不贴。"即已有微薄收入的不补贴，不好好学习的不补贴，补贴的导向性十分明确。塾规对贫童的科举考试补贴也比较有力度。童生参加院试需到省考试，考中为秀才，成为功名初阶，所以自院试起就尽力有资助，院试成绩优良者另有奖励："贫童院试似应给予资斧，奈族繁人众，居住星散，难以稽查，既惧冒领，且恐遗漏，反起争端。待建祠进主三科后，稍存积，每取府儒士一名，查对廪保结状、履历外，实系无亩在册者，给院试盘缠一两。至取府县案首，则给银二两，十名以前者给银一两五钱，此则不论贫富。"甚至对有诸生功名的贫困者亦予以补助，对能参加族塾课考、能写文章的孤贫幼童也给予补助："合族贫生年逾六旬以外，不能作馆，又无壮丁膳养，访并孤贫幼童，现与会课能文，俱属可悯，首事宜酌量极贫、次贫，各送稻数担。"② 意在"养老慈幼，非常例也"。其实是在外宗族扶贫之外的另项补助。

三是以科举为目标，严格选拔，对优秀子弟全力培植，一力重奖。规定家塾的会课卷与府试、院试的课卷制度相同："课卷必须同府院卷，后弥封，字号一样，不可填名，卷面衡文人取定前后于卷面挨次填一二三等名次，折封对簿，填名写案，庶无弊矣。"会课时，监考极严，"必须请族尊祠内监临，使间人祠外周巡，开门后迎先生入祠阅文，择一不识字人在内办理饮食"。麻溪吴氏的这些措施体现了一个很重要的核心，那就是科举。宗族教育的目标直指科举，一旦子弟取得举人、进士，可以做官，则合族的前途都有更大希望。麻溪吴氏对子弟中进入县学、府学、太学，赴乡试、会试者皆有贺仪或赆仪。贺礼和路费的金额有详细

---

① 吴元贵、吴乃东等纂修：《重修麻溪吴氏族谱》，民国二年（1913）活字本，卷 70 第 12 页。

② 同上书，卷 70 第 11 页。

规定："户中入泮者，例给贺仪四两，补廪者贺仪四两，岁贡贺仪六两，副贡拔贡贺仪八两，赴乡试者各给觌仪四两，登乡试正榜者贺仪十两，会试觌仪八两，登会榜者贺仪二十两，入词垣都贺仪五十两，鼎甲贺仪一百两。"就是说能入县学读书，可以从宗族得到四两贺礼，而中状元可以拿到一百两，没有中状元，如果中进士可得二十两，到翰林院可得五十两。为了这个目的，吴氏家塾对读书子弟的年龄也有一定的限制："读书宜少不宜老，凡年逾四十，久作馆者不必与课。至未十岁及十岁以外者，另出未冠题嘱阅文者，不必苛论。文气果佳，不妨居前合出一条。"会课的内容基本是为科举考试的要求做准备："春限四书文一篇，经文一篇，五言六韵诗一首，冬则四书文一篇，五言六韵诗一首，俱不准继烛。"① 比较例外的是对"能作诗古文词者，准其继烛以展所长"，这确是带了桐城派古文的发生地特征。乡试者的会课完全是乡试的类型了："每月上旬四书文二篇，下旬经文一篇，策一道，五言八韵诗一首。""四书五经"、策论、试律，也涵盖了全部题型。

除麻溪吴氏外，各宗族的规定见诸宗谱者大同小异，在金额或管理方式上略有差异。如桐城木山潘氏，给予入泮和乡试的补助金为"入泮者，公给钱五千六百文，乡试者公给钱五千六百文，会试另议"②。换算成白银也略等于麻溪吴氏。桂林方氏对子孙的教育资助自方苞晚年起开始运行。方苞兄弟所捐置的江宁教忠祠对子孙教育和科举的资助措施③也相当细致，对方苞及方舟子孙于已殁后十年，以祭田之资"廷师于敦崇堂，以聚教贫者，饮食、膏火公给。其住居远，子幼不能赴堂者，岁给附学之资四金，至年十五以上。不愿来堂就学者亦听，惟止其资给"。三十年后，祭田增多，对科举的资助"断事公以下七支，乡试于金陵，致卷价一金，会试春官者十之。兄及余子孙归试于皖者，给五金，乡试倍之，会试春官者十之，不问其家之丰歉也"。乾隆后期桂林方氏的金陵义

---

① 吴元贵、吴乃东等纂修：《重修麻溪吴氏族谱》，民国二年（1913）活字本，卷70第10页。
② 潘承勋等修：《桐城木山潘氏宗谱》，民国十七年（1928）德经堂木活字本，卷之首《凡例》第1页。
③ 参见刘季高点校《教忠祠祭田条目》，《方苞集》，上海古籍出版社2008年版，第676—770页。

庄对子弟赴金陵参加乡试的"凡应试入闱者,赠卷价银二两,桐城加路费银二两。如来自桐城或因迟期不得科举,或因病未入试者,仍给路费二两"①。做法非常厚道。同治之后桂林方氏桐城惠远堂义塾有田租一千多担,承担"为族中子弟延师膏火,月课奖赏及考试盘川之费"②。教忠祠《祭田条目》比较特殊的地方是明确规定了做官以后的子弟要对祠堂反哺:"惟登仕籍者,必量力增置祭田,以仰答祖宗优异属望之意。"③

宗族在人才培养上对于科举的热望至民国明显转变,这在他们的家规家训中有所反映。民国二十五年(1936),桐城高甸吴氏荣华股(即吴汝纶一族)所修家谱新订家训中就反映了这一点。其家训关于宗族子弟教育和人才培养条款规则相当多,主要有教子孙、端蒙养、择师友三条,这三条所体现的内容按今人的说法,是重在品德教育和素质教育,具有完全不同于科举时代的价值追求。内容如下④:

> 教子孙:祖宗积德深厚,乃有子孙蕃衍。为父祖者,不加教训,犹遗我良玉而不知琢磨也。诚可惜哉。世惟上智不教而善,其余中人总系乎教。秀者教之诗书,朴者教之农工,务使正其趋向,养其良心,督其程课,修善行,近贤人,勿令志气昏惰,日即于非僻也,幸而为名儒卿相,自是光大门闾,不幸而为农圃术艺,亦不致饥寒之累,玷辰宗族。敬一不教,游惰无恒,放恣败度,悔无及矣。
>
> 端蒙养:谚曰,教妇初来,教子婴防。世人不知教子之法,往往溺爱于婴孩之时。余食云为恣其所欲,宜诫反奖,应诃反笑,至知识既开,方欲制之,骄慢渐成,垂楚少畏。逮至长成,终为败德。故古有贻教三月。出居别官,目不邪视,耳不妄听,凡行立饮食,以礼节之。子生孩提,师保左右,帝王皆然。凡庶纵不尔,亦宜早端蒙养,于子识人颜色,知人喜怒时便施教诲,使为则为,使止则

---

① 方传理纂修:《桐城桂林方氏族谱》,清光绪六年(1880)刻本,卷62第38页,《续议规条》。
② 方传理纂修:《桐城桂林方氏族谱》,卷63第4页。
③ 刘季高点校:《教忠祠祭田条目》,《方苞集》,上海古籍出版社2008年版,第770页。
④ 吴复振纂修:《桐城高甸吴氏荣华股八修宗谱》,民国二十五年(1936)安庆著存堂铅印本,卷2《家训》第3页。

止，及长可省笞罚，是为父母威严而有慈，则子女畏惧而生孝矣。孔子曰：少若成天性，习惯成自然。可不慎乎？为子者亦宜体父母督我之心，如苦口之药，刺肉之针，岂愿以苛虐之乎，嗳之至也。

　　择师友：谚云，庸匠误器，庸师误子弟。故教子弟者必择经明行修、文理优赡、言动可法者奉以为师，取以为友。厚其供馈，隆其礼貌。古云，如入芝兰之室。又云，蓬生麻中，不扶自直。言熏陶之益与夹持之助也。使一授托匪人，苍黄易染，鲍鱼忘臭，可胜悼哉。

而在此之前的定于清末的家规与其他家族一样，对于子弟的科举之奖励才是核心："弟有入泮补廪、明经科第者，议出花红以明奖劝。"及"子姓果有聪颖出群，贫不能读者，公议资以束修。每冬至入祠考课，方准给付。作文者每岁定以三课，其有文理优长者，按次奖赏，以为考试之资，劣者不得滥与"①。与前面所说麻溪吴氏的奖励方法同辙。

综上所述，桐城派文人通过捐献和设置义田来扩大家族公产，并制定规范的财产经营方式，通过宗族族产实现对族中子弟的广泛培养，实现对族中贫困子弟的扶助，以及对能得到功名子弟的重点培养。通过这些人才培养的手段使文脉有厚实的人才基础，也使家族势力长久不堕。正因为家族经济参与到人才培养中，才可看到桐城派中往往兄弟父子、族属宗亲相继而学习古文，成为流派成员。桐城派的"人丁兴旺"，也与这种宗族社会相关。

第二节　治生与桐城派的著作弘扬

一个文学或学术流派的传承和光大，书籍是其中的固态媒介。无此承载物，学说和主张难以实现在较大地域的影响，也不能实现在更长远时间上的传播。而在古代，书籍的刊刻传播非有较大财力是不能实现的。这里以"刻书"一词代表了雕版刻印，也包括了铅印、木活字印、石印

---

① 吴复振纂修：《桐城高甸吴氏荣华股八修宗谱》，卷2第8—9页。

等非手工抄写的各种方式。

桐城派著作流传总量极大，刘声木作《桐城文学撰述考》"列作者二百三十八人，收书二千三百七十余种"①。以刊刻耗资的类型分，别集存量最大，刊资来源最能体现交游圈的力量；以家族和地方文献最有特色，刊资集中于特定财力雄厚的人物；以古文总集对流派的传衍最有影响，刊资渠道体现的范围最广。

一 别集的自刻与他刻

1. 自刻

著书立言本身是士人最普遍的价值观和追求。有著作而能传世，需要财力支撑。古代刻书代价不低，清代著名文字狱《碧落后人诗》案中，戴昆所著《约亭遗稿》由其好友鲁之裕于乾隆九年（1744）出资助刊，共拿出十六两，刻成版十七块，两面刻字，共三十四页，刻成后，用剩余的钱印刷了十几本。也就是说，十六两白银能刻三十四页的一本书，且印成十几本。十六两的购买力并不小，查《中国货币史》，乾隆九年，每公石米值白银42.69厘米②，即十六两可购买18.8公石米，约1880公斤大米。如前文所述，清代官办义学教师的修金一年通常只有二十两至四十两银，村塾老师只有几两至十几两不等，刻印一本薄薄的小书的花费，几乎是低级别教师的全年收入。

但是著书立说仍然是桐城派文人广泛的追求，留下刻印著述的士人极多，且相当多为自刻。刻印大部头的著作仍然是身家厚实的士人才能做到的。如孔广森自著丛书《顨轩孔氏所著书》七种，嘉庆二十二年（1817）刻成。孔广森（1753—1787）为山东曲阜孔氏后裔，为孔子六十八代孙，乾隆三十六年（1771）进士，改翰林院庶吉士，散馆授检讨，不久以养亲告归，乾隆五十二年（1787）卒，年仅三十五岁。孔广森学从戴震，文从姚鼐，著有《顨轩孔氏所著书》七种及《仪郑堂文集》《仪郑堂遗稿》《勾股难题》等，皆有刻本传世。《顨轩孔氏所著书》有

---

① 吴孟复：《序》，刘声木《桐城文学渊源撰述考》，黄山书社1989年版。
② 彭信威：《中国货币史》，上海人民出版社2007年版，第630页。1公石为0.1立米方，1公分为1克。

《春秋公羊经传通义》十一卷叙一卷、《大戴礼记补注》十三卷序录一卷、《诗声类》十二卷《声类分例》一卷、《礼学卮言》六卷、《经学卮言》六卷、《少广正负术内篇》三卷、《外篇》三卷、《骈俪文》三卷。卷帙浩大，刻印花费不菲。

姚莹所著《中复堂全集》十种九十卷，不仅有道光自刻本，其子姚濬昌入仕后又再辑刻新本。姚莹为嘉庆十三年（1803）进士，一生主要在做官，历任福建平和、龙溪知县、高邮知州、两淮盐运使、台湾道、广西按察使等，终湖南按察使。同治六年（1867）姚濬昌任江西安福县令，在县署重校刻。此版本较道光刻本多收《中复堂遗稿》五卷、《续编》二卷、《附录》一卷。言姚莹自订诗文杂著于道光三十年（1850）曾于金陵，毁于咸丰三年（1853）兵燹，因此重刻。

与姚莹之著能够自刻再刻不同，袁钧《郑氏佚书》二十三种由其后代筹资刊刻，且未能刻完，最后转由官刻。袁钧（1752—1806），字秉国，一字陶轩，号西庐，浙江鄞县人，工古文辞。袁钧曾在阮元幕中，精郑玄之学，又不废宋学。郑玄是两汉经学的集大成者，但所著之书大多散佚，后代学者多有辑佚，袁钧此著所出较晚且优，为其学术代表著作。《郑氏佚书》仿效宋王应麟辑《周易郑康成注》体例，与友人李庚芸博取诸经义疏及其他诸书所引，参考各家经传辑本进行考校，纠各家之谬误。所引之文一一注明出处，并将引文、考证附于相应的经文之下，依次编排成编。所辑郑玄经籍注疏二十三种，其中《易注》《尚书》《尚书中候注》《诗谱》四种由其曾孙袁烺刻行，其余限于财力未刊。光绪十四年（1888），瞿鸿机官浙江学政，令浙江书局刊刻此书。袁钧将已刻的四种书版送局中以成全书。

2. 他刻

除非战争情况或个人急疾等意外，一般情况下，只有当自身财力有限时，著作才不能刊成，以稿本或抄本存世，甚至灭失。作者可以在世时就努力通过各种渠道来实现刊刻，这时交游圈就发挥了重要作用。幕主、朋友、亲戚、所有的办法都不能实现，就可能成为遗文了。即使成为遗文，其子孙、弟子皆会不遗余力地捐资促成刊刻。圈子的力量在这时就是对个人最大的帮助。通过弟子、子孙出资，以及亲友捐资刊刻的情况是最常见的状况。方苞、姚鼐等并无财力困难的士人也一样，主要著作的辑刊由弟子和后学完成。

方苞有经学著作《朱子诗义补正》，脱稿后为其门人单作哲所刊，当时印本无多，流传不广。咸丰年初，戴钧衡（方东树弟子）搜辑方苞遗文，合刊全集。合肥徐子苓听闻后，以单作哲本《朱子诗义补正》嘱托戴钧衡重刊，当时戴钧衡资金不足，未能刊成。不久太平军到桐城，书即散佚。但徐子苓的藏本曾借抄多本在外。光绪二年（1876）夏冯焌光与桐城萧穆谈及先贤经学著作，萧穆出示抄本《朱子诗义补正》八卷，时任上海道台的冯焌光"案牍之余数加玩读，其取义至精，高出近世说《诗》诸家之上。子朱子可作，亦必为之心折也"①。遂捐俸重刊面世，因此此书有清光绪三年（1877）南海冯氏刻本。

方苞的文集成书更为复杂。《望溪先生文集》最早由方苞门人王兆符、程崟同辑。王兆符早卒，其后增辑刊刻者由程崟主持。程崟有多次删削，使后世传本前后篇数多寡不一，然皆为十八卷本，也称内集。咸丰元年（1851）戴钧衡取"所见篇数最多之本，凡三百八十四首为分卷而排次焉"刻成，也是十八卷。太平军乱后，原书版毁坏，戴钧衡因又搜得方苞逸文，重新编订《方望溪先生全集》三十卷刊成。此书有《望溪先生文集》十八卷、《集外文》十卷、《集外文补遗》二卷，并有苏惇元编辑方苞年谱二卷。其中《集外文》来源有四：邵懿辰所录方苞奏议、苏惇元所辑遗文、太仓王研云藏逸稿、方苞来孙方恩露寄自金陵遗文及诗，共一百八十二篇。《补遗》是戴钧衡所辑汤品三藏遗文册、邵懿辰摘辑《史记评语》，以及自检得时文稿及尺牍等篇。后学不仅完成刻书，辑佚之功皆来自后学。

由众人集资也是桐城士人著作刊刻的一种重要方式，在桐城派的著作中为数不少。管同《因寄轩文初集》道光本原为十卷，清光绪五年（1879）本增刻《二集》六卷、《补遗》一卷，还附刻了管同之子管嗣复《小异遗文》一卷，两种本子皆为他刻。管同道光六年（1826）入邓廷桢家塾课其子，道光十一年（1831）早卒。管同家贫，早逝而子幼，道光

---

① 萧穆著、项纯文点校：《重刊朱子诗义补正序》，《敬孚类稿》，黄山书社1992年版，第25页。

十三年（1833）邓廷桢"恐其遗稿散失，亟衰而刻之"。① 管同之子管嗣复游幕楚越间，以诸生终。咸丰十年（1860）卒于兵燹。嗣复二孤相继早卒，孀妇贫困至难以生存。光绪五年（1879），因版毁书散，张士珩等人又募资重刻，印成出售，书款用以资助管嗣复孀妇，这是其他捐资刻书中较少出现的情况："今募资差赢，用亟印而售之，而归以其值，庶几有以赡先生之妇，而先生之文亦因之益传。"② 此本末有《因寄轩文集捐刊姓氏》载：

> 薛慰农八元、单白也二元、何青耜二十六元、孙澂之二元、侯小巢二元、朱静甫四元、胡煦斋二元、蒯礼卿二元、桂芗亭二元、黄沛皆二元、周厚庵二元、洪葆纯一元、汤小秋二元、洪琴西三元、程尚斋三元、李丹崖二元、李巽之二元、洪鲁轩一元、吴石兰一元、孙正卿一元、汪融甫一元、陈仲卿一元、胡仲卿一元、周质庵一元、刘雪子二元、端惠民二元、尹德三一元、梅少莽二元、陈静甫一元、吕秋樵一元、孙勉斋一元、杨石泉一元、蒋近垣一元、陶子经一元、何达夫一元、张贯之一元、陶文郁一元、赵瞻衡一元、赵友于一元、赵懋修一元、朱雨亭一元、陶及之一元、戴溥泉一元、蒋春洲一元、陶莲生一元、孙东侯一元、谢步青一元、蒋钟山一元、蒋月樵三元、俞绶廷一元、高子高一元、王梧生一元、翁锡之二元、谈晓溪一元、王绶云三元、陈雨生一元、秦伯虞二元、姚友梅一元、刘雨生一元、甘友恭二元、翁子书三元、万善之三元、李儒生一元、周敏臣一元、陈石桥二元、李新畲一元、缪柚岑一元、孙筏石一元、方子涵二元、郑叔龙二元、张次韩十元、张瑾卿十元、常实卿一元、王仲甫三元、田星文二元、邓嘉缉二元、张士珩十元、顾云五元、敦本堂管十元。

共计捐款人七十九人，捐款额一百九十一元（约合一百四十两银）。其中捐一元者四十一人，捐二元者二十三人，共占全部捐者的82%。对

---

① 施立业点校：《因寄轩文集序》，《桐城派名家文集 5 管同集吴敏树集》，安徽教育出版社2014年版，第160页。

② 顾云：《因寄轩初集序》，管同《因寄轩文集》，清光绪五年（1879）刻本。

这七十九人的来源分析可以看到这一文人群体的情况。出资较高的几位：薛时雨，字慰农，安徽全椒人，官至杭州知府。何兆瀛，号青耜，江苏上元人，官至两广盐运使。张士珩，安徽合肥人，为李鸿章外甥，曾主管北洋军械局、江南制造局。张席珍，字次韩；张士瑜，字瑾卿，皆为李鸿章外甥。这一群体体现的是负责其事的张士珩的交游圈。当时道光本毁后，张士珩与几位好友一起谋刻此书，请老师薛时雨率领其事，再合众力校刊。

与管同集的道光本相同，梅曾亮著作亦由幕主代刻，不同的是，幕主去世，幕主之子再继其业。梅曾亮道光十四年（1834）入京，纳赀为户部郎中。道光二十九年，辞官归里。咸丰三年（1853）因太平军攻占南京，梅曾亮携家避难，咸丰四年馆于江南河道总督杨以增家。咸丰六年正月十二日卒，年七十一。梅曾亮别集《柏枧山房集》有文集十六卷、续集一卷、骈体文二卷、诗集十卷、续集二卷，共三十一卷，此著中的文集由杨以增刊于咸丰五年，杨以增之子杨绍毂、杨绍和刊其他部分，成于咸丰六年三月，而文续集中《姚姬传先生尺牍序》《季谐寓先生墓表》《兵部侍郎江南河道总督杨公家传》及杨绍毂、杨绍和识文皆补刻于同治三年（1864）。梅曾亮卒于杨以增之后二十四日，且为杨撰成家传，杨以增之子有文记其事："先君子校刊伯言先生文集既成，续校诗集、骈体文，刊未及半而先君子薨。毂等泣请先生为传志之文。先生患鼻衄，旋淮安寓舍，踰旬撰家传寄示。不数日，先生亦卒，是为咸丰六年正月十二日，距先君子薨仅二十四日。呜呼，迨毂等促工刊藏诗及骈体十五卷，都文集为三十一卷，先生已不及见矣。此传编列文续集之末，目仍分年而为丙辰。"①

后学所刻因各种原因，往往形成不同的版本，内容完缺差异极大。张际亮著作由后学异时异地由不同底本刻成。《张亨甫全集》分诗集二十七卷、文集六卷及首一卷，由张际亮同邑后学孔庆镛于同治六年（1867）校刊。张际亮（1799—1843），字亨甫，号松寥山人，福建建宁人。少孤，由继母抚养，十六岁为诸生，道光四年（1824）督学沈维鐈拔项试

---

① 杨绍和、杨绍毂：《柏枧山房文集序》，梅曾亮《柏枧山房文集》，清咸丰六年（1856）杨以增、杨绍毂刻本。

第一,次年赴京朝考不中。道光十五年中举人。道光二十三年陪送姚莹赴京受审,十月病卒。际亮好交游,与徐宝善、汤鹏、潘德舆、黄爵滋、姚莹等善,为诗万余首,气势昂扬。张绅评际亮诗文:"其为文章长于议论,能举前世政治得失、治乱之故,其辞气俊伟动人,而于诗尤多激壮俶诡,豪宕感切,间喜为瑰丽与夫艳逸之思,然皆以如其意耳,而实不愿人称之为诗人,盖其志之慕尚如此。"① 张际亮一生作诗极多,是时已刻有《松寮》《娄光》《南来》《匡庐》《金台》《翠眉》六种,约一千四百余首。同治六年,张际亮同邑后学孔庆镕在福州刻其全集,以旧刻多种及所收集稿抄本等补入,合编诗歌为二十七卷二千六百五十首。文集六卷,共古文九十九篇,骈体辞赋十七篇,除《别录》《交旧录》《黄垆录》及杂著未见,此本收录较全。张际亮又有诗集《思伯子堂诗集》三十二卷,清同治八年(1869)桐城姚濬昌在江西安福县署刻成。张际亮于道光二十三年(1843)病笃之时自订诗稿,由朱琦、姚莹执笔为之删定。际亮卒后,诗稿由姚莹收藏,携至桐城,未及刊行。咸丰兵燹中,姚莹子濬昌藏稿于山中,保存完好。同治八年,姚濬昌赴江西安福任知县,与郑福照详加编校以付刻。收诗三千零五十一首,较同治六年之全集本所收诗更为精善。

由子孙刻是更为常见的情况。涂宗瀛(1812—1894),字海三,号朗轩,一号师竹居,安徽六安人。清道光二十四年(1844)举人。同治元年(1862)大挑一等,先后任江宁知府,苏松太道员,湖南按察使、布政使,广西、河南、湖南巡抚,后升湖广总督、兵部尚书。涂宗瀛有自撰《涂宗瀛年谱》及其次子习恪所撰《涂宗瀛行述》。涂习恪光绪五年(1879)中顺天乡试,光绪二十二年涂宗瀛去世,习恪奉柩与母沈太夫人合葬于六安故乡。因作行述记先父生平。民国九年(1920)涂宗瀛孙承儒、懋儒校印《六安涂大司马遗集》,收入这两部书,由芜湖江东印书馆铅印。徐子苓撰《敦艮吉斋文存》四卷、《诗存》二卷,光绪十二年(1886)其子徐源伯刻成。徐子苓(1812—1876),合肥人,道光十五年(1835)举人,为姚莹弟子,工诗古文词,曾为曾国藩幕僚,选授和州学正。所著有《敦艮吉斋文存》四卷、《诗存》二卷。据其子徐源伯序,徐

---

① 张绅:《松寮山人初集序》,张际亮《张亨甫全集》,清同治六年(1867)孔庆镕刻本。

子苓诗二卷曾于同治五年刊于颍、十年刊于皖,由胡稚枫、钱愉庵校订。光绪元年,书版失火被毁,独存文稿。光绪二年子苓病逝,光绪十二年徐源伯鬻产刊书。此版本流传不广。光绪三十年马其昶为之重新编订,删汰四十余篇,文以类从,仍为四卷,命名为"文钞",由马其昶弟子李国松校字付刊,即合肥李氏集虚草堂刻《集虚草堂丛书甲集》本。因此此编之精审超过徐源伯刻本。

卷帙浩大的著述多由众弟子集资或书院刊成。《桐城吴先生全书》由吴汝纶子吴闿生编次,弟子们合资刻成。光绪年末,吴汝纶弟子贺涛、宋朝桢、王恩绂、恩绩等皆参加集资。吴汝纶点勘《桐城吴先生点勘诸子》七种一百〇一卷,清宣统二年(1910)衍星社铅印本。《桐城吴先生诸史点勘》八卷,民国九年(1920)深泽王氏都门刻本、南宫邢氏(门人邢之襄校刊)刻本。另外《桐城吴先生群书点勘经部》有书院刻本,民国年间吴汝纶曾执教过的莲池书社为之发行铅印本。高澍然《抑快轩文集》由后学刊刻,刻成极晚,且集资方式较特殊,既有现金又有实物。高澍然为福建光泽人,嘉庆六年(1801)举人,授内阁中书,后辞官归里,从朱仕琇受古文法。高澍然嗜韩愈古文,"其为文以养胜体洁,气粹不必张皇为上,所言皆平易近情,澹静出之,天机清妙,令人有悠然不已之思"①。民国初,黄曾樾曾从陈石遗学诗文,陈命令细读高澍然所著文,盛称其文。高澍然文集当时皆为稿抄本,未曾刊刻。且据各种书目记载,分别有七十三卷、七十四卷、七十七卷等多种。民国三十二年夏,黄曾樾归里,得何梅叟手抄高文一百一十五篇,遂谋付刊。又续得好友抄寄五十六篇,从他书辑得五篇,合计一百七十六篇,重复者十二篇,共一百六十一篇。黄曾樾仿《古文辞类纂》体例分类,分上下卷,刊成于民国三十三年秋。书成之后,又收得各方寄录三十二篇,辑得十六篇,去其复见,别刊为《抑快轩文续集一卷》三十九篇。此书邓国桢捐助大广纸五十八刀,印工及装订费二万五千元由杨亦中、刘莅庭、刘乙藜、倪焕楼各捐一千元,其余由黄曾樾独任。

---

① 刘声木撰、徐天祥点校:《桐城文学渊源撰述考》,黄山书社1989年版,第359页。

二　家族和地方文献的刊刻

1. 桐城派的流衍可以划作一个个的圈子，这些圈子有强烈的地域和家族特点。也就是说，桐城派文人往往成群地产生，在地理上为一域，在亲缘上为一族，体现在著作上，他们有大量的家族和地方文献著作，这是一个相当典型的现象。地方文献和家族文献的刊刻主要由其中财力雄厚的士人承担，有时需要募捐集资。这由文献的性质决定，因为这类文献有强烈的记录和彰显一地一族光荣的事迹的目的，主观上明显通过展现先辈或乡贤业绩以昭来世，唤起爱土尊祖意识，这种文献主要由本土本族子弟编辑撰述和刻印流传。以编成和刻印的成就来说，这类文献的记载对于正史和别集的史料补充非常有力，许多人物和著述通过这些文献得以保存。以桐城派作家最集中的地域桐城县来说，桐城派文人所辑著的主要地方文献就有《龙眠丛书》《龙眠风雅》《桐旧集》《桐城耆旧传》等。这些著作成为后人研究桐城派、研究桐城地方文化和历史等不可或缺的史料。

《龙眠丛书》由光聪谐辑刻。《中国丛书综录》著录《龙眠丛书》仅十八种，直介堂丛刻《续补汇刻书目》载其中二十三种，小字双行注曰："桐城光聪谐律元刊巾箱本，板甫刊成，遭粤匪之乱，遂至残缺。乱后印行之本只有此数，各卷皆有残缺，不可缕指。只记书名人名于下以免烦琐。"今存各公藏单位均残，其中桐城市图书馆藏二十六种，为所见最多。光聪谐孙光进修称光聪谐解组归田以后，肆力于著书，汇编《龙眠丛书》一百数十种，并刊成其中七十余种，兵燹后存四十余种："访罗乡先辈著述遗书都百数十种，汇为《龙眠丛书》，付之手民。已刻成七十余种，笔记分为十册，检点旧作，更订增辑，均渐次刊就。自遭粤氛，版毁去十之五六，丛书版仅存四十余种，而种皆残缺，笔记版全失。"[①] 此书目前在上海图书馆、清华大学图书馆均有藏，皆残。

《桐旧集》四十二卷，为桐城徐璈辑成诗集。徐璈于嘉庆年末开始收集桐城一邑诗歌，苏惇元序称："吾舅氏徐樗亭先生深于四始，于历代诗究其源流。其所著作卓然名家，于嘉庆之末始拟选辑合邑之诗，遂随时

---

① 光进修：《稼墨轩文钞序》，光聪谐《稼墨轩文集》，清光绪二年（1876）补刻本。

钞录若干家。道光乙未待选京师，旅居闲暇，乃征诗选录。及授阳城令，公余丹铅，逾数年而成集。"所收诗歌自明至道光二十年（1840），共收集一千二百余人的七千七百余首诗，编为四十二卷，并作批评圈点。道光二十一年，徐璈自山西阳城知县任解组归田，回到桐城后七十日就去世了。此书当时刊成三分之一，因财力困难未能完成。道光三十年，桐城马树华、姚莹等人为之倡捐，由马树华总理其事。徐璈甥苏惇元在马家坐馆，相与商定校雠，用时一年完成校订刊印。此书搜罗广泛，于一邑文献之征有重要价值，其搜诗校订赖马树华之力为多。因卷帙较大，花费亦不小："付梓十数卷，已用钱六十余万。庚子之冬言归将谋竣其事，不意献岁遽卒。予亟具启同人应者殊罕。忽忽又十载矣，今春与姚君石甫语及，辄慷慨倡捐白金。"① 即前三分之一花费六十万钱，合白银达三百两。此书竣刻于咸丰元年（1851），二年后桐城被太平军占领，版遂毁，书亦散失。民国十五年（1926）方守敦收得是集，因有缺，从光云锦所藏书中补全，"因请付诸景印，以广流传。槃丈慨允。同人复鸠资相助，而千二百余家呕心刻腑之篇什幸得复传"②。此次花费达一千六百四十元，出资人二十一人：

> 张传易二百元、吴汝登一百元、姚永辉一百元、姚佐清一百元、陈景虞一百元、方履中一百元、孙荫一百元、叶玺一百元、叶石麟一百元、姚昶六十元、姚永朴五十元、赵国琛五十元、方家永五十元、方彦恂与彦忱合计一百元、王其枢三十元、张传纶二十五元、张传缙二十五元、张家骝二十五元、张家騄二十五元、光云锦与云章合计二百元。

虽是影印，花费亦属不小，出资人仍主要为桐城本邑士绅。1930年安庆市工人月工资最高不过25元，普通工资14.3元③，这部书需要当地

---

① 马树华：《桐旧集序》，道光三十年（1850）作，徐璈辑《桐旧集》，咸丰元年（1851）马树华刻本。
② 光云锦：《景印桐旧集识语》，徐璈辑《桐旧集》，民国十六年（1927）石印本。
③ 关永强：《近代中国的收入分配——一个定量的研究》，博士学位论文，南开大学，2009年，第104页。

一个普通工人近十年的工资总额。

马树华做了大量的文献辑刊工作。马树华辑有《龙眠识略》十二卷、《桐城选举记》十卷、《桐城马氏诗钞》七十卷,另《翙翙斋遗书》《岭南随笔》《族谱》《家传》等共数十卷,自著《可久处斋诗集》八卷、《文集》八卷,著《札记》及《呕见漫录》遭乱多佚。① 以《桐城马氏诗钞》为例,为马树华辑本族历代诗歌编成丛书。盖以人为编,每人一种,收马氏四十九人之诗。每集之前有作者小传,于府志、县志、前人诗文序跋、《龙眠风雅》等书中辑出作者生平及创作、学术之评价,有补于一域之文献征存。此书刻于道光十六年(1836),按刻于道光三十年的《桐旧集》花费来看②,此书刻印花费亦在五十万钱以上,合白银约二百五十两。

马其昶撰《桐城耆旧传》,有宣统自刻本。记录桐城人物九百余位,上起明初,下迄清末,网罗数百年桐城文献汇为一编,于异世治史承学颇有帮助。马其昶之撰此书,因伯祖马树华《龙眠识略》亡佚,又郡县书伤于冗繁,因取司马迁、班固遗法,以雅驯为则作传记,使明清两朝学术风趋盛衰得失亦略具于此。马其昶自母丧之后始撰此书,光绪十二年(1886)即已初成,得孙葆田、毛庆蕃褒奖。后陈静潭,姚永朴、永概兄弟,郑杲,梁鼎芬等皆有匡益。光绪三十三年重加修订,宣统元年(1909)又重编目次后校刊。

除桐城外,其他桐城派文人所辑刻地方文献也有突出成就。著名者如《沅湘耆旧集》二百卷,邓显鹤辑,清道光二十三年(1843)邓氏南村草堂刻本。此书卷帙浩大,刊刻所费亦多,序例记刊刻过程颇详。先由同里诸君子寄赀,刊刻始于道光二十二年春,至次年秋完成,凡费钱一百六十多万,合白银八百两。助赀者有贺长龄、李象鹍、贺熙龄、陈本钦、周鸣鸾等二十人。参与此书校订者有鄞县沈道宽、长沙毛国翰、湘阴左宗植,搜访者有湘潭罗汝怀、张声玠及武陵杨彝之等,督刊校字为显鹤兄子邓瑶。成《沅湘耆旧集》之前,显鹤尝辑湖南文献为《资江耆旧集》,由陶澍刻于金陵。其后又"发愤推广,辗转搜索",复成此书,且以资江诸名人仍按时代编入。《沅湘耆旧集》起明代洪武、永乐,迄于

---

① 参见马其昶《桐城耆旧传》马树华条所载,黄山书社1990年版,第423—424页。
② 《桐旧集》前十四卷刻资六十余万钱,见马树华序。

清道光，共辑录诗人一千六百九十九人，诗一万五千六百八十一首，以时间为序，编为二百卷。所录诗人皆有小传，生平、学术、著述等皆有所载，贺熙龄评："湘皋一官落拓，宦橐萧然，搜剔零缣碎锦于数百年后。荒江寂寞之滨，其力为尤难也。吁此吾楚之诗所以历数百年而未有表见于世，与是集之成，上自公卿，下及闺阁方外，多者百余篇，少者数韵，可谓发幽郁于千秋，振楚骚之逸响矣。至于才艺区分，流品攸别，则又因诗以考其人，论其世，观其出处师友之故，得其性情心术之微，而于孝子忠臣、高人逸士尤惓惓三致意焉。"① 此书前编由邓显鹤子邓琮辑成，显鹤校订，于此书之次年刻成。续编则未刻，稿本今存芝加哥大学远东图书馆。沈津《书丛老蠹鱼》载此续编为未刻稿本，"改削添补，满纸涂乙，丹黄盈溢"。稿本大略：续编一百六十三卷，补编二十卷，附前编补三卷，计续编收一千二百六十二人，补编四百九十五人，补前编三十九人，合计一千七百九十六人，亦各为小传。

江五民编《剡川诗钞续编》十二卷《补编》二卷，有民国五年（1916）四明七千卷楼孙氏铅印本，宁波江北岸钧和公司印。此书之前，宁波地方诗歌总集有舒象坤、董奇玉之《剡川诗钞》，所收上自秦汉，下迄清初，是编起清初至清末。据江序，是编肇始于光绪年初，光绪十三年、十四年间，江五民获舒、董所辑《剡川诗钞》，因起续编之意。光绪十六年，浙江学使潘峄琴征刻《輶轩录》，孙锵与江五民同事采辑之役，后蒋玉庆又继之。因增益之数无多，刻梓之事未行。后新学渐起，此稿存箧几二十年。民国初，孙锵由蜀贻书并允任刊资，遂重新编订成此本。此书刊资由孙锵庆六十寿所得贺礼而成。书末有"姓名录"记各人助资金额，人数达四百之多。续编收有清一代宁波一域诗人一百六十八家，收诗一千零四十七首，另五首附在诗话中，以时间为序分为十二卷，起清初康熙迄辛亥革命后诗，又单独成卷方外诗、生存人、闺阁诗。补编起唐迄明，通计诗人三十九家，诗一百三十二首又附录二首。

2. 桐城派文人的家族文献大量存在。苏、浙、闽、皖各省最多，其中最常见的家族文献形式是家谱，另有家传、家集、家族丛书，通常核

---

① 贺熙龄：《序》，邓显鹤辑《沅湘耆旧集》，清道光二十三年（1843）邓氏南村草堂刻本。

心人物承担编纂及刻印，也有由族产支持纂修刊刻或财力不足由族丁合捐的。

《重修麻溪吴氏族谱》① 道光谱为吴士黹所修，士黹师事钱彝，为刘开业师，亦为桐城派。乾隆四十七年（1782）至四十八年吴士黹"先师梦觉公与兰亭诸公"纂修宗谱，因经费不足印数极少，且"序记传赞未备"，道光六年（1826）议由吴士黹总其事再修。六年开局，至十三年，"水旱交臻，贫丁谱费难交"，兰亭公之少子绳斯与其侄兄弟捐制钱一千千而代。谱竣，又捐制钱五百千以落成之告庙。② 道光十三年吴济性命其子石渠捐足钱一千千。十五年（1835）冬谱竣，石渠又捐谱四十四套以补其乏，计用足钱四百千。道光六年议纂修宗谱时，原定按照族丁和田地征收经费："每丁出制钱二百，每亩亦如之。"③ 不料道光十一年开局以后"岁既迭凶，人亦荡析，除贫丁谱费外，实收亩费制钱二千二百千有奇，合之所捐制钱五千千有奇，而工始告竣"④。修刻此谱时间之长和耗费之大都是惊人的。

《桐城方氏七代遗书》为方昌翰独力刊刻，成于光绪十四年（1888）。此书汇刻了桐城桂林方氏七代七人之二十种著作，方昌翰言其刻书经过："阅时既久，散亡实多。经粤寇之乱，益荡然鲜有存者。昌翰负抱丛残于琐尾，播迁中兢兢焉，历三十余年。辞官归来，始克从事编纂。先取篇册稍简者彙刻《桐城方氏七代遗书》。"⑤ 七代方氏先贤分别为：方学渐、方大镇、方孔照、方以智、方中履、方正瑷、方张登。正文前有方昌翰辑《七代系传》，起自方氏十一世祖迄于十七世祖。

《新安先集》由朱之榛独力刻成。朱之榛（1840—1909），字仲藩，号竹石，浙江平湖人，荫生，官淮扬海河务兵备道、江苏布政使。师事高均儒受古文法，其文贯穿诸家，事理通达，意思深长，不事辞藻。此

---

① 吴元贵、吴乃东等纂修：《重修麻溪吴氏族谱》，民国二年（1913）活字本，卷70，《杂记》。
② 同上书，卷70《杂记》第1页，《绳斯先生免丁费记》。
③ 吴元贵、吴乃东等纂修：《重修麻溪吴氏族谱》，民国二年（1913）活字本，卷70第1—2页，《济性公谱局捐钱记》。
④ 同上书，卷70，跋言及修谱价格。
⑤ 方昌翰：《刻方氏七代遗书缘起》，《桐城方氏七代遗书》，光绪十四年（1888）方昌翰刻本。

书为朱为弼于晚年汇其家传诗稿刻成,咸丰年间版毁于兵燹。其子朱之榛同治十三年(1874)官苏州宝苏局时重为增订付梓。《新安先集》"道光乙未岁先伯祖侍郎公刻于淮阴,咸丰辛亥先君总宪公复刻于袁浦,遭兵燹先集版片散亡殆尽"①。因此朱之榛将先世各集汇为一编重新刻梓。此编所选为清代二百多年以来迁平湖朱氏诗集,共选编二十二家,以世次排序。此书不仅辑收诗作,于每人集前又作有小传简介其世系、字号、科举、宦绩,并辑方志等文献所载生平行迹事实,颇有史料价值。

《南通费氏家传》为族谱抽刻本,不同于以上家族文献。《鹗里曾氏十一世诗》同于《新安先集》,为曾克端辑其家族诗集而成,合计二十二人四十三卷,由曾克端辑佚并刊印。民国三十四年(1945)因战火辗转至蜀中得以刊印。费师洪(1887—1967)师从张謇受古文法,曾入江宁法政学堂,毕业后参与办理两淮盐务。民国初回南通任张謇秘书,主编《南通报》。此书为民国十四年(1925)所修费氏族谱的部分,因无资刊刻,遂先刻其家传一卷。②家传自明成化一世宽公起至十八世士惟公,共立三十九传。其传多简要,中有夫妇共列一传者,且有附录方志之记载者。

三 流派总集的刊刻

桐城派的总集最常见的是古文总集,或称选集,如《古文辞类纂》,最能体现桐城派古文理论核心。古文选本自方苞起一直到清末层出不穷,其刊印者也较多样,编纂者、编者弟子及亲友、书院、书坊,甚至官方,皆参与其中。流派的影响力通过总集的刊刻体现得最为明显。除了古文总集之外,诗歌选本也有相当市场。桐城派文人有诗歌选本在清代形成重要影响的也有数种。总集的刊刻以桐城派官员推动官刻最为得力。

如方苞《古文约选》是雍正十一年(1733)方苞奉果亲王之命,为八旗子弟在太学读书而编纂的一部古文读本,所选为两汉至唐历代古文,其中以选汉人和唐宋八大家散文为主,为桐城派理论重要著作。最先有果亲王府刻本,后有吴棠刻本,多为官刻。果亲王刻本少见于世,同治

---

① 朱之榛辑:《新安先集》卷首《凡例》,清同治十三年(1874)苏州刻本。
② 费师洪:《南通费氏家传》卷首《南通费氏家传序》,民国十五年(1926)铅印本。

七年（1868）闽浙总督吴棠由福建赴杭州时，于城东讲舍见高均儒，高均儒出果亲王刻本示吴棠，对吴棠说："此果亲王府刻本，方望溪先生奉教所选订也。其凡例已经桐城戴孝廉钧衡编入《望溪文集》，均儒借得之淮安，携归武林，后经兵燹，幸友人检拾收藏，由江浙转徙楚鄂间乱定寄还孤本，流传竟未坠失，疑有神物呵护之者，惟重刊以惠士林为幸。"①此书后来又有多种刻本。此书"广泛传布，促进了方苞'义法'说的广泛接受，对桐城派的另一部重要古文选本《古文辞类纂》产生了很大影响"②。

《古文辞类纂》堪称清代影响最大的古文选本，由姚鼐选编为书院学生讲授之用，初有多种抄本。此书意义重大，姚鼐《序目》论及为文之"神理气味、格律声色"，其中神、理、气、味为文之精，格、律、声、色为文之粗，且精粗之关系等，是姚鼐古文理论的核心。并云："夫文无所谓古今也，惟其当而已。得其当，则六经至于今日其为道也一，知其所以当则于古虽远而于今取法如衣食之不可释，不知其所以当而敝弃于时，则存一家之言以资来者，容有俟焉。"姚鼐此编分古文为十三类，曰：论辩、序跋、奏议、书说、赠序、诏令、传状、碑志、杂记、箴铭、颂赞、辞赋、哀祭，内容不同者别之为上下编也成为后来古文选本分类的依据。姚鼐去世后，嘉庆年间其弟子兴县康绍镛刻梓；道光年间，有江宁吴启昌再刻。康刻本有圈点，而吴启昌据姚鼐本意删去。除此二种外，光绪间又有滁州李承渊刻本，亦为有圈点本。三本之上，又有诸家评点本。周远政梳理《古文辞类纂》版本系统达到十数种③：嘉庆二十五年（1820）康绍镛刻本，重刊此本者有道光元年（1826）合河康氏霞荫堂刊本、光绪十年（1884）吴县朱记荣槐庐刻本、光绪十九年（1893）思贤讲舍刻本、民国十二年（1923）中华书局铅印本、光绪十六年（1890）上海文瑞楼校石印本、光绪二十年（1894）上海图书集成印书局石印本等。道光二十五年（1845）吴启昌江宁刻本，重刊有同治年间楚

---

① 吴棠：《跋》，方苞编《古文约选》，清同治八年（1869）吴棠刻本。
② 孟伟：《方苞〈古文约选〉的编选、评点及其影响》，《安庆师范学院学报》（社会科学版）2009 年第 8 期。
③ 周远政：《〈古文辞类纂〉版本述略》，《古典文学知识》2003 年第 5 期。

南杨氏校刊家塾本，金陵刘文奎、刘文楷家塾刊刻的《金陵吴氏校刻本》以及光绪二十一年（1895）金陵状元阁刊本。光绪二十七年李承渊刻求要堂本，民国《四部备要》收此本。光绪金陵状元阁刊本，民国七年（1918）上海会文堂影印滁州李氏刻本。民国十三年（1924）上海中华书局铅印本等。康绍镛、吴启昌皆为姚鼐弟子，李承渊为后学。刊刻者最能体现流派总集刊刻者的面貌，家塾、书坊、弟子皆为之刻印。

《碑传集》共一百六十四卷，为桐城派文人钱仪吉辑成，历时三十余年，编成于道光末年，光绪年间，江苏布政使黄彭年收到钱志澄所寄此书，重新编次厘订并为付刊，遂有光绪十九年（1893）江苏书局刻本。《乾坤正气集》多达五百七十五卷，由姚莹、顾沅、潘锡恩辑成，刻成更为曲折。原书由姚莹于道光十八年（1838）从吴门顾沅家中藏书收集整理，编成之《乾坤正气集》，因事未能付印。道光二十三年（1843），潘锡恩又请顾沅再搜访增补，并在每集前加小传。道光二十八年潘锡恩校订刊刻。此书刻成后未及印刷，值潘锡恩引疾归里，又逢太平军战乱，版藏于家。战后版片全部幸免于战火。同治四年（1865）吴坤修闻版尚存，与潘锡恩子骏文商议运至皖省，并重新检校印刷。因此此书为道光二十八年（1848）泾县潘氏袁江节署求是斋刻光绪十八年（1892）印本。曾国藩纂《详注十八家诗钞》《三十家诗钞》、涂宗瀛编《童蒙必读书》、王拯纂《归方评点史记合笔》皆有官办书局的本子。

姚鼐辑《五七言今体诗钞》共十八卷，曾刻于金陵，嘉庆十三年（1808）姚鼐复加删订邮寄弟子程邦瑞，邦瑞以"是编虽与王文简公《古诗钞》意趣稍殊，而其足以维持诗教，启迪后学则一也。爰重为校付剞劂"①。除嘉庆十三年（1808）程邦瑞刻本外，又有同治五年（1866）金陵书局刻本。

其他桐城派文人编刻总集筹资各有不同，影响较大的还有多种。如王昶辑《湖海文传》七十五卷，为清代古文集。其孙王绍基得阮元资助，于道光十七年（1837）设局开刻，板留城内尊经阁。咸丰十年（1860）因战乱，雕版被守校者质押救急，后由江苏按察使应宝时助资赎还。道光十七年（1837）刻，至同治五年（1866）始印成。陈兆麒选《国朝古

---

① 陈邦瑞：《序》，姚鼐辑《五七言今体诗钞》，清嘉庆十三年（1808）绩溪程邦瑞刻本。

文所见集》十三卷，为道光二年自刻。陈兆麒为休宁人，师事姚鼐受古文法。此书共选一百六十篇，有顾炎武、毛际可、陈廷敬、汤来贺、冯景、方苞、刘大櫆、茅星来、姚鼐、吴定、方东树、管同、梅曾亮、朱仕琇、王芑孙、卢文弨、宋琬等数十人，以桐城派作家为多，论文也一依桐城为宗，以为"本朝作者极盛，究之能嗣熙甫者，惟桐城方刘姚三家为得其宗"①。

另如姚椿辑《国朝文录》八十二卷，计文一千三百八十首，仿姚鼐《古文词类纂》例，分卷序次有所改动。选录篇章以"明道""纪事""考古有得""文章之美"为标准，尤重词美。张祥河云："读者即所录以偏览二百余年来文人之集，其学术之偏正亦略可辨别。"②李慈铭《越缦堂读书记》认为是书以桐城诸家文录最多，别派文章亦有所选录，"时有不经见之作"。据张祥河序云，是书于道光三十年（1850）完稿后，姚椿将书稿寄给时任陕西巡抚的张祥河，由张祥河组织西安官署僚友校勘并付梓，刻成于咸丰元年（1851）。

梅曾亮辑《古文词略读本》盖袭其师姚鼐之《古文词类纂》，选得三百余篇，且增诗歌一类。其选文宗旨是："论古今成败人物，子瞻、明允为优，然词繁而义亦俭矣。管仲、留侯诸论其笔势多可喜，盖便于学科举者焉。要其文之至者，别有在也。子由诸论则无取焉耳。文衰于东汉，诗至齐梁弱矣，以其未入于律也而概谓之古诗，则子建、叔夜之文未尝非古文也，然气则靡矣。今取王渔洋《古诗选》为鹄而汰其大半，于李杜韩之五古则增入之。"③ 此书光绪三十一年（1905）五月初版，价一元二角，九月立即再版，在北京、上海和济南同时发行，北京宏道学舍、上海商务馆、济南官书局为此书发行所，显然有不错的市场。吴汝纶评选古文之著《桐城吴氏古文读本》与梅书相似，由经营性书局多次再版。此书由上海文明书局铅印，光绪三十年三月初版，三十一年二月再版，三十二年四月三版，基本一年一版。这类于清末时刊成的桐城派选本也

---

① 陈兆麒：《序》，陈兆麒选《国朝古文所见集》，道光二年（1822）自刻本。
② 张祥河：《序》，姚椿辑《国朝文录》，清咸丰元年（1851）华亭张祥河终南山馆刻本。
③ 梅曾亮辑：《古文词略读本》卷首《凡例》，清光绪三十一年（1905）京师宏道学舍铅印本。

反映了在时代风气变化时桐城派文人的努力。吴汝纶在北方教育地位极高，此书多被学校选用。关于此书反映的新旧学的关系，常堉璋说："先生之于文，举圣贤豪杰道德事功以及西人哲理，无不一以贯之。然则新旧之争，因无当于要指，而今之置身学界，其或为进化耶？国粹耶？苟进求之先生之说，其亦皆可怡然而有以自得也耶？"① 另如桐城姚永朴、姚永概著作也多在学校形成影响。《桐城二姚丛著》五种四十八卷有北京正志中学铅印本。姚永朴编《历代圣哲学粹前编》十八卷《后编》二十六卷也是教学之用，由官方刻印。此书民国二十三年（1934）由周学熙倡议并刊刻。采经史百家中要语为学说，作为前编，开县李大防、长消陈朝爵择古之开宗派者编学案为后编。传理学概要，有立教说、明伦说、敬身说等，以尚志、为学、明体、达用、训俗、齐家、保国、居官、缔交、涉世等务。可见桐城派文人为学说进行的不懈努力。

王先谦辑《续古文辞类纂》三十四卷为其自刻本。王先谦（1842—1917）为同治四年（1865）进士，湖南长沙人，官至国子监祭酒、江苏学政。王先谦编辑此书为师法姚鼐编选《古文辞类纂》之意，推求义法渊源，以振兴世道人心。序云："逮粤寇肇乱，祸延海宇，文物荡尽，人士流徙展转，至今困犹未苏。京师首善之区，人文之所萃集，求如昔日梅、曾诸老声气冥合，箫管翕鸣，邈然不可复得，而况山陬海澨，夐陋寡俦，有志之士，生于其间，谁与祓濯而振起之乎？观于学术盛衰升降之源，岂非有心世道君子之责也。"② 此书选乾隆至咸丰年间三十九人古文，尽为桐城派人物，论其得失，区别义类。刊成于光绪八年（1882），为清末极有影响的文选。

吴闿生辑《晚清四十家诗钞》由其弟子贺培新及同门合资谋刻，收录四十一家，分三卷，辑诗六百四十六首。吴闿生云："夙不能诗，而颇知好慕，交游师友以及海内名流，每有佳章，未尝不流连钞诵。既久，积若干卷，稍加诠次，写为一编，后生得此，于近代之诗亦可以尝一哈

---

① 常堉璋：《序》，吴汝纶评选《桐城吴氏古文读本》，光绪三十三年（1907）上海文明书局铅印本。

② 王先谦：《序》，王先谦辑《续古文辞类纂》，光绪八年（1882）王先谦自刻本。

水而知江海也。"① 吴氏父子交游遍海内,阎生辑众师友之诗萃而编之,卷端各有作者小传,行间时有评点及创作背景介绍,其于一代文献之流布,不可谓无功,然时代之变,已使此书无甚反响。

除以上的刻书支持方式外,还有一些财力雄厚的桐城派文人广刻百书。如黄奭(1809—1853),一生辑佚传本二百八十余种,刻《知足斋丛书》十三种、《清颂堂丛书》八种,耗资巨大。其家世业盐,富藏书,曾捐为刑部郎中,并丁道光十二年(1832)赐为举人,做官不久归家,以辑佚刻书为乐。桐城派文人通过各种渠道大量刊刻别集、地方文献、总集,留下了数量巨大的典籍,也推动了桐城派的影响力在地域上的扩大。

综上,桐城派文人治生的财力与流派发展壮大有直接的关系。一是通过财力支持宗族教育来培养人才,二是通过财力刊刻著述促进传播和扩大影响。桐城派的官员对宗族公产的捐献力度最大,各家族财力不一,对子弟的培养作用极大,都注重了对穷困子弟的扶助。在政策上倾向对科举人才的培养,直至民国以后发生转变。通过这些人才培养的手段使文脉有厚实的人才基础,也使家族势力长久不堕。正因为家族经济参与到人才培养中,才可看到桐城派中往往兄弟父子、族属宗亲相继学习古文,成为流派成员。桐城派的著述极丰,刊刻形式多样,分自刻、他刻、家族与地方文献及总集刊刻等不同状况,各作论述,皆基于财力才得以实现。

---

① 吴闿生:《总目》,吴闿生辑《晚清四十家诗钞》,民国十三年(1924)文学社刻本。

结　语

桐城派形成与发展的机缘，前期有领袖人物，中后期有中坚人物，这些人物占据了传统社会的政治与学术资源，掌握有政治权力和学术话语权，并借助政治和学术权力来推广自己的文学观念，客观上适应了科举社会文人通过科举入仕等治生需求，因此得以成为一个全国性的文派。桐城派实则是一个相对松散的社会团体，没有绝对一致的文学观念和学术理念，没有章程，没有稳定的经费来源，没有机构。那么，为何桐城派能得到世人相对统一的认同，为何构成派别的公众印象？其实是以文学观念号召为表，以治生方式形成的政治和学术权力圈为里，共同构建了影响清代直至民国文学与学术走向的流派。

另外，作为依托传统科举社会生长的，与仅以学术观念认同形成的学术流派比较，桐城派由于适应科举社会的治生方式，利用领袖人物掌握的政治和学术权力，推广传播流派的文学观念，扩展流派的社会势力，使之更具生命力，成长为全国性文派。同时，由于桐城派依托的是传统社会的权力机构，其文学观念也适应科举考试的要求，自然会随着以儒家意识形态为基础构建的传统社会的解体而消亡。可见，一个流派传衍的生命力在于其观念的独立性和合理性，以及随着时代潮流变化而变化的创新能力。

本书一方面探究了桐城派文人的治生面貌，包括观念、践行和收入状况；另一方面揭示了桐城派文人的治生行为与流派的关系，并从三个方面进行了深入探讨：一是因治生需求形成的圈子直接影响了流派的群体面貌，事实上圈子本身就是流派的成员基础；二是治生活动影响文学和学术情况，并进一步考察流派本身由治生决定的权重，文学倾向并不是流派的唯一标准;三是通过桐城派文人的财力对流派人才培养和著作弘扬的状况来论证治生对流派发展所产生的重要作用。对以上问题本书尽可能完整和全面的范围内进行讨论,使结论不致偏颇。

然而一个流派是如此丰富复杂的群体,将其还原到历史中解读有诸多的困难,即使设立了当前的这些维度,也不尽能揭示它的所有特征和规律。因此这也是一个有很大空间的课题,值得继续探讨。

附 录 一

桐城派文人科举职业简表

说明：

1. 本表以刘声木《桐城文学渊源考》为基本依据，去除明代私淑归有光诸人；

2. 增入桐城籍与桐城派确定相关士人，如戴名世、方舟等；

3. 增入与桐城派主要学者有确定师承关系的学者，如贺葆真等；

4. 科举、职业、师承主要依据刘声木《桐城文学渊源考》、马其昶《桐城耆旧传》、尚小明《清代士人游幕表》、赵尔巽《清史稿》中列传记载；

5. 姓名栏中，名无考而存字号者，以逗号将字号与姓隔开。空格为情况不详。

序号	姓名	籍贯	科举	职业	师承
1	戴名世	桐城	康熙四十八年进士	翰林院编修。入吏部侍郎李振裕幕、太常李应鹰幕、福建考官孙勷幕、国子监学正赵吉士幕、浙江学政姜橚幕	长于史传，文为方苞所重
2	薛熙	常熟	布衣	未仕	师事汪琬，私淑归有光
3	俞昌言	嘉定	乾隆三十六年进士	苏州府教授	私淑归有光
4	贾敦艮	平湖	诸生	授徒为业	宗归有光

续表

序号	姓名	籍贯	科举	职业	师承
5	刘跃云	阳湖	乾隆三十一年进士	工部左侍郎	私淑归有光
6	萧正模	将乐	拔贡	泰宁县教谕	师事朱仕琇，学归有光文
7	顾奎光	无锡	乾隆十五年进士	泸溪知县	学归有光文
8	毛燧传	阳湖	诸生	主讲芍庭书院	私淑归有光
9	金复堂	歙县	乾隆十三年进士		宗归有光
10	张士元	震泽	乾隆五十三举人，一说乾隆三十三年	候选教谕	以归有光为宗法
11	沈大成	华亭，一说娄县	诸生	黟县教谕、嘉定教谕	以归有光、方苞为宗
12	俞岳	震泽	诸生	太仓州教谕	私淑归有光
13	任哲	巴陵	诸生	安化县学训导，教授乡里四十余年	宗欧阳修、归有光
14	吴卓信	常熟	诸生		师事冯伟，学欧阳修、方苞文
15	龚黼休	巴陵	道光二十九年拔贡	补用知府	宗法吴敏树
16	冯登府	嘉兴	嘉庆二十五年进士	宁波府教授	与吴德旋友善，受姚鼐文，学归方诸家
17	彭绍升	长洲	乾隆二十二年进士	候选知县	宗法归有光
18	张观澜	昆山	诸生		师事彭绍升、汪缙
19	汪缙	吴县	诸生	候选训导，主讲建阳书院	与彭绍升以文学相切摩，肆力古文
20	彭绩	长洲	布衣		与彭绍升等以文学相切摩

续表

序号	姓名	籍贯	科举	职业	师承
21	薛起凤	长洲	乾隆二十五年举人	主讲沂州书院三年	与彭绍升、汪缙等以文学相切摩
22	吴敏树	巴陵	道光十二年举人	济阳县训导	独学归有光
23	杜贵墀	巴陵	光绪元年举人	历主芍庭、经心、岳阳、校经等书院。主湘水校经堂二十余年	师事吴敏树
24	吴镜蓉	巴陵			吴敏树子，传其学，早卒
25	张海珊	吴江	道光元年举人		师事张士元
26	张履	震泽	嘉庆二十一年举人	句容县训导	师事钱仪吉、张海珊
27	高均儒	闽县人，寄籍秀水	诸生	主讲城东讲舍	得归、方正轨
28	俞树滋	震泽	诸生		师事张士元
29	吴绍曾	秀水	诸生		私淑归有光
30	王元启	嘉兴	乾隆十六年进士	将乐知县，历主道南、金石、樵川、华阳、崇本、溅源、嵩庵、重华、鲲池等书院讲席三十年	雅近归有光
31	曹佐熙	益阳			师事杜贵墀
32	法坤宏	胶州	乾隆六年举人	大理寺评事	私淑归有光、方苞
33	方大淳	巴陵	道光十三年进士	兵部主事，记名军机章京	与吴敏树善
34	孙原湘	昭文	嘉庆十年进士	翰林院编修，历主玉峰、毓文、紫琅、娄东、游文、洋川等。又教授乡里	宗归有光
35	吴嘉淦	吴县	道光十八年进士	户部河南司郎中，主讲敬业书院	宗归有光、汪琬

续表

序号	姓名	籍贯	科举	职业	师承
36	冯培元	仁和	道光二十四年进士	光禄寺卿、兵部左侍郎、湖北学政	师事吴嘉淦咸丰壬子殉难
37	季锡畴	太仓	诸生		师事李兆洛，私淑归有光
38	顾湘	常熟	监生		师事季锡畴二十年
39	华翼纶	无锡	道光二十四年举人，一说道光二十三年举人	候补同知	私淑归有光、方苞、刘大櫆、姚鼐等
40	张瑛	常熟	举人	青浦县教谕，主讲亭林书院	私淑归有光，与冯志沂、季锡畴切磋。师事曾国藩与兄张璐
41	张昭潜	潍县	诸生	主讲尚志堂书院，居家授徒	为文取法归有光
42	叶德辉	湘潭	光绪十八年进士	吏部主事	私淑归有光、方苞、姚鼐、张惠言等
43	曾倬	常熟	康熙三十八年举人	候选知县	宗归有光
44	张贞	安丘	康熙十一年拔贡	翰林院待诏	交汪琬，文似归有光
45	孙自务	安丘	诸生		私淑杞园，以归有光为宗
46	李若千	安丘			以归有光为宗
47	马汉旬	安丘		官磁州	师事杞园，以归有光为宗
48	李大本	安丘	雍正十三年举人	宝庆府理瑶同知	师事马汉旬
49	周大璋	桐城	雍正二年进士	松江府教授	私淑归有光

续表

序号	姓名	籍贯	科举	职业	师承
50	林佶	闽县	康熙五十一年进士	内阁中书	师事汪琬
51	董麒	长洲	康熙三十九年进士	翰林院庶吉士	师事汪琬
52	柯煜				师事汪琬
53	林正青	闽县	诸生	淮南小海场盐大使	林佶子，传父学
54	沈炳巽	归安			师事柯煜，授以汪琬古文法
55	孙炘	嘉善	诸生		师事汪琬
56	韩奕				师事曾倬
57	毛师坚	阳湖	诸生		毛燧传子，传父业
58	冯伟	太仓	乾隆三十六年举人	喜讲学，教授乡里	宗归有光
59	张宝熔	娄县	诸生		师事沈大成
60	班艮笃	闻喜			宗归有光
61	鞠濂	海阳	诸生	平原县训导	私淑归有光、方苞
62	钱大昕	嘉定	乾隆十九年进士	詹事府少詹事，主讲紫阳书院	以欧阳修、曾巩、归有光为宗
63	王鸣盛	嘉定	乾隆十九年进士	光禄寺卿	宗归有光
64	丁子复	嘉兴			私淑归有光
65	王元文	吴江	诸生		折中归有光、方苞
66	查梦壁	怀宁			归有光
67	陈揆	常熟	诸生		宗归有光
68	游甸荣	临川	诸生	候选教谕	私淑归有光，学方苞、姚鼐
69	游士棠	临川	诸生		师事族父游甸荣
70	游宗酢	临川			师事从曾祖游甸荣与周黼麟
71	吴绩	平江	诸生		以归有光、方苞为宗
72	杨蕻	金溪	乾隆三十六年举人	分宜教谕、大理寺评事	私淑归有光、方苞

续表

序号	姓名	籍贯	科举	职业	师承
73	牟愿相	栖霞	诸生		以归有光为法
74	华玉淳	无锡	诸生		从顾栋高游文，近归有光、欧阳修、曾巩
75	万承勋	鄞县	雍正五年贤良方正	磁州府知府	万言子，承家学
76	温芝田	乌程			师法归有光
77	朱彬	宝应			好归、方文
78	董元赓	平原	监生		师事鞠濂
79	饶廷襄	龙岩	嘉庆二十三年举人		文宗归有光，说礼宗方苞
80	任兆麟	震泽	诸生，嘉庆元年举孝廉方正		师事彭绍升
81	江沅	吴县	嘉庆优贡生		师事彭绍升
82	归立方	长洲			师事汪缙
83	汪文藻	吴县		处士	师事从祖缙
84	汪士侃	无锡	嘉庆十四年进士	双流知县、工部主事，主讲月湖书院	私淑归有光，与冯登府、吴德旋友善
85	陈祖望	山阴	诸生	主讲淇泉书院	宗法归有光、方苞
86	顾承	长洲		处士	学于彭绍升、汪缙
87	冯立方	太仓			冯伟子，传家学
88	程心质	常熟		处士	师事汪缙
89	程庆燕	仪征	诸生		咸丰癸丑殉难
90	张文璇	吴江	同治七年进士	兵部主事，主顿塘、切问书院	学归有光文
91	杨宗履	金溪		世袭云骑尉	师事游甸荣。杨士达子
92	张涵	震泽			杨士元子，追承遗绪
93	陈同文	慈溪		以副贡充八旗教习，铨授靖安知县	酷爱归有光文
94	朱小西				尽得欧阳修、归有光义法

续表

序号	姓名	籍贯	科举	职业	师承
95	辜湟	上饶	道光十九年举人	湖南候补知县	喜归有光、朱仕琇文
96	邵志纯	仁和	诸生，嘉庆年间举孝廉方正		与彭绍升、秦瀛善
97	吴庭树	巴陵	诸生		吴敏树弟，从之读
98	吴念谷	巴陵	同治三年副榜		吴敏树子，传家学
99	方大堪	巴陵			师事妇翁杜贵墀
100	雷飞鹏	嘉禾	光绪十九年举人	宽甸、西安知县	师事杜贵墀
101	段,伯猷	湘潭	诸生		师事杜贵墀
102	周声洋	长沙	优廪生		师事杜贵墀
103	周声溢	长沙	光绪十五年举人	精于医，悬壶济世	周声洋弟，师事杜贵墀
104	钱昌澜	武陵	光绪二十一年优贡		师事杜贵墀
105	陈祖延	钱塘	诸生		师事高均儒二十二年
106	法士恂	胶州			师事从父坤宏
107	朱振咸	秀水	诸生		私淑吴绍曾
108	张尔旦	常熟	诸生		师事孙原湘于洋川
109	江,树叔	昭文	举人	教谕	师事孙原湘
110	祖哲		诸生	吴嘉洤延致家塾	与嘉洤以文切磋
111	虞景璜	镇海	光绪八年举人	主讲灵山、芦江等书院	喜究归有光、方苞古文
112	李炯	怀宁	光绪十七年举人	直隶盐运使司知事	得归有光正轨
113	陈宝璐	闽县	光绪十六年进士	刑部主事	私淑归有光、姚鼐

续表

序号	姓名	籍贯	科举	职业	师承
114	洪良品	黄冈	同治七年进士	翰林院编修、山西乡试正考官、监察御史、兵部、户部给事中	师事朱小西
115	洪根海				师事张瑛
116	秦树丰	无锡	诸生	候选训导	师事妻父张瑛
117	刘巽权	阳湖		处士	好曾国藩、吴敏树古文
118	赵国华	丰润	同治二年同进士	山东候补道署理按察使,主讲尚志书院	学韩愈、归有光、方苞文
119	王荣商	镇海	光绪十二年进士	翰林院侍读	私淑归有光
120	郭恩孚	潍县	监生	分省补用知县	师事张昭潜,受古文法三十年
121	朱之榛	平湖	荫生	举证扬海河务兵备道,署理江苏布政使	师事高均儒,与鲁一同、梅曾亮以文相切磋
122	陈秀贞	闽县			陈宝璐女,沈觐室。承父学归有光、姚鼐文
123	方舟	桐城	诸生	授经姑熟、登、莱间	方苞之兄,苞师事之
124	方苞	桐城	康熙三十八年江南乡试第一,四十五年进士第四	礼部右侍郎。入江南学政高裔幕、张榕端幕	抗希堂全集十六种。以理入文
125	方构	桐城	乾隆三十年举人	坐馆于朱筠家	师事方苞
126	蔡世钹	玉山	举人	和平知县	私淑鲁九皋
127	张尹	桐城	乾隆元年进士	长乐知县	师事方苞
128	叶酉	桐城	乾隆元年博学鸿词,四年进士	国子监司业、左春坊左庶子、翰林院编修。主讲钟山书院十余年	师法方苞。诗经拾遗、春秋究遗、易经补义

续表

序号	姓名	籍贯	科举	职业	师承
129	王又朴	天津	雍正元年进士	庐州府同知、河东盐运司运同	师事方苞
130	吴云				通六艺经传之辞
131	王兆符	大兴	康熙六十年进士		师事方苞
132	黄豫元				师事鲁九皋
133	程鉴	歙县	康熙十二年进士	兵部主事	师事方苞
134	朱书	宿松	康熙四十二年进士	翰林院编修	与方苞友善
135	李觉	南丰			师事鲁缜
136	刘齐	无锡	康熙二十五年拔贡	直隶州州判	与方苞友善
137	汪龙冈	新息		合浦知县	师事方苞
138	徐流芳	无锡		客漕督长白顾琮所	师事方苞
139	黄世成	信丰	乾隆元年进士	礼部主事	师事方苞
140	官献瑶	安溪	乾隆四年进士	詹事府司经局洗马。主讲鳌峰书院	师事方苞,称高第弟子
141	尹会一	博野	雍正元年进士	工部左侍郎	师事方苞
142	雷鋐	宁化	雍正十一年进士	都察院左副都御史	师事方苞。文道气最深
143	沈彤	吴江	乾隆元年博学鸿词	九品官	师事方苞
144	黄兆藻	新城	光绪二十八年举人	拣选知县	私淑桐城
145	沈廷芳	仁和	乾隆元年博学鸿词	庶吉士、山东按察使。粤秀书院	师事方苞
146	曹一士	上海	雍正八年进士	兵科给事中	私淑方苞
147	陈大受	祁阳	雍正十一年进士	协办大学士、两广总督	师事方苞。恪守方说,称高第弟子

续表

序号	姓名	籍贯	科举	职业	师承
148	单作哲	高密	乾隆元年进士	池州府同知	师事方苞，笃师说，家居以教子弟
149	程于门		乾隆召试中书		深信而恪守方苞之学
150	陈浩	昌平	雍正二年进士	詹事府少詹事。主讲大梁书院	师事方苞
151	江有龙	桐城	乾隆九年副榜，荐举博学鸿词	江宁府教授	与刘大櫆并称为古文学，得方苞家法
152	方道章	桐城	雍正十年举人	拣选知县	方苞子，古文承家学
153	谢学崇	南康	嘉庆七年进士	归德知府、开归陈许道	师事吴际蟠
154	诸洛	无锡	诸生		交徐流芳得方苞义法
155	罗有高	瑞金	乾隆三十年举人	入凤凰山受族子弟。坐馆奉化张凤竹、鄞县邵洪二家	师事雷鋐、朱仕琇。喜艰苦癖涩之音。文品绝高。杂浮图家言
156	黄钟	昆山	诸生	阜宁县训导，游学靖江	师承程鉴
157	张德安	华容			少出陈学灏之门，得方苞义法
158	成城	仁和	乾隆二十五年进士	候选知县。主讲松林书院	师事沈廷芳
159	卫晞骏	韩城	举人	仪征知县	师事沈廷芳
160	王昶	青浦	乾隆十九年进士	刑部右侍郎。主讲娄东、敷文书院，从游二千人	师事沈彤
161	伊朝栋	宁化	乾隆三十四年进士	光禄寺卿	师事雷鋐
162	李符清	合浦	乾隆四十八年举人	开州知州	师事汪龙冈
163	宋华国	雩都	诸生	石城县教谕，彭泽县教谕，主讲云阳书院	师事黄世成，与鲁九皋、罗有高游

续表

序号	姓名	籍贯	科举	职业	师承
164	韩梦周	潍县	乾隆二十二年进士	来安知县。主讲淮南书院	与鲁九皋、陈用光游，宗方苞
165	阎循观	昌乐	乾隆三十一年进士	吏部考功司主事	宗方苞
166	陈经	荆溪	布衣		师事秦瀛
167	阴承方	宁化	诸生		与雷鋐、朱仕琇友善
168	吴贤湘	宁化	嘉庆四年进士	邵武府教授，翰林院典籍、主讲樵川、泉上书院	师事阴承方、朱仕琇、阴朝栋
169	伊秉绶	宁化	乾隆五十四年进士	惠州府知府、扬州府知府，署理苏松太兵备道	朝栋子，师事阴承方、吴贤湘
170	刘鸿翱	潍县	嘉庆十四年进士	太湖同知、福建巡抚	师事韩梦周，与薛莱峰交
171	廖鸿章	永定	乾隆二年同进士	翰林院检讨。主讲紫阳书院	师事雷鋐，朱仕琇妹夫
172	薛莱峰	寿光			师事刘鸿翱、韩梦周
173	邵懿辰	仁和	道光十七年举人	刑部员外郎	文宗方苞，从梅曾亮受古文法
174	徐侃	来安	乾隆四十二年拔贡	从韩梦周读书来安县署	师事韩梦周、汪缙
175	徐家纶	昆山	诸生		宗方苞，潜心理学
176	吴大廷	沅陵	咸丰五年举人	台湾兵备道	与舒焘、王拯、冯志沂、吴敏树友善。文宗方苞
177	陈光章	同安			师事官献瑶、朱仕琇
178	李文渊	益都	诸生		笃信方苞之说，谨于义法
179	张璐	常熟	道光二十五年进士	刑部湖广司主事	与朱琦、冯志沂友善。文宗归有光、方苞

续表

序号	姓名	籍贯	科举	职业	师承
180	吴汝纯	桐城		光禄寺署正	师事吴汝纶,私淑方苞、姚鼐,与贺涛、范当世友善,汝纶弟
181	单为鏓	高密	道光元年举孝廉方正,二十九年举人	栖霞县教谕。主济南书院、长清书院	私淑方苞。单作哲族孙
182	朱曾喆	历城	道光二十九年举人	宁阳县教谕	私淑方苞
183	刘蓉	湘乡	诸生	官陕西巡抚	师事刘大廷,与曾国藩、郭嵩焘、吴敏树友善
184	李江	蓟州	同治元年进士	兵部主事	文宗方苞
185	蔡寿祺	桐乡			学方姚、欧曾
186	何家琪	封丘	光绪元年举人	汝宁府教授	与孙葆田友善,学归有光、方苞
187	裘廷梁	无锡	光绪十一年举人	办报、办学	私淑方苞、姚鼐
188	吴直	桐城	乾隆三十七年举人,未赴试礼部	授徒于乡,足迹半天下,尝游京师	方苞中表,文相切磋。刘大櫆师事之
189	程茂	安东	诸生	.	与方苞友善
190	刘辉祖	怀宁	康熙二十九年举人		与方苞兄弟善,时相切磋
191	刘捷	怀宁	康熙五十年举人,年已五十四	曾在年羹尧四川巡抚幕、居江南督学幕	刘辉祖弟,与方苞兄弟善
192	方观承	桐城	监生,乾隆元年博学鸿词,以平郡王监试,引嫌不试	内阁中书、吏部郎中、直隶清河道、布政使、浙江巡抚、直隶总督、陕甘总督。曾入平郡王福彭藩邸为记室	师事族父方苞

续表

序号	姓名	籍贯	科举	职业	师承
193	赵青藜	泾县	乾隆元年进士	山东道监察御史	师事方苞
194	张甄陶	福清	乾隆十年进士	昆明知县。主讲五华、贵山、鳌峰书院二十年	师事方苞
195	孙廷镐	无锡	诸生	主讲蛟川书院	师事方苞。理学兼体用，喜言兵
196	陈从壬	怀宁	乾隆十五年举人	嘉定县教谕	师事方苞
197	周，桐圃			主讲岳麓书院	师事方苞
198	王豫	长兴	诸生		师事方苞。庄氏史案入狱，出狱后五年卒
199	吴燮	吴江	乾隆元年博学鸿词		师事方苞
200	沈淑	常熟	雍正元年进士	翰林院编修	与方苞同事，文相切磋
201	余荣	宜黄	壬子举人		师事方苞
202	陈仁	武宣	雍正十一年进士	道监察御史	师事方苞
203	龚巽阳	天门	举人		师事方苞，治三礼
204	光正华	桐城		处士	师事舅方苞
205	方文始	定远	诸生		师事方苞
206	方城	桐城	诸生		师事从兄方苞
207	吴，镜斋				师事方苞
208	王芑孙	长洲	乾隆五十三年举人	华亭县教谕	学方苞，交刘大櫆、鲁九皋、秦瀛、彭绍升、汪缙
209	方式谷	桐城	嘉庆六年举人		方苞族孙，以方苞为宗
210	潘昶	吴江	诸生		与沈彤、沈闿交
211	张耕南	桐城		处士	师事叶酉

续表

序号	姓名	籍贯	科举	职业	师承
212	黄贤宝	长沙	乾隆四十八年举人	零陵县教谕。主讲环溪、仰高书院	师事周桐圃
213	揭观常	临川	诸生	候选训导	读方苞、刘朱诸家文，得义法
214	刘耀椿	安丘	嘉庆二十五年进士	兴泉永兵备道	私淑方苞
215	邹导源	无锡	诸生		宗方苞、刘
216	黄逢泽	长沙	诸生		学方苞
217	潘辰雅	荆溪		处士	学方苞
218	张泰来	沔阳	诸生		宗方苞
219	徐士芬	平湖	嘉庆二十四年进士	翰林院庶吉士、江南副考官、广东学政、户部右侍郎	私淑方苞
220	马福安	顺德	道光九年进士	六安知州	私淑方苞
221	刘载飓	清泉	诸生	直隶州州判	私淑方苞
222	张璇	奉化			师事罗有高，又为孙廷镐高第
223	宋曾源	奉化			师事孙廷镐
224	周步瀛	奉化			师事孙廷镐
225	屠之蕴	鄞县	监生		师事罗有高
226	雷定淳	宁化	乾隆十七年举人	清河县同知	雷鋐子，承家学
227	雷定澍	宁化	监生		雷鋐子，承家学，好义理
228	王涌芬	历城	乾隆二十四年举人	开化、宜良、楚雄知县	师事沈廷芳
229	法坤厚	胶州			师事沈廷芳，工画
230	刘廷举	长乐			与子永标皆师事沈廷芳
231	李玉璁	闽县	诸生		师事沈廷芳
232	怀仁				师事沈廷芳（隐拙斋集），宗室

续表

序号	姓名	籍贯	科举	职业	师承
233	程楚芳	歙县		佐武进庄公存与中州学幕	师事徐流芳、诸洛。为诸洛婿。工书
234	蒋同元	金坛	诸生		师事徐流芳
235	陈昙	番禺	贡生	揭阳教谕	师事伊秉绶
236	沈乐善	天津	乾隆六十年进士	贵东道	师事李符清
237	杨兆璜	邵武	嘉庆十四年进士	广平府知府	师事吴贤湘
238	韩，北岳	潍县	诸生		韩梦周族孙
239	张登岸	宁化	诸生		师事吴贤湘
240	谢霖雨	宁化	诸生		师事阴承方
241	刘永标	长乐	乾隆五十二年进士	江浦知县	师事沈廷芳
242	韩致经	潍县			韩梦周族子，家学
243	徐泮	临淄	诸生		师事韩梦周
244	张，远览				师事王昶
245	卫蔼亭				师事刘鸿翱
246	巫尹廷		诸生	候选训导	师事吴贤湘
247	张腾蛟	宁化	乾隆五十八年进士		师事伊朝栋
248	阴东林	宁化			师事伊朝栋
249	姜炳璋	象山	乾隆十九年进士	石泉县知县	师事雷鋐
250	朱凤鸣	阜阳	道光举人		师事刘庄年，咸丰殉难
251	王兰升	莱阳	同治十三年进士	翰林院编修	师事单为鏓
252	周彤桂	长清	光绪十七年举人		师事单为鏓
253	单祜堂	高密			师事族父单为鏓

续表

序号	姓名	籍贯	科举	职业	师承
254	潘欲仁	昭文	道光二十九年副榜	沛县教谕	师事张璐
255	范希曾	淮阴		南京国学图书馆编目	私淑方苞、姚鼐
256	侯佺	无锡		报恩道院道士	师事徐流芳学诗
257	单可玉	高密	贡生	睢州州同、卫辉府通判	单为鏓父
258	刘大櫆	桐城	雍正七年十年两登副榜，乾隆元年举博学鸿词、举经学，皆不遇	年逾六十得黟县教谕。主讲敬敷、新安书院	师事方苞
259	姚范	桐城	乾隆七年进士	翰林院编修，主讲天津、扬州书院	与刘大櫆友善，得方苞义法，与江若度、王洛、叶西、方泽友善
260	潘兰生	新城		内阁中书	师事鲁九皋
261	吴定	歙县	诸生，嘉庆元年举孝廉方正		师事刘大櫆
262	王灼	桐城	乾隆五十一年举人	东流县教谕，继刘大櫆主讲新安、衡山书院	师事刘大櫆，与金蕊中、程易畴、吴殿麟、丁小疋、张皋文交
263	程晋芳	歙县	乾隆三十六年进士	翰林院编修。家业盐，后读书致贫	师事刘大櫆。与周书昌言天下文章在桐城
264	江浚源	怀宁	乾隆四十三年进士	宁安知府、迤西兵备道	师事刘大櫆
265	陈家勉	桐城	诸生		师事刘大櫆
266	谢庭	桐城	布衣		师事舅祖刘大櫆
267	左坚吾	桐城	监生		师事外祖刘大櫆
268	汪梧凤	歙县	诸生		师事刘大櫆。经学出江永门

续表

序号	姓名	籍贯	科举	职业	师承
269	吴中兰	桐城	诸生，岁贡生	官建平县训导	师事刘大櫆。年甫冠而卒
270	陈世扶	桐城		居贫厉节，晚岁益困	年十余，投诗刘大櫆，受嘉勉
271	鲍桂星	歙县	嘉庆四年进士	工部右侍郎	师事吴定，中年后师事姚鼐
272	朱雅	桐城	乾隆五十九年举人	年七十得金坛县教谕	师事刘大櫆，与吴定、王灼交，与王晴园姻
273	吴逢盛	桐城	嘉庆六年举人	岁授生徒四五十人	师事刘大櫆
274	张水容	桐城	乾隆三十九年举人	奉贤训导	师事刘大櫆。张敏求大父行
275	李仙枝	桐城	诸生		师事刘大櫆
276	杨家礼	桐城	监生		师事刘大櫆
277	许节	桐城	诸生。嘉庆初岁贡，道光二十三年举京兆试	英山县训导	师事刘大櫆
278	张敏求	桐城	乾隆六十年举人	选奉贤令，忧归。改甘肃漳县，以目疾去官。贫不能自活。主陕豫诸省书院	师事刘大櫆
279	桂歆	桐城	诸生		师事刘大櫆
280	许畹	桐城	道光二十三年举人		许节子
281	张鹄	桐城	诸生		张水容子，传家学，又师事王灼
282	杨含英	桐城			杨家礼从子。师事刘大櫆
283	方怀萱	桐城	乾隆四十八年举人	大挑用四川南溪知县、权叙州雷波通判，历署安县、彭水	少孤，从刘大櫆学。尝手书刊刘大櫆诗文

续表

序号	姓名	籍贯	科举	职业	师承
284	甘运源	汉军正蓝旗		象冈司巡检	师事刘大櫆。工书
285	林纾	闽县	光绪八年举人	正志学校、北京大学教习	主张桐城古文
286	朱孝纯	汉军正红旗	乾隆二十七年举人	两淮盐运使	师事刘大櫆
287	方根矩	歙县	诸生	候选训导	师事刘大櫆
288	徐,昆山				私淑刘大櫆
289	吴绍泽	歙县	诸生		师事刘大櫆,与方根矩、金榜、郑牧、王灼友
290	郑牧	休宁	诸生		
291	金榜	歙县	乾隆三十七年进士	翰林院编修	师事刘大櫆。受经于江永。与吴定讲学论文
292	刘琢	桐城	诸生		师事族兄刘大櫆
293	许国	桐城			师事刘大櫆
294	吴邦佐	歙县	诸生		吴定子,承家学
295	吴邦俊	歙县	诸生		吴定子,承家学
296	鲍士贞	歙县	监生	刑部郎中、河南府知府	师事吴定
297	吴焜	歙县	诸生		师事吴定
298	武穆淳	偃师	嘉庆十二年举人	信丰知县、永新知县	师事鲍桂星
299	吴廷栋	霍山	道光五年拔贡	刑部右侍郎	师事陈家勉
300	涂文钧	嘉鱼	道光九年进士	江宁布政使	咸丰三年殉难。师事鲍桂星
301	程敦	歙县			师事汪梧凤,居不疏园最久
302	张调元	郑州	嘉庆十二年举人	浚县教谕	师事鲍桂星

续表

序号	姓名	籍贯	科举	职业	师承
303	方士淦	定远	嘉庆十三年进献诗册，恩赏举人	内阁中书	师事鲍桂星
304	吴孙琨	桐城	副榜	巴州州判	师事鲍桂星
305	吴孙珽	桐城	监生		师事鲍桂星
306	柳树芳	吴江	布衣，又称监生		好方、刘，与姚椿、沈曰富切文
307	谢振定	湘乡	乾隆四十五年进士	江南道监察御史	师事程晋芳
308	左庄	桐城	诸生		学刘大櫆
309	萧穆	桐城	诸生，光绪元年举孝廉方正	搜罗故籍，长于考证，于上海制造局翻译馆	师事钱仪吉、刘宅俊、方宗诚等
310	吴泽阶	桐城	监生		师事陈家勉
311	恭亲王永恩				与刘大櫆、朱孝纯讲习议论
312	程瑶田	歙县	乾隆三十五年举人，嘉庆元年举孝廉方正	嘉定县学教谕	师事刘大櫆
313	赵林	荆溪			与王灼同在歙县学古文
314	方泽	桐城	乾隆十二年优贡	候补知县。主讲洪洞玉峰书院。游河南学政李宗文、河北学政温如玉、山西学政幕	与姚范友善
315	吴巨珩	桐城	乾隆年间国子监生		师事刘大櫆
316	朱孝先	汉军正红旗，东海人			朱孝纯兄，师事刘大櫆
317	王贯之	桐城	道光二年举人		王灼子，承家学

续表

序号	姓名	籍贯	科举	职业	师承
318	许矿	桐城	乾隆四十五年举人	会同知县	私淑刘大櫆、姚鼐
319	史积贤	大兴	乾隆五十九年举人		师事王灼
320	杨涵芬	建水	嘉庆六年拔贡		师事江浚源
321	王朴				师事吴定
322	姚㻅	桐城			姚范孙，姚莹父，得范绪论
323	福申	满洲正黄旗	嘉庆十六年进士	内阁学士兼礼部侍郎	师事鲍桂星
324	陈思洛	桐城			陈家勉子，承家学
325	□，字竹淇	桐城	处士		师事张鹄
326	刘淳	天门	嘉庆二十一年举人	远安县教谕	师事鲍桂星
327	张，聿修	善化	诸生		学方苞、刘大櫆
328	王，仲明				师事张聿修，称高第。私淑刘大櫆
329	程伊在	歙县			师事汪梧凤
330	程士希	休宁			师事郑牧
331	曹瑾	河内	嘉庆十二年举人	补海疆知府，淡水厅同知	师事鲍桂星
332	孙钦昂	荥阳	咸丰六年进士	兴泉永道、翰林院编修	师事张调元
333	杨澄鉴	桐城	光绪二年进士	直隶候补知县。主沤西、研经、三乐、培文等书院	宗刘大櫆
334	柳兆薰	吴江	丁卯副榜	丹徒县学教谕	柳树芳子，承家学
335	杨光仪	天津	咸丰二年举人		私淑刘大櫆、曾国藩
336	姚鼐	桐城	乾隆二十八年进士	刑部广东司郎中。谢官出都，朱孝纯遣人迎至扬州，主梅花书院。后主钟山、敬敷书院	亲受文法于刘大櫆、姚范，一代宗主

续表

序号	姓名	籍贯	科举	职业	师承
337	管同	上元	道光五年举人		师事姚鼐于钟山，最承许与
338	刘开	桐城	诸生	主大雷书院。道光元年聘亳州修志	师事姚鼐、吴逢盛
339	姚莹	桐城	嘉庆十三年进士	广西按察使。主讲榄山书院	师事从祖姚鼐
340	陈用光	新城	嘉庆六年进士	礼部左侍郎	师事舅氏鲁九皋、姚鼐
341	方绩	桐城	诸生		师事姚鼐、刘大櫆
342	张聪咸	桐城	嘉庆十五年举人	留京师任觉罗官学教习。年仅三十二卒	师事姚鼐，与刘开为友。师段玉裁学音韵，师阮元学考证
343	胡虔	桐城	诸生，嘉庆元年举孝廉方正，谢不与试	历谢启昆、翁方纲、秦瀛幕	师事姚鼐。撰述多他人主名
344	马宗琏	桐城	乾隆五十一年举人，嘉庆四年进士	入阮元浙江学幕、毕沅幕、周兴岱粤东学幕。以大挑二等署合肥、休宁、东流县教谕	师事舅氏姚鼐。为马树华族父，马瑞辰父
345	左眉	桐城	乾隆五十四年拔贡	垂老，就职州判，辄弃。游京师授徒	师事姚鼐，又说私淑姚鼐。私淑方刘。徐松出其门
346	疏枝春	桐城	诸生。乾隆年间岁贡生		师事刘大櫆，复师姚鼐
347	管嗣复	上元	诸生		管同子，译西医书
348	章甫	桐城	乾隆四十四年举人	东乡县知县	师事姚鼐
349	姚宪	桐城			姚范孙，师事姚鼐、姚景衡

续表

序号	姓名	籍贯	科举	职业	师承
350	李宗传	桐城	嘉庆三年举人	历任浙江丽水、平湖、瑞安、建德、平阳、上虞等知县。助资河工，叙知府，除浙江督粮道。历任永州知府、成都龙茂道、累迁盐道、湖北布政使	师事从父李仙枝、姚鼐
351	姚景衡	桐城	乾隆五十七年举人	泰兴知县	师事方绩。姚鼐子
352	左朝第	桐城	嘉庆十五年举人	栋远知县，主讲中州书院	师事姚鼐。李棠阶出其门。左眉族叔
353	许鲤跃	桐城	乾隆六十年进士	镇江府教授	师事姚鼐
354	宗稷辰	山阴	道光十三年进士	山东运河道。主讲虎溪、濂溪书院、龙山苓社、香苓讲社、群玉讲社	师事李宗传
355	姚濬昌	桐城	监生	竹山知县。曾国藩幕	姚莹子。承家学
356	姚柬之	桐城	道光二年进士	大定府知府	师事族祖姚鼐
357	姚元之	桐城	嘉庆十年进士	授编修，历户兵刑侍郎，晋左都御史。主陕、甘、顺天乡试。督学河南、浙江	师事族祖姚鼐。左眉婿
358	张元辂	桐城	监生	广西州吏目，气貌矜高，不以卑官自屈。入巡抚谢启昆幕，书成自免归	师事姚鼐
359	潘鸿宝	桐城	诸生		师事姚鼐
360	马树华	桐城	嘉庆十二年副榜	汝南府通判、江西直隶州州判	咸丰三年殉难。师事姚鼐
361	温葆琛	上元	道光二年进士	户部右侍郎，主讲安定书院	师事姚鼐、梅曾亮
362	饶庆萱				师事鲁九皋
363	伍长华	上元	嘉庆十九年进士	湖北巡抚	师事姚鼐

续表

序号	姓名	籍贯	科举	职业	师承
364	郭麟	吴江	诸生		师事姚鼐,词尤隽永
365	杨希闵	新城	道光十七年举人	内阁中书,主讲海东书院	师事鲁九皋
366	陈兆麒	休宁			师事姚鼐
367	姚兴荣	桐城	乾隆九年举人	平定州州判	师事族子姚鼐
368	许所望	怀远	诸生		师事姚鼐
369	邓廷桢	江宁	嘉庆六年进士	闽浙总督	师事姚鼐
370	康绍镛	兴县	嘉庆四年进士	湖南巡抚	师事姚鼐
371	钱澧	昆明	乾隆三十六年进士	通政司副使	师事姚鼐
372	刘钦	江宁			师事姚鼐。校刊吴启昌本古文辞类纂
373	吴启昌	江宁			师事姚鼐。校刊姚鼐晚年定本古文辞类纂
374	毛岳生	宝山	诸生	世袭云骑尉	师事姚鼐,博通学术
375	鲁云	新城			师事鲁九皋
376	潘瑛	怀宁	诸生		师事姚鼐
377	徐璈	桐城	嘉庆十九年进士	浙江寿昌、山西阳城知县。主亳州、徽州等书院	师事姚鼐。与方东树交
378	光聪谐	桐城	嘉庆十四年进士	庶吉士,改刑部主事,典试贵州,再郎中,擢湖北荆宜施道,福建按察使、甘肃布政使、直隶布政使。引疾归。主讲淮南书院	师事姚鼐
379	秦瀛	无锡	乾隆三十九年举人	刑部右侍郎	与鲁九皋、陈用光、张士元交,见姚鼐受文

续表

序号	姓名	籍贯	科举	职业	师承
380	安诗	无锡金匮	道光十三年进士	吏科给事中，馆秦瀛家	师事陈用光、秦瀛
381	彭泽柳	亳州	诸生	庐江县训导	师事刘开
382	苏源生	鄢陵	道光二十年副榜，咸丰元年举孝廉方正	候选教谕。主讲文清书院十年，后主鄢陵书院	师事钱仪吉最久。宗宋儒
383	祁寯藻	寿阳	嘉庆十九年进士	休仁阁大学士、礼部尚书	师事其舅陈用光
384	徐熊飞	武康	嘉庆九年举人	赏翰林院典籍衔，掌平湖书院，客乍浦都统西将军幕	师事秦瀛、姚鼐
385	黄奭	甘泉	钦赐举人	刑部郎中	师事陈用光
386	徐子苓	合肥	道光十五年举人	和州学正。主讲夏邱书院	师事姚莹、刘庄年
387	孔宪彝	曲阜	道光十七年举人	内阁侍读。主讲启文书院	师事李宗传，与梅曾亮、曾国藩切磋
388	龚自珍	仁和	道光九年进士	礼部主事	师事李心传
389	宋维驹	雩都	嘉庆十二年举人	奉新县学教谕	师事姚鼐
390	黄汝成	嘉定	诸生	泗州训导	师事毛岳生
391	练恕	连平	诸生		师事毛岳生
392	徐松	大兴	嘉庆十年进士	榆林兵备道	师事左眉
393	钱仪吉	嘉兴	嘉庆十三年进士	刑科掌印给事中。历主学海堂、大梁书院	文宗姚鼐，崇实学，生徒众
394	吴庆蟠	新城	监生		师事鲁九皋
395	钱泰吉	嘉兴	诸生	海宁州学正。主海宁安澜书院	师事从兄钱仪吉，文法姚鼐
396	卜起元	武进	监生	浙江候补从九品	师事姚莹
397	德宣	襄平		江阴县知县	与毛岳生、李兆洛友善

续表

序号	姓名	籍贯	科举	职业	师承
398	曾国藩	湘乡	道光十八年进士	武英殿大学士	私淑方苞、姚鼐
399	向师棣	溆浦	诸生	江苏补用知县	师事曾国藩
400	黎庶昌	遵义	诸生	川东兵备道	师事曾国藩
401	薛福成	无锡	同治六年副贡	都察院左副都御史	师事曾国藩
402	薛福保	无锡	同治六年举人	四川候补府	学曾国藩
403	陈代卿	宜宾	咸丰十一年举人	胶州知州	师事曾国藩
404	刘庠	南丰	咸丰元年举人	内阁中书。主敦善、云龙书院主崇实书院二十年教授淮徐间三十年	师事曾国藩
405	王检心	内乡	道光五年举人	直隶候补道	师事姚莹之
406	秦缃武	无锡	监生	彭泽知县	秦瀛子
407	秦赓彤	无锡	咸丰六年进士	刑部主事。主东林书院十余年	秦瀛孙
408	赵之谦	会稽	咸丰九年举人	鄱阳县知县	师事李宗传
409	方培浚	桐城			方宗诚子,师事宗稷辰
410	孙世均	归安	诸生		宗姚鼐,好陈用光
411	邓嘉缉	江宁	同治十二年优贡	候选训导,署理铜山县学教谕	私淑姚鼐,邓廷桢孙
412	徐树铮	萧县	诸生		力模桐城家法
413	孔广森	曲阜	乾隆三十六年进士	翰林院检讨	师事姚鼐。姚鼐为山东乡试副主考,座师。孔子六十八代孙。受经于戴震
414	何彤文	南陵		郴州直隶州州判	师事姚鼐
415	姚通意	桐城			师事从父姚鼐,从居钟山书院最久
416	钱彝	桐城	诸生	仪征县学训导	文学方苞、姚鼐
417	黄金台	庐江	乾隆三十三年副榜	建平县学教谕	师事姚鼐

续表

序号	姓名	籍贯	科举	职业	师承
418	赵绍祖	泾县	诸生,道光元年举孝廉方正	滁州州学学正。主讲秀山、翠螺书院	私淑姚鼐
419	翁广平	吴江	诸生,道光元年举孝廉方正		师事姚鼐、张士元
420	齐彦槐	婺源	嘉庆十四年进士	苏州府同知	师事姚鼐
421	陈兰瑞	新城			陈用光子,承家学
422	李炳奎	夹江	嘉庆十八年举人	常德府同知。主讲刊水、文明书院	私淑姚鼐
423	叶有和	歙县			师事姚鼐
424	康综钰	兴县	诸生	两淮河垛场盐大使	师事姚鼐、绍镛兄
425	秦濂	无锡	乾隆四十五年举人	议叙知县,主讲敬胜书院	秦瀛弟,师事兄
426	徐家泰	建宁	诸生	崇安县训导	家恒从子,朱仕琇婿,师事朱仕琇、鲁九皋
427	沈镕				师事管同
428	倪良曜	望江	嘉庆十八年拔贡	江苏布政使	宗姚鼐
429	方元善	桐城			师事从父方绩
430	吴士鼐	桐城	诸生		师事钱彝学经,为刘开业师
431	蒋湘南	桐城	道光十五年举人	虞城县学教谕。主讲凤翔、丰登、宏道、冯翊书院	师事钱仪吉,高第弟子
432	曹肃孙	洛阳	诸生	许昌县学教谕	师事钱仪吉
433	李濬	太康	诸生	特赏内阁典籍衔,嵩县学训导	与苏源生交三十年,文近归有光
434	翟允之				师事钱仪吉、苏源生
435	王心	鄢陵	诸生		师事苏源生
436	王汝霖				师事苏源生
437	苏文炳				师事苏源生

续表

序号	姓名	籍贯	科举	职业	师承
438	贺葆真	武强			贺涛子,传家学
439	方昌翰	桐城	诸生	新野知县。主讲荆山书院	师事姚莹
440	潘眉	吴江	诸生	湖州黄冈书院五六年	师事郭麐
441	高嵩瑞	华亭		颍上县学训导	师事秦瀛
442	陈大庆	新城	监生		师事蔡世钹。陈用光孙,承其学
443	劳崇煦	怀宁			师事潘瑛
444	宫尔峄	怀远		西安府知府	师事徐子苓
445	秦丽	无锡			秦瀛孙,细武子,承家学
446	张逢壬		举人	堂邑县知县	师事宗稷臣
447	端木百禄	青田	道光拔贡	直隶州州判	师事宗稷臣
448	王栻	太仓			师事姚莹
449	徐金镜	武康	光绪二年举人	主讲乍浦书院	熊飞子,承家学
450	王儒行	祥符	诸生	候选训导	师事钱仪吉
451	唐仁寿	海宁	诸生	金陵书局校书	师事钱泰吉
452	李际云	洛阳			师事曹肃孙
453	李坦	洛阳	监生		与曹肃孙至善文相切磋
454	何松	慈溪	诸生	候选训导	师事钱泰吉
455	袁钧	鄞县	诸生,嘉庆初举孝廉方正		师事秦瀛
456	安吉	金匮	乾隆举人		师事秦瀛
457	孔厚德	洛阳			孔子后裔,师事曹肃孙
458	刘元培				师事蒋湘南,称高第
459	卢正烈				师事蒋湘南
460	江庆章	桐城	举人		师事光聪谐
461	王涤心	内乡	道光十二年举人	晋州知州	王检心弟,文相切磋

续表

序号	姓名	籍贯	科举	职业	师承
462	曹允源	吴县	光绪十二年进士	汉阳府知府	私淑曾国藩,近方苞、姚鼐
463	涂宗瀛	六安	道光二十四年举人	湖南巡抚	师事王检心
464	刘淇	五河	诸生	湖南财政厅长	师事刘庠
465	薛钟斗	瑞安		瑞安中学教员、瑞安图书馆馆长	私淑姚鼐、吴敏树
466	翁廉	湘潭	诸生	亳州知州	师事刘庠、王检心
467	刘孚京	南丰	光绪戊午进士	河源县知县	师事从父刘庠
468	赵昌晋	太谷	光绪二十年举人	内阁中书。民国后任职民政部	学方苞、姚鼐
469	刘孚同	南丰	诸生		刘庠子
470	曾纪泽	湘乡	荫生	兵部左侍郎	曾国藩子,承家学
471	张金镛	平湖	道光二十一年进士	翰林院侍讲	师事徐熊飞,与王拯、孙衣言、龙启瑞友
472	敖册贤	荣昌	咸丰三年进士	刑部主事	师事曾国藩
473	侯学愈	无锡		教谕	私淑曾国藩
474	王嘉诜	铜山	诸生	分省试用通判	师事刘庠
475	王定安	东湖	同治元年举人	安徽凤颍六四道	师事曾国藩
476	何如璋	大埔	同治七年进士	詹事府詹事。主讲韩山书院	好曾国藩
477	秦际唐	上元	同治六年举人	栋远知县	私淑姚鼐、曾国藩
478	叶毓桐	华阳人,桐城籍	咸丰九年进士	安肃兵备道	师事姚莹,与方宗诚、徐宗亮、吴汝纶、姚濬昌、马其昶等善
479	吴庆坻	钱塘	光绪十二年进士	湖南提学使,辛亥后不仕	学曾国藩
480	张美翊	鄞县	光绪副榜	直隶候补知府,辛亥后不仕	师事薛福成,博新学
481	虞辉祖	镇海	诸生		师事张美翊与族兄虞景璜,与二姚等切磋

续表

序号	姓名	籍贯	科举	职业	师承
482	江五民	奉化	诸生	锦溪书院	师事薛福成、张美翊
483	江起鲲	奉化	诸生		师事张美翊、江五民，致力经世
484	张惠言	武进	嘉庆四年进士	翰林院编修	得钱伯坰、王灼传刘大櫆之学，首倡义法于常州
485	恽敬	武进	乾隆四十八年举人	吴城同知	致力古文
486	钱伯坰	阳湖	监生		师事刘大櫆
487	张琦	武进	嘉庆十八年举人	馆陶县知县	师事其兄张惠言
488	董士锡	武进	嘉庆十八年副榜	候选直隶州州判	师事舅氏张惠言、张琦
489	周凯	富阳	嘉庆十六年进士	湖南按察使，高澍然延至厦门书院	师事张惠言、恽敬
490	陆继辂	阳湖	嘉庆五年举人	贵溪知县	与张惠言、恽敬、吴德旋、吴育、董士锡友，雅近桐城
491	江承之	歙县	布衣		师事张惠言，志于经
492	金式玉	歙县	嘉庆七年进士		金榜兄子，师事张惠言
493	杨绍文	山阴	监生	镇阳县县丞	师事张惠言
494	陈善	仁和	嘉庆六年举人	嘉善县教谕，主讲太平某书院	师事张惠言
495	汤洽名	武进	诸生	候补州同	师事张惠言
496	刘仪	武进	嘉庆六年举人	长兴知县，主琴冈书院	与周凯、高澍然切磋
497	吴青	吴江	诸生		与董士锡交，学张惠言

续表

序号	姓名	籍贯	科举	职业	师承
498	刘晓华	武进			刘仪子，复师事吴德旋
499	王甗	阳湖	诸生		与吴德旋、陈善、周凯友善
500	张成孙	武进	监生		张惠言子，继其学，师陆耀遹
501	张曜孙	武进	道光二十三年举人	湖北候补道，署理湖北督粮道	张琦子，得张成孙、张惠言绪论
502	陆耀遹	阳湖	诸生，道光初举孝廉方正	阜宁县教谕，主某书院，久居幕府	师事张惠言、张琦
503	薛玉堂	无锡	乾隆六十年进士	庆阳府知府	与钱伯坰、董士锡友
504	朱培年	无锡			师事薛玉堂
505	董思诚	武进	道光二十年举人		得外祖父张惠言之学
506	吕世宜	同安	道光二年举人	历主釜山、浯江、紫阳书院，后主淡江林氏馆	师事刘仪、周凯、高澍然
507	林鹗腾	同安	道光二十年进士	翰林院编修	师事周凯、高澍然
508	叶化成	海澄	道光十五年举人		师事周凯、高澍然
509	庄中正	平和	监生		师事周凯、高澍然、刘仪，与吕世宜友
510	林焜熿	同安	诸生		师事周凯、高澍然
511	罗梅	富阳	诸生		师事张惠言、高傅占，又从张惠言读书于吴山
512	戴熙	钱塘	道光十二年进士	兵部右侍郎，主讲崇文书院	咸丰庚申殉难，师事周凯
513	钟麐	长兴	咸丰十一年副榜	内阁中书	得姚鼐、恽敬之传，尚朴学
514	董祐诚	阳湖	嘉庆二十三年举人		师事陆耀遹

续表

序号	姓名	籍贯	科举	职业	师承
515	谭兰楣		献赋,赐举人		师事钱伯坰
516	崔景偶	永济	监生		师事张惠言
517	金篯伯	歙县			金式玉子,师事张琦
518	谢士元	武进	诸生		师事恽敬,谢岷从子
519	谢岷	武进			师事恽敬,与谢士元同受
520	祝百十	江阴	道光元年举孝廉方正		与张惠言、恽敬、吴德旋、李兆洛友善
521	祝百五	江阴	诸生		为诗喜集句,自出机杼者百无一二
522	吕子班	武进	嘉庆七年进士	宁波知府	师事张惠言
523	方铨	阳湖	监生		私淑姚鼐、张惠言、恽敬
524	秦臻	金匮	咸丰戊子举人	候补知县	秦瀛从孙
525	张珊英	武进			张琦女,监生章政平妻
526	高傅占	富阳	诸生		与张惠言、恽敬善
527	杨绍垣	山阴			师事张惠言
528	马瑞辰	桐城	嘉庆十年进士	庶吉士,改主事,再擢工部营缮司郎中。仕途起伏。后归,主江西白鹿、山东绎山、安徽庐阳书院	咸丰三年殉难,骂贼死。马宗琏子
529	庄叔枚	阳湖			与董士锡师事张惠言
530	余鼎		诸生		师事恽敬
531	杨元甲	瑞金	诸生		师事恽敬
532	邓炽昌	南昌			师事恽敬
533	吴赞	常熟	道光六年进士	刑部某司员外郎	师事张琦,娶琦女
534	杨春如				师事钱伯坰

续表

序号	姓名	籍贯	科举	职业	师承
535	黄蘅	歙县			师事张琦
536	杨金监	武进	诸生	候选训导	师事张琦，精经世之学
537	李曾馥	孝感	嘉庆十四年进士	江西信丰、永丰知县，宁都知州	师事恽敬
538	蔡廷兰	台湾	道光二十四年进士	峡江县知县、南昌水利同知，曾掌台南引心书院、崇文书院等	师事周凯、高澍然
539	朱葆禾	钱塘			师事妻父周凯
540	张式	无锡	诸生		师事薛玉堂、孙原湘
541	沈用增	孝感	咸丰八年举人		师事舅氏李西峰
542	庄棫	丹徒	监生	候补同知	私淑张惠言
543	方楷	阳湖		国子监典籍衔	方栓子
544	陈棨仁	晋江	同治十三年进士	刑部某司主事	师事吕世宜
545	林维源	龙溪		因垦植致巨富，官至太仆寺卿	师事吕世宜
546	吴德旋	宜兴	诸生		师事张惠言、姚鼐
547	姚椿	娄县	监生	历主夷山、荆南、景贤、龙山等书院	师事姚鼐
548	吕璜	永福	嘉庆十六年进士	西塘海防同知。主榕湖、秀峰书院十余年	师事吴德旋，桐城嫡派
549	彭昱尧	平南	道光二十年举人		师事吕璜、梅曾亮，与龙启瑞、朱琦、王拯齐名
550	沈曰富	吴江	道光十九年举人		师事姚椿
551	陈寿熊	吴江	诸生		咸丰十年殉难。师事姚椿

续表

序号	姓名	籍贯	科举	职业	师承
552	陈克家	元和	道光二十四年举人	候选教谕	咸丰十年殉难于江南大营,师事姚椿、毛岳生
553	杨象济	秀水	咸丰九年举人		师事姚椿、陈寿熊、沈曰富、顾广誉,传桐城嫡学
554	顾广誉	平湖	咸丰二年优贡,元年举孝廉方正	主讲龙门书院	师事姚椿,与陈寿熊、陈克家、沈曰富切磋
555	任朝祯	宜兴			与吴德旋善,致力古文
556	吴士模	武进	诸生		论文与吴德旋合
557	吴谨	宜兴	诸生		师事吕璜,吴德旋子
558	吴铤	武进	诸生		师事吴德旋
559	王国栋	歙县	监生		师事吴德旋,书问往还四十年
560	吴敬承	阳湖			吴士模子,师事族兄吴德旋
561	吴谔	宜兴	监生	平居以经教授乡里	师事吴德旋,与孙励、程德贲切磋
562	程德贲	婺源	监生		师事吴德旋,与孙励、吴谔、王国栋最善
563	邹澍	阳湖			师事吴德旋
564	张尔耆	娄县	诸生		师事姚椿
565	韩应升	华亭	道光二十四年举人	内阁中书	师事姚椿,精新学
566	柳以蕃	吴江	诸生		与沈曰富、陈寿熊善
567	凌泗	吴江	诸生,同治十二年副榜	内阁中书,主讲切问书院	师事陈寿熊

续表

序号	姓名	籍贯	科举	职业	师承
568	凌淦	吴江	咸丰九年举人	候选郎中，晚年在上海行医	凌泗从弟，师事陈寿熊，晚年好西学
569	方坰	平湖	嘉庆二十一年举人	钱塘县训导	师事顾广誉、徐熊飞
570	郑乔迁	慈溪	诸生	不治生产	师事吴德旋，与陆继辂、冯登府为师友
571	李龄寿	吴江	诸生	中年遁迹于医，精通轩歧，资以为生	与沈日富、陈寿熊等友善
572	唐启华	临桂	道光二十年举人		师事吕璜、梅曾亮，与彭昱尧、王拯、龙启瑞、朱琦友善
573	吕赓治	永福			吕璜子，传家学
574	李洵	永福	道光十四年举人	永平知县	吕璜婿
575	侯赓成	永福	道光十一年举人	衡水知县	师事吕璜
576	侯绍瀛	永福	光绪二年举人	清河知县	侯赓成子，习吕璜古文
577	陆与乔	宜兴	布衣		师事吴德旋
578	孙励	阳湖			师事其舅吴德旋，与程德赉、王国栋、吴谞友善切磋
579	孙曾颐	阳湖	监生		孙励子，吴德旋外孙。咸丰十年殉难
580	恽谷	武进			恽敬子，师事吴德旋
581	郭传璞	鄞县	同治六年举人	以名孝廉出为文幕	师事吴德旋
582	萧之范	寿州			师事吴育
583	陶淇	秀水		工书画	师事姚椿
584	陈景藩	阳湖	诸生	授徒	师事吴士模

续表

序号	姓名	籍贯	科举	职业	师承
585	张若曾	阳湖	诸生		师事吴士模
586	叶兰笙	娄县	举人		师事姚椿
587	陈赋	宜兴	拔贡		与吴德旋、李兆洛友善切磋
588	屈恩铨		诸生		师事杨象济
589	陆日爱	吴江		浙江候补同知	师事姚椿
590	熊其英	青浦	诸生	候选训导	师事张瑛，私淑姚椿
591	姚之烜	娄县	诸生	荆溪县训导	姚椿弟子
592	沈成章	秀水	光绪二年补博士弟子员	吴江柳氏家坐馆十九年	师事柳以蕃、诸福坤
593	郑庆笏	秀水	诸生		师事顾广誉、方垌
594	张锡恭	娄县	光绪十四年举人	礼学馆纂修	张尔耆子，传父学。辛亥后不仕
595	陶模	秀水	同治七年进士	文县、皋兰知县，秦州知州，直隶按察使等，后擢两广总督	师事沈日富、陈寿熊、杨象济，与顾广誉友善
596	吴涵	武进		国史馆誊录、顺天府通州吏目	吴士模子
597	薛仲德	无锡			薛玉堂子，师事吴德旋、李兆洛
598	何其超	青浦			师事姚椿
599	庄庆椿	震泽	监生		与陈寿熊、沈日富切磋
600	臧礼堂	武进	布衣		师事吴士模
601	林天直	江陵	诸生	候补同知	咸丰五年殉难。师事姚椿、王柏心
602	余，旬甫	嘉鱼			师事姚椿
603	黄怀孝	武进	诸生	候选训导	师事吴士模
604	朱清黼		诸生		师事吴士模

续表

序号	姓名	籍贯	科举	职业	师承
605	何,补之	青浦			师事姚椿
606	吴瑞珍	宜兴			师事族叔吴士模,族兄吴德旋
607	沈云	德清	道光二十四年进士	广西兴安知县	与吴德旋友善
608	刘枢	宜兴			师事吴德旋
609	王清瑞	秀水	处士		师事顾广誉
610	闻福增	太沧	光绪二年进士	庆符知县	师事顾广誉
611	王伟桢	秀水	恩赐举人	内阁中书	师事顾广誉、沈日富
612	贾敦临	平湖	诸生		与顾广誉、沈日富切磋
613	董兆熊	吴江	诸生,道光元年举孝廉方正		与顾广誉、沈日富相师友
614	王大经	平湖	道光二十三年举人	湖北布政使	师事方坰、顾广誉
615	陶然	长洲	咸丰十一年拔贡		师事陈寿熊
616	章来	娄县	同治十二年拔贡	候选教谕	与贾敦艮为师友,得方、姚正轨
617	沈金藻	平湖	诸生	嘉定巡检	师事方坰
618	傅鸿钧				师事沈成章
619	凌宝树	吴江	诸生		凌泗子,传家学
620	凌宝枢	吴江	诸生		凌泗子,传家学
621	柳应墀	吴江	诸生		柳树芳孙,柳兆薰子,师事从兄柳以蕃
622	陶惟坻	吴县	光绪举人	办学,图书馆馆长	师事柳以蕃
623	俞焕章	震泽			俞岳孙。师事沈成章
624	王家桂	吴江	诸生		师事贾敦临

续表

序号	姓名	籍贯	科举	职业	师承
625	陶善镇	元和			师事沈成章。陶惟坻从子
626	项保栓	秀水	诸生		师事王家桂
627	柳弃疾	吴江			树芳元孙，师事俞焕章
628	梅曾亮	上元	道光二年进士	户部郎中。主讲扬州梅花书院。馆杨以增家	师事姚鼐
629	吴嘉宾	南丰	道光十八年进士	内阁中书。主讲琴台书院	同治三年殉难。学文于梅曾亮
630	王拯	马平	道光二十一年进士	通政使参议	师事梅曾亮
631	孙鼎臣	善化	道光二十五年进士	翰林院侍读	学文于梅曾亮
632	朱琦	临桂	道光十五年进士	浙江候补道	咸丰十一年殉难。师事梅曾亮
633	龙启瑞	临桂	道光二十一年进士	江西布政使	师事梅曾亮
634	冯志沂	代州	道光十六年进士	徽宁池太广道。署理安徽按察使	师事梅曾亮，称高第弟子
635	余坤一	诸暨	道光二十五年进士	雅州知府	学文于梅曾亮、姚莹
636	项传霖	瑞安	道光二年举人	富阳县教谕	与梅曾亮、邵懿辰、吴敏树友善，受文
637	周寿昌	长沙	道光二十五年进士	内阁学士兼礼部侍郎衔	学文于梅曾亮
638	朱荫培	无锡	诸生	授徒	师事梅曾亮
639	舒焘	溆浦	诸生	户部广东司郎中	师事梅曾亮
640	张岳骏	金匮	诸生		师事梅曾亮
641	侯桢	无锡	道光二十六年举人		师事梅曾亮

续表

序号	姓名	籍贯	科举	职业	师承
642	伊乐尧	钱塘	咸丰元年举人	仙居县训导	与朱琦、邵懿辰友善
643	陈溥	新城	监生	主讲九峰书院	陈兰祥子,陈用光从孙,学文于梅曾亮
644	陈学受	新城	监生	主讲弋阳书院	陈溥从兄,学文于梅曾亮
645	张穆	平定州	道光十一年优贡	候选知县	与梅曾亮、朱琦、邵懿辰、彭昱尧、龙启瑞切磋
646	刘传莹	汉阳	道光十九年举人	国子监学正	与梅曾亮、曾国藩相切磋
647	欧阳勋	湘潭	诸生		师事陈溥、陈学受、吴敏树、郭嵩焘
648	吴嘉言	南丰	诸生,道光五年拔贡	工部屯田司郎中	吴嘉宾弟,师事其兄,咸丰六年殉难
649	吴昌筹	南丰	诸生		咸丰六年殉难,师事从父嘉宾
650	秦缃业	无锡	道光二十六年副榜	浙江候补道。官至两浙盐运道,主讲某书院	秦瀛子,师事梅曾亮
651	杨彝珍	武进	道光三十年进士	兵部主事,主讲朗江仰高书院	学文于梅曾亮
652	孙衣言	瑞安	道光三十年进士	江宁布政使,主讲紫阳书院,罢官后设诒善家塾授徒	学文于梅曾亮
653	吴式训	青阳			师事张穆
654	奕询			官镇国公	师事孙衣言。宗室
655	王彦威	黄岩	同治九年举人	太常寺卿	师事孙衣言
656	杨球光	武陵	诸生		杨彝珍子,传其学
657	杨琪光	武陵		江苏候补道	杨彝珍子,传其学
658	阎正衡	石门	诸生	候选训导,主讲渔浦书院	师事其舅杨彝珍

续表

序号	姓名	籍贯	科举	职业	师承
659	邓濂	无锡			师事秦缃业
660	秦宝玑	金匮	同治六年副榜	主张树声幕	师事族祖秦缃业。秦臻子。精天文地理性理之学
661	卢昌诒	黄冈	同治十年进士	山东候补道	得叔父卢韵珊教习姚、梅、曾之体
662	杨世猷	武陵	诸生	县训导	杨琪光子，习祖父古文法
663	刘愚	安福	诸生	四川候补同知	师事吴嘉宾、郭嵩焘
664	张之洞	南皮	同治二年进士	体仁阁大学士	师事从舅朱琦
665	瞿鸿禨	善化	同治十年进士	协办大学士	师事周寿昌、郭嵩焘
666	乔珮保	桐城	道光二十四年举人	咸安宫官学教习	师事梅曾亮，与邵懿辰、戴钧衡、方宗诚、马三俊相切磋
667	管枟	如皋	诸生	候选训导，以文学教授乡里	师事梅曾亮、管同
668	杨绍和	聊城	同治四年进士	翰林院侍讲	其父以增馆梅曾亮于家，从学
669	杨绍谷	聊城		云南大理府通判	师事梅曾亮。杨绍和兄。以所学授柯劭忞
670	杨士达	金溪	道光十五年举人	候补知县，主讲饶州书院	久居京师，偕四十二人联古文会。从梅曾亮讨论。咸丰十一年殉难
671	吴履敬	青阳			师事张穆。吴式训子
672	袁凤桐	宜春		处士	师事邵懿辰、伊乐尧。曾以桐城古文规谭献

续表

序号	姓名	籍贯	科举	职业	师承
673	程鸿诏	黟县	道光二十九年举人	鸡泽县教谕	师事冯志沂
674	汤天麟	金匮			师事侯桢以、梅曾亮古文
675	何应祺	善化			师事朱琦
676	蒋庆第	玉田	咸丰二年进士	候选内阁中书	师事龙启瑞
677	郝植恭	三河	咸丰二年举人	山东候补道	与赵国华、蒋梦第至交。宗欧文
678	宦懋庸	遵义	监生		师事孙衣言
679	洪汝奎	泾县	道光二十四年举人	两淮盐运使	师事刘传莹
680	谭献	仁和	同治六年举人	入徐树茗幕，秀水教谕，歙县，全椒等地知县	师事邵懿辰、伊乐尧
681	何庆涵	道州	咸丰八年举人	刑部郎中	师事杨彝珍
682	薛福辰	无锡	咸丰五年举人	都察院副都御史	师事杨彝珍，薛福成兄
683	周焕枢	泰顺	诸生		师事孙衣言，肄业诒善家塾
684	王棻	黄岩	同治六年举人	内阁中书衔，历主清献、文达、正学、宗文、中山、东山、疑经、经训等书院及九峰精舍	师事孙衣言，服膺曾国藩
685	池志澂	瑞安	诸生		师事孙衣言，读书诒善家塾
686	龙继栋	临桂	同治元年举人	户部主事，主讲万全县及江宁县尊经书院	龙启瑞子，承家学
687	罗伯宜			补用知府	师事杨彝珍
688	周容皆		进士		师事杨彝珍
689	李振钧	湘潭			师事杨彝珍
690	宋炽昌	湘阴	举人	武陵县学教谕	师事杨彝珍

续表

序号	姓名	籍贯	科举	职业	师承
691	陶鹏汉				师事杨彝珍
692	周渝蕃	长沙	同治九年举人	分省补用同知	周寿昌子,承家学,复师事姐夫王先谦
693	田金楠		诸生		与阎正衡以文学相切磋
694	余泽春				师事杨彝珍
695	吴恭亨	武陵			师事阎正衡
696	刘祥麟				师事阎正衡
697	郭希陨				师事阎正衡
698	黄兆镇				师事阎正衡
699	袁楚乔				师事阎正衡
700	黄凤鸣				师事阎正衡
701	唐焕				师事阎正衡
702	覃远琎	石门	咸丰三年进士	江左兵备道	与阎正衡切磋
703	朱士焕	江宁		光绪二十四年奏保经济特科,分省补用同知	梅曾亮从女之子
704	方东树	桐城	诸生	主海门、韶阳、庐阳、泖湖、松滋、东山等书院,入阮元幕	师事姚鼐
705	戴钧衡	桐城	道光二十九年举人		师事方东树,以团练死于怀远
706	方宗诚	桐城	诸生	枣强知县	师事族兄方东树
707	苏惇元	桐城	监生,咸丰元年举孝廉方正		师事方东树
708	马起升	桐城	诸生	议叙同知,结同人讲学于丽泽精舍	初师事世父马树华、戴钧衡,复师事方东树
709	吴廷香	庐江	道光二十九年优贡,咸丰元年举孝廉方正		师事方东树,学文于戴钧衡、方宗诚、马三俊等。咸丰四年殉难

续表

序号	姓名	籍贯	科举	职业	师承
710	张勋	桐城	诸生		师事方东树，咸丰五年殉难
711	唐治	句容	道光五年举人	祁门知县	师事方东树，复与戴钧衡、苏惇元、方宗诚、马三俊交。咸丰四年殉难
712	江有兰	桐城	诸生	黟县教谕	师事方东树、张敏求
713	文汉光	桐城	诸生，咸丰元年举孝廉方正	光禄寺署正，主讲祁门书院	师事戴钧衡、张敏求、方东树
714	马三俊	桐城	咸丰元年优贡，复举孝廉方正		马宗琏孙，马瑞辰子，咸丰四年殉难
715	甘绍盘	桐城	诸生	崇明知县	师事方东树
716	刘宅俊	桐城	道光二十四年进士	来宾知县	师事方东树，刘大櫆族裔
717	张泰来	桐城	道光十九年举人		与方宗诚切磋
718	郑福照	桐城	诸生		师事江有兰、方东树
719	苏求庄	桐城	诸生		苏惇元子
720	苏求敬	桐城	诸生		苏惇元子
721	陈澹然	桐城	光绪十九年举人	中书科中书衔	师事方宗诚
722	方守彝	桐城	诸生	太常寺博士	方宗诚子
723	胡淳	桐城			师事姚莹、方东树
724	胡恩溥	桐城			师事方东树
725	马复震	桐城		阳江镇总兵	师事方宗诚，马三俊子
726	汪宗沂	歙县	光绪六年进士	主讲敬敷书院、中江书院、徽州紫阳书院等	师事方宗诚
727	吴康平	桐城			师事方宗诚
728	刘元佐	桐城	诸生		刘宅俊子，承家学

续表

序号	姓名	籍贯	科举	职业	师承
729	王右弼	桐城			师事文汉光、江有兰。年十八卒
730	洪鲁轩		诸生		师事方宗诚
731	方朔	怀宁	诸生	江苏修补同知	私淑归有光、方苞、刘大櫆、姚鼐,与梅曾亮、朱琦、戴钧衡切磋
732	赵又良	桐城	诸生		师事方宗诚
733	高念慈	桐城	诸生		师事方宗诚,与马其昶、姚永朴友善
734	张盛恺	庐江	监生	候补通判	师事吴廷香
735	方守敦	桐城			方宗诚子,方守彝弟
736	方涛	桐城			方东树孙
737	郑彝	桐城			郑福照子
738	王祐臣	桐城		处士	师事文汉光、江有兰
739	李兆洛	阳湖	嘉庆十年进士	凤台县知县,主讲暨阳书院二十年,主讲真儒书院	私淑姚鼐,与毛岳生、吴德旋、董士锡、吴育、姚莹等友善。辑书甚多
740	蒋彤	阳湖	诸生		师事李兆洛
741	薛子衡	阳湖			师事李兆洛
742	夏炜如	江阴	诸生	直隶州州判	师事李兆洛,与承培元、宋景昌、徐思错、六承如、六严最称高第
743	承培元	江阴	诸生		师事李兆洛
744	宋景昌	江阴	诸生		师事李兆洛,兼精天文历数
745	六承如	江阴	诸生		师事李兆洛,与六严辑地理图

续表

序号	姓名	籍贯	科举	职业	师承
746	六严	江阴	诸生		师事李兆洛
747	徐思锴	江阴	诸生		师事李兆洛，咸丰庚申自缢身亡
748	夏灏	江阴			师事李兆洛
749	汤成烈	武进	道光十一年举人	玉环厅同知，掌延陵书院十余年	师事李兆洛
750	曹宗玮	江阴	诸生		师事李兆洛
751	李联琇	临川	道光二十五年进士	大理寺卿，主讲钟山、师山、惜阴书院十余年	师事李兆洛
752	高承钰	阳湖	诸生		师事李兆洛
753	陆初堂	阳湖			师事李兆洛
754	许丙椿	桐城	岁贡生，以大年赐举人		师事李兆洛
755	杨梦篆	阳湖	诸生		师事李兆洛
756	徐其志	宜兴	诸生	训导	师事李兆洛
757	路廷立	宜兴			师事舅氏李兆洛
758	郑经	江阴	道光十七年举人	太常寺博士衔，历主毓文、延令书院	师事李兆洛
759	邓传密	怀宁			师事李兆洛
760	黄志述				师事李兆洛
761	钱维樾	无锡			师事李兆洛
762	吴以辰	昆山			师事李兆洛
763	缪尚诰	江阴	道光二十年举人		师事李兆洛
764	缪仲诰	江阴	诸生		师事李兆洛，缪尚诰兄弟
765	王坤	江阴	道光十二年举人	高淳县训导	师事李兆洛
766	顾瑞清	元和	咸丰二年举人		师事李兆洛
767	熊，宜之				师事李兆洛，与宋景昌、六严习天文舆地

续表

序号	姓名	籍贯	科举	职业	师承
768	冯桂芬	吴县	道光二十年进士	詹事府右春坊右中允，主讲惜阴、敬业、正谊书院	师事李兆洛
769	陆初望		诸生		得古文义法
770	余治	无锡	诸生	候选教谕	师事李兆洛
771	沈钟	江阴	诸生		师事李兆洛
772	陆黻	阳湖	道光十九年举人	候补知县	陆继辂族孙，师事李兆洛、陈景蕃、陆耀遹等
773	吴汝庚	吴江			师事李兆洛
774	陈熙治			内阁中书	师事承培元
775	张裕钊	武昌	道光二十六年举人，又云咸丰元年举人	内阁中书，主讲经心、江汉、凤池、鹿门、三源、莲池等书院	师事曾国藩
776	吴汝纶	桐城	同治四年进士	冀州直隶州知州，主莲池书院	师事曾国藩
777	吴汝绳	桐城		汶上知县	师事其兄吴汝纶
778	贺涛	武强	光绪十二年进士	刑部主事，主信都书院十八年，又主莲池书院	师事张裕钊、吴汝纶
779	王树枬	新城	光绪十二年进士	新疆布政使	师事张裕钊、吴汝纶
780	孙葆田	潍县	同治十三年进士	宿松县知县，历主令德、宛南、尚志、河朔、泺源、大梁、尊经等书院	师事张裕钊、单为鏓
781	范当世	通州	诸生	鹿邑知县，主讲观津书院	师事张裕钊、吴汝纶
782	张謇	通州	光绪二十年进士	翰林院编修	师事张裕钊
783	朱铭盘	泰兴	光绪八年举人	候补知州	师事张裕钊
784	赵衡	冀州	光绪十四年举人	候选教谕，主讲文瑞书院七年，读书信都书院二十年	师事吴汝纶、贺涛、王树枬

续表

序号	姓名	籍贯	科举	职业	师承
799	贾恩绂	盐山	光绪十七年举人	拣选知县，顺直咨议局议员	师事吴汝纶
800	方献彝	桐城	诸生		师事孙葆田，方宗诚子
801	查燕绪	海宁	光绪十一年举人		辛亥后弃官归隐。师事张裕钊
802	李传黼	孝感	道光二十九年拔贡	江苏候补知府，卢龙知县	师事张裕钊
803	刘,晓堂				师事张裕钊
804	张诚	桐城	光绪十九年举人	农工商部员外郎	师事张裕钊、吴汝纶
805	马君实	桐城	光绪二十九年进士	翰林院庶吉士、安徽省财政厅长	师事朱铭盘、姚永朴
806	赵彬	冀州	诸生		赵衡弟，师事吴汝纶、王树柟、贺涛
807	王景逵	衡水			师事吴汝纶、王树柟、贺涛
808	严钊	桐城	诸生	处士	师事吴汝纶
809	叶玉麒	桐城			师事马其昶
810	龚煦春	井研	诸生	在眉山、成都等地执教	师事王树柟
811	王恩绂	清苑	光绪十七年举人	洛阳知县	师事从舅吴汝纶
812	张缙璜	汝阳	光绪十九年举人	候补知县，署光山知县	师事王树柟
813	丁,亦康		光绪进士	翰林院编修	师事张裕钊
814	李书田	枣强	光绪优贡		师事吴汝纶、贺涛
815	高步瀛	霸县	光绪二十二年举人		师事张裕钊、吴汝纶
816	刘培极	任丘	诸生		师事张裕钊、吴汝纶

续表

序号	姓名	籍贯	科举	职业	师承
785	宋书升	潍县	光绪十八年进士	翰林院庶吉士	师事张裕钊
786	马其昶	桐城	诸生	学部主事,清史馆总纂,主讲潜川书院、桐城中学校、师范学堂等	师事方宗诚、张裕钊、吴汝纶
787	姚永朴	桐城	光绪二十年举人	候选训导,历主起凤书院等	师事张裕钊、吴汝纶、郑福照
788	姚永概	桐城	光绪十四年举人	太平县教谕,清史馆纂修	师事方宗诚、张裕钊、吴汝纶
789	范钟	通州	光绪二十四年进士	河南巡抚锡良幕、广东巡抚张人骏幕、河南鹿邑知县等	师事张裕钊、吴汝纶,范当世弟
790	范铠	通州	光绪二十三年拔贡	寿光等地知县	师事张裕钊、吴汝纶,范当世弟
791	张以南	沧州	光绪举人		师事张裕钊、吴汝纶,熟杜马典章之学。与刘若曾、孟庆荣为莲池书院高材生
792	弓汝恒	安平	同治三年副榜		师事吴汝纶、姚永朴
793	常堉璋	饶阳	光绪二十年副榜	陆军部七品京官	师事张裕钊、吴汝纶
794	王振尧	定州	光绪二十三年举人	候选同知,主讲唐县书院	师事张裕钊、吴汝纶
795	李刚己	南宫	光绪二十年进士	署代州直隶州知州	师事张裕钊、吴汝纶、贺涛、范当世
796	张宗瑛	南皮	诸生		师事孙葆田、贺涛
797	吴闿生	桐城	诸生	候选知府	吴汝纶子,承家学,复师事贺涛、范当世、姚永概
798	徐宗亮	桐城		世袭骑都尉,候选主事	与张裕钊、吴汝纶友善

续表

序号	姓名	籍贯	科举	职业	师承
817	尚秉和	行唐	光绪二十九年进士		师事张裕钊、吴汝纶
818	武锡珏	深州	诸生	河北大学教授	师事张裕钊、吴汝纶、贺涛
819	吴兆璜	江宁			师事吴闿生
820	贺培新	武强			贺涛孙,师事吴闿生
821	曾克端	侯官	卒世于北京财政工商专门学校	工商部、实业部等教授于香港新亚书院、香港中文大学	师事吴闿生
822	李葆光	南宫		吉林地方审判厅推事	李刚己子,师事吴闿生
823	方福东				师事吴闿生
824	张溥				师事吴闿生
825	吴銮	桐城			吴汝纶从子,师事吴闿生
826	贾应璞	冀州	京师大学法科毕业		师事吴闿生
827	谷钟秀	定州	光绪年末优贡		师事张裕钊、吴汝纶
828	籍忠寅	任丘	光绪二十九年举人	北洋法政专门学堂教务长、议员、银行行长等	师事张裕钊、吴汝纶
829	邓毓怡	大城	诸生		师事张裕钊、吴汝纶
830	李景濂	邯郸	光绪三十年进士	学部主事、清史馆协修	师事张裕钊、吴汝纶
831	阎志廉	安平	光绪十六年进士	翰林院检讨,主讲校士馆	师事张裕钊、吴汝纶
832	马鉴滢	定州	光绪举人	广东候补知府	师事吴汝纶
833	韩德铭	高阳	诸生		师事张裕钊、吴汝纶
834	刘彤儒	盐山	光绪十一年拔贡		师事张裕钊、吴汝纶

续表

序号	姓名	籍贯	科举	职业	师承
835	孟庆荣	永年	光绪十六年进士	学部左丞	师事张裕钊、吴汝纶
836	崔栋	无极	诸生		师事张裕钊
837	张殿士	宣化	光绪十四年举人		师事张裕钊
838	刘登瀛	南宫	光绪十四年举人	巨鹿县学训导	师事张裕钊、吴汝纶
839	李广濂	深州	光绪二十九年举人	山东优级师范学校教员、莲池学院学监	师事张裕钊、吴汝纶
840	王宾基	海盐	光绪附贡生	江西石城知县	师事吴汝纶、范当世
841	何其巩				师事吴闿生
842	吴镗	武邑	光绪二十四年进士	部主事	师事张裕钊、吴汝纶、范当世
843	刘乃晟	衡水	光绪举人	萍乡知县	师事张裕钊、吴汝纶、贺涛、范当世
844	步其浩	枣强	光绪十一年举人		师事张裕钊、吴汝纶
845	赵崇忭	深泽	光绪举人	县学教谕	师事张裕钊、吴汝纶
846	傅增湘	江安	光绪二十四年进士	直隶提学使	师事吴汝纶
847	梁建章	大城	光绪二十六年举人		师事张裕钊、吴汝纶
848	秦嵩				师事李刚己
849	刘春堂	肃宁	光绪二十九年进士	陇西知县	师事吴汝纶十一年
850	孟君燕	冀州			师事吴汝纶、范当世
851	阎凤华	冀州			师事吴汝纶、范当世

续表

序号	姓名	籍贯	科举	职业	师承
852	廉泉	金匮	光绪二十年举人	户部郎中	师事从舅吴汝纶、孙葆田、萧穆、马其昶
853	刘若曾	盐山	光绪十五年进士	大理寺卿	师事张裕钊
854	安文澜	定州	光绪二十一年进士	山东候补知县	师事张裕钊、吴汝纶
855	黄凤翔		光绪二年举人		师事吴汝纶
856	胡源清	永年	光绪优贡	内阁中书	师事吴汝纶
857	王树森	祥符	诸生	工部学习郎中	师事孙葆田
858	赵翼宸	乐亭			师事王树楠
859	钟广生	仁和	光绪十九年举人	内阁中书	师事王树楠
860	金轼	泰兴	光绪二十一年进士	翰林院编修	师事范当世
861	陈凤五	潍县	光绪举人		师事孙葆田
862	李国松	合肥	光绪二十三年举人	官度支部郎中	师事马其昶八年
863	洪寿华	安仁		讲授八旗女校	私淑马其昶。事母不嫁，世称孝女
864	何范之	望江			师事姚永朴、姚永概
865	宫岛彦	日本			师事张裕钊七年、黎庶昌
866	黎汝谦	遵义	光绪元年举人	广东候补知县	师事张裕钊
867	王仪型	沧州	诸生		师事吴汝纶于莲池
868	阎凤阁	高明	光绪二十四年进士	直隶咨议局议长	师事张裕钊、吴汝纶
869	柯劭忞	胶州	光绪十二年进士	学部参议、山东宣慰使	师事妻父吴汝纶，又杨绍和授梅曾亮古文

续表

序号	姓名	籍贯	科举	职业	师承
870	李谐韺	冀县	光绪二十年举人	主讲翘材书院	师事吴汝纶、王树枏、贺涛
871	陈嘉谟	冀县	光绪二十九年举人	深泽中学、保定警务学校、陆军学校国文教员	师事吴汝纶、王树枏、贺涛
872	齐令辰		光绪十八年进士	户部主事，主讲易州书院	师事张裕钊
873	胡庭麟	冀县	诸生	读书信都书院十余年	师事吴汝纶、王树枏、贺涛
874	刘子香		举人		师事孙葆田
875	姚椿寿				师事张裕钊
876	王翰宸	冀县		冀县劝学所所长	师事吴汝纶、王树枏
877	齐赓苇	南宫			师事吴汝纶、王树枏、赵衡
878	王含章	冀县	光绪十二年进士	鄢陵知县	师事吴汝纶、王树枏
879	贺沅	武强	光绪二十年进士		贺涛弟。师事吴汝纶
880	贺澎	武强	诸生	县学教谕	师事吴汝纶
881	崔炳炎	盐山	光绪十四年举人	知县，主讲天雄、大名书院	师事吴汝纶，与贾恩绂善
882	蒋耀奎	庆云	诸生		师事吴汝纶、崔炳炎
883	费师洪	通州	州试第一，科举罢，改习法政毕业	参办两淮盐务、任张謇秘书	师事张謇
884	谢鼎仁	大冶			私淑张裕钊
885	路士桓	南宫	光绪二十九年进士	陕西道监察御史	辛亥后隐居不仕。师事吴汝纶

续表

序号	姓名	籍贯	科举	职业	师承
886	郑禄昌	武强	光绪三十三年举贡考职廷试第一	度支部主事	师事赵衡
887	王在棠		诸生		师事贺涛
888	刘世斌	冀县			师事吴汝纶、王树枏
889	弓垚	安平			师事姚永朴，汝恒子
890	雷振铺	冀州	诸生	陆军部参议厅检察官	师事吴汝纶
891	李德膏	桐城	光绪二十三年举人	教授乡里，倡西学	师事吴汝纶
892	刘春霖	肃宁	光绪三十年状元	翰林院修撰	师事吴汝纶
893	王瑚	定州	光绪二十年进士	顺天府尹	师事吴汝纶。振尧
894	齐福丕	南宫	光绪十九年举人	署理武定府知府	师事吴汝纶
895	梁建邦	大城			师事吴汝纶
896	姚永楷	桐城			姚濬昌子，师事吴汝纶
897	言有章	常熟	光绪十七年优贡	虞城、襄城等地知县	师事吴汝纶、范当世
898	傅增濬	江安	光绪三十年进士	吏部文选司主事	师事吴汝纶
899	杜丛桂	蠡县			师事武锡珏
900	刘步瀛	冀州		候选训导	师事吴汝纶
901	李喆生	冀州		候选训导	师事吴汝纶
902	张庆开	冀州	毕业于京师分科大学		师事吴闿生
903	魏兆麟	冀州	诸生	天津法政学堂教授	师事吴汝纶
904	黄锡龄	冀州	光绪十四年举人		师事吴汝纶
905	杨越	盐山	光绪举人		师事吴汝纶
906	张銮坡	安州	诸生		师事吴汝纶
907	李春晖	高阳	诸生		师事吴汝纶
908	王守恂	天津	光绪二十四年进士		师事范当世
909	张镇午	清苑	光绪举人		师事吴汝纶

续表

序号	姓名	籍贯	科举	职业	师承
910	杨英绮	冀州			师事赵衡
911	崔庄平	任丘	诸生		师事吴汝纶
912	崔琳	清苑	诸生		师事吴汝纶
913	张坪	献县	光绪举人		师事吴汝纶
914	于凤鸣	南宫			师事范当世
915	马锡蕃	定州	诸生		师事吴汝纶
916	张攀桂		同治二年进士	当涂知县，后坐馆为业	与范当世友善
917	李季驯				师事范当世兄弟
918	姜良材		光绪二十年进士	候补知县	师事范当世，与李刚己、刘乃晟共读
919	吴镓孙	固始	光绪举人	京师外城总厅厅丞	师事吴汝纶
920	吴笈孙	固始	诸生		吴镓孙弟，师事吴汝纶
921	吴赉孙	固始		山东候补道	师事吴汝纶
922	徐昂	通州			师事范当世
923	张铁山		诸生		师事崔炳炎
924	王笃恭	河间	光绪举人		师事吴汝纶
925	蔡如梁	文安	诸生		师事吴汝纶
926	杜之堂	广宗	诸生		师事吴汝纶
927	何之镕	盐山			师事吴汝纶
928	潘式	怀宁			师事吴闿生
929	唐尔炽	桐城		以教授自给	师事吴汝纶
930	步以绅	枣强	光绪拔贡		师事吴汝纶、赵衡
931	步以庄	枣强	光绪二十三年拔贡	滦城教谕、定兴知县	师事吴汝纶
932	白钟元	新城	诸生		师事吴汝纶
933	萧树昇	历城	光绪二十一年进士	户部主事	师事孙葆田
934	高辻生	潍县	光绪二十八年补行，二十六年、二十七年举人		师事孙葆田

续表

序号	姓名	籍贯	科举	职业	师承
935	许士衡	孟津	光绪举人		师事孙葆田
936	夏光普	眉州	诸生		师事王树枏
937	徐德源	清苑	诸生		师事吴汝纶
938	王延纶	定州	光绪二十九年进士	淄川知县	师事吴汝纶
939	宗树枏	任丘	诸生	国子监典籍	师事妻兄贺涛，涛主其家八年
940	谢荣寿	冀州			师事贺涛
941	谢润庭	冀州	光绪举人		谢荣寿从子。师事贺涛
942	周樾				师事李刚己
943	羡钟寅	冀州	日本大学毕业		师事吴闿生
944	李钺	邯郸	北京大学毕业		李景濂子。师事吴闿生
945	邢之襄	南宫	诸生		师事吴汝纶
946	赵苰	天津			师事王树枏
947	叶昌炽	长洲	光绪十五年进士	甘肃提学使	辛亥后不仕。师事张裕钊
948	吴千里	桐城		教授乡里	吴汝纯子，师事从父吴汝纶
949	纪钜湘	献县	诸生	山东候补知县	师事吴汝纶
950	王宝钧	安州	诸生		师事吴汝纶
951	羡继涵	冀州			师事赵衡
952	籍郫恩	任丘	诸生		籍忠寅从子。师事吴汝纶
953	何云蔚	定远	光绪举人	河南候补知府	师事吴汝纶
954	叶玉麟	桐城	诸生	湖北候补知县	师事马其昶
955	孙达宣	瑞安			师事马其昶
956	李家煌	合肥			李国松子，承庭训
957	中岛裁之（字伯成）	日本熊本县			师事吴汝纶，喜研佛法

续表

序号	姓名	籍贯	科举	职业	师承
958	中岛成章（字裁之）	日本肥后			师事吴汝纶
959	宫岛诚一郎	日本			师事张裕钊
960	邱维屏	宁都	诸生（明）		鼎革后隐居读书。义法宗归
961	魏禧	宁都	康熙十八年博学鸿词		师事邱维屏
962	沈閬	吴江			与沈彤友善，精韩文义法
963	林衍源	元和	诸生		与陈贞白、顾燕谋、少卿兄弟友善，相切磋
964	鲁一同	山阳	道光十五年举人		文深于管荀贾董
965	周韶音	沭阳	诸生	户部福建司主事	师事鲁一同
966	王振声	昭文	道光十七年举人		酷嗜桐城文学
967	鲁蕡	山阳	诸生	候选训导	鲁一同子，传其学
968	谢应芝	阳湖	诸生		取法桐城
969	顾曾	长洲	诸生	主讲博罗书院	真得桐城家法
970	周树槐	长沙	嘉庆十四年进士	吉水知县	叙事宗《左传》，文论宗唐宋八大家
971	周湘黼	长沙	道光二年举人	芷江县训导	师事从父周树槐
972	邓显鹊	新化	诸生		与弟邓显鹤相切磋，宗欧、曾、方、姚
973	邓显鹤	新化	嘉庆九年举人	宁乡县训导	与姚莹、毛岳生友善
974	孔继鏐	曲阜	道光十六年进士	南河同知，主讲钟吾书院，在江南大营中司文案	咸丰八年殉难。师事鲁一同，孔子六十九世孙

续表

序号	姓名	籍贯	科举	职业	师承
975	凌霞	归安	诸生	候选训导	私淑桐城文学,与杨象济、姚谌友善
976	姚谌	归安	咸丰九年举人		私淑桐城文学
977	管乐	武进	诸生	候选教谕,兼明医学,以幕客终	私淑桐城文学,与杨传第、方恮切磋
978	贾树諴	会稽	同治元年进士	刑部郎中	规模桐城义法
979	朱启运	萧山	诸生		自意求得
980	陶邵学	番禺	光绪二十年进士	内阁中书,主丰山、星岩、香山书院	与朱启运友善,相切磋
981	邓瑶	新化	道光十七年拔贡	麻阳县教谕,主讲濂溪书院	显鹤子,习其学
982	邓琎	新化	道光二十四年举人	拣选知县,主讲鳌山书院	邓显鹤子,习其学。子邓光绳、邓光绪、邓光统均能传其文
983	邓琮	新化	道光二十三年举人	拣选知县	邓显鹤子
984	王柏心	监利	道光二十四年进士	刑部主事,年未四十归养,主讲教席五十年	雅近桐城,与姚椿友善
985	郭嵩焘	湘阴	道光二十七年进士	兵部左侍郎,主讲城南书院	与曾国藩、刘蓉、吴敏树友善切磋
986	王耕心	正定		南河候补同知	
987	郭庆藩	湘阴	诸生	江苏候补道	郭嵩焘从子
988	李元度	平江	道光二十三年举人	贵州布政使	与曾国藩、刘蓉相切磋
989	孔广牧	曲阜	监生、荫生	山东候补知县	孔继鑅子
990	诸福坤	长洲	诸生	馆昆山李清源、同邑戴肇晋等,亦在家坐馆,为人治病	私淑桐城文学,为学博杂
991	张兆麟	武进	诸生	宝应县训导,淮安府学教谕	师事谢应芝

续表

序号	姓名	籍贯	科举	职业	师承
992	杨传第	阳湖	道光二十九年举人，一说咸丰二年举人	候补知府	私淑桐城。仰药殉母。又说师事姚莹之
993	陆咸清	镇洋	诸生		私淑桐城文学
994	缪荃孙	江阴	光绪三年进士	学部丞	奉桐城文为宗
995	陈瀚	湘乡			师事郭嵩焘
996	王先谦	长沙	同治四年进士	国子监祭酒，历主思贤、城南、岳麓等书院	私淑桐城文学
997	陈毅	湘乡	光绪三十年进士	邮传部候补参议	师事王先谦
998	苏舆	平江	光绪三十年进士	翰林院庶吉士	师事杜贵墀、王先谦
999	刘肇隅	湘潭	诸生	候选训导	师事杜贵墀、王先谦
1000	李葆恂	义州	监生	江苏候补道	文宗姚鼐、梅曾亮
1001	藤野正启	日本伊豫松山			与黎庶昌友善，文宗姚鼐、曾
1002	林太霞	元和			林衍源兄
1003	王源	大兴			师事魏禧
1004	丁枢	清河	诸生		师事鲁一同
1005	吴昆田	清河	道光十四年举人	刑部河南司员外郎，主讲奎文、崇实等书院	与鲁一同、孔继鏴相为师友
1006	顾纯	长洲	诸生	滋阳知县	与顾承、顾曾、蔡复午、何学韩、陆鼎、林衍源相为师友
1007	蔡复午	吴江	嘉庆六年举人	候选知县，主讲宜山、平江、当湖、毓秀、西溪等书院	博学于天文、算数、地理、医卜等
1008	何学韩				亦工古文

续表

序号	姓名	籍贯	科举	职业	师承
1009	陆鼎	吴县			
1010	周黼麟	长沙			周树槐从孙,师事树槐学文
1011	陈庚焕	长乐	诸生	宁洋县学教谕	文与归有光、方苞为近
1012	陆璈	钱塘			私淑桐城文学
1013	夏寿嵩	富阳	诸生	设馆授徒	师事陆云九
1014	何熔（镕）	富阳	光绪六年进士	嘉兴府学教授	私淑桐城
1015	庄仲方	秀水	嘉庆十五年举人	馆顾曾家多年	师事顾曾
1016	庄梧鸣	秀水	嘉庆十四年举人		庄仲方兄子,师事顾曾
1017	蔡念慈	仁和	道光二十一年进士	馆之于顾曾家十余年。入南书房为行走	师事顾曾
1018	蔡旬（荀）慈	仁和			蔡念慈弟,师事顾曾
1019	顾元瑜	长洲			顾曾子,世其学
1020	顾元伦	长洲	诸生		顾曾子
1021	亢树滋	吴县			师事顾承、顾曾,文以汪琬、方苞为宗
1022	费庚吉	武进			私淑桐城
1023	谈秉清	武进			师事谢应芝
1024	潘宗岳				师事谢应芝
1025	孔广栘	曲阜		六品衔	孔子七十世孙,孔继镮从子
1026	高学濂	无为			遵桐城义法
1027	徐凤藻	善化	道光二十三年举人	衡山县训导	师事邓显鹤
1028	茹鲁	嵊县	优贡生	嵊县二戴书院教席	宗桐城
1029	陈方海	鄱阳			私淑桐城,与刘开、姚莹相切磋

续表

序号	姓名	籍贯	科举	职业	师承
1030	宋嗣鏶	阳湖	诸生		师事谢应芝
1031	杨学培				师事谢应芝
1032	胡念勤				师事谢应芝
1033	胡倬	武陵	道光十九年进士	翰林院侍读	师事邓显鹤
1034	邓琳	新化	诸生	候选训导	邓显鹤子
1035	尹继美	永新	咸丰九年举人	黄县知县，主讲沭泉书院	私淑桐城
1036	诸福履	长洲		处士	诸福坤从弟，师事诸福坤
1037	柳慕曾	吴江			师事诸福坤
1038	诸宝镛	长洲	诸生	历主《警钟》《民意》两报	诸福坤子
1039	陈庆林	吴江			师事诸福坤
1040	柳念曾	吴江			师事诸福坤
1041	沈廷镛	吴江	诸生		师事凌泗、诸福坤
1042	沈廷钟	吴江	诸生		师事诸福坤
1043	陈去病	吴江			师事诸福坤
1044	吴涑	清河	诸生		师事鲁蕡、张兆麟
1045	唐炯	贵筑	道光二十九年举人	云南巡抚	师事王柏心
1046	朱彭年	富阳	光绪二年进士	兴国、新建、贵溪知县	师事夏寿嵩
1047	蔡寿臻	桐乡	县学附生	历武清、宛平等知县，霸州、蓟州等同知，长芦、天津分司运同	私淑桐城
1048	许人杰，又许仁沐	海宁	同治四年举人	严州府学教授	宗法桐城
1049	杨毓秀	东湖	诸生		师事王柏心
1050	曾传铭		诸生		师事邓瑶
1051	戚开苹	沔阳	举人		师事郭嵩焘
1052	郭刚基	湘阴	诸生	分部员外郎	郭嵩焘子，曾国藩婿
1053	钱师曾	钱塘	乾隆五十七年举人		

续表

序号	姓名	籍贯	科举	职业	师承
1054	邱崧生	山阳	诸生		师事张兆麟
1055	董复				师事张兆麟
1056	李坤厚	会稽	诸生		师事尹继美
1057	李腾华	新昌	孝廉方正		私淑桐城
1058	陈陔	山阴	光绪十一年举人	在广东任知县	师事王柏心
1059	王先恭	长沙	诸生	分省补用知府	王先谦弟,师事兄
1060	龙起涛	永新	光绪甲戌进士	常宁知县	师事王先谦
1061	王先慎	长沙	诸生	蓝山县学训导,主讲濂溪、玉成等书院	王先谦族弟
1062	王龙文	湘乡	光绪二十一年进士	翰林院编修	师事王先谦
1063	罗正钧	湘潭	光绪十一年举人	山东提学使,主讲渌江书院	辛亥后郁结而卒。师事郭嵩焘
1064	陈玉澍	盐城	光绪十四年举人	候选教谕	师事张兆麟
1065	楼光振		诸生	历主国文教席	私淑桐城
1066	冒广生	如皋	光绪二十年举人	奏保经济特科,刑部郎中	师事吴汝纶
1067	于省吾	海城			专事桐城古文有年
1068	馆森鸿	日本		寓台湾二十年,任中学教员、总督府职员,后回日本任教	深得桐城家法
1069	朱仕琇	建宁	乾隆十三年进士	福建府教授,历主濰川、鳌峰书院	宗王慎中、归有光,继雷鋐后以古文鸣于闽
1070	林明伦	始兴	乾隆十三年进士	衢州知府	与朱仕琇相切磋
1071	官崇	侯官	乾隆四十四年举人,嘉庆元年举孝廉方正		师事朱仕琇

续表

序号	姓名	籍贯	科举	职业	师承
1072	鲁鸿	新城	乾隆二十八年进士	孟县知县	师事朱仕琇
1073	龚景瀚	闽县	乾隆三十六年进士	兰州府知府	师事朱仕琇
1074	朱仕玠	建宁	乾隆拔贡	内黄知县，主讲凤山县崇文书院	朱仕琇兄，肆力古文
1075	朱仕□，字昆采	建宁			师事从兄朱仕琇
1076	朱仕灿	建宁	诸生		师事族兄朱仕琇
1077	陈绩	建宁	诸生		师事朱仕琇
1078	何日诰	建宁	诸生，嘉庆拔贡	候选训导	师事朱仕琇
1079	高腾	光泽	乾隆四十二年举人	福鼎县训导	师事朱仕琇、金荣镐
1080	金荣镐	建宁	乾隆四十五年举人	主讲本邑书院	师事朱仕琇于潍川
1081	许懿善	闽县	乾隆三十六年举人	广东博罗、归善、陆丰等地知县	师事朱仕琇
1082	李祥赓	建宁	诸生	馆朱仕琇家十余年，后馆高澍然家。主讲泰宁鹤鸣山	师事朱仕琇
1083	张绅	建宁	诸生		师事朱仕琇
1084	黄凤举	建宁	诸生		师事朱仕琇
1085	鲁迪光	新城			鲁九皋子，传家学
1086	陈学洪	新城	监生	新兴场盐大使	陈用光从孙，师事世父兰祥
1087	李天炎	建宁	乾隆二十七年举人		师事朱仕琇
1088	余春林	建宁	乾隆三十年举人	晋江、松溪县教谕	师事朱仕琇
1089	朱文佑	建宁	诸生		朱仕琇子，传其学

续表

序号	姓名	籍贯	科举	职业	师承
1090	宁人望	建宁	乾隆三十年拔贡	直隶州州判	师事朱仕琇
1091	朱雍	建宁	诸生		师事族兄朱仕琇
1092	余仕翱	建宁			师事朱仕琇
1093	李大儒	建宁		居乡，以贫困卒	师事朱仕琇
1094	徐惇典	建宁	优贡生	怀来知县、开州知府、广平府同知	师事朱仕琇
1095	徐家璠	建宁	乾隆五十九年副榜	政和县教谕	师事朱仕琇、金荣镐
1096	徐家恒	建宁	诸生	候选教谕	师事朱仕琇
1097	徐显璋	建宁	乾隆四十二年拔贡	松溪、海澄等县教谕，沧州知州	徐家恒子，师事朱仕琇
1098	朱文仁	建宁	诸生		师事从父朱仕琇
1099	朱文倩	建宁	诸生		师事从父朱仕琇
1100	郑洛英	闽县	乾隆三十五年举人		师事朱仕琇
1101	陈天文	闽县	处士		师事朱仕琇
1102	魏瑛	侯官	乾隆三十九年举人	安吉知县	师事朱仕琇
1103	郑超	侯官	乾隆四十四年举人		师事朱仕琇
1104	高澍然	光泽	嘉庆六年举人，又云乾隆五十三年举人	内阁中书，主讲杭州、厦门等书院	高腾子。腾授以朱仕琇古文。又师事陈绩、陈善
1105	何则贤	闽县	道光十五年举人	建阳县训导，主讲景阳书院	师事高澍然、陈庚焕
1106	谢代壎	建宁	廪贡生	凤山县训导、彰化县令	师事金荣镐
1107	廖定抡	建宁	诸生	在福州佐人盐务十年	师事张绅
1108	吴煊	南城	诸生，一说举人	主讲近圣书院、石渚书院	师事鲁鸿
1109	吴照	南城	乾隆五十四年拔贡	大庾县教谕，主讲紫阳书院	吴煊弟，师事鲁鸿

续表

序号	姓名	籍贯	科举	职业	师承
1110	徐经	建阳	诸生	以难荫得八品奋战校尉	私淑朱仕琇
1111	林树梅	金门	弃功名，未参加科举	台湾凤山县曹瑾幕、林则徐幕、布政司经历	师事高澍然、周凯
1112	刘存仁	闽县	道光二十九年举人，咸丰元年举孝廉方正	渭源、永平等知县，秦州知州，主讲道南、印山书院	师事张绅、高澍然
1113	李孔地	广丰	诸生		师事鲁鸿
1114	陈煦	新城	议叙举人	四库馆总校，光禄寺署正衔	陈用光兄，师事舅氏鲁九皋
1115	鲁肇熊	新城	嘉庆十三年举人		鲁九皋子，师事族祖鲁鸿
1116	高炳坤	光泽	诸生	候选教谕	师事从父高澍然、周凯
1117	曾莲炬	同安	贡生	候选训导，掌教马巷舫山书院	师事高澍然
1118	曾士玉	同安	同治十二年举人	金门浯州书院山长	曾莲炬子，师事高澍然
1119	陈希孟	新城	嘉庆六年拔贡	候选同知	师事鲁九皋
1120	高象升	光泽	诸生		师事高腾
1121	伊桐	宁化	诸生		师事高腾
1122	熊际遇	建宁	诸生	连江县教谕	与张绅相切磋
1123	杨步瀛	建宁	诸生		师事何日浩，刊其师遗稿
1124	高搏	光泽			高腾弟，高澍然季父，师事金荣镐
1125	朱文珍	建宁	诸生	寓南京，医术精湛	师事从父朱仕琇
1126	上官曦	光泽	道光二年举人	课徒为生，晚岁掌教邑中书院	师事高腾
1127	高，又渠	光泽	诸生		高腾从子，师事高腾

续表

序号	姓名	籍贯	科举	职业	师承
1128	何长栻	光泽	嘉庆六年拔贡		师事高腾
1129	王执斋	建宁			师事朱仕琇
1130	吴绍先				师事张绅
1131	伊光华	光泽	诸生		师事张绅
1132	鄢轶	建宁	诸生		师事金荣镐
1133	何西泰	侯官	乾隆四十三年进士	翰林院编修、桐山书院山长	师事朱仕琇
1134	徐湘潭	永丰	嘉庆十八年拔贡		喜王慎中、朱仕琇文
1135	张际亮	建宁	道光十八年举人	八旗官学教习	师事族兄张绅，私淑方、刘、姚及李祥赓
1136	高熙晋	光泽	诸生	太常寺主簿	高澍然从孙
1137	龚有光	光泽	诸生		私淑张绅、高澍然
1138	高孝扬	光泽	诸生		高澍然子
1139	李云诰	建宁	诸生	咸丰中兴团练，后授恩贡，叙职训导	师事张际亮
1140	何高雍	光泽	诸生	精于医	咸丰丁巳殉难，何长聚从子，师事高澍然、李祥赓
1141	何长载	光泽	嘉庆三年举人	候选知府	师事张绅、高澍然
1142	何高慰	光泽	道光二十六年举人	永安县学教谕、精于医	何长聚子，承家学
1143	高汸然	光泽			高腾子，师事胞兄高澍然
1144	上官懋本	光泽	道光十五年进士	刑部主事、晋州知州	上官曦子，师事高澍然
1145	徐开祖	建宁	道光十四年举人		徐显璋子，师事高澍然
1146	周倬奎	无锡			师事高澍然

续表

序号	姓名	籍贯	科举	职业	师承
1147	李华	光泽			师事高澍然
1148	林中美				师事高澍然
1149	赖其瑛	德化	道光十二年举人	候选训导	师事高澍然
1150	鲁九皋	新城	乾隆三十六年进士	夏县知县	师事朱仕琇、雷鋐、从父鲁鸿，复谒姚鼐
1151	吴际蟠	新城		馆鲁九皋家，鲁嗣光、陈用光、谢学崇皆从其学	师事鲁九皋
1152	陈希曾	新城	乾隆五十八年进士	工部右侍郎	师事鲁九皋
1153	陈希祖	新城	乾隆五十五年进士	江南道监察御史	师事鲁九皋，精天文算法水利等
1154	鲁缤	新城	嘉庆二十二年进士		鲁鸿子，师事从兄鲁九皋
1155	鲁肇光	新城	乾隆五十四年拔贡		鲁九皋子，传家学
1156	鲁嗣光	新城	乾隆五十七年举人		鲁九皋子，传家学
1157	陈兰祥	新城	道光九年进士	翰林院庶吉士	陈用光从子，师事舅祖鲁九皋
1158	鲁兰枝	新城	乾隆三十四年进士	兵科给事中，主讲泺源、皖江、豫章等书院	师事族祖鲁九皋
1159	黄得恒		诸生		师事鲁九皋
1160	陈鹏	新城			陈溥从孙，师事杨希闵
1161	鲁元复	新城			师事鲁九皋
1162	黄长森	新城	同治七年进士	桐城知县、黟县知县，主讲崇正书院	师事鲁九皋，与梅曾亮、吴嘉宾、冯志沂、陈溥、陈学受切磋

续表

序号	姓名	籍贯	科举	职业	师承
1163	鲁希晋	新城	光绪二十八年举人		师事鲁九皋
1164	鲁应祥	新城			鲁九皋孙，承家学
1165	杨声昭	新城			师事鲁希晋，好桐城文学
1166	何长聚	光泽		候选知府。以邑建育婴堂、义仓、置学田	师事张绅、高澍然
1167	高孝袆	光泽	道光十七年拔贡	直隶州州判，掌杭川书院二十余年	高澍然长子，传家学
1168	龚有元	光泽	岁贡生		私淑张绅、高澍然以为师法
1169	高熙翰	光泽	同治十二年举人	居于乡	高孝袆子，高澍然孙，传家学

附录二

清代文官品秩禄秩表

一 品秩表

官职与品秩的对应在清初康熙至乾隆初时期多有变动，另清初满汉官员同职不同品级，乾隆以后基本改为同品。因桐城派基本为汉族士人，基本兴起于乾隆，因此不列前期品级变化情况。此表据乾隆嵇璜、刘墉等修《清朝通典》整理。

正一品

太师　太傅　太保　殿阁大学士

从一品

少师　少傅　少保　太子太师　太子太傅　太子太保　各部院尚书　都察院左右都御史

正二品

太子少师　太子少傅　太子少保　各省总督　各部院左右侍郎　内务府总管

从二品

内阁学士　翰林院掌院学士　各省巡抚　布政使司布政使

正三品

都察院左右副都御史　宗人府府丞　通政使司通政使　大理寺卿　詹事府詹事　太常寺卿　顺天奉天二府府尹　武备院卿上驷院卿　奉宸苑卿　孔庙三品执事官　按察使司按察使

从三品

光禄寺卿　太仆寺卿　都转盐运使司运使

正四品

通政使司副使　大理寺少卿　詹事府少詹事　太常寺少卿　太仆寺少卿　鸿胪寺卿　顺天奉天二府府丞　四品太庙尉　陵寝掌关防官　陵寝尚茶正　陵寝尚膳正　孔庙四品执事官　各省守巡道

从四品

内阁侍读学士　翰林院侍读学士　翰林院侍讲学士　国子监祭酒　都转盐运使司同知　各府知府

正五品

左右春坊左右庶子　通政使司参议　光禄寺少卿　六科给事中　宗人府理事官　各部院郎中　五品坛尉　五品太庙尉　顺天奉天二府治中　内务府管领　钦天监监正　太医院院使　陵寝副掌关防官　孔庙五品执事官　盛京凤凰城迎送官　各府同知　盐运监掣同知

从五品

翰林院侍读　翰林院侍讲司经局洗马　各道监察御史　鸿胪寺少卿　内阁侍读　宗人府副理事官　各部院员外郎　盐运使司副使　盐课提举司提举　各州知州

正六品

左右春坊左右中允　国子监司业　各部院主事　宗人府经历　都察院经历　都察院都事大理寺左右寺丞　内务府副内管领　内务府司俎官　武备院掌盖　武备院库掌　奉宸苑六品苑丞　奉宸苑六品库掌　太常寺寺丞　六品坛尉　钦天监监副　钦天监春夏中秋冬官正　太医院判　王府管领　孔庙六品执事官　京府通判　京县知县　兵马司指挥　神乐署署正　六品朝鲜通事　盛京管京屯六品官　盛京管千丁六品官　盛京管理琉璃窑官　各府通判

从六品

左右春坊左右赞善　翰林院修撰　光禄寺署正　钦天监满洲五官正　王府典膳　王府马羣牧长　布政使司经历　布政使司理问　盐运司运判　各州同知

正七品

翰林院编修　通政使司知事　通政使司经历　大理寺左右评事　内阁典籍　皇史宬尉　太常寺博士　太常寺典簿　七品堂子尉　国子监监

丞　太仆寺满主簿　各部寺内务府司库　武备院司弓　武备院司幄　上驷院厩长　上驷院牧长　奉宸苑七品苑丞　奉宸苑七品苑副　奉宸苑七品库掌　孔颜曾孟四氏儒学教授　孔庙七品执事官　孔庙司乐　孔庙管勾　孔庙典籍　京府儒学满汉教授　京府儒学满训导　兵马司副指挥　京县县丞　各部院衙门七品笔帖式　七品朝鲜通事　盛京管理驿站官　盛京管千丁七品官　按察使司经历　各县知县　各府儒学教授

从七品

翰林院检讨　内阁撰文办事中书舍人　中书科中书舍人　国子监助教　国子监博士　詹事府主簿　光禄寺典簿　光禄寺各署署丞　銮仪卫经历　顺天府经历　奉天府经历　京府儒学汉训导　太常寺各祠祭署奉祀　钦天监五官灵台郎　王府司库　布政使司都事　盐运司经历　各州州判　卫经历

正八品

翰林院五经博士　国子监学正　国子监学录　钦天监主簿　各部院衙门八品笔帖式　八品朝鲜通事　太常寺协律郎　太医院御医八品　堂子尉　内务府司匠　武备院司矢　武备院司匠　奉宸苑八品苑丞　奉宸苑八品苑副　孔庙八品执事官　布政使司库大使　按察使司知事　各府经历　同知经历　各县县丞　各州儒学学正　各县儒学教谕　盐课司大使盐运司批验所大使　各部院司务

从八品

翰林院典簿　国子监典簿　钦天监五官挈壶正　太常寺各祠祭署祀丞　神乐署署丞　太医院八品吏目　王府司匠　王府牛群牧长　王府羊群牧长　布政使司照磨　盐运司知事　各府州县儒学训导

正九品

礼部太常寺　盛京读祝官　内务府太常寺　盛京赞礼郎　各部院九品笔帖式　宝泉宝源局大使　会同馆大使　钦天监五官监候　钦天监五官司书　孔庙九品执事官　按察使司照磨　各府知事茶马司大使　各县主簿

从九品

翰林院待诏　国子监典籍　四译馆正教序班　太常寺司乐　鸿胪寺鸣赞　鸿胪寺序班　工部内务府制造库司匠　钦天监博士　钦天监五官

司晨　刑部司狱　京府照磨　京府司狱　太医院九品吏目　府宣课司大使　布政司库大使　按察司司狱　道库大使　各府照磨　同知照磨　各州吏目　府税课司大使　各府司狱　通判司狱　巡检司巡检

未入流

翰林院孔目　内务府库掌　内务府署库掌　内务府监造　奉宸苑未入流苑丞　奉宸苑未入流苑副　礼部铸印局大使　兵马司吏目　崇文门副使　各府检校　各县典史　府库大使　盐茶大使　驿丞　批验所大使　盐运司库大使　州县税课司大使　闸官　递运所大使　河泊所所官　道仓大使　州库大使　州仓大使　县仓大使　营仓大使　长官司吏目

【谨按以上历年裁省各官其沿革具详各职篇中谨识】

二　禄秩表

至在京文武官员俸银，满洲汉人俱一例按品颁发禄米，即照俸定数，每俸银一两支禄米一斛。

正从一品【银一百八十两米九十石】

正从二品【银一百五十五两米七十五石五斗】

正从三品【银一百三十两米六十五石】

正从四品【银一百五两米五十二石五斗】

正从五品【银八十两米四十石】

正从六品【银六十两米三十石】

正从七品【银四十五两米二十二石五斗】

正从八品【银四十两米二十石】

正九品【银三十三两一钱一分四厘米一十六石五斗五升七合】

从九品【银三十一两五钱米十五石七斗五升】

未入流俸银禄米与从九品同。

又，雍正五年二月议准，盛京五部及守护陵寝文武官，各俸银照京员正俸一体颁给。

又，十三年议准，凡内府及王公府属佐领照八旗佐领一体颁给俸禄。

又，乾隆元年四月奏准，七品笔帖式岁支俸银三十八两，八品二十八两，九品二十一两，禄米照俸支给。

又，凡在京官员于正俸外，加倍赏给，曰恩俸，其数与正俸同。

雍正五年二月奉谕旨令，乾清门侍卫照品加给俸银一倍，禄米不必加给。

又，六年二月奉谕旨，吏户兵刑工五部堂官除差往外省署印外，俸银俸米着加倍给予，其署理之大臣亦照此赏给。若遇罚俸案件，将分外所给之俸不必入议。

又，乾隆元年六月奉谕旨，礼部掌官照五部堂官例给予双俸。

又，八月奉谕旨，从前在京文官俸入未足供其日用，屡廑皇考圣怀。是以雍正三年特旨增添汉官俸米，而各部堂官又加恩给与双俸，其余大小各员俸银俱仰体皇考加恩臣工之意，仿照双俸之例加一倍赏给，俾得用度从容，专心官守。所给恩俸自乾隆二年春季为始。

又，近奉特旨，凡在京文武各官降级革职留任者，其应得俸米仍照原品支领，以示体恤。

至各直省大小文员俸银俱照在京文员正俸按品支领。

至直省文员养廉之设始于雍正二年。山西巡抚诺岷奏请以耗羡之存公者即其赢余定为各官养廉，嗣后各省大吏俱奏请仿效其法。蒙世宗宪皇帝次第允行，逮我皇上御极之初，复增定佐杂各官养廉。其多寡之数详见《户部则例》廪禄门内，兹不悉载。

主要参考文献

（一）古代文献

（按四部分类为序）

1. 程树德：《论语集释》，中华书局2013年版。
2. 杨伯峻：《论语译注》，中华书局2004年版。
3. 司马迁：《史记》，中华书局1982年标点本。
4. 班固：《汉书》，中华书局1962年标点本。
5. 赵尔巽等：《清史稿》，中华书局1977年标点本。
6. 王钟翰：《清史列传》，中华书局1987年标点本。
7. 《清朝通典》，上海商务印书馆民国二十四年（1935）影印本。
8. 《钦定大清会典事例》（光绪），清光绪二十五年（1899）刻本。
9. 元周主编：《政训实录》，中国戏剧出版社2001年版。
10. 赵所生、薛正兴主编：《中国历代书院志》，江苏教育出版社1995年影印本。
11. 黄宗羲：《明儒学案》，中华书局1985年标点本。
12. 徐世昌等编纂：《清儒学案》，中华书局2008年标点本。
13. 徐珂编著：《清稗类钞》，中华书局1986年标点本。
14. 张祖翼：《清代野记》，中华书局2007年标点本。
15. 徐雁平整理：《贺葆真日记》，凤凰出版社2014年版。
16. 《张謇日记》，江苏古籍出版社1994年标点本。
17. 姚永概：《慎宜轩日记》，黄山书社2010年标点本。
18. 马其昶著、毛伯舟点注：《桐城耆旧传》，黄山书社1990年版。

19. 陈澹然：《方柏堂先生事实考略》，清光绪十五年（1889）皖城刻本。
20. 金天翮：《皖志列传稿》，台湾成文出版社据民国二十五年（1936）刻本影印本。
21. 方守彝著、方智铠点校：《网旧闻斋书简》，广陵书社 2008 年版。
22. 裴景福著、杨晓霭点校：《河海昆仑录》，甘肃人民出版社 2002 年版。
23. 《姚莹家族往来书信》，清抄本，安徽省图书馆藏。
24. 袁枚：《小仓山房尺牍》，清光绪十八年（1892）上海图书集成印书局铅印本。
25. 姚濬昌纂修：《桐城麻溪姚氏宗谱》，光绪姚濬昌安福县署刻本。
26. 张绍华纂修：《桐城张氏宗谱》，清光绪十六年（1890）刻本。
27. 方传理纂修：《桐城桂林方氏族谱》，清光绪六年（1880）刻本。
28. 方宗诚纂修：《桐城鲁谼方氏族谱》，光绪九年（1883）桐城鲁谼方氏立本堂刻本。
29. 吴元贵、吴乃东等纂修：《重修麻溪吴氏族谱》，民国二年（1913）活字本。
30. 马其昶纂修：《桐城扶风马氏族谱》，民国十八年（1929）桐城马氏木活字本。
31. 潘承勋等修：《桐城木山潘氏宗谱》，民国十七年（1928）德经堂木活字本。
32. 吴复振纂修：《桐城高甸吴氏荣华股八修宗谱》，民国二十五年（1936）安庆著存堂铅印本。
33. 费师洪：《南通费氏家传》，民国十五年（1926）铅印本。
34. 周凯：《芸皋先生自纂年谱》，清道光二十年（1840）爱吾庐刻本。
35. 姚永朴编：《桐城姚氏碑传录》，清光绪刻本。
36. 纪昀总纂：《四库全书总目提要》，河北人民出版社 2000 年标点本。
37. 陆九渊：《陆九渊集》，中华书局 1980 年标点本。
38. 陆世仪：《陆桴亭思辨录辑要》，商务印书馆 1936 年版。
39. 叶适：《习学记言序目》，中华书局 1977 年标点本。
40. 程颢、程颐：《二程集》，中华书局 1981 年标点本。
41. 高拱著，岳金西、岳天雷校注：《问辨录》，中州古籍出版社 1998 年标点本。

42. 张之洞：《劝学篇》，上海书店出版社 2002 年标点本。
43. 王守仁：《王阳明全集》，上海古籍出版社 1992 年标点本。
44. 王守仁著、萧无陂校释：《传习录校释》，岳麓书社 2012 年整理本。
45. 黄宗羲：《明夷待访录》，《黄宗羲全集》浙江古籍出版社 2005 年标点本。
46. 陆世仪著、方宗诚批点：《思辨录辑要》，清光绪抄本，安徽省图书馆藏。
47. 万维鵾：《幕学举要》，黄山书社 1997 年影印本。
48. 章学诚：《文史通义》，中华书局 1994 年标点本。
49. 汪辉祖：《佐治药言》，商务印书馆 1937 年版。
50. 汪辉祖：《续佐治药言》，商务印书馆 1937 年版。
51. 李慈铭著、由云龙辑：《越缦堂读书记》，中华书局 1963 年标点本。
52. 戴名世著、王树民编校：《戴名世集》，中华书局 1986 年版。
53. 《方苞集》，上海古籍出版社 2008 年标点本。
54. 方苞：《方望溪全集》，中国书店 1991 年版。
55. 吴孟复标点：《刘大櫆集》，上海古籍出版社 1990 年版。
56. 姚鼐著、刘季高标校：《惜抱轩诗文集》，上海古籍出版社 1992 年版。
57. 张在兴点校：《吴敏树集》，岳麓书社 2012 年版。
58. 严云绶、施立业、江小角主编：《桐城派名家文集》，安徽教育出版社 2014 年版。
59. 管同：《因寄轩文集》，道光十三年（1833）邓廷桢刻本。
60. 江小角、杨怀志点校：《张英全书》，安徽大学出版社 2013 年版。
61. 张英、张廷玉著，江小角、陈玉莲点注：《聪训斋语 澄怀园语——父子宰相家训》，安徽大学出版社 2013 年版。
62. 姚鼐：《姚惜抱先生文稿》，民国二十四年（1935）上海商务印书馆影印本。
63. 《陈确集》，中华书局 1979 年标点本。
64. 吕斌编校：《龙启瑞诗文集校笺》，岳麓书社 2008 年版。
65. 姚莹：《中复堂全集》，清同治六年（1867）姚濬昌安福县署刻本。
66. 方宗诚：《柏堂集》，清光绪桐城方氏刻本。
67. 梅曾亮著、彭国忠、胡晓明点校：《柏枧山房诗文集》，上海古籍出版社 2012 年版。

68. 王拯：《龙壁山房文集》，清光绪七年（1881）河北分守道署刻本。
69. 姚椿：《晚学斋文集》，清道光刻本。
70. 戴钧衡：《味经山馆文钞》，清咸丰刻本。
71. 范当世：《范伯子诗文选集》，浙江古籍出版社 2006 年标点本。
72. 姚永朴：《蜕私轩集》，民国六年（1917）北京共和印刷局铅印本。
73. 姚永朴：《蜕私轩续集》，民国三十一年（1942）周氏师古堂刻本。
74. 姚永概：《慎宜轩文集》，民国十五年（1926）刻本。
75. 马其昶：《抱润轩遗集》，民国二十五年（1936）吴常焘刻本。
76. 马其昶：《抱润轩文集》，民国十二年（1923）刻本。
77. 吕璜：《月沧文集》，清道光二十一年（1841）桂林刻本。
78. 符葆森编：《国朝正雅集》，清咸丰七年（1857）刻本。
79. 吴闿生辑：《吴门弟子集》，民国十八年（1929）莲池书社刻本。
80. 谭献辑：《池上小集》，清光绪十二年（1886）谭献刻本。
81. 刘开：《孟涂文集》，清道光六年（1826）姚元之刻本。
82. 徐宗亮：《代言辑存》，清稿本，安徽省图书馆藏《徐椒岑先生著述六种》本。
83. 《戴震集》，上海古籍出版社 2009 年标点本。
84. 《嘉定钱大昕全集》，江苏古籍出版社 1997 年标点本。
85. 全祖望：《鲒埼亭集》，文海出版社 1988 年影印本。
86. 张际亮：《张亨甫全集》，清同治六年（1867）孔庆衢刻本。
87. 光聪谐：《稼墨轩文集》，清光绪二年（1876）补刻本。
88. 徐璈辑：《桐旧集》，清咸丰元年（1851）马树华刻本。
89. 袁枚著、周本淳标校：《小仓山房诗文集》，上海古籍出版社 1988 年版。
90. 贾文昭编著：《桐城派文论选》，中华书局 2008 年版。
91. 曾克耑：《涵负楼诗》，民国二十五年（1936）上海铅印履斋丛刻本。
92. 曾克耑：《颂橘庐诗存》，民国三十六年（1947）年曾克耑成都刻本。
93. 唐尔炽：《澹乐轩诗稿》，民国安庆文华堂纸号铅印本。
94. 邓显鹤辑：《沅湘耆旧集》，清道光二十三年（1843）邓氏南村草堂刻本。

95. 方昌翰编：《桐城方氏七代遗书》，清光绪十四年（1888）方昌翰刻本。
96. 萧穆著、项纯文点校：《敬孚类稿》，黄山书社1992年版。
97. 朱之榛辑：《新安先集》，清同治十三年（1874）苏州刻本。
98. 方苞选：《古文约选》，清同治八年（1869）吴棠刻本。
99. 姚鼐辑：《五七言今体诗钞》，清嘉庆十三年（1808）绩溪程邦瑞刻本。
100. 陈兆麒选：《国朝古文所见集》，清道光二年（1822）自刻本。
101. 姚椿辑：《国朝文录》，清咸丰元年（1851）华亭张祥河终南山馆刻本。
102. 梅曾亮辑：《古文词略读本》，清光绪三十一年（1905）京师宏道学舍铅印本。
103. 吴汝纶评选：《桐城吴氏古文读本》，清光绪三十三年（1907）上海文明书局铅印本。
104. 王先谦辑：《续古文辞类纂》，清光绪八年（1882）王先谦自刻本。
105. 吴闿生辑：《晚清四十家诗钞》，民国十三年（1924）文学社刻本。
106. 李煦著，张书才、樊志斌笺注：《虚白斋尺牍笺注》，中华书局2013年版。
107. 姚鼐著、卢坡点校：《惜抱轩尺牍》，安徽大学出版社2014年版。
108. 汪辉祖著、梁文生校注：《病榻梦痕录》，江西人民出版社2012年版。
109. 《曾国藩全集》，岳麓书社1994年标点本。
110. 吴汝纶著，施培毅、徐寿凯点校：《吴汝纶全集》，黄山书社2002年版。
111. 光聪谐编：《龙眠丛书》，清桐城光氏刻本。
112. 王又朴：《诗礼堂古文》，上海古籍出版社2010年影印本。
113. 钱仲联主编：《龚自珍文选》，苏州大学出版社2001年版。

（二）现当代研究著作

114. 梁启超：《清代学术概论》，上海古籍出版社1998年版。
115. 梁启超：《中国近三百年学术史》，吉林人民出版社2013年版。

116. 徐雁平：《清代文学世家姻亲谱系》，凤凰出版社 2010 年版。
117. 洪振快：《亚财政——制度性腐败与中国历史弈局》，中信出版社 2014 年版。
118. 张昭军：《晚清民初的理学与经学》，商务印书馆 2007 年版。
119. 史革新：《晚清学术文化新论》，北京师范大学出版社 2010 年版。
120. 王彦武主编：《中原文化与现代化》，大象出版社 2002 年版。
121. 许蓉生、林成西编译：《白话清朝野史大观》，四川人民出版社 1998 年版。
122. 朱维铮：《中国经学史十讲》，复旦大学出版社 2002 年版。
123. 张仲礼：《中国绅士研究》，上海人民出版社 2008 年版。
124. 杨怀志：《桐城风情》，安徽美术出版社 2011 年版。
125. 许大龄：《清代捐纳制度》，燕京大学哈佛燕京学社 1950 年版。
126. 彭信威：《中国货币史》，上海人民出版社 2007 年版。
127. 刘声木：《桐城文学渊源著述考》，黄山书社 1989 年版。
128. 朱丽霞：《明清之交文人游幕与文学生态：以徐渭、方文、朱彝尊为个案》，上海古籍出版社 2008 年版。
129. 周榆华：《晚明文人以文治生研究》，广东高等教育出版社 2011 年版。
130. 杨联陞：《中国制度史研究》，江苏人民出版社 2007 年版。
131. 余英时：《士与中国文化》，上海人民出版社 2003 年版。
132. 赵园：《明清之际士大夫研究》，北京大学出版社 1999 年版。
133. ［英］赫胥黎：《天演论·群治》，严复译，商务印书馆 1981 年版。
134. ［法］罗贝尔·埃斯卡皮：《文学社会学》，于沛选编，浙江人民出版社 1987 年版。
135. 尚小明：《学人游幕与清代学术》，社会科学文献出版社 1999 年版。
136. 费孝通：《乡土中国》，生活·读书·新知三联书店 2013 年版。
137. 任继愈主编：《中华传世文选·晚清文选》，吉林人民出版社 1998 年版。
138. 朱维铮：《中国经学史十讲》，复旦大学出版社 2002 年版。
139. 钱穆：《中国近三百年学术史》，商务印书馆 1997 年版。
140. 姜书阁：《桐城文派评述》，商务印书馆 1933 年版。

141. 刘师培：《刘师培中古文学论集》，中国社会科学出版社 1997 年版。
142. 蒋见元、朱杰人：《诗经要籍解题》，上海古籍出版社 1996 年版。
143. 尚小明：《清代士人游幕表》，中华书局 2005 年版。
144. 张舜徽：《清人文集别录》，华中师范大学出版社 2004 年版。
145. 中国科学院图书院整理：《续修四库全书总目提要》，中华书局 1993 年版。
146. 施立业：《姚莹年谱》，黄山书社 2004 年版。
147. 孟醒仁：《桐城派三祖年谱》，安徽大学出版社 2002 年版。
148. 王献永：《桐城文派》，中华书局 1992 年版。
149. 刘无量：《中国哲学史》，台湾中华书局 1976 年版。
150. 吴孟复：《桐城文派述论》，安徽教育出版社 1992 年版。
151. 吴微：《桐城文章与教育》，安徽大学出版社 2012 年版。
152. 曾光光：《桐城派与晚清文化》，黄山书社 2011 年版。

（三）学术论文

153. 胡明：《中国传统文学与经济生活》，《学术月刊》2006 年第 5 期。
154. 许建平：《文学生成与传播的经济动因》，《学术月刊》2006 年第 5 期。
155. 祁志祥：《文学与经济关系的学理考量》，《云南大学学报》2007 年第 4 期。
156. 许建平：《经济生活与文学活动之关系及其研究途径》，《社会科学》2008 年第 3 期。
157. 刘增合：《儒道与治生之间——儒教经济伦理观念中的对峙与融通》，《史学集刊》1999 年第 4 期。
158. 徐永斌：《明清时期扬州与文人治生》，《安徽史学》2011 年第 11 期。
159. 徐永斌：《明清时期长江中下游地区文人与书画治生》，《苏州大学学报》（哲学社会科学版）2009 年第 5 期。
160. 沈祥云：《清代文官保举制度研究》，硕士学位论文，上海师范大学，2004 年。
161. 闻洁：《塾师经济待遇初探》，《教育与经济》2000 年第 3 期。
162. 陈宝良：《说"教书匠"——明清塾师的生计及其形象转变》，《文史知识》2012 年第 7 期。
163. 陈独秀：《文学革命论》，《新青年》1935 年第 2 卷第 6 号。
164. 孟祥栋：《晚期桐城派作家的职业形态与文学生产》，《江西社会科学》2012 年第 6 期。
165. 王瑜、蔡志荣：《明清士绅家训中的治生思想成熟原因探析》，《河北师范大学学报》2009 年第 2 期。
166. 贾新奇：《论传统伦理学中义利问题的类型》，《陕西师范大学学报》2009 年第 6 期。
167. 徐永斌：《张履祥的治生之路及治生观》，《中国文化研究》2014 年第 2 期。
168. 王英志：《袁枚是这样"富裕"起来的》，《文史月刊》2011 年第 3 期。
169. 周中明：《应恢复戴名世桐城派鼻祖的地位》，《安徽大学学报》1994 年第 3 期。
170. ［日本］伍跃：《捐纳制度研究的回顾与思考》，《明清论丛》第十二辑。
171. 刘守安：《一个矛盾而痛苦的灵魂——方苞生平与思想探微》，《首都师范大学学报》（社会科学版）2005 年第 5 期。
172. 周远政：《〈古文辞类纂〉版本述略》，《古典文学知识》2003 年第 5 期。
173. 徐国利：《从明清徽州家谱看明清徽州宗族的职业观》，《河北学刊》2001 年第 6 期。
174. 王世光：《清儒视野中的"假道学"》，《求索》2002 年第 5 期。
175. 张宏杰：《以曾国藩为视角观察清代京官的经济生活》，《中国经济史研究》2011 年第 4 期。
176. 余杰：《伪君子云集》，《书屋》2001 年第 12 期。
177. 徐川一：《太平军桐城"屠城"真相》，《安徽史学》1991 年第 2 期。
178. 郑志章：《明清时期江南的地租率和地息率》，《中国社会经济史研究》1986 年第 3 期。
179. 王如鹏：《论圈子文化》，《学术交流》2009 年第 11 期。
180. 陈剩勇：《清代社学与中国古代官办初等教育体制》，《历史研究》

1995年第6期。

181. 徐梓：《明清时期塾师的收入》，《中国社会经济史研究》2006年第2期。
182. 董丛林：《吴汝纶弃官从教辨析》，《历史研究》2008年第3期。
183. 裴高才：《〈清史稿〉命运多舛的前因后果》，《书屋》2014年第2期。
184. 蔡清德：《玉屏书院与清代闽台文人交游考述》，《福州大学学报》（哲学社会科学版）2012年第4期。
185. 王达敏：《论姚鼐与四库馆内汉宋之争》，《北京大学学报》2006年第5期。
186. 陈平原：《文派、文选与讲学——姚鼐的为人与为文》，《学术界》2003年第5期。
187. 党圣元、陈志扬：《朱梅崖年谱简编》，《汉语言文学研究》2012年第3卷第3期。
188. 张体云：《刘大櫆生平事迹考辨》，《中州学刊》2013年第5期。
189. 柳春蕊：《梅曾亮京师古文领袖地位成因考》，《云梦学刊》2008年第1期。
190. 邰红红：《曾国藩与桐城中兴》，博士学位论文，上海大学，2008年。
191. 陈春华：《论莲池书院与桐城文派在河北的兴起》，《江苏教育学院学报》（社会科学版）2010年第9期。
192. 王如鹏：《简论圈子文化》，《学术交流》2009年第11期。
193. 蒋英豪：《林纾与桐城派、改良派及新文学的关系》，《文史哲》1997年第1期。
194. 王济民：《林纾与桐城派》，《华中师范大学学报》2007年第3期。
195. 陈国安：《清代诗经学研究》，博士学位论文，苏州大学，2008年。
196. 任访秋：《恽敬的古文文论及其与桐城派的关系》，《文学遗产》1984年第3期。
197. 陈庆元：《论朱仕琇的古文》，《南平师范专科学报》1996年第3期。
198. 朱维铮：《清学史：汉学与反汉学一页（上）》，《复旦学报》（社会科学版）1993年第5期。
199. 漆永祥：《方东树〈汉学商兑〉新论》，《文史哲》2013年第2期。

200. 施明智：《清代浙籍散文家的几个特点》，《甘肃社会科学》2005 年第 5 期。
201. 江小角、王佳佳：《刘大櫆对清代徽州教育的贡献及影响》，《安徽史学》2014 年第 3 期。
202. 顾易生：《方苞姚鼐的文论及其历史地位》，《江淮论坛》1982 年第 2 期。
203. 刘健芬：《评桐城派中兴主将曾国藩的文论观》，《西南师范大学学报》1992 年第 4 期。
204. 关永强：《近代中国的收入分配：一个定量的研究》，博士学位论文，南开大学，2009 年。